내일

내일

초판 1쇄 발행일 2013년 12월 10일 | **2판 1쇄 발행일** 2024년 5월 27일 | **2판 2쇄 발행일** 2024년 10월 2일
지은이 기욤 뮈소 | **옮긴이** 양영란 | **펴낸이** 김석원 | **펴낸곳** 도서출판 밝은세상
출판등록 1990. 10. 5 (제 10 – 427호) | **주 소** (10881) 경기도 파주시 문발로 119, 202호
전 화 031-955-8101 | **팩 스** 031-955-8110 | **메일** wsesanghanmail.net
블로그 blog.naver.com/balgunsesang8101 | **인스타그램** www.instagram.com/wsesang

ISBN 978-89-8437-481-2 (03860) | **값** 17,500원
잘못된 책은 구입한 곳에서 교환해 드립니다. | **일러두기** 각주는 모두 옮긴이 주입니다.

내일

Demain

기욤 뮈소 장편소설
Guillaume Musso

양영란 옮김

밝은세상

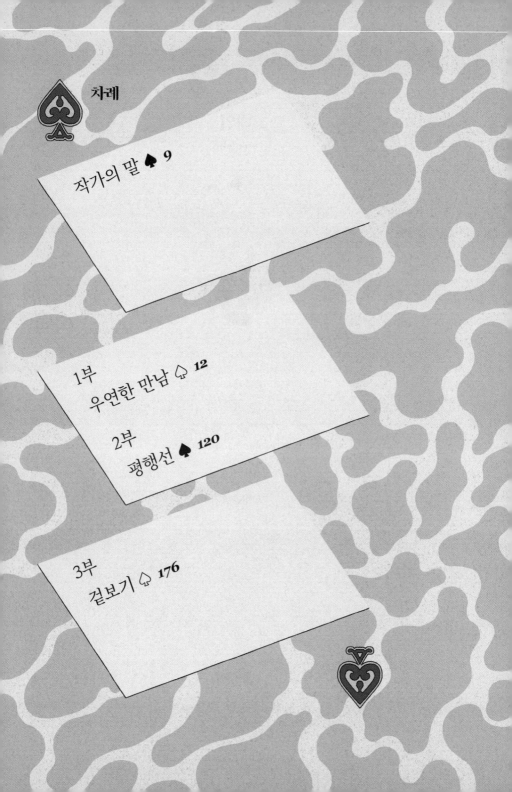

차례

사랑이 걸음을 떼어놓을 수 없을 때는 기어서라도 온다.

_윌리엄 셰익스피어

작가의 말

한국의 독자들에게

열 번째 소설 《내일》을 소개하는 지금 이 순간은 내게 매우 특별한 시간입니다. 지금 이 순간은 독자들을 만나면서 보낸 성공적인 10년, 행복한 10년을 기념하는 시간이기 때문입니다. 내가 쓴 소설들을 전 세계에 독자들이 읽어주고 계시지만 그중에서도 내가 퍽이나 소중하게 여기는 한국에서 큰 성공을 거두었습니다. 나는 2010년 《당신 없는 나는?》의 출판에 맞춰 한국을 방문했고, 독자들과 만나는 큰 기쁨을 맛보았습니다. 굉장히 주의 깊고 따뜻한 정이 넘치는 독자들로 기억합니다. 나는 그들의 열정과 책에 대한 사랑에 깊은 감동을 받았습니다.

나는 2013년 최신작 《내일》을 직접 한국의 독자들에게 소개하게 되어 몹시 흥분되고 기쁩니다. 펜을 잡을 때면 나는 한 가지 원칙에 충실하고자 애씁니다. 나 자신이 읽고 싶은 소설을 쓰자. 내가 지어내는 이야기들이 사람들에게 읽는 기쁨을 선사하고, 진정한 기분전환의 시간이 되도록 하자는 원칙입니다. 나는 독자들을 꼼짝 못 하게 매혹시키는 것이야말로 소설가에게 가장 우선시되는 덕목이라고 생각합니다.

나는 두 가지 차원에서 소설을 씁니다. 첫 번째는 확실한 오락 차원입니다. 나는 독자들을 어떤 사건 속으로 깊이 빠져들게 하고 계속해서 책장을 넘길 수 있도록 만들어주고 싶습니다. 매우 재미있는 영화를 볼 때처럼 말이죠. 바로 이 부분이 내가 가진 이야기꾼으로서의 측면일 겁니다. 두 번째는 주제의 차원으로, 나는 내 마음에 와닿는, 내가 정말 중요한 문제라고 생각하는 주제들을 다룹니다. 이번 소설 《내일》에서는 밖으로 드러나는 커플의 모습과 속내가 얼마나 다른지에 대해 다루었습니다. 사람들은 자기와 함께 살고 있는 상대가 정말로 어떤 사람인지 제대로 알고 있는지에 대해 생각해봤습니다. 나는 오락적인 요소와 마음에 와닿는 주제, 이 두 가지 차원의 결합이 내 소설을 이끌어가는 힘이라고 봅니다.

나는 독자들에게 히치콕식의 서스펜스, 즉 평범한 주인공들을 특별한 상황, 불가사의한 상황에 위치시키는 방법, 주인공이 합리적인 언어로 설명할 수 있는 경험을 하면서도 조금 지나고 나면 혹시 그 경험이 초자연적인 무엇은 아니었는지 의구심을 갖게 만드는, 일종의 잠복기 같은 순간을 제시하기를 좋아합니다.

신문에서 읽은 한 기사가 《내일》을 쓰는 출발점이 되었습니다. 한 웹사이트가 어떤 방식으로 네티즌들을 위해 미래로 메시지를 보내줄지 취재한 기사였습니다. 나는 그 기사를 읽다가 스크랩을 해두었습니다. 대단히 매력적인 이야기가 분명했으니까요. 오늘날의 놀라운 기술은 한 사람의 시민으로 생각하자면 때때로 무섭다는 느낌도 들지만, 작가 입장에서 보자면 다양한 이야깃거리를 제공하는 금맥이기도 합니다. 작가들은 현대의 놀라운 기술을 활용해가며 가상 세계, 과거, 공간, 시간, 현실 세계 등을 자유자재로 넘나들며 금을 캘 수 있으니까요.

《내일》은 심리적 서스펜스, 가장 친밀해야 할 부부라는 인간관계 속에서 겉모습, 가식이 중요한 비중을 차지하게 되면서 벌어지는, 쫓고 쫓기는 한 편의 드라마입니다.

독자 여러분들께서도 이 소설을 읽으며 좋은 시간 갖게 되길 바랍니다.

기욤 뮈소

1부
우연한 만남

첫날

1. 유령들 속에서

거울에 비친 모습은 그 사람의 본모습이 아니다.
다른 사람의 시선들 속에서 환하게 드러나는 모습이 바로 그의 본모습이다.

_타룬 J. 테지팔

하버드대학교
케임브리지
2011년 12월 19일

학생들이 빈틈없이 들어찬 대형 강의실은 조용했다. 강의실의 청동 벽시계 바늘이 오후 2시 55분을 가리키고 있었다. 매튜 샤피로 교수의 철학 강의가 막바지를 향해 가고 있었다.

맨 앞줄에 앉은 올해 나이 22세인 여학생 에리카 스튜어트는 매튜 샤피로 교수의 얼굴을 뚫어지게 바라보고 있었다. 한 시간 전, 강의가 시작되는 바로 그 순간부터 에리카는 강의실을 가득 채운 학생들 중 수업이 진행되는 동안 가장 적극적인 태도로 고개를 끄덕이고, 큰 소리로 대답하며 매튜 샤피로 교수의 관심을 끌어보려고 했지만 결국 허탕을 치고 말았다. 벌써 여러 차례 신호를 보냈음에도 매튜 샤피로 교수는 무관심으로 일관하며 에리카의 속마음을 새카맣게 타들어가게 하고 있었다. 그렇다고 매튜 샤피로 교수에 대한 관심이 사라지기는커녕 나날이 증폭되어가고 있다는 게 문제였다.

앳된 얼굴, 짧은 머리, 사흘쯤 자란 수염을 자연스럽게 방치한 매튜의 외모는 여학생들 사이에서 폭발적인 인기를 끌고 있었다. 물 빠진 청바지, 낡은 가죽 부츠, 목까지 올라오는 풀오버 차림을 즐겨 입는 매튜의 스타일은 교수라기보다는 차라리 박사 과정 대학원생에 가까워 보였다. 매튜의 인기는 잘생긴 외모보다는 유창한 말솜씨에서 비롯되었다고 해도 과언이 아니었다.

매튜는 한마디로 하버드대학교에서 최고의 인기를 구가하고 있는 교수였다. 하버드에서 학생들에게 철학을 가르치기 시작한 지 5년째 된 매튜의 강의는 해마다 수강 신청을 하는 학생들로 넘쳐나며 북새통을 이루었다. 이번 학기에도 소문을 듣고 몰려든 학생이 무려 8백 명이나 되었다. 하버드대학교가 자랑하는 세버힐에서도 가장 큰 대형 강의실에 매튜의 강의가 배정되었다.

정신의 고통을 몰아내주지 못한다면
철학은 무용지물에 지나지 않는다.

칠판에 적어둔 에피쿠로스의 경구가 매튜가 추구하는 철학 강의의 핵심이었다. 매튜는 철학은 누구나 쉽게 접근 가능해야 한다고 믿기에 추상적인 개념 일색의 강의를 고집하지 않았다. 그는 철학이 현실에 발을 붙이고 있을 때 진정 가치가 있다고 믿었다. 시험에 불합격할까봐 두려운 마음, 연애 상대에게 퇴짜 맞을까봐 안절부절못하는 마음, 대인관계나 학업처럼 학생들이 일상에서 자주 부딪치는 문제들을 바탕으로 철학적 사고를 전개해나간다는 게 매튜의 강의에서 가장 특징적인 면이었다.

매튜는 일상과 가장 밀접하게 연관되어있는 문제들을 제시하고 나서 플라톤, 세네카, 니체, 쇼펜하우어 같은 철학자들의 개념을 뒤이어 소개했다. 일상과 밀접하게 연관된 내용이다보니 활력과 생동감 넘치는 강의가 가능했다. 그 덕분에 학생들은 평소 대단히 난해하고 고리타분한 사람들이라 규정짓고 있던 대철학자들로부터 유익한 충고, 따스한 위안, 냉철한 지혜를 제공받고 있다는 느낌을 지울 수 없게 되었다.

지성과 유머를 겸비한 매튜는 강의에 활력을 불어넣기 위해 대중문화도 광범위하게 활용했다. 영화, 대중가요, 만화, TV 드라마 등도 빈번하게 강의 소재로 활용되었다. 경험적 사고의 일례로 〈닥터하우스〉가 등장하는가 하면 〈로스트〉에 나오는 조난자들이 사회계약에 대한 성찰의 기회를 제공하기도 했다. 〈매드 맨〉의 가학적 광고는 남녀관계의 진화를 연구하기 위한 소재로 활용되었다.

현실에 바탕을 둔 강의를 고집한 덕분에 매튜는 캠퍼스의 스타로 부상했다. 동료 교수들 중 더러 매튜의 강의 내용이 지나치게 가볍고 피상적이라고 비판하거나 험담을 늘어놓는 사람들이 생겨났다. 다행스럽게도 매튜의 강의를 들은 학생들이 우수한 성적을 거두고 있어 명성을 유지해가는 기반이 되어주었다.

학생들은 간혹 매튜의 강의를 촬영해 유튜브에 올리기도 했다. 유튜브에서 매튜의 동영상 강의를 접한 《보스턴 글로브》의 한 기자가 그 경험을 소재로 기사를 쓰기도 했다. 그 기사가 《뉴욕타임스》에 다시 소개되면서 매튜는 갑자기 세간의 주목을 받게 되었다. 출판사로부터 이제까지 출간된 철학 교재와 전혀 다른 콘셉트로 교과서를 출판하자는 제의를 받기도 했다.

매튜는 책도 제법 잘 팔려나갔고 모든 일이 순조롭게 풀리고 있었지만 명성에 도취해 안하무인이 될 만큼 어리석지는 않았다. 언제나 초심을 잃지 않고 학생들을 지도하는 데 열성을 다했다. 그 결과 젊은 나이에 사회적인 명성을 착실하게 쌓아가고 있었고, 철학 교수로서도 탄탄한 입지를 다져가고 있었다.

어느 날 갑자기 뜻하지 않은 비극이 발생했다. 매튜는 교통사고로 사랑하는 아내 케이트를 잃게 되었다. 청천벽력 같은 케이트의 죽음은 그에게 견디기 힘든 시련을 안겨주었다. 케이트를 사고로 떠나보낸 그는 한동안 충격에서 헤어나지 못했다. 학생들 사이에서 더없이 매력적인 교수로 통했던 그는 이제 남다른 장점으로 꼽혀온 열정을 완전히 상실하고 말았다.

에리카는 매튜의 얼굴을 좀 더 자세히 살피기 위해 눈을 가느다랗게 떴다. 부인의 비극적인 죽음 이후 매튜는 무엇인가가 몸에서 쏙 빠져달아난 사람처럼 생동감을 잃었다. 얼굴은 표가 나게 핼쑥해졌고, 두 눈에 가득 차 있던 불꽃 같은 열정은 어디론가 자취를 감추었다. 그 반면, 아내를 잃은 슬픔을 겪은 이후 그의 얼굴에는 예전에는 찾아볼 수 없었던 짙은 우수가 깃들어 있었다.

에리카는 왠지 모르게 보호본능을 불러일으키는 매튜의 자취에 저항할 수 없이 이끌렸다. 그녀는 두 눈을 아래로 내리깔고 대형 강의실에서 울려 퍼지는 묵직하고 장중한 목소리에 귀를 기울였다. 그 목소리는 예전처럼 카리스마를 담고 있지는 않았지만 마음을 차분하게 가라앉히는 매력만큼은 여전했다. 유리창을 통과한 햇살이 실내를 따뜻하게 덥혀주며 강의실 한가운데로 나 있는 통로에 내려앉았다. 왠지 모르게 사람의 마음을 안심시켜주는 매튜의 목소리를 들을 때면 늘 기분이 좋았다.

축복의 시간은 그리 오래 지속되지 않았다. 에리카는 강의가 끝나는 종소리에 소스라치듯 놀라 벌떡 몸을 일으켰다. 그녀는 특별히 서두르는 기색 없이 주섬주섬 물건을 챙기며 강의실이 텅 빌 때까지 기다렸다가 쭈뼛거리며 매튜에게로 다가갔다.

"에리카, 여긴 어쩐 일이야? 자네는 작년에 이미 내 강의를 들었잖아?"

에리카를 한눈에 알아본 매튜가 깜짝 놀라며 물었다.

"교수님께서 자주 인용했던 헬렌 롤랜드의 말을 실천하려고 왔어요."

매튜는 무슨 말인지 모르겠다는 듯 미간을 살짝 찌푸렸다.

"사람들이 미치도록 후회하는 일이 있다면 기회가 충분하게 있었음에도 잡지 못하고 흘려보낸 것이다'라는 말 기억하시죠?"

에리카는 용기를 내어 한마디 덧붙였다.

"평생 후회하지 않기 위해 저도 도전해보려고요. 다음 토요일이 제 생일인데 교수님을 저녁 식사에 초대하고 싶어요."

매튜는 뜻밖의 제안에 두 눈이 휘둥그레지도록 놀랐다가 이내 에리카의 마음을 돌려놓기 위해 설득에 나섰다.

"에리카, 난 자네를 매우 똑똑한 학생으로 기억해. 그러니까 내가 자네의 제안을 거절할 만한 이유가 적어도 2백 가지는 된다는 걸 잘 알고 있을 거야."

"한편으로는 제 초대에 응하고 싶은 마음도 조금은 있을걸요, 아닌가요?"

"괜한 고집부리지 말고 돌아가. 더 이상 머뭇거려봐야 시간 낭비일 테니까."

갑자기 부끄러워져 얼굴이 후끈 달아오른 에리카는 입 안으로 뭔가 우물거리는가 싶더니 서둘러 강의실을 빠져나갔다.

매튜는 길게 한숨을 내쉬고는 외투를 챙겨 입고 머플러를 두른 다음 강의실을 빠져나왔다.

♠

하버드대학은 넓고 푸른 잔디밭, 장중한 느낌을 주는 붉은 벽돌 건물들, 각각의 건물 입구마다 걸려 있는 라틴어 경구들과 더불어 영국식 칼리지 특유의 느낌과 시간을 초월하는 고전적 매력을 풍겼다.

매튜는 강의실 밖으로 나오자마자 담배를 한 대 빼어 물고 서둘러 세 버힐을 벗어났다. 마치 집배원 가방처럼 생긴 큰 가방을 어깨에 둘러멘 그는 비단 같은 잔디가 깔린 정원을 가로질러 걸었다. 야드라 불리는 이 정원에서부터 수 킬로미터에 달하는 오솔길이 시작되었다. 여러 오솔길들은 강의실, 도서관, 박물관, 기숙사 등으로 이어졌다.

캠퍼스는 가을 햇살 속에 평온하게 잠겨 있었다. 12월치고는 기온이 턱없이 온화하고 햇살마저 따사로워 뉴잉글랜드 주민들은 모처럼 느지막이 찾아온 인디언서머를 즐기고 있었다.

"매튜 샤피로 교수님, 조심하세요!"

매튜는 고개를 돌리는 순간 미식축구공이 날아오는 걸 발견했다. 그는 잽싸게 공을 잡아 방금 전 목소리의 주인공인 쿼터백을 향해 집어던졌다.

야드의 벤치는 모조리 무릎에 노트북을 올려놓은 학생들 차지였다. 잔디밭에서는 쉴 새 없이 웃음이 터져 나왔고, 곳곳에서 열띤 토론이 이어졌다. 이 전통에 빛나는 명문대학에서는 다양한 국적의 학생들이 조화를 이뤄 어울리며 창의적이고 생산적인 담론을 양산해내고 있었다. 이 대학의 상징색인 보르도산 적포도주색과 회색은 학교 문장이나 학생들의 티셔츠, 스포츠 백에서도 쉽게 발견할 수 있었다. 하버드대학에서는 같은 공동체에 속한다는 소속감이 모든 차이를 뛰어넘었다.

매튜는 매사추세츠 홀 앞을 지나며 담배를 한 모금 깊이 빨아들였다. 조지아 양식으로 지은 매사추세츠 홀은 대학 경영진의 집무실과 1학년 학생 기숙사로 사용되는 건물이었다.

매사추세츠 홀 입구의 계단에 서 있던 학장의 비서 무어 양이 매서운 눈초리로 매튜를 쏘아보았다.

"매튜 샤피로 교수님, 캠퍼스 내에서는 금연이라는 사실을 몇 번이나 더 말씀드려야 알아들으실 거죠?"

규칙을 지켜야 한다는 준엄한 질책과 담배의 해악성에 대한 걱정 어린 훈시를 동시에 담고 있는 눈초리였다. 무관심을 가장한 매튜는 앞만 바라보는 척하며 무어 양의 눈을 못 본 척 외면해버렸다.

매튜는 죽음 따위는 상관없다고, 담배를 피우다 죽으면 그만이라고 쏘아붙이고 싶은 충동을 느꼈다. 그는 빠른 걸음으로 교문을 벗어나 하버드스퀘어로 들어섰다.

♠

하버드스퀘어는 온갖 상점들이 밀집해 있어 늘 벌집처럼 부산스러운 느낌을 주는 광장이었다. 서점과 작은 식당, 테라스를 구비한 카페 등지에서 하버드대학의 교수와 학생들은 이 세상을 전복시키겠다는 꿈을 키우거나 강의실에서 못다 한 토론을 이어가곤 했다.

매튜는 주머니를 뒤져 지하철표를 꺼냈다. T역으로 가면 15분 만에 보스턴 시내 중심가로 나갈 수 있는 레드라인을 탈 수 있었다. 그가 횡단보도로 내려섰을 때 쉐보레에서 만든 카마로 승용차 한 대가 요란한 엔진 소리를 내며 매사추세츠 애비뉴와 피버디 스트리트가 만나는 모퉁이에 모습을 드러냈다. 뜻하지 않은 자동차의 출현에 깜짝 놀란 매튜는 치이지 않기 위해 본능적으로 뒷걸음질쳤다. 차는 끼익 소리를 내며 바로 앞에서 멈춰 섰다.

차창이 내려가더니 아내 케이트가 사고로 죽은 이후 세 들어 살게 된 에이프릴 퍼거슨이 차창 밖으로 빨간색 머리를 내밀었다.

"어이, 갈색 머리 미남, 내가 집까지 태워줄까?"

8기통 차의 모터가 돌아가며 내는 둔중한 기계음이 자전거와 하이브리드 차를 선호하는 환경전문가들이 많이 사는 이 동네에서 도드라지는 소음을 내며 멈춰 섰다.

"미안하지만 난 대중교통을 이용하는 게 더 편해. 게다가 당신은 운전을 비디오게임으로 착각하는 사람이잖아."

"그렇게 겁먹을 건 없잖아. 나, 운전 잘하니까 어서 타."

"고집부리지 말고 어서 가. 내 딸은 겨우 네 살 반에 엄마를 잃었어. 내 딸을 고아로 만들 수는 없잖아."

"조심해서 운전할 테니까 어서 타, 겁쟁이 양반아! 내가 다른 차들을 더 방해하게 하고 싶지 않으면……."

요란한 경적 소리에 마음이 다급해진 매튜는 길게 한숨을 내쉬며 빨간색 쿠페 안으로 미끄러지듯 빨려 들어갔다. 매튜가 안전띠를 매자마자 카마로 승용차는 교통법규를 무시한 채 왔던 길을 되돌아 북쪽으로 방향을 틀었다.

"집으로 가려면 반대 방향으로 가야 하는 거 아냐?"

매튜가 문손잡이를 꽉 잡으며 버럭 화를 냈다.

"벨몬트 쪽으로 돌아가려는 것뿐이야. 길어야 10분이면 족하니까 너무 심통 부리지 마. 에밀리는 걱정하지 마. 내가 베이비시터에게 전화해 한 시간만 더 봐달라고 부탁했으니까."

"나와 상의도 하지 않고 왜 그랬어? 이봐, 내가 경고하는데……."

에이프릴이 순식간에 기어를 두 단계나 올려 전속력으로 질주하는 바람에 매튜는 더 이상 말을 잇지 못했다. 다시 안정적인 속도로 차를 유지하게 한 에이프릴이 몸을 매튜 쪽으로 돌리더니 판화들이 들어 있는 아트 백을 내밀었다. 일본 판화를 보관하기 위해 특수 제작한 아트 백이었다.

"운이 좋으면 우타마로 판화를 사겠다는 고객을 만날 수 있을 것 같아."

에이프릴은 사우스엔드에서 화랑을 운영하고 있었다. 에로틱한 예술 작품을 전문적으로 취급하는 화랑이었다. 에이프릴에게는 세상에 잘 알려지지 않은 작품들을 찾아내 큰 이익을 남기며 되파는 재능이 있었다.

아트 백을 열고 판화들을 꺼내보았다. 고객을 상대로 성행위에 열중하는 게이샤를 묘사한 18세기 무렵의 슌가*였다. 매우 관능적이고 곡예에 가까운 분위기를 풍기는 성행위 자세였다. 게이샤의 노골적인 자세는 판화의 섬세한 선 처리와 천의 풍부한 재질감 때문에 한결 에로틱해 보였다. 게이샤의 얼굴은 놀라울 만큼 섬세하고 우아하게 표현돼 있었다. 이런 식의 판화가 훗날 클림트나 피카소의 그림에 큰 영향을 미쳤다는 게 전혀 놀라운 일은 아니었다.

"당신, 정말로 이 작품을 팔고 싶어?"

"사실은 도저히 거절하기 어려운 제안을 받았어."

에이프릴이 영화 〈대부〉의 말론 브란도 말투를 흉내 내 말했다.

"그림을 사겠다는 사람이 누군데?"

"딸을 보려고 보스턴에 온 아시아 출신 거물 수집가야. 물건을 구입할 마음은 있어 보이는데 하루밖에 시간이 없대. 이번 기회를 놓치면 아주 오랫동안 후회할 거야."

*Shunga 일본의 에로 판화, 즉 춘화(春畵)를 가리키는 용어

에이프릴이 운전하는 카마로 승용차가 대학가를 벗어나 플래시 펀드를 끼고 난 고속도로를 달려 보스턴 서쪽 주택가인 벨몬트에 도착했다. 내비게이션에 주소를 입력한 에이프릴은 품위 있고 가족적인 분위기를 풍기는 동네로 접어들었다. 아름드리나무들로 둘러싸인 학교, 놀이터, 공원, 운동시설들이 아기자기하게 모여 있는 동네였다. 1950년대 영화에서 방금 빠져나온 듯한 아이스크림 장사도 눈에 띄었다.

에이프릴은 추월금지 구역에서 앞서가던 통학버스를 보란 듯이 추월해 아름드리나무들이 소담스럽게 서 있는 길가에 차를 세웠다.

"당신도 같이 갈래?"

에이프릴이 아트 백을 챙겨 들며 물었다.

"난 그냥 차에서 기다릴게."

"내가 최대한 빨리 일을 마무리 지을 테니까 잠시 기다려."

에이프릴이 백미러를 통해 베로니카 레이크처럼 구불거리는 앞머리가 오른쪽 눈썹을 살짝 덮도록 매만지며 말했다. 머리 손질이 끝나자 핸드백에서 립스틱을 꺼내 신속하게 입술에 칠한 다음 몸에 착 달라붙고 앞가슴이 훤히 드러나는 티셔츠와 빨간 가죽 재킷의 옷매무새를 매만졌다. 그 결과 에이프릴 특유의 팜 파탈 룩이 완성되었다.

"옷이 지나치게 야한 거 아니야?"

"난 나쁜 여자는 아니야. 그저 이렇게 생겼으니 생긴 대로 사는 것뿐이지."

에이프릴이 대답 대신 제시카 래빗이 부른 노래의 후렴구를 흥얼거리며 애교를 부리고 나서 긴 다리를 쭉 뻗으며 차에서 내렸다. 에이프릴은 이 근방에서 가장 큰 집 대문 앞에서 초인종을 눌렀다. 그녀는 잘록한 개미허리, 탐스러운 가슴, 길고 날씬한 다리 등 어디에 내놔도 빠지지 않는 훌륭한 몸매의 소유자였다. 그녀는 남자들의 성적 환상을 완벽하게 채워주는 이상형 몸매의 소유자였지만 오로지 여자들만 사랑했으며 동성애자라는 사실을 그 어디서든 당당하게 털어놓았다.

에이프릴이 동성애자라는 사실이 매튜가 그녀를 세입자로 받아들이는 데 망설임이 없게 한 이유였는지도 모른다. 동성애자인 만큼 둘 사이에 문제의 소지가 있을 리 없으니까. 에이프릴은 재미있고 영리한데다 장난기가 많아 매튜가 외로움을 견디는 데 많은 도움이 되었다. 입담이 걸쭉하고 성질이 괄괄해 화가 나면 물불을 가리지 않고 감정을 폭발시키기도 하지만 언제나 에밀리를 방긋 웃게 만드는 재주가 있어 여러모로 의지하는 부분이 많았다.

자동차에 혼자 남은 매튜는 길 반대편을 바라보았다. 엄마와 두 자녀가 마당을 장식하고 있었다. 그제야 매튜는 크리스마스가 일주일 앞으로 다가왔다는 사실을 깨닫고, 공포에 가까운 감정에 사로잡혔다.

케이트가 세상을 떠난 지 어느새 일 년이 지났어!

2010년 12월 24일, 그날 이후 매튜의 삶은 고통과 절망의 나락으로 떨어졌다. 처음 세 달 동안은 너무나 끔찍하게 괴로워 잠시도 휴식을 취할 수 없었다. 마치 독사에게 물리기라도 한 것처럼 생생한 상처가 몸 안에 남아 있던 마지막 생명의 기운을 남김없이 빨아들이는 듯했다. 고통스런 삶에 종지부를 찍기 위해 몇 번이나 극단적인 방법을 택하고 싶은 유혹에 시달렸다. 창문을 열고 뛰어내릴까? 목을 맬까? 수면제를 복용할까? 머리에 총을 쏠까?

자살 충동에 시달릴 때마다 에밀리가 떠올랐고, 딸에게 더는 몹쓸 짓을 해서는 안 된다는 생각이 극단적인 행동을 자제시켜주었다. 엄마를 잃은 에밀리에게 아빠마저 앗아간다는 건 너무나 가혹한 일이 아닐 수 없었다.

처음 몇 주 동안에는 분노의 감정에서 헤어나지 못했고, 그 후로는 줄곧 기나긴 슬픔의 터널 속에서 헤맸다. 삶이 그대로 멈춰버린 듯했다. 기나긴 절망감 속에서 마음은 꽁꽁 얼어붙었고, 허구한 날 피로와 권태에서 벗어나지 못했다. 생에 대한 열정을 상실한 결과 무력감에서 벗어나야겠다는 시도조차 해보지 못한 그는 패배를 선언하고 아예 마음의 빗장을 잠가버렸다. 아내의 부재를 도저히 받아들일 수 없었고, 더는 미래에 대한 꿈을 꿀 수도 없었다.

그나마 에이프릴의 충고를 받아들여 비슷한 고통을 겪고 있는 사람들의 모임에 가입했다. 실제로 모임에 나가 현재 겪고 있는 고통을 사람들 앞에서 솔직히 털어놓고 함께 공유하기 위해 애써 보았지만 끝내 마음의 문을 열어젖히는 데 실패했다. 그 후, 다시는 모임에 나가지 않았다. 거짓 연민, 상투적인 위로, 가슴에 와닿지 않는 충고의 말이 난무하는 모임이었다. 차츰 모임에 나오는 사람들과 담을 쌓으며 스스로 고립을 택했다. 모임을 탈퇴하고 나서 다시 유령처럼 방황을 거듭했고, 이제는 아무런 계획도 희망도 남아 있지 않았다. 참담하게 무너져 내린 생활이 몇 달간이나 이어졌다.

몇 주 전부터 '삶에 대한 의욕이 되살아났다'라고 말하지는 않았지만 매튜는 차츰 가슴을 짓누르던 고통이 서서히 누그러져 가고 있다는 걸 느꼈다. 아침에 눈을 뜨는 건 여전히 괴로운 일이었지만 하버드대 교정에 들어서는 순간 애써 자기 자신에게 '괜찮아, 다 잘될 거야'라는 희망의 기운을 불어넣었다. 나름 충실하게 강의를 하고, 동료 교수들과 학생 지도 모임에도 참가했다. 아직 예전에 비해 활기가 넘치지는 않았지만 다시금 생에 대한 의지를 갖게 된 건 분명했다. 아직 새로운 삶의 길을 분명하게 찾았다고 말하는 건 시기상조였지만 적어도 자신이 강의하는 몇몇 철학 개념을 토대로 현실을 긍정적으로 받아들이고 있다는 건 의심의 여지가 없었다.

매튜는 스토아학파의 숙명론과 불교에서 말하는 삶의 비 영속성의 중간쯤 되는 위치에서 실존을 있는 그대로 받아들이기로 결심했다. 삶이란 어차피 일시적이고 불안정한 것, 끊임없이 변모하는 하나의 과정일 뿐이었다. 고정된 건 아무것도 없었다. 행복을 붙들어 매어둘 수는 없으니까. 유리잔처럼 깨지기 쉬운 행복을 영속적인 기득권으로 간주할 수는 없으니까. 행복이란 어차피 한순간에 불과하니까.

에밀리와 따사로운 햇볕이 내리쬐는 거리를 함께 걷기, 학생들과 어울려 축구 시합하기, 스쳐 지나가는 에이프릴의 농담처럼 일상에서 자주 접하는 즐거움을 통해 삶에 대한 의욕을 되찾아갔다. 마음에 위안을 주는 일들 덕분에 매튜는 서서히 고통과 거리를 두는 방법을 알게 되었고, 슬픔의 쓰나미로부터 자신을 지키기 위해 안전한 방파제를 쌓아가기 시작했다. 언제 다시 파괴될지 모르는 불안한 방파제였다. 고통의 그림자는 도처에서 호시탐탐 기회를 엿보며 해답 없는 질문을 퍼부어댔다. 고문은 일상적으로 가해졌고, 언제든 목덜미를 물어뜯을 기세였다.

케이트가 사용하던 향수를 뿌리고 똑같은 트렌치코트를 입은 여자와 마주친다거나 라디오에서 행복했던 시절을 떠올리게 하는 노래가 흘러나온다거나 우연히 책갈피 속에 끼워둔 옛 사진을 발견한다거나……

고통은 부지불식간에 예고도 없이 찾아와 잔인하게 가슴을 후벼댔다. 최근에 참기 힘든 나날을 보낸 매튜는 또다시 이전처럼 절망의 나날로 되돌아가는 건 아닌지 몰라 몹시 불안했다. 케이트가 사망한 지딱 일 년이 되었다. 크리스마스와 연말연시를 앞둔 거리의 흥청거리는 분위기는 케이트를 더욱 그립게 했다.

매튜는 일주일 전부터 잠을 자다가 깜짝 놀라 깨기 일쑤였다. 심장이 두방망이질 치고 식은땀이 흐르고 언제나 똑같은 악몽에 시달렸다. 꿈에 케이트가 살아 있던 마지막 순간이 반복적으로 등장했다. 사고를 당한 케이트가 병원으로 옮겨질 당시 매튜는 그 자리에 있었다. 의사들은 끝내 케이트를 살려내지 못했다. 죽음이 사랑하는 여인을 제멋대로 앗아가는 동안 매튜는 무기력하게 그 과정을 지켜볼 수밖에 없었다. 두 사람이 절정의 행복감을 느끼며 함께했던 시간은 겨우 4년에 불과했다. 가슴 깊이 서로를 이해하고 따스하게 보듬어주었던 4년, 줄곧 함께 살아가기 위해 주춧돌을 놓아야 했던 시간들이었다. 결국 비극적인 사건이 터지는 바람에 함께 기약했던 미래는 산산조각이 나버렸다.

매튜는 그런 만남은 일생에 단 한 번뿐일 거라 확신했고, 그런 생각이 들 때마다 케이트가 견딜 수 없이 그리웠다. 매튜는 두 눈에 눈물이 그렁그렁한 채 손가락에 끼고 있는 반지를 만지작거리고 있었다. 진땀이 났고, 심장이 가슴을 마구 때렸다.

매튜는 얼른 카마로 승용차의 창을 내리고, 입고 있던 청바지 주머니에서 긴 막대 모양 진정제를 꺼내 혀 밑에 집어넣었다. 약이 입 안에서 천천히 녹으면서 화학적인 위안과 더불어 흥분상태를 차츰 가라앉혀주었다.

매튜는 두 눈을 감고 눈꺼풀을 부드럽게 쓸어내리며 숨을 깊이 들이쉬었다. 마음을 더 진정시키려면 담배를 한 대 피워야 할 듯했다. 차 밖으로 나온 그는 도어를 잠그고, 인도를 따라 몇 발짝 걸어가 담배에 불을 붙여 물고 연기를 한 모금 길게 빨아들였다. 니코틴의 쌉싸래한 맛이 느껴지면서 심장박동이 정상으로 되돌아오는 듯했고, 한결 기분이 나아졌다. 부드러운 가을바람에 얼굴을 맡긴 그는 눈을 지그시 감고 담배 맛을 음미했다. 나뭇잎 사이를 뚫고 다가선 오후의 따스한 햇살이 얼굴을 간질였다.

매튜는 잠시 그렇게 눈을 감고 있다가 떴다. 길 끄트머리에 위치한 집 앞에 사람들이 옹기종기 모여 있었다. 문득 호기심을 느낀 그는 대성당을 연상시키는 뾰족지붕과 수많은 유리창, 널빤지를 대고 꾸민 외벽 등 전형적인 뉴잉글랜드풍 저택을 향해 걸음을 옮겼다. 집 앞 잔디밭에서 일종의 벼룩시장이 열리고 있었다. 일생에 평균 열다섯 번 넘게 이사를 한다는 이 나라에서 흔히 볼 수 있는 풍경이었다.

매튜는 일백 평방미터쯤 되는 공터에 모여든 구경꾼들 틈에 끼어들었다. 그와 비슷한 또래 남자가 물건을 팔고 있었다. 네모난 안경을 낀 남자는 심드렁한 얼굴로 사람들의 시선을 애써 피했다. 머리끝에서 발끝까지 온통 검은색 차림이라서인지 퀘이커 교도처럼 엄격해 보였다. 남자 옆에서 누런색 샤페이 종 개 한 마리가 고무로 만든 인조 뼈다귀를 열심히 물어뜯고 있었다.

학교가 끝날 시간인 데다 날씨가 화창한 탓인지 싼값에 괜찮은 물건을 사기 위해 몰려든 사람들로 북적댔다. 간이 진열대에는 팔기 위해 내놓은 온갖 잡동사니들이 가득했다. 목재 기찻길, 골프가방, 야구 배트와 글러브, 낡은 깁슨 기타……. 울타리에 비스듬히 기대놓은 산악자전거도 눈에 띄었다. 1980년대 초에 한창 크리스마스 선물로 인기몰이했던 자전거였다. 롤러스케이트와 스케이트보드도 나와 있었다.

매튜는 몇 분 동안 밝은 빛깔 나무 요요, 루빅의 큐브, 먹보 하마, 마스터 마인드, 프리스비, ET 봉제인형, 영화 〈스타워즈〉에 등장하는 피규어 등 어린 시절을 떠올리게 하는 갖가지 장난감들을 살펴보았다. 값이 아주 싼 걸 보면 최대한 짧은 시간에 물건을 처분하고 싶어 하는 게 분명했다. 이제 그만 돌아가봐야겠다고 생각한 순간 문득 노트북 한 대가 시선을 끌었다. 15인치짜리 맥북프로였다. 최신 기종은 아니지만 바로 전 혹은 그 전 모델쯤 되어 보였다.

매튜는 노트북을 집어 들고 겉모양을 요모조모 살폈다. 알루미늄 몸체 뒷면에 비닐스티커 한 장이 붙어 있었다. 팀 버튼 감독 영화의 등장인물을 연상시키는 스티커 속에 들어 있는 섹시한 이브가 양손에 〈애플〉사의 상징인 사과 형태 로고를 들고 있었다. 이브 그림 아래쪽에 '엠마 L.'이라는 사인이 뚜렷하게 보였다. 그림을 그린 작가의 사인인지 이전 컴퓨터 주인의 사인인지 알 길이 없었다.

이만하면 물건은 괜찮아 보여.

매튜는 가격표를 보며 잠시 망설였다. 그가 쓰던 중고 노트북은 지난 여름 완전히 먹통 상태가 되었다. 집에 데스크톱 한 대가 있었지만 어디든 편하게 들고 다닐 수 있는 노트북이 절실하게 필요했다. 다만 값이 만만치 않게 비싸 지난 3개월 동안 지출을 차일피일 미루어왔다. 맥북 프로는 4백 달러로 나와 있었고, 그 정도면 가격도 적당해 보였다.

매튜는 하버드대에서 매달 적지 않은 월급을 받고 있었지만 돈 쓸 일이 많아 늘 형편이 빠듯했다. 케이트와 함께 장만했던 베컨 힐의 보금자리는 무슨 일이 있어도 팔지 않기로 했다. 목숨이 붙어 있는 날까지 간직하리라 결심했다. 세입자로 들인 에이프릴이 지불하는 월세를 제하고도 하버드대에서 받는 급여의 4분의 3을 대출금 상환에 쓰다보니 형편이 갈수록 쪼들릴 수밖에 없었다. 얼마 전에는 수집가용 모델이라 애지중지하던 1957년형 트라이엄프 오토바이도 눈물을 머금고 처분했다.

매튜는 남자에게 다가가 손가락으로 맥북을 가리켰다.

"작동은 잘되겠죠?"

"제 동생이 쓰던 노트북인데 하드디스크를 포맷하고 운영체제를 새롭게 깔았습니다. 말이 중고지 새 노트북이나 다름없죠."

"좋습니다. 제가 이 노트북을 사죠."

매튜가 잠시 망설이다가 결심한 듯 말하고 나서 주머니에 든 지갑을 꺼냈다. 310달러밖에 없었다. 잠시 무안해하다 다시 가격 흥정에 나섰지만 남자는 딱 잘라 거절했다.

매튜가 기분이 상해 어깨를 으쓱하고 포기하려는데 뒤쪽에서 잔뜩 신이 난 에이프릴의 목소리가 들려왔다.

"내가 그 노트북을 선물할게."

에이프릴은 손으로 남자에게 신호를 보내며 큰 소리로 말했다.

"그건 안 돼."

"판화를 판 기념이야!"

"바라던 값에 팔았어?"

"물론이지. 솔직히 판화를 파느라 애를 먹긴 했어. 그 작자가 그 정도 가격이면 카마수트라에 나오는 자세를 그린 그림을 얼마든지 살 수 있을 거라며 튕기는 바람에 진땀깨나 흘렸어!"

"'인간의 모든 불행은 방 안에 가만히 앉아 얌전히 휴식을 취하지 못하는 습성에서 비롯된다'라는 말 알아?"

"우디 앨런?"

"블레즈 파스칼."

남자는 노트북을 상자에 넣어 매튜에게 내밀었다. 매튜가 고맙다는 뜻으로 고개를 끄덕이는 동안 에이프릴은 돈을 지불했고, 두 사람은 곧장 자동차로 돌아왔다.

매튜는 굳이 자기가 운전하겠다고 고집을 부렸다.

퇴근 시간의 혼잡 시간 속에 갇혀 거북이걸음을 하는 동안 매튜는 방금 손에 넣은 노트북이 삶을 송두리째 뒤바꾸어 놓으리라고는 꿈에도 생각지 못했다.

2. 엠마 로벤스타인

개들은 한 번도 나를 문 적이 없어요. 오직 남자라는 작자들만 나를 물었죠.
_마릴린 먼로

<임퍼레이터> 식당의 바

록펠러센터, 뉴욕

오후 6시 45분

록펠러센터 꼭대기 층에 자리한 <임퍼레이터> 식당에서 내려다보면 맨해튼 시내가 다 보였다. <임퍼레이터> 식당은 전통미와 첨단 디자인 감각을 절묘하게 결합시킨 인테리어가 인상적인 장소이기도 했다. 최근 대대적인 내부 수리를 단행했지만 전통의 아르데코 양식으로 만든 테이블과 가죽 소파는 그대로 유지시키는 재치가 발휘되었다. 그 결과, 기다란 유리 카운터가 홀 전체를 가로지르는 초현대적인 바이지만 오랜 전통을 자랑하는 영국식 펍의 아늑한 느낌이 묻어났다.

엠마 로벤스타인은 날씬한 몸매에 잘 어울리는 가볍고 경쾌한 걸음걸이로 손님들이 앉은 테이블 사이를 이리저리 옮겨 다니며 와인을 따라주고 있었다. 와인의 원산지와 전해 내려오는 일화를 들려주는 것도 잊지 않았다. 엠마의 직업은 와인 감별사로 타인에게 자신의 열정을 전하는 재능이 뛰어났다. 우아하고 가벼운 손놀림, 매사에 정확한 동작, 해맑은 미소에서는 기쁨을 함께 나누고자 하는 남다른 의욕과 열정이 느껴졌다.

종업원들이 요리를 내왔다.

"파르메산 치즈를 발라 구운 돼지족 카나페입니다."

손님들이 저마다 음식을 맛보고 난 느낌을 말하느라 장내가 잠시 소란스러웠다.

엠마가 한 손으로 상표를 가리고 손님들에게 일일이 와인을 따라주고는 그들이 방금 마신 와인의 이름을 알아맞힐 수 있도록 힌트를 주었다.

"자, 이제 정답을 말하겠습니다. 여러분이 방금 전 시음한 와인은 모르공입니다. 꼬뜨 뒤피산으로 보졸레에 속하죠. 입 안에서 맛이 오래 남고 여러 음식과도 궁합이 잘 맞기로 유명한 와인이죠. 팽팽하게 긴장된 느낌과 함께 깊고 진한 풍미를 지니고 있는 게 특징입니다. 딸기와 버찌 향이 혼합되어있어 특히 돼지족 같은 서민적인 식감의 요리와 환상적인 궁합을 이루는 와인이죠."

매주 한 번씩 바에서 와인 시음회를 열자고 제안한 사람이 바로 엠마였다. 회를 거듭할수록 입소문을 탄 사람들이 몰려들었다. 와인 시음회의 콘셉트는 간단했다. 엠마가 네 가지 와인을 정하면 조나단 랑프뢰르 주방장이 각각의 와인에 어울리는 음식을 조리해 손님들에게 선보였다. 시음회는 약 한 시간가량 진행되었고, 그때마다 손님들에게 와인의 이름과 산지를 알아맞히는 퀴즈를 진행했다. 놀이를 즐기듯 가볍게 와인 세계로 입문을 바라는 취지에서였다.

엠마는 카운터 뒤로 가 종업원들에게 마지막 음식을 가져오라는 신호를 보냈다. 음식을 준비하는 동안 엠마는 사람들이 눈치채지 못하도록 휴대폰에 눈길을 주었다. 문자메시지가 도착했는지 휴대폰의 액정화면이 깜박거리는 중이었다. 재빨리 메시지 내용을 확인한 엠마는 잠시 공황 상태에 빠져들었다.

이번 주 내내 뉴욕에 머물 거야.
오늘 밤, 저녁이나 같이 먹을까?
당신이 보고 싶어.
프랑수아

"엠마?"

누군가 부르는 소리에 정신을 차린 엠마는 휴대폰 화면에서 눈을 떼고 손님들을 향해 말했다.

"오늘 시음회를 마무리 지을 음식은 목련 꽃잎을 곁들인 파인애플 아이스크림입니다. 장작불에 구운 마시멜로와 파인애플 아이스크림의 깊은 조화를 맛보시기 바랍니다."

말을 마친 엠마는 포도주 두 병을 따 손님들에게 일일이 따라주며 다시 한번 퀴즈를 내고는 시음회를 마무리 지었다.

"여러분이 방금 시음한 와인은 이탈리아 피에몬테 와인으로 아스티산 모스카토였습니다. 어느 음식과도 잘 어울리고, 향이 짙고 가벼운

게 특징이지요. 톡 쏘는 맛과 단맛이 납니다. 장미 빛깔에 작은 기포가 있어 파인애플의 상큼함을 우아하게 받쳐주죠."

마지막으로 참석한 손님들의 질문이 이어졌다. 손님들은 엠마의 커리어와 개인적으로 궁금한 것에 대해 물었다. 엠마는 어떤 질문이든 개의치 않고 성실하게 답변해주었다. 마음속에서 심각한 동요가 일었지만 겉으로는 전혀 드러내지 않았다.

엠마는 웨스트버지니아의 소박한 가정에서 태어났다. 열네 살이 되던 해 여름, 트레일러 운전기사였던 아버지는 온 가족을 캘리포니아의 어느 와이너리로 데려갔다. 민감한 사춘기 소녀 엠마에게 와인의 세계는 굉장히 놀라운 발견이었고, 진정한 기쁨이 무엇인지 알게 해주었다. 기쁨은 곧 관심과 열정으로 이어졌고, 결국 와인 감별사라는 직업을 갖게 되기에 이르렀다.

엠마는 최고의 와인 교육으로 정평이 난 찰스턴 호텔학교에 입학했고, 졸업하자마자 뉴욕에 왔다.

'뉴욕에서 내 꿈을 펼치는 거야.'

뉴욕에 첫발을 내딛은 엠마는 식당 서빙 종업원으로 일하다가 곧 웨스트빌리지에 있는 유명 식당의 서빙 책임자 자리에 올랐다. 하루에 열여섯 시간씩 악착같이 일했다. 서빙 책임자로 일하는 동안 손님들에게 와인도 추천해주면서 바텐더 일도 겸했다. 그러던 어느 날 아주 특별한 손님을 마주했다. 그 손님을 보는 순간 한눈에 누구인지 알아보았다. 평소 우상으로 여겨온 조나단 랑프뢰로 음식 평론가들이 '미식계의 모차르트'라 부르는 바로 그 사람이었다.

조나단은 맨해튼의 유명 식당이자 미식가들이 세계 최고로 치켜세우는 〈임퍼레이터〉 식당 경영자이기도 했다. 〈임퍼레이터〉 식당은 해마다 세계 각지로부터 수천 명의 손님들을 맞아들이는 식당으로 식사 예약을 하려면 적어도 일 년을 기다려야 했다.

그날, 조나단과 부인이 식사를 하러 왔다. 그는 세계 각지에 식당을 소유하고 있는 거물급 인사였다. 차마 거대한 식당 제국을 건설한 사람이라고는 믿을 수 없을 만큼 젊은 나이이기도 했다. 엠마는 용기를 내 그간 우상으로 여겨온 조나단에게 와인을 추천했다. 조나단은 침착하게 엠마의 이야기를 경청했고, 식사 시간은 이내 스카우트를 위한 면접의 장이 되어버렸다.

조나단은 엄청난 성공을 거두었지만 초심을 잃지 않고 요리 연구에 매진해왔다. 그는 매우 까다로운 성격으로도 유명하지만 한편으로는 한없이 겸손한 인물이기도 해 함께 일할 인재를 늘 직접 뽑았다.

조나단이 식대를 계산하는 자리에서 명함을 내밀며 말했다.

"내일부터 〈임퍼레이터〉 식당에 나오도록 해요."

다음 날, 엠마는 〈임퍼레이터〉 식당의 차석 와인 감별사가 되었고, 그 후 3년 동안 조나단과 놀라울 만큼 환상적인 호흡을 자랑했다. 조나단은 창조적인 상상력이 넘쳐나는 데다 음식과 와인의 완벽한 궁합을 추구하는 요리사였다. 직업적인 관점에서 보자면 엠마는 이미 꿈을 달성한 거나 다름없었다.

지난해, 조나단은 파경을 맞은 결혼생활에 충격을 받아 앞치마를 벗어던졌다. 조나단은 주방을 떠났지만 〈임퍼레이터〉 식당은 곧 다시 영업을 재개했다. 식당에는 여전히 조나단이 남기고 간 발자취와 숨결이 배어 있었고, 그가 창조한 요리들이 메뉴판을 빼곡하게 장식하고 있었다.

"오늘, 자리해주신 손님 여러분께 감사드립니다. 진심으로 여러분 모두에게 유익한 시간이 되었기를 바랍니다."

엠마의 인사말을 마지막으로 행사가 모두 마무리되었다.

손님들에게 일일이 인사를 건넨 엠마는 부하직원들에게 지시사항을 전달하고 소지품을 챙겨 들고 집으로 돌아왔다.

♠

엘리베이터는 단 몇 초 만에 엠마를 록펠러센터 로비로 데려다주었다. 밤 깊은 시각이었고, 입에서 하얀 입김이 새어 나왔다. 록펠러센터 앞 광장에서는 많은 사람들이 차가운 바람에도 아랑곳하지 않고 스케이트장을 굽어보며 우뚝 서 있는 크리스마스트리를 카메라에 담느라 여념이 없었다. 높이가 무려 30미터가량 되는 크리스마스트리는 온갖 장식품들과 전구의 무게를 감당하지 못해 가지가 축 늘어져 있었다.

엠마는 파티가 많은 연말연시가 싫었다. 아무리 거부하려 해도 자꾸만 밀려드는 고독감을 떨쳐버릴 수 없었다. 엠마는 털모자를 쓰고, 목도리를 단단히 동여맨 다음 어서 빈 택시가 지나가주기만 간절히 바랐다. 한창 러시아워라 손님을 태운 택시들만 눈앞을 지나쳐갔다.

엠마는 택시 잡는 걸 포기하고 인파를 헤치며 잰걸음으로 렉싱턴 애비뉴와 53번가가 교차하는 지점까지 걸어갔다. 지하철역으로 들어간 그녀는 시내 방향으로 가는 E라인을 탔다. 예상대로 지하철은 만원이었고, 엠마는 승객들 틈에 끼어 계속 서 있어야만 했다.

이리저리 떠밀리는 가운데 엠마는 휴대폰을 꺼내 이미 다 외워버린 문자메시지를 확인했다.

이번 주 내내 뉴욕에 머물 거야.

오늘, 저녁이나 같이 먹을까?

당신이 보고 싶어.

프랑수아

'나쁜 자식, 당장 꺼져! 난 네 놈 따위가 마음대로 오가라 할 수 있는 여자가 아니야.'

엠마는 휴대폰 화면에서 눈을 떼지 않은 채 벌컥 화를 냈다.

프랑수아는 보르도 지역에서 이름만 대면 알 수 있는 와이너리 상속자였다. 2년 전, 엠마는 프랑스에 포도 묘목들을 구하러 갔다가 프랑수아를 만났다. 프랑수아는 유부남이자 두 아이의 아빠라는 사실을 굳이 감추지 않았지만 엠마는 그의 열정적인 구애를 뿌리칠 수 없었다. 엠마는 그와 더 많은 시간을 함께 보내기 위해 여행 기간을 연장했고, 와인로드를 따라가며 꿈같은 일주일을 보냈다. 명품으로 손꼽히는 와이너리들과 고성이 곳곳에 포진해 있는 메독 로드, 로마네스크 양식으로 지은 교회들과 고고학 발굴지, 작고 아담한 옛날식 집들, 앙트르뒤메르 수도원, 중세마을 생테밀리옹 등을 볼 수 있는 경사지 로드……

두 사람의 재회는 프랑수아의 뉴욕 출장길에 이루어졌다. 그 당시 두 사람은 하와이에서 일주일 동안 함께 휴가를 보내기도 했다. 지난 2년 동안 열정적이고도 파행적인 관계가 간헐적으로 이어져왔다. 결국 실망으로 점철된 2년이었다. 프랑수아는 만날 때마다 부인과 헤어질 거라 장담했다. 엠마는 그 말을 전폭적으로 신뢰하지는 않았지만 혹시나 하는 기대감을 버리지 못하고 그를 열렬하게 사랑했다.

어느 날, 주말을 함께 보내기로 약속했던 프랑수아가 엠마에게 문자 메시지를 보냈다. 부인을 사랑하기 때문에 이제 관계를 끝내고 싶다는 내용이었다. 살아오는 동안 엠마는 거식증, 폭식증, 면도칼로 손목 긋기 등 여러 차례에 걸쳐 삶의 경계까지 간 경험이 있었다. 프랑수아의 메시지는 잠시 잊고 있던 지난날의 상처를 다시금 마구 헤집어놓는 비수나 다름없었다. 엄청난 허탈감이 엄습해와 그녀를 절망의 구렁텅이로 몰아붙였다. 이미 여러 번 골절되었던 곳이라 다시금 쉽게 다칠 수 있는 묵은 상처들이 독버섯처럼 온몸으로 번져갔다.

삶은 순식간에 아무것도 아닌 일이 되어버렸다. 산다는 건 고통의 연속이었다. 고통을 잠재우기 위해 취할 수 있는 방법이라고는 욕조 속에 누워 손목을 긋는 것뿐이었다. 엠마는 생명을 스스로 던져버리기로 결심했고, 양팔에 면도칼로 깊이 그은 상처 자국이 남게 되었다. 엠마의 자해행위는 구원을 청하는 몸짓도 영화의 한 장면을 모방하는 몸짓도 아니었다. 엠마의 자살 기도는 사랑의 종말 때문에 갑작스레 촉발되었지만 이미 오래전부터 마음 안에서 싹터왔다.

엠마는 삶이 멈춰주길 바랐다. 남의 속도 모르는 멍청한 오빠가 하필이면 그 순간 엠마 혼자 사는 아파트를 찾아오지만 않았더라도 뜻을 이루었을 것이다. 오빠가 아버지가 있는 양로원에 왜 비용을 부치지 않았는지 잔소리를 하러 오지만 않았더라도 자살 기도는 성공리에 끝났을 게 틀림없었다.

그 당시 일을 떠올리자 엠마는 갑자기 등줄기가 서늘해졌다. 지하철이 42번가 역에 도착했다. 버스 종점이 있는 역이었다. 사람들이 우르르 내린 덕분에 엠마는 빈자리를 차지하고 앉았다. 그녀가 막 의자에 앉으려는 순간 휴대폰이 부르르 떨렸다. 프랑수아는 뻔뻔스럽게 고집을 부리고 있었다.

제발 부탁이니까 대답 좀 해줘.

우리 다시 시작하자. 나에게 꼭 연락해줘.

당신이 너무 보고 싶어.

당신의 프랑수아

엠마는 두 눈을 감고 천천히 숨을 들이쉬었다. 프랑수아는 이기적인데다 정서불안 환자가 분명했다. 그는 외모에서 풍기는 매력을 이용해 마치 자기가 넓은 아량을 가진 영웅인 양 인격을 포장했고, 상대의 마음을 어떻게 빼앗고 지배할지 잘 알았다. 여자에게 접근해 자제력을 잃게 만든 다음 치명적인 약점을 찾아내 잔인하게 이용하기도 했다. 한번 약점을 잡으면 집요하게 파고들었고, 가끔 아물지 않은 상처들을 들쑤셔 고통을 배가시키기도 했다.

프랑수아는 자기에게 유리한 방식으로 현실을 포장하는 능력이 탁월한 사람이었고, 상대방을 거짓말쟁이로 몰아붙이는 파렴치한 짓도 서슴지 않았다.

엠마는 그가 보낸 문자메시지에 답장을 보내고 싶은 유혹을 떨쳐버리기 위해 휴대폰을 꺼두었다. 유혹에서 벗어날 수만 있다면 뭐든 할 수 있는 각오가 되어 있었다. 크리스마스가 다가오면서 외로움의 고통이 차츰 가중되고 있었지만 다시는 그가 파놓은 함정에 빠져들 수는 없었다. 언제나 최대의 적은 그녀 자신이었다.

엠마는 사랑 없이도 얼마든지 세상을 잘 살아갈 수 있다고 믿지 않았다. 평소에는 전혀 뒤틀린 구석이 없고 쾌활한 성격이었지만 그녀의 내면 어딘가에 억누르기 힘든 충동성과 정서불안이 숨어 있었다. 충동성과 정서불안은 때로 심각한 우울증과 조울증의 원인이 되었다. 버림받을지도 모른다는 공포감에 사로잡히게 될 경우 통제력을 잃고 자해를 시도할 위험도 그만큼 컸다. 그러다보니 의도하지 않았지만 고통스러운 관계들로 점철되었다. 단적으로 연애만 해도 가치 없는 상대에게 너무 많은 걸 내주는 실수를 저지르곤 했다. 프랑수아처럼 야비한 상대에게조차 단호한 입장을 내비치지 못했다.

엠마에게는 스스로도 이해할 수 없고, 통제할 수 없는 뭔가가 있었다. 이를테면 악마의 유혹일 수도 있었고, 중독일 수도 있는 뭔가가 그녀를 사랑해서는 안 될 남자의 품으로 떠밀었다. 그런 관계들이 그녀가 갈망하듯 보호받는 느낌이나 정서적 안정감을 가져다줄 수 없다는 걸 뻔히 알면서도 맹목적으로 빠져들곤 했다. 스스로 생각하기에도 자신이 선택한 결과가 실망스럽기 그지없었지만 늘 같은 길을 걸어왔다. 결과적으로 그녀는 부정한 유부남들의 공범, 타인의 가정을 파괴하는 파렴치한 여자가 되고 말았다. 물론 그녀의 가치관이나 열망에 비춰보자면 결코 원하지 않은 결과였다.

몇 달 전부터 엠마는 심리치료를 통해 자기 자신과의 거리두기, 충동적이고 맹목적인 감정 다스리기를 익히고 있었다. 그 결과 자기 몸을 스스로 보호하고, 나쁜 영향을 미치는 사람들로부터 가능한 한 멀리 떨어져 지내야 한다는 점을 깨닫게 되었다.

지하철이 E라인의 종점인 월드트레이드센터역으로 들어섰다. 몇 년 전, 9.11 테러로 초토화되었지만 현재 진행 중인 공사들이 모두 마무리되면 유리와 철강으로 지은 인근의 마천루들과 더불어 다시금 뉴욕의 화려한 스카이라인을 형성하게 될 것이었다.

'시련을 겪을수록 한층 더 강해지는 맨해튼의 역량을 그대로 보여주는 상징적 건물이 될 거야.'

엠마는 그리니치 스트리트 쪽 입구 계단을 오르며 그렇게 생각했다.

'두고두고 생각해봐야 할 사례야.'

빠른 걸음으로 해리슨 스트리트의 교차로에 다다른 엠마는 1970년대에 갈색 벽돌로 지은 고층 아파트들이 늘어선 광장 쪽으로 걸음을 옮겼다. 트라이베카 지역이 창고로 가득 찬 공장지대였을 때 들어선 주택가였다.

엠마는 코드를 누른 다음 양팔로 있는 힘껏 철제문을 밀었다. 노스플라자 50번지 40층 건물의 세 동에는 비교적 월세가 싼 아파트들이 수

백 채나 나와 있었다. 지금은 이 지역 부동산 가격이 엄청나게 뛰었고, 아파트 건물들도 곧 재건축에 들어갈 예정이었다. 적어도 그때까지는 낡은 현관, 페인트가 벗겨져나간 벽, 어두침침한 조명, 청결이 의심되는 환경을 고스란히 감내하며 살아가는 수밖에 없었다.

엠마는 편지함을 열고 우편물을 꺼낸 다음 엘리베이터를 타고 39층으로 올라갔다.

"클로비스!"

엠마가 현관에 들어서기 무섭게 개 한 마리가 달려 나오며 반갑게 맞이했다.

"그래, 나도 반갑지만 문을 잠글 틈은 줘야지."

엠마는 샤페이 종 개의 주름진 등 언저리를 쓰다듬으며 마치 투정부리듯 중얼거렸다.

엠마는 핸드백을 내려놓고 잠시 개와 놀아주었다. 개의 다부지고 단단한 체구, 두툼한 주먹코, 움푹 들어간 눈, 뚱해 보이지만 밉지 않은 표정 등이 모두 마음에 들었다.

"넌 언제까지나 내 곁에 있을 거지?"

엠마는 개에게 감사의 마음을 표하듯 밥그릇에 먹이를 듬뿍 채워주었다.

40제곱미터 규모의 작은 아파트였지만 밝은 빛깔 원목을 깐 바닥과 붉은 벽돌이 그대로 드러나 있는 벽, 커다란 창 등이 인상적이었다. 검은 사암 소재의 카운터를 경계로 거실과 주방으로 나뉘어져 있는 개방적인 구조로 카운터 주변에 등받이 없는 금속제 의자 세 개만이 덩그러니 놓여 있었다. 거실 선반에는 미국이나 유럽 작가들이 쓴 소설, 영화 평론집, 와인과 미식 관련 서적 등이 주제별로 분류되어 빼곡하게 채워져 있었다. 노후화된 건물은 결함투성이로 파이프들이 낡아 누수가 빈번히 발생했고, 세탁장에는 쥐들이 수시로 드나들었고, 엘리베이터는 툭하면 고장 났고, 낙후된 온풍기에서는 따뜻한 바람이 나오지 않았다.

벽이 얇아 폭풍우라도 몰아치면 심하게 떨렸고, 이웃집 부부가 섹스를 하는 소리까지 고스란히 들려왔다. 다만 건물에서 내다보이는 탁 트인 경관만큼은 그 어디에도 뒤처지지 않을 만큼 황홀하고 매력적이었다. 허드슨강과 더불어 로어 맨해튼이 한눈에 들어오는 경관 앞에서는 누구나 저절로 숨이 멎을 정도였다. 조명을 환하게 밝힌 채 줄지어 늘어서 있는 고층 건물들, 허드슨강 위를 미끄러지듯 떠내려가는 배들의 모습은 한마디로 보기 드문 장관이었다.

엠마는 외투와 머플러, 정장을 차례로 벗어 옷걸이 대용으로 쓰는 마네킹에 걸쳐놓고 진 바지와 헐렁한 양키즈 티셔츠로 갈아입은 다음 욕실로 가 화장을 지웠다.

거울 안에 살짝 웨이브 진 갈색 머리에 밝은 초록빛 눈동자, 주근깨가 드문드문 박힌 날카로운 콧날의 소유자인 서른세 살짜리 여자가 무심한 표정으로 서 있었다. 기분이 몹시 좋은 날, 엠마의 얼굴에서는 케이트 베킨세일 혹은 에반젤린 릴리 같은 분위기가 살짝 느껴지곤 했었는데 오늘은 그런 날이 아니었다.

엠마는 더는 슬픔의 늪에 빠져 허우적거리지 않겠다는 듯 거울을 향해 빈정거리는 표정을 지어 보이고 나서 눈을 따끔거리게 만드는 콘택 트렌즈를 빼버리고 안경을 착용하고는 부엌으로 나가 차를 준비했다.

'이 집은 정말이지 너무 추워.'

엠마는 몸을 부르르 떨며 담요를 한 장 걸치고는 라디에이터의 눈금을 올렸다. 물이 끓는 동안 앉은뱅이 의자에 앉아 카운터 위에 놓아둔 노트북을 열었다. 배가 고파 죽을 지경이었다. 배달 전문 일식당 사이트에 접속한 그녀는 미소 된장국과 스시, 마키, 생선회 등을 골고루 맛볼 수 있는 모둠 요리를 주문했다. 곧 주문 확인 이메일이 도착하자 주문 내역, 배달 시간 등을 꼼꼼하게 체크한 다음 혹시나 프랑수아가 보낸 메일이 있을까봐 조마조마해하며 메일함을 살펴보았다.

다행히 프랑수아가 보낸 메일은 없었다. 그 대신 매튜 샤피로라는 사람이 보낸 메일이 눈길을 끌었다.

한 번도 들어본 적 없는 낯선 이름이었다.

3. 메시지

다른 무엇보다도 고통을 잘 아는 사람에게 그것을 포기한다는 건 굉장한 시련이다.

_미켈라 마르자노

보스턴

비콘 힐 지역

저녁 8시

"이제 엄마는 안 와?"

에밀리가 잠옷 단추를 여미며 물었다.

"그래, 앞으로 엄마는 오지 않아."

매튜가 딸을 와락 끌어안으며 말했다.

"정말 나빠."

에밀리가 울먹이며 입을 삐죽거렸다.

"그래, 나쁜 일이지. 그렇지만 살다보면 어쩔 수 없이 나쁜 일도 만나게 된단다."

매튜는 딸을 침대 위로 번쩍 들어 올리며 무뚝뚝하게 대꾸했다.

방은 따뜻하고 포근했다. 아이 방에서 흔히 볼 수 있는 장식물이나 파스텔 톤의 유치한 치장도 눈에 띄지 않았다. 매튜와 케이트는 집을 손질하며 방들이 처음부터 지녔던 고유의 개성을 되살리는 데 주력했다.

에밀리의 방은 칸막이를 허문 다음 마룻바닥의 찌든 때를 벗겨내고 밀랍을 먹여 예전의 광택을 되살리는 데 집중했다. 표면을 다듬지 않은 원목 침대와 서랍장, 마 소재 천으로 덮은 소파, 흔들이 목마, 가죽과 주석으로 만든 장난감 상자 같은 가구들을 구입하기 위해 벼룩시장을 돌아보며 부지런히 발품을 팔기도 했다.

매튜는 두 눈에 엄마는 없어도 아빠가 있으니 안심해도 된다는 마음을 담아 아이에게 전하며 볼을 살며시 어루만졌다.

"아빠가 그림책 읽어줄까?"

에밀리는 두 눈을 내리깔고 슬픈 듯 고개를 저었다.

"아니, 됐어."

매튜의 얼굴에 순간적으로 당황한 빛이 어렸다. 에밀리는 이미 몇 주째 불안해하는 기색을 보이고 있었다. 매튜는 자신이 느끼는 스트레스가 딸에게 고스란히 전달되는 건 아닌지 몹시 걱정되었다.

매튜는 아이 앞에서 괴로움이나 불안감을 드러내지 않으려고 애썼지만 쉽지 않았다. 아이들은 본능적으로 상황을 감지하는 능력이 뛰어났다. 아무리 이성적인 행동을 취해도 소용없었다.

요즘 매튜는 늘 불안감에 휩싸여 지냈다. 케이트를 잃었는데 에밀리마저 잃게 되면 어쩌나 하는 불안감이 그를 잠시도 내버려두지 않았다. 도처에 위험이 도사리고 있다는 생각은 아이에 대한 과보호로 이어졌다.

에밀리는 지금 질식할 것 같은 과보호 분위기 속에서 자신감을 완전히 잃은 아이로 자랄 수도 있는 위험에 처해 있었다. 매튜는 뭘 어떻게 해야 하는지 잘 알지 못하는 아빠였다. 케이트가 세상을 떠나고 나서 처음 몇 주 동안에는 에밀리가 지나치게 무심한 태도로 일관하는 바람에 불안감이 더욱 가중되었다. 에밀리는 엄마의 죽음이 의미하는 걸 전혀 이해하지 못하는 듯 철저하게 무심한 태도로 일관했다. 아이의 심리 상담을 해준 병원의 정신과 전문의는 그런 태도는 절대로 비정상적인 게 아니라고 설명했다. 그는 아이들이 본능적으로 자기 자신을 보호하기 위해 상처가 될 만한 사건으로부터 은연중 거리를 두는 경향이 있다고 했다. 엄마를 잃은 충격을 견딜 수 있을 만큼 강인해질 때까지 관심을 유보한다는 설명이었다.

에밀리의 입에서 죽음과 관련된 질문이 쏟아지기 시작한 건 한참 나중 일이었다. 매튜는 여러 달 동안 정신과 전문의의 조언과 아동용 그림책 등을 참조해가며 에밀리의 질문에 조심스럽게 답변해주었다. 최근에는 에밀리의 질문이 매우 구체화되어 매튜를 당혹스럽게 했다. 그래서인지 매튜는 점점 더 의기소침해져 갔다.

이제 겨우 네 살 반밖에 안 된 에밀리는 죽음을 어떤 식으로 받아들일까?

매튜는 어떤 방법으로 설명하는 게 적절한지 감을 잡을 수 없었다. 에밀리가 난해한 어휘를 이해할 수 있을지 확신이 서지 않았다. 정신과 전문의는 에밀리가 커가는 동안 엄마의 죽음이 다시는 돌이킬 수 없는 사건이라는 점을 더욱 명확하게 인지하게 될 거라는 말로 그를 안심시켰다. 아이들이 죽음에 대해 질문하는 건 오히려 건강하다는 의미라고도 했다.

아이들은 그런 경험을 통해 침묵에서 벗어나고, 무언의 금기 같은 걸 피할 수 있게 되고, 궁극적으로 두려움에서 벗어나게 된다는 것이었다.

어느 모로 보나 에밀리가 궁극적으로 안정적인 단계에 도달하려면 많은 시간이 필요할 듯했다. 아이는 잠자리에 들 시간이면 늘 불안감에 사로잡혀 고통스런 답변이 따르기 마련인 질문을 반복했다.

"에밀리, 이제 자야 할 시간이야."

에밀리는 깊은 생각에 잠긴 표정으로 이불 속으로 들어갔다.

"할머니가 그러는데 엄마는 하늘나라에 있대."

"엄마는 하늘나라에 없어. 할머니가 잘못 알고 있는 거야."

매튜는 마음속으로 어머니를 원망하며 잘라 말했다.

케이트에게는 가족이 없었다. 매튜 역시 어린 나이에 부모로부터 독립했다. 은퇴 이후 마이애미에 살고 있는 그의 부모는 아들의 슬픔 따위는 아랑곳하지 않는 사람들이었다. 그의 부모는 케이트를 한 번도 진심으로 좋아한 적이 없었다. 케이트가 가정보다 일을 우선시하는 게 마음에 안 든다는 이유에서였다.

당신들 입장만 생각하는 이기적인 부모 입에서 그보다 더 가소로운 이유를 들을 수 있을까?

매튜의 부모는 케이트가 눈을 감고 나서 처음 한 달 동안 그의 집에 머물며 아들도 위로하고 에밀리도 돌봐주는 시늉을 했지만 곧 원래의 무심한 생활로 되돌아갔다. 요즘에는 일주일에 한 번 정도 전화해 안부를 묻거나 손녀딸에게 쓸데없는 소리나 하는 게 전부였다.

매튜는 분노가 울컥 치밀어 올랐다. 매튜는 죽으면 하늘나라에 간다는 말을 대단히 위선적이라고 생각해왔다. 그는 신은 물론 세상 그 무엇도 믿지 않았다. 케이트가 그를 남겨둔 채 죽었다고 해서 달라질 건 아무것도 없었다.

매튜는 '철학자'라는 말에는 무신론이 내포되어 있으며, 그 부분에 대해서는 전직 의사였던 케이트의 의견도 다르지 않았다. 죽음이란 끝이었다. 사후세계란 존재하지 않고, 오직 공허의 세계만이 존재할 뿐이었다. 즉, 절대적인 무의 세계만이 있을 뿐이었다. 아무리 딸을 안심시키기 위해서라지만 자신도 받아들일 수 없는 환상을 동원해 아이를 달래서는 안 된다는 게 그의 지론이었다.

"엄마가 하늘에 없으면 어디에 있어?"

오늘따라 아이는 집요하게 물고 늘어졌다.

"너도 알다시피 엄마의 몸은 묘지에 묻혔어. 다만 엄마가 마음 깊이 품고 있던 사랑은 죽지 않았을 거야. 엄마의 사랑은 늘 우리의 마음속에 남아 있겠지. 엄마 이야기를 하거나 함께 보낸 시간을 추억하거나 사진을 보는 동안 우리는 마음속으로 엄마를 만나볼 수 있어. 엄마가 묻혀 있는 묘지에 인사하러 갈 때도 마음속에 자리한 엄마의 기억을 되살릴 수 있을 거야."

에밀리는 고개는 끄덕였지만 완전히 설득된 것 같지는 않았다.

"아빠도 언젠가는 죽어?"

"그래, 사람이면 누구나 다 죽어. 그런데……."

"아빠가 세상을 떠나면 난 누가 돌봐줘?"

아이가 두려움에 떨며 물었다.

매튜는 에밀리를 와락 끌어안았다.

"아빠가 내일 당장 죽지는 않으니까 걱정 마. 백 살이 될 때까지 죽지 않을 거야. 약속할게!"

매튜는 마음속으로 '약속할게'를 거듭 되뇌어보았지만 그 약속이 얼마나 공허한지 모르지 않았다.

에밀리는 그 후로도 한동안 토닥거려주는 아빠의 품에 안겨 있다가 잠이 들었다. 매튜는 침대 머리맡에 있는 작은 등만 남겨두고 방의 불을 모두 껐다. 그는 방문을 반쯤 열어두고 나가기 전에 다시 한번 딸아이를 안아주며 에이프릴이 곧 저녁 인사를 하러 올 거라 약속했다.

♠

에밀리 방 앞 계단을 내려오면 곧바로 거실이었다. 아래층은 온통 은은한 불빛 속에 잠겨 있었다. 매튜 가족은 3년 전부터 마운트버논 스트리트와 윌로 스트리트가 만나는 지점에 위치한 이 붉은 벽돌집에서 살았다. 큼지막한 흰색 대문에 짙은 빛깔 목재 덧문을 갖춘 집으로 우리스버그스퀘어 쪽 경관을 맘껏 즐길 수 있어 전망이 괜찮은 타운하우스였다.

매튜는 창가에 기대 공원 철책에 매달려 깜박거리는 전구들을 물끄러미 바라보았다. 케이트는 보스턴의 역사적 중심지에서 살고 싶어 했다. 빅토리아 양식 주택들과 보도블록이 아니라 진짜 돌이 깔린 옛날식 인도, 아름드리나무들과 오래된 가스등들이 늘어선 꽃길, 시간이 멈춰버린 듯 모든 집들이 시간의 향기와 전통의 매력을 고스란히 간직하고 있는 마법의 장소를 원했다. 대학병원에서 일하는 월급쟁이 의사와 이제 막 학자금 대출 상환을 끝낸 애송이 교수의 월급으로는 감히 욕심내기 힘든 곳이었다.

그렇다고 쉽게 단념할 케이트가 아니었다. 그녀는 몇 달 동안 인근 상가를 돌며 곳곳에 광고 전단을 붙였다. 뜻이 있으면 길이 있다고 했던가? 마침내 양로원에 들어가 살기로 결정한 어느 노부인이 케이트가 붙인 광고 전단을 보았다.

유서 깊은 가문의 상속자였던 노부인은 부동산업자라면 질색해 개인 간 직거래 방식을 통해 평생 살아온 집을 팔고자 했다. 더 이상 집값을 깎는 건 곤란하다는 입장을 굽히지 않던 노부인은 케이트를 만나보고 나더니 선뜻 가격을 조정해보겠다고 했다. 케이트가 평생 살아온 집을 팔아도 될 만큼 맘에 든 게 틀림없었다.

결국 집값을 대폭 낮추긴 했지만 여전히 매튜 부부에게는 엄청나게 부담되는 액수였다. 평생 갚아야 할 만큼 큰돈이었지만 서로에 대한 사랑과 미래에 대한 믿음이 확고했던 매튜 부부는 그 집을 구입하기로 결정했다. 30년 동안 분할 상환하는 조건으로 대출을 얻어 집을 구입한 그들 부부는 주말마다 석고반죽과 페인트에 코를 박고 집수리에 전념했다. 평생 목수 일이라고는 해본 적 없었지만 두 사람은 얼마 지나지 않아 배관과 전기배선, 전통 방식의 바닥재 시공에 대한 전문가가 되다시피 했다.

매튜 부부는 집과 육체적인 관계를 맺은 거나 진배없었다. 이 집은 두 사람만의 은밀한 피난처이자 안식처였고, 앞으로 태어날 아이들을 키우면서 함께 나이 들어갈 공간이었다. 밥 딜런의 노랫말을 빌리자면 '폭풍우 대피소(Shelter from the Storm)'였다.

케이트가 세상을 떠나버린 지금 그런 계획이 무슨 의미가 있단 말인가?

집 안 구석구석에 케이트와 함께했던 기억들이 생생하고 무겁게 내리깔려 있었다. 둘이 함께 돌아다니며 구입한 가구들, 손수 작업한 인테리어, 심지어 공기 중에 떠도는 냄새(향초, 말린 꽃, 막대향)까지도 케이트를 떠올리게 했다. 아직 케이트가 집 안 어딘가에 머물고 있다는 착각을 지울 수 없었다. 그럼에도 다른 곳으로 이사할 엄두를 내지 못했다. 두 사람이 함께 가꾼 타운하우스는 그나마 정서 불안 상태가 계속되고 있는 그에게 마지막 남은 안식처였다.

이제 집의 제일 위층은 예쁜 방 하나와 욕실, 커다란 드레스 룸, 작은 서재를 임대한 에이프릴이 살고 있어 늘 활기에 차 있었다. 그 아래층에 매튜의 방과 에밀리의 방 그리고 케이트와 곧 낳기로 했던 둘째 아이 방이 있었다. 로프트처럼 꾸민 제일 아래층은 커다란 거실과 개방형 부엌이 차지하고 있었다.

매튜는 고통스러운 기억을 몰아내려는 듯 한동안 두 눈을 깜빡거리다가 부엌으로 갔다. 부엌이야말로 케이트와 함께 아침 식사를 하고, 저녁이면 다시 테이블을 마주하고 앉아 그날 있었던 일들을 이야기하던 추억의 장소였다.

매튜는 냉장고에서 여섯 개들이 블론드 맥주 세트를 꺼냈다. 그는 진정제 한 정을 입 안에 집어넣고 맥주 캔을 따 한 모금 들이켰다. 약과

버무린 맥주 칵테일이었다. 빨리 잠을 청하는 데 그보다 더 좋은 방법은 없었다.

"그런 칵테일이 대단히 위험할 수도 있다는 걸 몰라?"

에이프릴이 계단을 내려오며 눈살을 찌푸렸다. 외출을 하려는 듯 옷을 갈아입은 그녀의 모습이 오늘따라 더욱 화려하고 근사해 보였다. 현기증이 날 만큼 굽이 높은 킬 힐, 가장자리를 와인색으로 장식한 시스루 상의, 에나멜가죽 반바지, 불투명한 스타킹, 소매에 징이 박힌 짙은 색 카디건 등 한 가지씩 보자면 대단히 괴상망측한 스타일이었지만 에이프릴이 입으면 왠지 멋스러운 느낌이 났다. 에이프릴은 페티시스트 같은 취향의 옷을 아주 자연스럽게 소화해내는 재주가 있었다. 머리는 쪽을 지어 올리고 은은한 광채가 도는 자개 빛깔 파운데이션을 바른 그녀의 얼굴에서 선명한 핏빛 립스틱을 칠한 입술이 유난히 도드라져 보였다.

"나랑 같이 나가지 않을래? 난 지금 〈쇼트〉에 가는 길이야. 부둣가에 새로 생긴 펍 있잖아. 그 집에서 파는 돼지 머릿고기 튀김이 죽여주거든. 모히토는 두말할 필요도 없지. 요즘 이 도시에서 가장 예쁘다고 하는 여자들은 죄다 거기로 모여든다고 봐도 돼."

"에밀리를 방에서 자게 내버려두고 밖에 나가자고?"

에이프릴이 말도 안 된다는 듯 손사래를 쳤다.

"옆집 딸에게 부탁해 같이 놀아주라고 하면 돼. 사탕을 준다고 하면 눈썹을 휘날리며 달려오는 아이가 있거든."

매튜는 고개를 저었다.

"난 에밀리가 혼자 악몽을 꾸다가 깨어나 아빠 혼자서 동성애를 즐기는 여자들이 드나드는 술집에 모히토를 마시러 갔다는 사실을 알게 되는 걸 바라지 않아."

매튜의 말에 발끈한 에이프릴은 와인색 아라베스크 문양이 새겨진 긴 팔찌를 어루만지며 말했다.

"〈쇼트〉는 레즈비언들이 드나드는 술집이 아니야."

에이프릴이 분을 이기지 못하고 식식거리다가 다시 말했다.

"진심으로 말하지만 가끔 외출도 하고, 사람들도 만나고, 여자들의 마음을 얻기 위해 노력도 하고 사는 게 당신의 건강과 미래를 위해 좋아. 그러니까 마냥 집에서 처박혀 지내지 말고 가끔 외출해 새로운 여자를 찾아보란 말이야."

"아니, 당신은 내가 어떻게 다시 사랑에 빠질 수 있을 거라 생각하지? 케이트가……."

"난 지금 그런 진지한 감정에 대해 말하는 게 아니야."

에이프릴이 매튜의 말을 끊고 나서 덧붙였다.

"난 그저 섹스 이야기를 하는 것뿐이야. 인간이 어떻게 몸과 몸을 맞대는 희열, 즉 섹스를 통한 감각적 쾌락을 포기할 수 있지? 원한다면 내 친구들을 소개시켜줄 수도 있어. 모두 개방적인 아이들이야. 그저 남들보다 조금은 즐겁게 살고 싶어 하는 아이들."

매튜는 마치 낯선 사람 보듯 눈에 힘을 주고 에이프릴을 바라보았다.

"알았어, 더는 권하지 않을게."

에이프릴이 카디건 단추를 여미며 말했다.

"당신, 혹시 케이트가 어떻게 생각할지 궁금하게 생각해본 적 있어?"

"도통 무슨 말인지 모르겠어."

"케이트가 저 위에서 당신을 살펴보고 있다고 가정해보란 말이야. 케이트가 당신이 요즘 살아가는 꼴을 본다면 과연 어떻게 생각할까?"

"저 위에는 아무것도 없어."

에이프릴도 지지 않았다.

"그런 건 중요하지 않아. 케이트는 당신이 계속 앞으로 나아가기를 바랄 거야. 당신이 좀 더 적극적으로 사는 모습을 기대할 테고, 진정으로 기쁘고 행복한 사람이 될 수 있기를 바랄 거야."

매튜는 마음속에서 분노가 치밀어 오르는 걸 느꼈다.

"당신이 뭔데 케이트를 대변하는 소릴 하는 거야? 당신은 생전의 케이트를 알지도 못하잖아! 한 번 만나본 적도 없으면서."

"그래, 당신 말대로 케이트를 만나본 적은 없지만 그 정도는 보지 않아도 알 수 있어. 내가 보기에 당신은 고통을 즐기고 있는 게 틀림없어. 그 고통이 계속되도록 애쓰고 있는 거야. 고통만이 당신과 케이트를 이어주는 마지막 연결고리니까. 그리고 또……."

"제발 여성잡지에 나오는 서푼짜리 심리학 강연일랑 그만두시지."

매튜가 화를 참지 못하고 버럭 소리를 질렀다.

잔뜩 기분이 상한 에이프릴은 인사도 하지 않고 현관을 나서며 쾅 소리가 나도록 요란하게 문을 닫았다.

♠

혼자 남게 되자 소파에 깊숙이 몸을 묻은 매튜는 맥주를 병째 들이켠 다음 누운 채로 눈꺼풀을 문질렀다.

젠장!

매튜는 이제 그 어떤 여자와도 섹스하고 싶은 생각이 없었다. 케이트가 아닌 다른 여자의 몸을 애무하거나 키스를 하고 싶지 않았다. 마냥 혼자 있고 싶었고, 곁에 있으면서 말을 들어주거나 외로움을 위무해줄 상대를 원하지도 않았다. 고통이 스스로 알아서 가라앉아주기만 바랐다. 지금은 그저 진정제 튜브와 맥주만이 필요할 뿐이었다.

눈을 감자마자 벌써 수백 번도 넘게 본 영화처럼 익숙한 장면들이 펼쳐졌다. 2010년 12월 24일에서 25일로 넘어가던 밤.

케이트가 밤 9시까지 MGH*부속 소아과 병동인 자메이카 플레인 아동센터에서 당직 근무를 서는 날이었다.

일이 끝난 케이트는 그에게 전화했다.

"나야, 이제 막 병원에서 일을 끝내고 주차장에 도착했는데 차 시동이 안 걸려. 당신 말이 옳았어. 이젠 정말 차를 폐기 처분해야 할 때가 됐나봐."

"내가 천 번도 넘게 말했는데 이제 겨우 깨달았어? 수명이 다 됐으니 바꿔야 한다고 그렇게 말해도 고집을 부리더니……."

"당신도 알다시피 이 차는 내게 너무나 각별한 차야. 대학 시절 어렵사리 아르바이트를 해 구입한 내 인생의 첫 차란 말이야. 당연히 애착이 클 수밖에 없잖아."

*Massachusetts General Hospital 미국 보스턴에 위치한 하버드 의과대학 메사추세츠 종합병원의 약자

"그 마음이야 나도 알지만 1990년대에 구입한 데다 애초에 중고차를 샀으니 이미 폐기 처분할 때가 지났다고 봐야지."

"차는 주차장에 세워두고 지하철을 타고 갈게."

"제발 그런 소리 좀 하지 마. 이 시간에 그 동네는 너무 위험해. 내가 오토바이를 타고 데리러 갈 테니까 기다려."

"아니, 괜찮아. 지금 바깥 날씨가 너무 추운데다 진눈깨비까지 내리고 있어. 오토바이는 위험해!"

"조심해서 운전하면 괜찮아."

매튜는 한번 말을 꺼낸 이상 웬만해서는 고집을 꺾지 않았다. 결국 매튜의 말을 따라줘야 하리란 걸 잘 알고 있었다.

케이트는 매튜가 보호자 역할을 수행하도록 허락했다.

"좋아, 그럼 조심해서 와!"

전화를 끊기 바로 직전 케이트가 마지막으로 한 말이었다.

매튜가 트라이엄프 오토바이를 타고 비콘 힐을 벗어날 무렵 케이트가 마쓰다 자동차의 시동을 거는 데 성공한 듯했다. 도심지역 베이커리에 밀가루를 배달해주는 운반 트럭이 병원 주차장을 나서는 마쓰다를 들이받은 시각이 밤 9시 7분이었다는 점을 고려할 때 충분히 그런 추측이 가능했다.

건물 벽을 들이받으며 튕겨나간 차는 몇 바퀴를 구른 끝에 지붕부터 바닥으로 떨어지며 가까스로 멈춰 섰다. 엎친 데 덮친 격으로 전복된 트럭이 마쓰다를 덮치는 바람에 차체가 납작해질 만큼 찌그러졌다.

매튜가 병원에 도착했을 때, 응급 대원들이 찌그러진 차체에 꼼짝없이 갇힌 케이트를 차 밖으로 끌어내기 위해 안간힘을 쓰고 있었다. 결국 차에서 케이트를 끌어내고 응급실로 옮기기까지 한 시간이 넘게 소요되었다. 케이트는 과다출혈로 그날 밤을 넘기지 못하고 숨졌다.

그 반면 트럭 운전자는 크게 다친 데 없이 멀쩡했다. 사고 직후 실시한 약물검사 결과 트럭 운전자가 마리화나를 피우고 나서 운전대를 잡은 것으로 밝혀졌다. 경찰조사에서 트럭 운전자는 충돌 당시 케이트가 휴대폰 통화 중이었고, 트럭에 우선권이 있었던 통행 순서를 제대로 지키지 않았다고 주장했다. 주차장 입구에 설치된 감시 카메라 분석 결과 트럭 운전자의 증언은 거짓이 아니란 게 판명되었다.

♠

매튜는 감고 있던 눈을 뜨며 몸을 일으켰다. 케이트를 떠나보내고 나서 만사 될 대로 되라는 식으로 살아왔다. 에밀리를 위해서라도 더는 이런 식으로 살아갈 수 없었다.

매튜는 소파에서 몸을 일으키고 나서 소일거리를 찾기 시작했다.

시험지 채점이나 할까? 아니, 농구 중계나 볼까?

두리번거리며 주변을 살피던 매튜의 시선이 몇 시간 전 개러지 세일 현장에서 산 노트북 가방에 머물렀다.

매튜는 주방 카운터에 자리를 잡고 앉아 컴퓨터를 꺼내 전원을 연결했다. '이브와 사과'를 묘사한 스티커로 장식해놓은 알루미늄 몸체가 새삼 신기해 보였다.

모니터를 열자 화면에 포스트잇 한 장이 붙어 있었다. 메모지에 관리자 접속 비밀번호가 적혀 있었다. 노트북을 판 사람의 성격이 무척이나 꼼꼼한데다 배려심이 많아 보였다. 노트북을 부팅시키고 포스트잇에 적혀 있는 비밀번호를 입력하자 초기화면이 나타났다. 얼핏 보기에는 화면 배열 방식, 배경 화면, 낯익은 아이콘 등 모든 게 지극히 평범해 보였다. 아이디와 비밀번호를 치고 인터넷에 접속해 몇 분 동안 프로그램들을 훑어보며 문서작성, 내비게이션, 메일함, 이미지 관리 등 모든 애플리케이션이 제대로 돌아가는지 확인했다. 마지막으로 '내 문서'를 열자 느닷없이 사진들이 나타나는 바람에 깜짝 놀랐다.

뭔가 이상하잖아? 아까 노트북을 판 남자는 분명 하드디스크를 포맷했다고 말했는데…….

매튜는 슬라이드 쇼 방식으로 사진을 볼 수 있도록 키보드를 눌렀다. 휴가지의 풍경을 담은 사진들이었다. 선명한 터키석 빛깔의 바다, 백사장에 수직으로 세워둔 윈드서핑 보드, 마법처럼 붉은 저녁놀을 바라보며 영원한 사랑을 맹세하듯 서로를 힘껏 끌어안고 있는 남자와 여자.

하와이? 바하마? 몰디브?

매튜는 부서지는 파도 소리와 머리카락에 와닿는 바람의 감촉을 떠올리며 사진 속의 현장이 어디인지 가늠해보았다. 바닷가 사진이 다 지나가고 초록색 일변도의 사진들이 뒤따랐다. 녹음이 짙게 우거진 산골짜기의 구릉지, 고성, 포도 농장, 작고 아담한 마을의 광장 등을 찍은 사진이었다.

이탈리아의 토스카나 지방 같은데…….

예기치 않았던 발견에 살짝 흥분한 매튜는 슬라이드 쇼를 멈춘 다음 사진을 자세히 보기 위해 한 장씩 차례로 클릭했다. 모든 사진에는 'emma.lovenstein@imperatornyc.com'이 찍었다는 캡션이 달려 있었다.

엠마 로벤스타인?

매튜는 즉시 노트북 표면을 장식하고 있는 스티커 아래쪽에 적힌 서명과 이름을 연결지어 보았다.

'엠마 L.'

엠마가 바로 노트북의 이전 소유자임이 분명했다. 매튜는 사진들을 모두 삭제하기 위해 휴지통으로 옮겼다. 마지막으로 삭제 버튼을 클릭하려다가 잠깐 멈춘 그는 모든 걸 확실하게 해두기 위해 메일을 작성했다.

보낸 이 : 매튜 샤피로
받는 이 : 엠마 로벤스타인
제목 : 사진

안녕하세요, 엠마.
저는 당신이 사용하던 맥북을 구입한 사람입니다.
당신의 컴퓨터 하드디스크에 사진이 여러 장 남아 있더군요.
그 사진들을 보내드릴까요? 아니면 모두 삭제해버릴까요?
가부를 결정해 빠른 시일 내에 알려주시기 바랍니다.
그럼 안녕히.
매튜 샤피로

4. 밤의 이방인

나는 떨어져서 사는 존재의 가치 따위는 믿지 않는다. 우리들 중 어느 누구도 혼자만으로는 완전하지 못하다.
_버지니아 울프

보낸 이 : 엠마 로벤스타인

받는 이 : 매튜 샤피로

제목 : Re : 사진

안녕하세요, 매튜.

제 생각에는 메일 주소를 착각하신 것 같군요.

유감이지만 저는 맥북을 판 적이 없습니다.

따라서 그 맥북에 들어 있는 사진의 소유자가 아닙니다.

그럼 안녕히 계세요.

엠마

엠마 로벤스타인

차석 와인 감별사

〈임퍼레이터〉

록펠러 플라자 30번지, NY10020

2분 후

잘 알겠습니다. 오해해서 죄송합니다.

안녕히 계십시오.

매튜

P.S. 〈임퍼레이터〉 식당에서 일하십니까? 그렇다면 우린 언젠가 스쳐 지나간 적이 있을지도 모르겠군요. 그 식당에서 아내와 함께 만남 1주년을 축하한 적이 있거든요.

45초 후

아 그렇군요. 그때가 언제쯤이었죠?

1분 후

4년이 조금 넘었을 겁니다. 10월 29일이었죠.

30초 후

그렇다면 제가 도착하기 몇 주 전이었군요.

저희 식당에서 부디 좋은 추억을 만드셨길 바랍니다.

1분 후

네, 아주 좋았던 기억이 나네요. 몇몇 요리는 지금도 또렷하게 기억납니다. 캐러멜을 입힌 개구리 뒷다리, 송로버섯을 곁들인 송아지 가슴살, 우유로 졸인 쌀과 마카롱!

30초 후

혹시 와인 맛은 어땠죠? 치즈는요?

1분 후

당신은 대단히 실망할 수도 있겠지만 저는 와인을 마시지 않습니다. 치즈도 먹지 않고요.

1분 후

정말 유감이군요! 와인이나 치즈 맛을 모르고 살아간다는 건 우리의 생에서 가장 큰 기쁨을 포기하고 사는 거나 다름없지 않나요? 다시 〈임퍼레이터〉 식당을 찾아주신다면 정말 맛이 기가 막힌 와인을 추천해드릴게요.

아참, 당신은 뉴욕에 사시나요, 매튜?

30초 후

아뇨, 보스턴에 삽니다. 보스턴의 비콘 힐.

20초 후

비콘 힐이면 아주 가까운 곳이네요. 이번 가을에 부인을 〈임퍼레이터〉에 초대하세요. 두 분의 만남 5주년을 경축해야죠!

3분 후

그건 어려울 것 같습니다. 아내가 세상을 떠났거든요.

1분 후

정말 죄송해요, 제가 그런 줄도 모르고 그만……

1분 후

모르는 게 당연하죠. 당신이 어떻게 알겠습니까?
그럼 즐거운 저녁 시간 보내세요.

♠

매튜는 의자에서 벌떡 일어나 컴퓨터를 벗어나며 생각했다.

인터넷으로 낯선 사람과 대화를 나누다보면 꼭 이런 일이 생긴다니까! 내가 어쩌다 말도 안 되는 대화를 나누게 되었지?

매튜는 미련 없이 사진들을 지워버리고 다시 맥주 캔을 땄다. 대화 막바지에 기분이 가라앉은 건 사실이지만 낯선 여자와 한참 동안 집중해서 이야기를 나누다보니 모처럼 식욕이 돋았다.

냉장고 문을 열어보니 안이 텅 비어 있었다.

뭘 바란 거야? 냉장고 스스로 먹을거리를 채워놓을 수는 없잖아.

냉동 칸을 뒤적여 피자를 찾아내 전자레인지에 넣었다. 타이머를 맞추고 나서 다시 컴퓨터 앞으로 갔다. 엠마가 보낸 새 메일이 답지해 있었다.

♠

이런 젠장! 나도 참 멍청하다니까. 하지만 내가 그 사람 부인이 세상을 떠났다는 걸 무슨 수로 알 수 있겠어.

아무튼 몇 번 대화를 주고받다보니 새삼 남자에 대한 호기심이 발동했다. 생각다 못해 무작정 구글 검색창에 '매튜 샤피로+보스턴'이라고 적어 넣고 엔터를 쳤다. 첫 페이지 상단에 뜬 검색 결과물들은 하나같이 하버드대학 사이트에 링크되어 있었다. 그 이유가 몹시 궁금해 첫 번째 검색 결과를 클릭하자 하버드 철학과 교수들 중 매튜 샤피로에 대한 간략한 이력 소개가 나와 있었다. 매튜 샤피로는 세계적으로 유명한 하버드대학에서 강의를 하는 교수가 분명했다. 이력 소개에 매튜의 사진도 첨부되어 있었다. 잘생긴 갈색 머리 남자로 나이는 사십 대에 존 카사베티스 감독 같은 매력을 풍겼다.

엠마는 잠시 망설이다가 이내 키보드 위에서 손가락을 놀리기 시작했다.

보낸 이 : 엠마 로벤스타인
받는 이 : 매튜 샤피로

매튜, 혹시 저녁 식사하셨어요?

♠

매튜는 살짝 미간을 찌푸렸다. 누군가 은근슬쩍 사적인 영역에 개입하는 걸 싫어했지만 엠마는 예의에 벗어나지 않게 짧은 답신을 보내 그나마 기분이 많이 상하지는 않았다.

보낸 이 : 매튜 샤피로
받는 이 : 엠마 로벤스타인

지금 냉동 피자 한 조각을 전자레인지에 넣고 해동시키는 중입니다. 오늘 제 식사죠.

30초 후

맛없는 냉동 피자는 드시지 마세요. 그 대신 제가 한 가지 괜찮은 제안을 하죠. 혹시 〈젤리그 푸드〉라고, 찰스 스트리트에서 가장 규모가 큰 식료품점을 아세요? 치즈와 돼지고기 가공식품 코너가 특히 일품인 식료품점이죠.

제대로 맛있는 저녁을 드시고 싶으면 지금이라도 〈젤리그 푸드〉로 가세요. 그 집에 가면 정말 맛이 기가 막힌 염소 치즈가 있는데 무조건 구입하세요. 무화과나 고추냉이를 첨가한 치즈를 선택하면 돼요. 물론 치즈에 무화과나 고추냉이를 넣는 게 의아스럽게 느껴질 수도 있을 거예요. 그 염소 치즈에 루아르 지방에서 생산되는 백포도주, 그러니까 상세르나 무이 뒤메를 곁들이면 그야말로 완벽한 조화를 이루게 되죠. 무아그라와 피스타치오를 넣은 파테도 제가 강력 추천하는 음식입니다. 코트 드 뉘에서 생산된 부르고뉴 와인 특유의 떫은맛이 도는 마리아주도 기가 막히죠. 거기에 한 가지만 덧붙여 2006년 산 주브레-샹베르탱 와인을 망설이지 말고 사세요!

이상이 제가 강력 추천하는 음식 품목들이에요. 한번 맛을 보고 나면 냉동 피자 따위는 절대로 거들떠보지 않게 될 거예요.

엠마

P.S. 방금 인터넷에서 확인해봤는데 비콘 힐에서 〈젤리그 푸드〉까지는 걸어서도 얼마든지 다녀오실 수 있겠더군요. 문제는 밤 10시에 문을 닫으니까 오늘 다녀오시려면 서둘러야 한다는 거예요.

매튜는 컴퓨터 모니터 앞에서 고개를 절레절레 저었다.

'누군가 내가 먹는 음식에 대해 이토록 세심하게 관심을 가져준 게 언제였더라?'

한편으로 곰곰이 생각해보자니 불쾌한 생각이 들기도 했다.

'도대체 이 여자는 무슨 권리로 내게 어딜 찾아가 이걸 사 먹어라 저걸 사 먹어라 떠들어대는 거야?'

살짝 기분이 상한 매튜는 메신저를 닫아버리고 검색엔진에 '엠마 로벤스타인+와인 감별사'라고 쳐보았다. 가장 먼저 뜬 검색 결과는《와인 스펙테이터》라는 잡지에 실린 기사였다.

'주목해야 할 열 명의 신예'라는 제목으로 신세대 와인 감별사들의 면면을 소개한 기사였다. 무서운 '신예들'은 놀랍게도 대부분 여자들이었다. 그 기사의 마지막에서 두 번째가 엠마를 소개하는 대목이었다. 〈임퍼레이터〉 식당의 와인 저장고에서 찍은 사진 한 장도 첨부되어 있었다.

사진을 확대해보니 의심할 여지 없이 컴퓨터 하드디스크에 보관되어 있던 사진의 주인공이었다. 갈색 머리에 웃음을 가득 머금은 눈으로 장난스럽게 미소 짓는 미모의 여자.

정말 이상한 일이야. 왜 이 여자는 이 노트북이 자기 맥북이 아니라고 우겼을까? 무안하거나 수줍어서? 물론 그럴 수도 있겠지만 그토록 수줍음을 많이 타는 여자라면 낯선 남자에게 와인에 대해 이토록 수다를 떠는 게 이상하잖아.

전자레인지가 냉동 피자의 해동이 끝났다는 뜻으로 신호음을 발했다. 매튜는 전자레인지에서 피자를 꺼내오는 대신 이웃집에 전화를 걸어 혹시 그 집 딸인 엘리자벳이 30분 정도 에밀리와 함께 놀아줄 수 있는지를 물었다. 〈젤리그 푸드〉에 장을 보러 가는데, 금세 돌아오겠다는 설명도 덧붙였다.

♠

보스턴
백 베이 지역
새벽 1시

술집의 실내 공간이 마치 일렉트로닉 댄스 튜브에서 흘러나오는 콘트라베이스의 리듬에 맞춰 춤을 추듯 둥실거렸다. 에이프릴은 양 팔꿈치를 씩씩하게 휘둘러가며 사람들 틈을 헤치고 앞으로 나아갔다. 담배를 피우려고 술집 바깥으로 나가는 중이었다.

내가 좀 취했나?

에이프릴은 인도 가장자리 쪽으로 걸음을 옮기며 생각했다. 신선한 밤공기를 쐬자 그나마 기분이 상쾌했다. 술을 너무 많이 마셨고, 춤도 열심히 췄고, 여러 사람에게 작업을 걸었다. 그녀는 손목시계를 들여다보며 브래지어 끈을 바로잡았다. 벌써 늦은 시각이었다. 휴대폰으로 택시를 부른 그녀는 라이터를 찾느라 핸드백을 여기저기 뒤져보았다.

망할 놈의 라이터가 어디로 간 거야?

"혹시 라이터를 찾고 있니?"

뒤쪽에서 웬 여자 목소리가 들려왔다.

깜짝 놀라 뒤를 돌아보았더니 환하게 미소 짓는 금발 머리 여자가 눈에 들어왔다. 저녁 내내 눈을 떼지 않고 바라보았는데 얄미울 정도로 외면했던 바로 그 여자였다. 캘리포니아식으로 짧게 자른 머리, 반짝거리는 눈, 날씬한 몸매, 굽 높은 하이힐. 어느 모로 보나 딱 에이프릴의 취향이었다.

"카운터에 라이터를 놓고 나가던걸?"

젊은 여자가 분홍빛 옻칠 위에 자개를 박아 넣은 라이터를 켜주며 말했다.

에이프릴은 가까이 다가가 담배에 불을 붙였다. 바로 앞에 서 있는 여자의 속이 들여다보일 듯 투명한 피부, 육감적인 입술, 섬세한 얼굴선에 매혹당한 에이프릴은 아랫배 쪽으로부터 걷잡을 수 없을 만큼 뜨거운 욕망이 끓어오르는 걸 느꼈다.

"저 안에서는 음악 소리가 너무 시끄러워 무슨 말을 하는지 알아들을 수가 있어야지. 난 이제 저런 음악을 들을 나이는 지났나봐."

그때 헤드라이트 불빛이 다가와 두 여자의 시선은 자연스럽게 그리로 쏠렸다.

"택시를 불렀어."

에이프릴이 술집 앞에 멈춰 서는 택시를 가리키며 말했다.

"타고 싶으면 타도 돼. 집까지 바래다줄 테니까."

잠깐 동안 망설이는 눈치를 보이던 줄리아는 이 게임에서 주도권을 쥔 쪽은 바로 자기 자신이라고 생각하며 말했다.

"나야 태워주면 고맙지. 그리 많이 돌지 않아도 될 거야. 난 펨브로크 스트리트에 살아."

두 여자는 나란히 택시 뒷좌석에 올랐다. 택시가 찰스강 부두를 벗어날 무렵 줄리아는 고개를 에이프릴의 어깨에 살며시 기댔다. 에이프릴은 키스하고 싶은 욕망이 부글부글 끓어올랐지만 실행에 옮기지 못했다. 택시 기사의 집요한 시선이 끝내 부담스러웠다.

반드시 우리를 훔쳐봐야만 당신의 안구가 정화된다면 어쩔 수 없지.

에이프릴은 백미러를 통해 택시 기사를 노려보았다.

거리는 그리 멀지 않았다. 5분이 채 안 되어 택시는 가로수들이 줄지어 늘어선 길 한가운데 멈춰 섰다.

"올라가서 한 잔 더 할래?"

줄리아가 무심한 투로 제안했다.

"대학 시절 친구가 보내준 음료수가 있어. 알로에 육즙이 그대로 씹히는 음료수인데 그 친구가 직접 만들었대! 자기도 마음에 들 거야."

뜻밖의 초대에 기분이 들뜬 에이프릴은 빙그레 미소를 지었지만 결정적인 순간에 뭔가가 그녀를 주저하게 만들었다. 막연한 불안감이 밀려오는가 싶더니 곧 뜨거운 욕망마저 거두어가버렸다. 줄리아는 그야말로 한눈에 쏙 들어오는 상대였지만 왠지 매튜가 마음에 걸렸다. 집에서 나올 때 유난히 우울해 보였던 매튜의 모습이 눈에 어른거렸다.

설마 바보짓은 하지 않았겠지.

에이프릴은 자꾸만 끔찍한 생각을 떨쳐버릴 수가 없었다. 대들보에 목을 맨 매튜, 수면제를 삼키고 쓰러져 있는 매튜가 자꾸만 머릿속에 그려졌다.

"나도 그러고 싶지만 오늘은 다른 일이 있어."

에이프릴이 주저하며 우물거렸다.

"그럼 할 수 없지, 잘 가."

줄리아가 화난 듯 뾰로통한 얼굴로 말했다.

"아니, 잠깐만! 전화번호를 알려줄래? 다음에……."

미처 말을 끝내기도 전에 금발미녀는 차 문을 쾅 소리가 나게 닫아버리고 멀어졌다.

빌어먹을!

에이프릴은 한숨을 푹 내쉬고는 택시 기사에게 마운트버논과 월로 스트리트가 만나는 곳에 내려달라고 이야기했다. 택시를 타고 집까지 가는 동안 내내 에이프릴은 안타까움에 몸을 떨었다.

매튜와 알고 지낸 지 겨우 일 년 남짓 되었을 뿐이지만 에이프릴은 그와 에밀리에게 남다른 애착을 가지고 있었다. 매튜의 절망감이야 충분히 이해하지만 어떻게 해야 도움이 될지 알 수 없어 늘 마음이 답답했다. 매튜는 사고로 죽은 아내에 대한 집착이 너무나 커 당분간 다른 여자가 그 자리를 차지할 가능성은 없어 보였다.

어떤 여자가 감히 톱모델 같은 외모를 지닌 심장외과 의사와 경쟁 상대가 될 수 있겠는가?

택시는 타운하우스 바로 앞에서 멈춰 섰다. 에이프릴은 요금을 지불한 다음 최대한 소리를 내지 않으려고 애를 쓰며 문을 열었다. 맥주와 진정제를 섞어 먹은 매튜가 소파에 쓰러져 코를 골며 잠들어 있으리라는 예상은 보기 좋게 빗나갔다. 거실로 들어서자 매튜는 아무 일도 없었던 듯 태연하게 새로 구입한 노트북 앞에 앉아 있었다. 재즈 음악에 맞춰 고개를 끄덕이며 장단을 맞추고 있는 그의 얼굴에는 전에 없이 잔잔한 미소가 어려 있었다.

"오늘은 웬일로 이렇게 일찍 들어왔어?"

매튜가 의아하다는 듯 물었다.

"내가 빨리 들어와서 기분 나빠?"

그제야 안심이 된 에이프릴은 공연히 시비조로 말했다.

주방에 마시다 만 와인 병과 먹다 남은 치즈, 파테 등이 어지럽게 널려 있었다.

"뭐야? 장보러 갔었어? 난 당신이 집에서 한 발짝도 벗어나지 않는 사람인 줄 알았는데……."

"냉동식품만 먹는 게 지겨워졌어."

에이프릴이 미심쩍은 눈초리로 매튜를 바라보다가 바짝 다가섰다.

"새로 마련한 장난감은 마음에 들어?"

에이프릴이 노트북을 눈짓으로 가리키며 물었다. 매튜는 노트북 옆에 놓아둔 사진 때문에 몹시 당황했다. 매튜가 컴퓨터 휴지통에 버렸다가 출력해놓은 사진들을 감추려는 순간 에이프릴이 좀 더 빨랐다. 사진을 잽싸게 집어든 에이프릴이 놀란 목소리로 물었다.

"이 여자, 누구야?"

"유명 식당의 와인 감별사."

"지금 흘러나오는 음악은 또 뭐야? 평소 재즈를 좋아하지 않았잖아?"

"케이트 자렛의 쾰른 콘서트야. 와인을 마실 때는 음악이 필요하다는 걸 몰랐구나? 재즈가 뇌의 특정 부분을 자극해 와인 맛을 훨씬 더 예리하게 감별할 수 있게 해준대."

"그런 걸 다 새로 사귄 애인이 가르쳐준 거야?"

"은근슬쩍 넘겨짚으려고 하지 마. 그녀는 내 애인이 아니야."

에이프릴이 비난하는 투로 매튜를 손가락질했다.

"빌어먹을! 난 그런 줄도 모르고 당신의 안위가 걱정돼 한 세기에 한 번 만날까 말까 한 기회를 놓쳐버렸어."

"내 걱정을 해줘서 고맙지만 난 그렇게 해달라고 부탁한 적 없네요."

에이프릴이 한층 더 목소리를 높였다.

"당신이 우울증이 도져 자살하는 건 아닐까 걱정했단 말이야. 당신이 인터넷을 통해 만난 여자랑 희희낙락하며 값비싼 와인이나 홀짝거리고 있을 줄은 꿈에도 몰랐거든!"

"잠깐! 당신 설마 질투하는 건 아니지?"

에이프릴은 와인을 한 잔 따라 벌컥벌컥 들이켜고 나서 몇 분이 지나서야 겨우 평정심을 되찾았다.

"자, 이제 솔직하게 털어놔봐. 이 여자, 누구야?"

매튜는 저녁에 있었던 일들에 대해 자세히 이야기해주었다. 노트북 하드디스크에 들어 있던 의문의 사진, 엠마와 메일로 나눈 대화, 거의 세 시간 동안이나 주고받은 수십 통의 메일 등등.

메일을 통해 정말 다양한 분야를 넘나들며 대화를 나누었다. 두 사람은 캐리 그랜트, 마릴린 먼로, 빌리 와일더, 구스타프 클림트, 밀로의 비너스, 〈티파니에서 아침을〉과 〈더 샵 어라운드 더 코너〉 등을 좋아한다는 공통점이 있다는 사실도 확인했다. 또 비틀스 대 롤링스톤스, 오드리 헵번 대 캐서린 헵번, 레드삭스 대 양키스, 프랭크 시나트라 대 딘 마틴 중에서 어느 쪽이 더 매력적이었는지 가벼운 설전을 벌이기도 했다.

매튜가 〈로스트〉를 지나치게 과대 평가된 범작이라고 깎아내린 반면, 엠마는 뛰어넘기 어려운 수작이라고 반박했다. 슈테판 츠바이크의 작품들 중 어느 것이 대표작인지, 에드워드 호퍼의 그림 중 어느 작품이 가장 감동적인지, 너바나의 앨범 《언플러그드》에 수록된 곡들 중에서 어떤 노래가 가장 마음에 드는지에 대해서도 진지한 대화를 나누었다. 《제인 에어》와 《오만과 편견》 중 어느 소설이 더 뛰어난지, 아이패드로 소설을 읽는 게 종이책의 책장을 한 장씩 넘겨가며 읽는 것보다 기분 좋은 일인지, 〈오프 더 월〉이 〈스릴러〉보다 나은지, 〈매드 맨〉이 요즘 드라마들 중 가장 성공작인지, 어쿠스틱 버전으로 듣는 〈레일라〉가 원곡보다 괜찮은지, 롤링 스톤스의 《겟 열 야-야스 아웃》이 시대를 통틀어 가장 뛰어난 라이브 앨범인지에 대해서도 저마다 한 치의 양보도 없이 논쟁을 펼쳤다.

"됐고. 이제 알았으니까 그만하셔."

에이프릴이 폭포수처럼 쏟아지는 매튜의 말을 끊었다.

"그나저나 그 여자와 언제 사이버 섹스라도 하기로 약속했어?"

"말도 안 되는 소리! 우린 그저 대화를 나누었을 뿐이라니까."

기분이 상한 매튜가 버럭 소리를 질렀다.

"물론 그랬겠지. 머릿속으로는 그녀와 섹스하는 생각을 하면서."

매튜는 세차게 고개를 저었다. 대화의 방향이 마음에 들지 않았다.

"당신은 무슨 근거로 컴퓨터 모니터 너머에 정말 아리따운 갈색 머리 아가씨가 있을 거라 믿어? 온라인상에서 신분 위장을 하는 건 그다지 어려운 일도 아니야. 당신은 어쩌면 세 시간 동안 팔십 먹은 뚱보 노인과 대화를 나누었을지도 몰라."

"당신은 기어코 내 저녁 시간을 망쳐놓고 싶지?"

"아니, 난 당신이 다시금 웃음을 찾는 게 기뻐. 다만 당신이 다시 실망감에 빠지는 모습은 보고 싶지 않아. 그 여자가 당신이 평소 꿈꾸던 스타일인지 빨리 알아보란 뜻이야."

"에이프릴, 도대체 무슨 말이 하고 싶은 거야?"

"만남을 미루지 말라는 뜻이야. 컴퓨터로 만나는 게 아니라 직접 만나봐야 어떤 여자인지 알 수 있지. 그러니까 식사 초대라도 해서 만나봐."

매튜는 천천히 고개를 저었다.

"아직 만나보기에는 너무 일러. 내가 만나자고 하면 그 여자는 아마도 내가 자길 좋아한다고 여길 거야."

"당신이 여자와 '밀당'을 해본 지 얼마나 오래되었는지 팍팍 느껴지네. 요즘 여자들은 절대로 그런 오해는 안 하니까 안심해! 쇠뿔도 단김에 빼라고 했잖아. 직접 만나 대화를 나눠봐야 어떤 여자인지 제대로 파악이 되는 거야."

매튜는 잠시 생각에 잠겼다. 상황이 뜻대로 통제되지 않고 있었다. 일을 서둘러야 하는 이유도, 모처럼 느껴본 흥분된 감정에 굴복하고 싶은 마음도 없었다.

엠마 로벤스타인이라는 여자를 언제 봤다고 식사 초대를 해?

그럼에도 엠마와 대화하는 가운데 느꼈던 공감과 자그마한 기쁨을 무시할 수도 없었다. 무엇보다 엠마와 만난 단 몇 시간만이나마 우울한 감정에서 벗어나 평화와 위안을 맛보았다는 점을 인정하지 않을 수 없었다. 엠마와의 대화는 한마디로 무척이나 로맨틱했다.

어쩌면 우연이 아니라 운명이 맺어준 만남이 아닐까?

"최대한 빨리 만나봐. 내 도움이 필요하면 언제든지 말해. 에밀리는 내가 돌봐줄게."

에이프릴이 다시 좋알거리다가 찢어져라 하품을 하고는 손목시계를 들여다봤다.

"올라가서 자야겠어. 술을 너무 많이 마셨나봐."

에이프릴이 손 인사를 하며 말했다.

매튜는 비척거리는 걸음으로 계단을 올라가는 에이프릴을 향해 손 인사로 화답했다. 혼자가 되자마자 그는 또다시 컴퓨터를 부팅시키고 메신저를 작동시켰다. 엠마가 보낸 새 메시지는 없었다.

벌써 싫증 났나? 에이프릴의 말이 옳을 수도 있어. 시간을 끌며 탐색 전을 벌여봐야 좋을 게 없지.

매튜는 관계를 확실하게 정리하기로 마음먹었다.

보낸 이 : 매튜 샤피로

받는 이 : 엠마 로벤스타인

제목 : 초대

엠마, 아직 컴퓨터 앞에 있어요?

1분 후

침대에 누웠어요. 다행히 노트북을 옆에 놓아두었죠. 사실은 당신이 집필한 《반철학 교과서》를 다운로드 받아 열심히 읽고 있는 중이었어요. 난 키케로가 라틴어로 '이집트 콩'을 뜻한다는 걸 처음 알았어요.

그 순간, 매튜는 잠시 전까지만 해도 감히 엄두를 낼 수 없었던 제안 을 했다.

45초 후

엠마, 한 가지 제안할 게 있어요.

이스트빌리지 톰킨스 스퀘어파크 남쪽에 이탈리안 레스토랑 〈넘버5〉
가 있어요. 비토리오 바르톨레티라는 남자와 그의 부인이 운영하는 식당
이죠. 그들 부부는 어린 시절부터 절친하게 지낸 친구 사이라더군요.

모건 라이브러리에서 주최하는 강연이 있어 뉴욕에 갈 때마다 〈넘버5〉
에서 저녁을 먹곤 하죠. 그 집 와인 리스트가 어떤지는 잘 모르지만 볼로
냐식 아란치니, 라자냐, 찜을 곁들인 탈리아텔레, 시칠리아 카놀리를 좋아
한다면 정말 마음에 들 거예요.

〈넘버5〉에서 저와 저녁 식사를 하시겠어요?

30초 후

저야 아주 기쁜 제안이죠. 언제 뉴욕에 오는데요?

30초 후

다음 강연이 1월 15일로 예정되어 있는데 그때까지 기다리는 건 싫어요.
혹시 내일 저녁은 어때요? 저녁 8시?

♠

내일? 내일이라잖아! 내일이라니까!
엠마는 침대에서 펄쩍 뛰어오르고 싶을 만큼 기분이 좋았다.

이렇게 좋을 수가? 오늘은 정말 황홀한 밤이야!

"클로비스, 너도 들었지? 꽃미남 얼굴에 매력적이고 지적인 대학교수가 나를 저녁 식사에 초대했어. 하버드대 철학 교수가 내게 홀딱 반한 게 분명해!"

엠마는 흥분을 주체할 수 없어 침대 발치에서 꾸벅꾸벅 졸고 있는 개를 향해 소리쳤다. 아무리 그래도 개를 감동시키기에는 역부족이었지만 워낙 눈치가 빠른 녀석이라 끙끙거리는 소리로 주인의 기분을 맞춰주었다.

단지 이메일 몇 통으로 매튜는 그녀의 우중충한 삶에 따사로운 햇살과 자신감을 되찾아주었다.

내일 저녁에 실제로 매튜를 만나게 되다니…….

빌어먹을! 내일 저녁에는 근무가 있는 날이잖아. 너무 흥분해서 그걸 깜박했어.

문득 생각이 난 엠마는 갑자기 몸을 벌떡 일으키다가 하마터면 마편초 차를 엎지를 뻔했다. 와인 감별사라는 직업은 저녁 시간을 자유롭게 쓸 수 없다는 점이 가장 큰 애로사항이었다. 하루 휴가를 낼 수는 있지만 내일 쓸 휴가를 오늘 갑자기 신청할 수는 없었다. 휴가 신청은 절차가 매우 복잡할뿐더러 12월은 식당이 눈코 뜰 새 없이 바쁜 대목이라 눈치가 보이는 게 사실이었다.

엠마는 잠시 고민하다가 공연히 마음 졸이지 않기로 결론지었다. 동료에게 근무를 바꿔달라고 부탁해볼 생각이었다. 모처럼 급 호감이 가는 남자를 알게 되었는데 기회를 허망하게 날려보낼 수는 없지 않은가?

엠마는 만면에 미소를 지으며 그날 저녁 마지막 메일을 보냈다.

보낸 이 : 엠마 로벤스타인

받는 이 : 매튜 샤피로

제목 : Re : 초대

사실은 저녁 근무가 잡혀 있는데 바꿔볼게요. 오늘, 정말 즐거웠어요. 내일 저녁에 만나요! 그럼, 안녕히.

P.S. 저는 라자냐와 아란치니를 대단히 좋아한답니다. 참고로 티라미수도 좋아하죠!

둘째 날

5. 둘 사이

아무리 자기 자신의 모습을 연기한다고 해도 화장은 반드시 필요하다.
_스타니슬로 제르지 레크

다음 날

보스턴

오후 12시 15분

집을 나선 매튜는 인도로 이어지는 계단을 성큼성큼 걸어내려갔다. 간 밤에는 비가 내리더니 아침에는 눈부신 햇살이 비콘 힐을 온통 환하게 비췄다. 루이스버그스퀘어 근처에서는 향긋한 숲 냄새가 풍겨 나왔고, 오렌지색 햇살이 아침나절 공원의 가을 분위기를 한껏 돋보이게 했다.

가방을 대각선으로 멘 매튜는 헬멧을 쓰고 자전거에 올랐다. 모처럼 아침부터 기분이 상쾌해진 그는 휘파람을 불며 자전거 페달을 힘껏 밟아 핑크니 스트리트를 향해 달려갔다.

이렇게 즐거운 마음으로 출근하는 게 얼마 만일까?

지난 일 년 동안 그야말로 유령처럼 살았는데 오늘 아침에는 아주 맑은 정신으로 잠에서 깨어났다. 학교에서 세 시간 동안 보충수업을 해주고, 제자들과 즐거운 농담을 주고받았고, 모처럼 유쾌한 기분으로 강의하는 기쁨을 맛보았다. 복부를 둔중하게 짓누르던 강력한 중압감이 어디론가 사라져버린 듯했다. 주변의 삶이 다시금 꿈틀대기 시작했고, 그 자신도 소용돌이 속에 들어서 있는 느낌이 들었다.

매튜는 한껏 자전거의 속도를 높였고, 브리머 스트리트를 향해 커브 길을 돌았다. 바람이 얼굴을 훑으며 지나갔다. 퍼블릭가든이 눈에 들어오는 순간 힘차게 페달을 밟아 속도를 좀 더 높였다. 자전거는 날개라도 달린 듯 빠르게 달려가기 시작했고, 그는 시원한 바람을 맞으며 맘껏 스피드를 즐겼다. 공원을 끼고 달려가던 자전거는 뉴베리 스트리트로 접어들었다. 분위기 좋은 카페들, 화랑, 패션 상점들이 빼곡하게 들어찬 뉴베리 스트리트는 백 베이에서 가장 붐비는 지역이었다. 날씨가 좋은 날, 이 지역 테라스들은 발 들여놓을 틈도 없이 붐볐다.

매튜는 짙은 빛깔 사암으로 지은 브라운스톤 건물 앞에 자전거를 세웠다. 건물의 일 층은 식당으로 개조되었다. 에이프릴과 점심을 먹을 때 〈비스트로66〉을 자주 애용했다. 운 좋게도 바깥쪽에 빈 테이블 하나가 눈에 띄었다. 그는 종업원에게 살짝 눈짓을 보내고는 얼른 자리를 잡고 앉았다. 가방에서 노트북을 꺼낸 그는 식당의 와이파이 주소로 인터넷에 접속했다. 클릭 몇 번으로 간단하게 델타 에어라인사 사이트에 접속한 그는 뉴욕행 항공권을 예약했다. 오후 5시 비행기를 타면 밤 7시에 존 F. 케네디 공항에 도착 예정이었다. 저녁 약속 시간에 맞추려면 제법 서둘러 움직여야 할 듯했다. 생각난 김에 〈넘버5〉에 전화를 걸었더니 마침 그의 친구 코니가 받았다. 코니에게는 하루 중 가장 바쁜 시간이라 매튜는 서둘러 예약을 마치고 만나서 이야기하자며 전화를 끊었다.

"여기, 자리 있어요?"

매튜는 전화를 끊으며 에이프릴에게 윙크했다.

"당신을 위해 비워둔 자린데요."

에이프릴은 테라스에 난방을 공급하는 열판 아래쪽에 앉더니 웨이터를 불러 피노 로제 와인 한 잔과 크랩 케이크를 주문했다.

"당신은 무얼 먹을래?"

"시저샐러드와 생수."

"뭐야, 다이어트 시작했어?"

"저녁 때 많이 먹을 거야. 근사한 식당을 예약했거든."

"벌써 와인 감별사를 저녁 식사에 초대했어? 그래, 바로 그거야. 아주 잘했어!"

웨이터가 주문한 음료를 가져왔다. 에이프릴이 잔을 들어 올렸고, 두 사람은 기쁜 마음으로 건배했다.

"모처럼 여자를 만나는데 어떤 옷을 입고 갈지 생각해두었어?"

에이프릴이 걱정된다는 표정으로 물었다.

"그냥 이 옷차림으로 갈 거야. 난 수수한 게 좋거든."

에이프릴이 못마땅하다는 듯 눈살을 찌푸리더니 머리끝부터 발끝까지 날카롭게 훑어보았다.

"지금 당신이 입고 있는 배기팬츠는 통이 너무 넓고, 후드 달린 티셔츠는 너무 낡았어. 게다가 학생들이나 신고 다니는 캔버스 운동화에 군용 파카 차림으로 데이트를 나가겠다고? 지금 장난해? 까치집을 지은 머리랑 네안데르탈인처럼 자란 수염은 어쩔래?"

"너무 과장되게 격하시키는 거 아냐?"

"뭐, 과장? 당신이 만날 여자는 맨해튼에서도 가장 고급으로 치는 식당에서 일하는 와인 감별사야. 그 여자가 주로 대하는 고객들은 뉴욕의 사업가들, 예술가들, 패션업계 종사자들일 거라고. 온갖 명품으로 몸을 치장하고 다니는 사람들이지. 속이야 어찌 됐든 적어도 외면적으로는 우아하고 세련된 사람들이란 말이지. 당신이 지금 같은 옷차림으로 나타나면 와인 감별사의 눈에 어떻게 비치겠어? 방금 시골에서 갓 올라온 촌부 혹은 공부를 지지리 못해 늦은 나이에도 학생 노릇을 면치 못한 지진아로 보일 거란 말이지."

"난 그냥 자연스러운 게 좋아. 잘 차려 입는다고 사람이 달라지지는 않잖아."

에이프릴은 매튜의 고루한 사고방식을 허용하지 않았다.

"데이트에도 전략이 필요하고, 외모에 신경을 쓰는 건 기본이야. 특히 첫인상은 두고두고 기억에 남는다는 걸 명심해."

"외모에 반해 누군가를 좋아하는 건 표지가 마음에 들어 책을 좋아하는 거나 다름없어."

"답답하게 고리타분한 주장만 늘어놓지 말고 내 말 들어."

매튜는 땅이 꺼져라 한숨을 내쉬었다. 그는 담배를 한 대 말았지만 피우지 않고 잠깐 동안 골똘히 생각하다가 마침내 항복을 선언했다.

"좋아, 그럼 어떤 옷을 입어야 할지 두세 가지만 체크해줘."

♠

뉴욕

오후 1시

"엠마, 당신 정신이 있어 없어?"

피터 베네딕트가 〈임퍼레이터〉 식당 지하 와인 저장고의 반투명문을 거세게 밀어젖히며 소리쳤다. 수석 와인 감별사 피터가 금속제 함에 와인을 정리하고 있는 부하직원을 향해 급히 걸어왔다.

"무슨 이유로 이 와인들을 구입했지?"

피터가 크림색 주문서를 흔들어대며 식식거렸다.

엠마는 그가 흔들어대는 문제의 주문서를 힐끔 들여다보았다. 예외적으로 품질이 우수한 와인만 전문적으로 취급하는 사이트의 로고가 인쇄된 서류였다. 서류에는 와인 세 병의 이름이 명기되어 있었다.

- 로마네 콩티, 1991년 산
- 에르미타주 퀴베 카틀랭, J. L. 샤브, 1991년 산
- 그라허 힘멜라이츠, 아우슬레제, 도멘느 J. J. 프륌, 1982년 산

신비스럽고 화려한 부르고뉴산 와인, 풍부하고 섬세한 맛이 나는 순종 시라 와인, 입 안에서 오묘하고 신비한 맛을 내는 리슬링 와인이었다. 생산 연도마저 완벽한 최고급 와인이자 이제까지 마셔본 와인 중 단연 최고의 맛이었다. 그렇지만 그 와인들을 주문한 사람은 엠마가 아

니었다.

"저는 정말 모르는 일이거든요."

"제발 날 놀리지 마. 주문서에 당신 서명이 있고, 대금도 〈임퍼레이터〉 식당 계좌에서 빠져나간 것으로 되어 있단 말이야."

"그럴 리 없어요."

피터는 얼굴이 하얗게 질리도록 화가 치밀어 엠마의 항의에도 아랑곳하지 않고 계속 비난을 퍼부어댔다.

"내가 방금 확인해봤는데 이 와인들은 분명 〈임퍼레이터〉 식당으로 배달되었대. 그러니까 좋은 말 할 때 순순히 인정하고 어서 그 와인들이나 꺼내놔."

"분명 뭔가 착오가 있어 보이지만 뭐 그다지 심각할 건 없잖아요, 그저……."

"심각할 게 없다고? 와인 대금으로 무려 일만 달러를 결제했어."

"물론 거금이지만 워낙 널리 알려진 고급 와인들이고……."

"난 모르는 일이니까 당신이 알아서 처리해. 오늘 해가 떨어지기 전까지 이 계산서가 내 눈앞에서 사라지도록 해줘! 그때까지 문제를 해결하지 못하면 당신은 해고야."

피터는 위협조로 말하고는 엠마의 대답은 들어볼 생각도 하지 않고 휙 몸을 돌려 와인 저장고를 나갔다.

엠마는 잠시 꼼짝도 하지 않고 무망하게 서 있었다. 뜻하지 않은 책망을 들어서인지 정신이 멍할 지경이었다. 피터는 와인 저장고에서 여자들이 할 일이라고는 아무것도 없다고 믿는 사람이었다. 그가 잘 나가는 애송이 여직원 때문에 자기 자리를 심각하게 위협받고 있다고 느낄 만한 근거가 충분히 있었다. 조나단 랑프뢰르는 아내와의 불화로 서둘러 일을 그만두기 직전 엠마에게 수석 와인 감별사 자리를 넘겨주기로 약속했다. 예정대로라면 올해 초 인사 때 수석 와인 감별사로 승진하기로 되어 있던 사람은 바로 엠마였다. 피터가 식당을 인수한 새 경영진에게 어떻게 손을 썼는지 조나단이 내린 인사 결정을 철회하게 만들었다. 피터는 그 후 엠마가 심각한 실수를 저지르게 만들어 식당에서 영원히 발붙이지 못하도록 해야겠다는 생각에 골몰해왔다.

엠마는 도무지 어찌 된 영문인지 알 수 없어 계산서만 뚫어지게 들여다보았다. 피터가 대단한 야심가에다 뒤끝이 많은 사람이 분명했지만 이런 일을 대놓고 꾸밀 만큼 아둔한 사람은 아니었다.

누가 이런 짓을 했을까?

하필이면 그 세 병의 와인을 주문한 건 절대로 우연으로 보기 힘들었다. 공교롭게도 엠마가 지난주 촉망받는 신세대 와인 감별사들의 면면을 소개하고자 찾아온 《와인 스펙테이터》 기자와 인터뷰 때 강력 추천했던 바로 그 와인들이었기 때문이다.

엠마는 인터뷰 당시 상황을 떠올려보려고 애썼다.

인터뷰는 〈임퍼레이터〉 식당 홍보실에서 진행되었고, 그 자리에 누가 있었더라?

바로 그거야, 로뮈알드 르블랑!

잔뜩 흥분한 나머지 빠른 걸음으로 와인 저장고를 나온 엠마는 엘리베이터를 타고 홍보실을 향해 걸어갔다. 〈임퍼레이터〉 식당 전산 관리를 위해 새로 채용한 젊은 연수생이 이번 일과 밀접한 관련이 있는 게 분명했다. 홍보실로 들어선 엠마는 전산 관리 담당 연수생을 만나서 해야 할 말이 있다고 용무를 밝혔다.

홍보실 직원이 손짓으로 안쪽 전산 사무실을 가리켰다. 엠마는 사무실 안으로 들어서자마자 문을 닫았다.

"이봐, 안경잡이! 너랑 단둘이 할 이야기가 있어서 왔어."

엠마의 갑작스러운 출현에 컴퓨터 화면 앞에 앉아 있던 로뮈알드가 자리에서 벌떡 일어서며 당황한 기색을 감추지 못했다. 엎어놓은 밥공기처럼 자른 머리, 창백한 안색, 두꺼운 뿔테안경을 착용한 애송이 연수생이 잔뜩 주눅 든 모습으로 엠마의 눈치를 살폈다. 연수생은 맨발에 조리를 신고 있었고, 구멍이 난 진 바지에 가끔이나마 세탁을 해서 입는지 의심스러운 후드 티에 마블 티셔츠를 받쳐 입은 차림새였다.

"안녕하세요, 엠마."

로뮈알드가 프랑스식 악센트를 가미한 말로 인사를 건넸다.

"나를 알고 있었나봐? 그렇다면 이야기를 풀어가기가 훨씬 수월하겠네."

엠마가 위협적인 태도로 로뮈알드에게로 다가서며 말했다.

엠마는 앞에 놓인 컴퓨터 화면에 잠깐 눈길을 주었다.

"일하는 시간에 여자 나체나 감상하면서 침이나 질질 흘리라고 월급을 주는 건 아닐 텐데?"

"음, 그러니까 지금은 휴식 시간이잖아요."

로뮈알드가 몹시 당황해하며 의자에 털썩 주저앉았다. 그러더니 뭔가를 좀 먹으면 기운을 차릴 수 있다는 듯 포장이 뜯긴 채 책상 위에서 나뒹굴고 있는 초콜릿을 입 안으로 쏙 집어넣었다.

"이 머저리 같은 놈! 네가 이 와인들을 주문했지?"

엠마가 주머니에서 와인을 구입한 계산서를 꺼내 흔들어 보이며 다그치자 로뮈알드는 어깨를 축 늘어뜨리며 두 눈을 내리깔았다.

엠마가 계속 몰아붙였다.

"넌 내가 《와인 스펙테이터》 기자와 인터뷰할 때 이야기를 엿들은 거야, 그렇지?"

로뮈알드가 아무 말도 하지 못하고 침묵하자 엠마는 버럭 언성을 높였다.

"너, 지금부터 내가 하는 말 잘 들어. 난 이 식당에서 쫓겨날 생각이 전혀 없어. 내 질문에 대답하든 말든 그건 네 자유야. 다만 지금 내 질문에 대답을 똑바로 안 하면 난 경영진에게 보고하고 경찰을 불러달라고 요청할 거야. 그렇게 되면 넌 경찰 앞에서 진실이 뭔지 털어놓아야 한다는 뜻이지."

엠마의 위협은 프랑스에서 온 애송이 연수생에게 전기에 감전된 것 같은 충격을 안겨주었다.

"그래요, 모두 제가 벌인 짓이에요. 난 당신이 그 포도주들에 대해 말하는 걸 듣는 동안 몹시 궁금했어요. 도대체 그 와인들은 무슨 맛이기에 저토록 입에 침이 마르도록 칭찬하나? 호기심을 참지 못하고 그 와인 맛이 어떤지 알아보고 싶었죠."

"자그마치 한 병에 3천 달러가 넘는 최고급 와인들이야. 넌 도대체 무슨 생각으로 그런 비싼 와인을 주문한 거야? 게다가 주문은 어떻게 했어?"

로뮈알드가 턱을 내밀어 컴퓨터를 가리켰다.

"그 정도야 식은 죽 먹기죠. 〈임퍼레이터〉 식당에서 사용하는 컴퓨터 기기와 시스템은 보안장치가 전혀 안 되어 있어요. 식당 회계장부를 해킹하는 데 20초도 안 걸렸으니까."

엠마는 심장박동이 갑자기 빨라지는 걸 느꼈다.

"혹시 벌써 와인 맛을 봤니?"

"아뇨, 저 캐비닛 안에 그대로 넣어두었어요."

로뮈알드가 철제 캐비닛 쪽으로 걸어가며 말했다. 캐비닛 문을 연 애송이가 나무상자를 꺼냈고, 그 안에 와인 세 병이 얌전하게 들어 있었다.

엠마는 와인병을 들어 이상 유무를 확인했다. 세 병 다 이상이 없었다. 그녀는 즉시 와인 공급처에 전화를 걸어 〈임퍼레이터〉 식당 회계 계좌가 해킹당했다고 설명하고, 운송비용은 식당 측에서 부담할 테니 잘못 신청한 와인 주문을 취소해달라고 요청했다.

그렇게 해주겠다는 대답을 들은 엠마는 그제야 안도했다.

엠마는 꼼짝 않고 서서 직장을 잃지 않아도 된다는 생각에 가슴을 쓸어내렸다. 그제야 오늘 저녁 만남이 떠올랐고, 이내 불안감이 엄습해왔다. 그녀는 마음을 진정시키기 위해 유리창에 비친 자신의 모습을 바라보았다. 거울에 비친 얼굴을 보자 마음이 진정되기는커녕 오히려 정반대 효과가 나타났다. 머리카락은 푸석푸석했고, 헤어스타일은 전혀 개성이 없는 커트였다.

이런 꼴로는 철학 교수의 마음을 사로잡을 수 없어.

엠마는 한숨을 푹 내쉬다가 프랑스 출신 애송이가 아직 앞에 있다는 걸 인식했다.

"너, 잘 들어. 어쨌거나 난 이번 일을 인사책임자에게 보고하지 않을 수 없어. 넌 아주 중대한 과오를 범했으니까."

"제발 한 번만 봐줘요!"

애송이 연수생이 갑자기 풀이 죽더니 훌쩍거리며 울기 시작했다.

"그래, 실컷 울어. 그래야 오줌이라도 덜 싸지."

엠마가 한심하다는 듯 쏘아붙이고는 손수건을 내밀었다. 그녀는 애송이 연수생이 울음을 멈출 때까지 참고 기다렸다.

"로뮈알드, 너 지금 몇 살이니?"

"열여섯 살 반이에요."

"어디서 왔니?"

"본, 그러니까 프랑스 디종 남쪽이에요."

"나도 본이 어디 붙어 있는지는 알아. 프랑스 고급 와인 중에서 본에서 생산되는 와인이 더러 있지. 넌 언제부터 〈임퍼레이터〉 식당에서 일하기 시작했니?"

"보름쯤 되었어요."

로뮈알드가 안경을 벗고 눈꺼풀을 비볐다.

"일은 마음에 들어?"

로뮈알드는 고개를 가로저으며 턱으로 컴퓨터를 가리켰다.

"제가 정말로 재미있어하는 건 컴퓨터밖에 없어요."

"컴퓨터? 그럼 왜 식당에서 일하기로 결심했니?"

로뮈알드는 여자 친구를 따라왔다가 식당에서 일하게 되었다고 털어놓았다. 대입 시험을 끝내고 뉴욕에 온 여자 친구는 베이비시터로 일한다고 했다.

"내가 한 가지 맞혀볼까? 그 여자 친구가 널 차버렸지?"

로뮈알드가 창피하다는 듯 말없이 고개를 끄덕였다.

"부모님은 네가 미국에 와 있다는 걸 알고 계시니?"

"네, 알고 계시지만 부모님은 요즘 다른 걱정거리가 많아서……."

로뮈알드가 회피하듯 말끝을 흐렸다.

"넌 어떻게 이 식당에서 일하게 되었니? 넌 미성년자라 취업비자를 받지 못했을 텐데……."

"실제보다 나이를 부풀려 취업비자를 만들었어요."

취업비자를 위조했다고? 그러니까 경찰 소리만 들어도 벌벌 떨고, 여기서 해고당하는 걸 두려워하는 거야.

엠마는 연민과 호기심이 뒤섞인 표정으로 애송이 연수생을 바라보았다.

"너, 취업비자를 위조하는 방법은 어디서 배웠어?"

"요즘은 컴퓨터만 잘 다룰 줄 알면 뭐든지 가능해요."

엠마가 계속 추궁하자 애송이는 몇 가지 무용담을 털어놓았다. 13세 6개월이 된 로뮈알드는 《해리 포터》 시리즈의 마지막 권 번역본의 해적판을 만들어 인터넷에 올렸다가 몇 시간 동안 경찰서에 잡혀 있다가 미성년자라는 이유로 풀려났다. 얼마 후, 로뮈알드는 다니던 고등학교의 인터넷사이트를 해킹해 성적을 멋대로 바꾸고는 학부형들에게 엉뚱한 내용의 이메일을 발송하게 했다. 지난 6월에는 여자 친구가 좋은 점수를 받을 수 있도록 대입 과학 문제를 해킹했다.

7월 초에는 니콜라 사르코지 대통령의 페이스북 계정을 도용한 적도 있었다. 나이 어린 고교생의 한낱 치기 어린 장난으로 치부하기에는 사안이 너무 중대해 엘리제궁에서는 범인을 찾아내 엄벌하겠다고 단호한 입장을 밝혔다. 경찰 사이버수사대는 로뮈알드의 범행 일체를 찾아내 자백을 받아냈고, 그간의 '죄목'까지 더해 사회봉사명령을 내렸다. 앞으로 컴퓨터를 가까이해서는 안 된다는 경고가 첨가된 명령이었다.

로뮈알드의 이야기를 듣던 엠마의 머릿속에 순간적으로 기발한 아이디어 한 가지가 떠올랐다.

"너, 당장 컴퓨터 앞에 앉아봐."

엠마가 명령조로 말했다.

로뮈알드는 시키는 대로 컴퓨터 앞에 앉아 모니터를 켰다.

엠마가 의자를 끌어당겨 옆자리에 앉았다.

"내 눈을 똑바로 쳐다봐, 로뮈알드."

로뮈알드는 영문을 모르지만 잔뜩 긴장해 엠마의 눈을 제대로 바라보지 못했다.

"이제 보니 아줌마가 되게 예쁜데요."

로뮈알드가 더듬거리며 말했다.

"난 지금 몹시 끔찍한 상황에 빠져 있어. 네가 조금만 도와주면 지금보다 더 예뻐질 수 있을 거야."

엠마가 어떤 미용실의 웹 주소를 치자 밝은 빛깔의 간결한 초기화면

위로 반짝거리는 글자들이 쏟아져 나와 온통 춤을 추기 시작했다.

아카히코 이마무라

헤어스타일

"아카히코는 미용계의 혁명을 불러온 일본 사람이야. 현재 맨해튼에
서 최고로 각광받고 있는 미용사지. 가위질과 색채의 달인이라는 소리
를 듣고 있어. 세계적인 스타들이 아카히코에게 머리를 맡기고 있지.
뉴욕 패션위크 기간에는 유명 디자이너들이 패션쇼에 나갈 헤어스타일
을 위해 아카히코를 잡으려고 혈안이 되나봐. 오늘 저녁, 나도 머리 예
술가라는 아카히코 덕을 좀 보고 싶어. 문제는 앞으로 두 달 동안이나
대기자가 차 있다는 거야."

엠마가 무엇을 원하는지 금세 눈치챈 로뮈알드는 바쁘게 손가락을
움직여 예약 시스템을 해킹하기 시작했다.

"아카히코는 뉴욕에 미용실을 세 개나 가지고 있어."

컴퓨터 천재의 손가락이 눈이 팽팽 돌 정도로 키보드 위를 날아다니
는 동안 엠마가 설명을 덧붙였다.

"소호, 미드타운 그리고 어퍼 이스트사이드에 미용실이 있지."

"오늘 오후, 아카히코가 직접 손님을 받기로 되어 있네요."

로뮈알드가 대기자 명단을 화면에 띄우며 말했다.

"대기자 명단에 내 이름을 집어넣을 수 있니?"

"물론이죠. 미용실에는 언제 가실 건데요?"

"오늘 오후 5시쯤 갔으면 좋겠어. 가능할까?"

"그쯤이야 일도 아니죠."

로뮈알드가 오후 5시 예약자 이름 대신 엠마의 이름을 적어 넣었다. 물론 가만히 앉아 당하게 된 손님에게 부득이 예약이 연기되었다는 메일 발송을 잊지 않았다.

"잘했어, 넌 진정 마술사야."

엠마가 애송이의 볼에 살짝 뽀뽀를 해주며 소리쳤다.

로뮈알드의 통통한 볼이 빨갛게 달아올랐다.

"이 정도는 아주 간단해요."

"너, 이제 보니 제법 재주가 좋구나. 이번 일은 너 혼자만 알고 있어야 해, 알았지?"

엠마가 전산실 문을 닫으며 말했다.

♠

보스턴

브룩스 브라더스 상점

오후 3시 30분

"정말 근사하고 멋져. 어깨는 부드럽게, 허리는 잘록하게, 가슴은 편안하게 잡아주는 패턴이야. 당신한테는 역시 클래식한 디자인이 잘 어울린다니까."

에이프릴이 찬사를 늘어놓았다.

매튜는 명품 숍 전신거울에 비친 자신의 모습을 바라보았다. 면도를 깔끔하게 하고, 머리를 짧게 손질하고, 몸에 꼭 맞는 재킷을 걸치니 정말 다른 사람 같았다.

정장을 입은 게 얼마 만이지? 결혼식 이후 처음이야.

매튜는 머리를 흔들어 마음을 심란하게 만드는 생각을 떨쳐버렸다.

"조금만 더 멋졌더라면 내가 애인하자고 달려들었을지도 모르겠는걸!"

에이프릴이 재킷 단추를 여며주며 너스레를 떨었다.

매튜는 자신을 위해 노력을 아끼지 않은 에이프릴에게 고맙다는 뜻으로 미소를 지어보였다.

"이제 재킷 위에 울 소재 코트를 걸치고 공항으로 달려가면 돼. 이 시간에는 항상 길이 막히니까 서둘러야 해. 혹시라도 비행기를 놓치게 된다면 말이 안 되잖아!"

에이프릴이 손목시계를 들여다보며 중얼거렸다.

두 사람은 서둘러 카마로 승용차로 왔고, 에이프릴은 지체 없이 로건 공항을 향해 차를 몰았다. 공항까지 가는 동안 매튜는 내내 말이 없었다. 흥분이 차츰 가라앉으면서 그는 눈에 띄게 활기를 잃었다. 어제저녁과 달리 자꾸만 엠마를 만난다는 게 썩 좋은 아이디어는 아니라는 생각이 들었다. 맥주를 마시고 진정제를 복용한 상태에서 갑자기 충동적으로 내린 결정에 불과했다. 엠마라는 여자를 잘 알지도 못할뿐더러 몇 번 메일을 주고받다가 잠깐 호감을 갖게 되었을 뿐 직접 얼굴을 마주할 경우 실망하게 될 게 뻔했다.

차가 '키스 앤 바이' 주차장 구역으로 들어섰다. 에이프릴은 공항 터미널 앞에 임시로 차를 세웠다.

에이프릴이 매튜의 어깨를 토닥이며 용기를 북돋아주는 말을 했다.

"난 지금 당신이 무슨 생각을 하는지 잘 알아. 당신은 만남을 두려워하고 있고, 괜한 약속을 잡았다고 후회막급일 거야. 그렇지만 제발 부탁이니 약속 장소에는 꼭 나가야 해."

매튜는 고갯짓으로 알았다는 대답을 대신하고는 트렁크에서 가방을 꺼내 터미널 안으로 들어갔다. 온라인 상으로 이미 체크인을 마쳤으므로 그는 곧장 보안 구역을 통과해 승강장에서 탑승을 기다렸다. 비행기에 오르려는 순간 그는 문득 의구심에 사로잡혔다가 곧 두려움에 빠져들었다. 갑자기 온몸에서 식은땀이 줄줄 흐르며 복잡한 생각들이 머릿속을 뒤죽박죽으로 만들었다. 아주 짧은 순간, 케이트의 얼굴이 또렷하게 떠올랐고, 그는 애써 죄책감을 떨쳐냈다. 가까스로 머릿속에서 케이트의 이미지를 지워버린 그는 승무원에게 항공권을 보여주었다.

♠

버그도프 굿맨 백화점

피프스 애비뉴

오후 4시 15분

엠마는 조금 넋이 나간 얼굴로 뉴욕에서 가장 호화로운 백화점 매장을 누비고 다녔다. 반짝이는 흰 대리석 건물이며 판매원들의 지나치게 친절한 태도에 이르기까지 모든 게 다 부담스러웠다. 슈퍼모델을 연상시킬 만큼 늘씬한 판매원들을 보자 왠지 자신이 초라하게 느껴져 주눅이 들기도 했다.

엠마는 평소 가격 따위는 관심 밖이라는 듯 부티 나는 명품 옷을 걸치고 다니며 자신감을 과시하는 여자들과 자신은 왠지 어울리지 않는다고 생각했지만 적어도 오늘만큼은 그런 누추한 생각을 떨쳐버리고 싶었다.

어젯밤, 엠마는 거의 잠을 이루지 못했다. 오늘 아침, 조바심 때문에 일찍 잠자리를 털고 일어난 그녀는 무슨 옷을 입어야 할지 알 수 없어 한 시간 넘게 옷장을 뒤졌다. 수십 번도 더 옷을 갈아입었지만 결정적으로 마음에 드는 옷이 없어 비교적 잘 어울리는 정장을 입기로 결심했다. 금은사로 수놓은 초콜릿 색상 상의에 몸에 착 달라붙는 검정 실크하이 웨이스트 펜슬 스커트였다. 위에 걸칠 외투가 있어야 스타일이 제대로 완성될 것 같았다. 현재 집에 있는 외투는 너무 낡은 데다 라인이 제대로 살지 않아 전혀 조화를 이루지 못했다.

엠마는 백화점에 들어온 직후부터 계속 화려한 반코트 앞에서 맴돌았다. 금은사를 섞어 무늬를 넣은 비단 천을 몇 번이고 만져보았다. 너무 예뻐 차마 입어볼 수 없을 지경이었다.

"제가 도와드릴까요, 손님?"

엠마의 자취를 눈여겨보던 판매원이 물었다.

탈의실로 들어가 외투를 입어보니 감탄스러울 정도로 잘 맞았지만 가격이 무려 2천7백 달러나 된다는 게 문제였다. 꿈도 꿀 수 없을 만큼 비싼 가격이었고, 그런 옷을 산다는 건 미친 짓이라 생각했다.

급여가 그리 적은 편은 아니었지만 생활비가 세계에서 가장 비싸기로 유명한 맨해튼에서 살아가려면 결코 넉넉한 액수도 아니었다. 게다가 월급의 많은 부분을 심리 상담을 받으러 가는 데 지출하고 있었다. 생존을 위해서라도 그만둘 수 없는 필수 지출이었다. 그녀의 심리치료사 마가렛 우드는 엄청나게 힘들었던 고비를 이겨내게 해준 생명의 은인이었다. 마가렛 우드로부터 스스로를 보호하는 법, 두려움이나 광기에 매몰되지 않도록 방어벽을 구축하는 법 등을 배웠다.

그럼에도 엠마는 지금 스스로 위험을 자초하고 있었다. 그녀는 정신을 가다듬고 탈의실을 나왔다.

"외투를 사지 않겠어요."

엠마는 충동에 굴복하지 않은 자신을 대견하게 생각하며 구두 매장으로 향했다. 구두 매장을 둘러보던 엠마는 감탄 어린 눈으로 브라이언 애트우드의 분홍색 가죽 하이힐을 바라보았다. 진열되어있는 구두 속에 발을 밀어 넣는 순간 자신이 마치 신데렐라가 된 기분이었다. 왕뱀 가죽 하이힐은 보라색 기운이 감돌았고, 현기증 나게 높은 굽은 광택 나는 에나멜로 처리되어 있었다. 어떤 옷이라도 돋보이게 할 만큼 인상적인 고급 구두였다. 가격은 1천5백 달러. 계산대로 가기에 앞서 그녀는 외투 매장에 들러 아까 입어본 외투를 집어 들었다. 그 결과, 한 달 반치 급여가 연기처럼 사라지고 말았다.

피프스 애비뉴로 나온 엠마는 갑자기 몸이 으슬으슬 떨려왔다. 매서운 추위로 몸이 반쯤 마비된 그녀는 머플러를 꽁꽁 동여매고 고개를 푹 숙였지만 옷섶을 파고드는 바람의 기세를 꺾을 수 없었다. 찬바람이 사정없이 얼굴을 때리고 팔다리를 마비시키는 바람에 그녀는 꼼짝없이 그 자리에 우뚝 서버렸다. 눈에서 눈물이 쏟아지고, 두 뺨이 불덩이처럼 뜨거웠다.

엠마는 도저히 발걸음을 떼어놓을 용기가 나지 않았다. 그녀는 가까스로 택시를 잡아타고 기사에게 미용실 주소를 알려주면서 〈임퍼레이터〉 식당 경비원에게 낡은 외투와 구두가 든 가방을 맡기기 위해 록펠러센터부터 먼저 들렀다 가야겠다고 말했다.

아카히코 미용실은 어퍼 이스트사이드 중심부에 위치하고 있었다. 베이지색 벽과 환한 빛깔 나무 선반, 큼지막한 가죽 소파, 투명한 아크릴 탁자와 그 위에 놓인 난초 화분 등 모든 비품들이 척 보기에도 고급스러웠다.

엠마가 이름을 대자 안내원이 태블릿 PC로 예약자 명단을 확인했다. 로뮈알드의 컴퓨터 해킹 기술이 제대로 발휘된 듯했다. 아카히코를 기다리는 동안 보조 미용사가 머리를 감겨주고 나서 우아하고 정확한 손놀림으로 두피 마사지를 해주었다. 엠마는 모처럼 경험 많은 미용사의 손에 머리를 내맡기고 긴장을 풀었다. 거액의 지출도, 흥분도, 걱정도 안락하고 세련된 공간이 전해주는 나른하고 쾌적한 분위기 속에서 슬며시 녹아내렸다.

마침내 아카히코가 모습을 드러내더니 엠마에게 시선을 아래쪽으로 향하게 한 다음 90도로 허리를 꺾어 인사를 건넸다.

엠마는 잡지에서 오려낸 케이트 베킨세일의 사진을 핸드백에서 꺼냈다.

"이 스타일로 해주세요."

아카히코는 사진 따위에는 관심도 없어 보였다. 그 대신 얼굴을 오래도록 관찰하더니 염색 전문 보조에게 일본 말로 몇 마디 지시를 내렸다. 그러더니 가위를 꺼내 머리카락을 몇 가지 서로 다른 길이로 잘랐다. 20분 정도 가위질을 한 아카히코는 엠마를 염색 전문 보조미용사에게 인계했다. 염색 담당 미용사는 대담한 적갈색으로 두피부터 머리카락 끝까지 염색했다.

염색이 끝나자 아카히코가 직접 엠마의 머리를 헹구고 나서 다시 가위질을 시작했다. 머리카락을 몇 가닥씩 잡아 굵은 롤러에 돌돌 말아 한꺼번에 말린 다음 일일이 다시 풀고는 손가락으로 이리저리 만져 머리 모양을 잡아나갔다.

마침내 돌돌 말린 꽈배기 모양 머리가 완성되었다. 섬세하고 복잡한 커팅을 해 얼굴이 한층 더 밝아 보였고, 맑은 눈동자를 강조한 덕분에 여성스러운 면모가 한층 더 도드라져 보였다.

거울 앞으로 다가간 엠마는 자신의 새로운 모습에 눈을 뗄 수 없었다. 웨이브 진 머리카락 몇 가닥이 반듯하게 쪽을 진 머리에서 삐져나와 자연스러움을 더했다. 머리색은 한마디로 완벽했다. 케이트 베킨세일은 저리가라였다. 일찍이 엠마가 이토록 예뻤던 적은 없었다.

미용실에서 나온 엠마는 날아갈 듯한 기분으로 택시를 타고 이스트빌리지로 향했다. 차 안에서 화장품 가방을 꺼내 뺨에 붉은 기가 도는 볼 터치를 하고, 눈두덩에 금색 아이섀도를 덧바른 다음 마지막으로 입술에 산호 빛깔 립스틱을 가볍게 칠했다.

엠마가 톰프킨스퀘어파크 남쪽에 자리 잡은 이탈리안 레스토랑 〈넘버5〉 출입문을 밀고 들어선 시각은 정확하게 밤 8시 1분이었다.

델타 1816편 항공기는 존 F. 케네디 공항에 예정 시간보다 약간 늦게 도착했다. 비행기 뒤쪽에 앉은 매튜는 초조한 눈빛으로 시계만 쳐다보았다. 벌써 밤 7시 18분이었다.

매튜는 비행기에서 내리자마자 택시 정류장으로 달려가 십여 분을 기다린 끝에 택시에 오를 수 있었다. 택시 기사에게 식당 주소를 알려준 그는 영화에서처럼 약속 시간 안에 도착하게 해주면 팁을 두둑하게 주겠다고 약속했다. 교통량이 많긴 했으나 예상한 만큼은 아니었다. 옐로 캡은 비교적 빨리 퀸스 지역을 벗어나 윌리엄스버그 다리를 건너 좁은 골목들이 이어지는 이스트빌리지로 들어섰다. 택시가 〈넘버5〉 앞에 멈춰선 시간은 밤 8시 3분이었다.

거의 정각에 다다른 셈이었고, 매튜는 그제야 안도의 한숨을 내쉬었다. 어쩌면 먼저 도착했을 수도 있다고 생각하며 택시요금을 지불했다. 신경이 곤두설 정도로 몹시 흥분되고 긴장되는 순간이었다.

매튜는 마음을 차분하게 가라앉히기 위해 다시 한번 길게 심호흡을 한 다음 이탈리안 레스토랑 〈넘버5〉의 문을 밀었다.

6. 우연한 만남

시간은 인간의 절대적인 주인이다. 시간은 인간의 창조자인 동시에 인간의 무덤이다.
시간은 인간이 요구하는 게 아니라 자기 마음에 드는 걸 인간에게 던져줄 뿐이다.

_윌리엄 셰익스피어

<넘버5> 식당
뉴욕
저녁 8시 1분

엠마는 두근거리는 가슴을 애써 누르며 식당 카운터 앞에 섰다. 젊고
예쁜 여자가 미소를 지으며 엠마를 맞았다.

"안녕하세요, 매튜 샤피로 씨와 만나기로 약속했는데요."

"매튜가 뉴욕에 왔어요? 그거야말로 아주 반가운 소식인데요."

주인 여자가 반색하며 말했다.

주인 여자는 예약 손님 명단을 살폈지만 매튜 샤피로라는 이름을 찾
아내지 못했다.

"아마도 제 남편인 비토리오의 휴대폰으로 예약한 모양이네요. 남편
이 깜빡 잊고 전하지 않은 게 분명해요. 걱정 마세요, 전망 좋은 위층의
자리로 안내해드리죠."

여자가 카운터를 나서며 말했다. 엠마는 여자가 임신 중이라는 걸 한 눈에 알아차렸다.

"외투를 받아드릴까요?"

"아뇨, 그냥 입고 있으려고요."

"아주 멋진 외투로군요."

"정말 비싼 돈을 주고 샀는데 이렇게 알아봐주시니 기분이 좋아요."

두 여자는 미소를 주고받았다.

"저는 코니라고 해요."

"저는 엠마라고 해요. 만나서 반가워요."

"자, 이쪽으로 따라오세요."

삐걱거리는 나무계단을 올라가자 돔 형태의 둥그스름한 지붕 밑 홀이 나왔다.

식당 여주인은 손님에게 가장자리 쪽 테이블을 권했다. 아래층 메인 홀이 한눈에 내려다보이는 자리였다.

"식전주 한잔 하실래요? 오늘처럼 추운 날, 뱅쇼를 한잔 하시면 좋을 텐데요."

"그냥 좀 기다릴게요."

"그럼 그렇게 하세요."

코니는 엠마에게 메뉴판을 건네준 다음 아래층으로 내려갔다.

엠마는 식당 안을 둘러보았다. 따뜻하고 포근하고 친밀한 분위기가 느껴지는 식당이었다. 메뉴판을 보니 조 디마지오를 기리는 의미에서 식당 이름을 〈넘버5〉로 짓게 되었다는 설명이 적혀 있었다.

뉴욕 양키즈의 전설적이고 신비로운 선수 조 디마지오의 등번호가 바로 5번이었다. 벽돌로 된 담벼락에 마릴린 먼로와 조 디마지오가 함께 찍은 사진이 걸려 있었다. 그들 커플이 언젠가 이 식당에서 식사한 적이 있다는 걸 알리는 징표였다.

엠마는 다시 손목시계를 보았다. 저녁 8시 4분이었다.

♠

<넘버5> 식당

뉴욕

저녁 8시 4분

"매튜! 어쩐 일이야, 소식도 없이!"

비토리오가 식당 문을 열고 들어서는 매튜를 맞이하며 반갑게 소리쳤다.

"비토리오, 잘 지냈어?"

두 남자는 서로를 다정하게 얼싸안았다.

"온다고 미리 연락이라도 주지 그랬어?"

"오늘 아침에 코니한테 전화했는데 못 들었어? 코니는 어디 있어?"

"집에 있어. 폴이 중이염을 앓고 있거든."

"그 녀석, 이제 몇 살이지?"

"다음 달이면 12개월이야."

"사진 있으면 보여줄래?"

주머니에서 지갑을 꺼낸 비토리오가 토실토실하게 살이 오른 아기 사진 한 장을 내밀었다.

"녀석이 정말 많이 자랐지?"

"벌써 건장한 사내처럼 보여."

매튜가 웃으며 농담을 건넸다.

"내가 녀석의 젖병에 피자를 듬뿍 넣어주었지."

비토리오가 예약 손님 명단을 훑어보며 농담을 건넸다.

"코니에게 '연인들의 테이블' 예약을 부탁했었네? 예쁜 여자였으면 좋겠어. 자네가 초대한 여자 말이야."

"그 여자, 아직 여기에 안 왔어?"

"테이블이 비었잖아. 그러지 말고 여기 앉아. 식전주 한잔 어때?"

"아니, 괜찮아. 엠마가 올 때까지 기다릴게."

♠

<넘버5> 식당

뉴욕

저녁 8시 16분

매튜 샤피로, 이제 보니 당신 부모님은 약속 시간을 정확하게 지키는 게 상대에 대한 예의의 기본이라는 걸 가르쳐주지 않았군요.

엠마는 연신 손목시계를 바라보며 마음속으로 매튜를 비난했다.

위층에 앉아 있으려니 자연스럽게 식당 출입문이 시야에 들어왔다.

문이 열릴 때마다 매번 매튜가 들어서기를 기대했지만 그때마다 기대는 번번이 실망으로 바뀌었다.

결국 엠마는 출입문에서 창가 쪽으로 고개를 돌려버렸다. 눈이 내리고 있었다. 은빛 솜 같은 눈꽃들이 가로등 불빛 아래에서 춤을 추듯 빙빙 맴돌았다. 가볍게 한숨을 내쉰 엠마는 핸드백에서 휴대폰을 꺼내 혹시 문자메시지가 와 있는지 확인했다.

새로 들어온 문자는 없었다.

잠시 망설이던 엠마는 스마트폰으로 이메일을 보내기로 결심했다.

매튜
〈넘버5〉 식당에 도착해 있어요.
당신을 기다리는 중이에요.
아티초크와 로켓 상추에 파르메산 치즈를 듬뿍 얹은 피자가
아주 먹음직스럽네요!
빨리 오세요. 배고파 죽겠어요!
엠마

♠

〈넘버5〉 식당
뉴욕
저녁 8시 29분

"여왕께서 좀 늦으시나봐."

비토리오가 매튜를 위층으로 안내하며 말했다.

"그러게."

"전화 한번 해봐."

"우린 전화번호도 모르는 사이야."

"그래? 아무튼 너무 걱정하지 마. 여긴 맨해튼이잖아. 자네도 잘 알다시피 뉴요커들의 시간관념이 여간 고무줄 같아야 말이지."

매튜는 애매하게 억지웃음을 지었다. 통화가 불가능하니 어쩔 수 없이 도착했다는 메일을 보내기로 마음먹었다.

엠마

내 친구 비토리오가 부득불 당신에게 토스카나 지방산 와인을 맛보게 해야 한다는군요. 시에나 근처의 작은 와이너리에서 생산된 적포도주랍니다. 비토리오는 이탈리아 와인에 관해서라면 밤이 새도록 이야기해도 다 못 끝낼 겁니다. 세계에서 가장 맛있는 와인이 이탈리아산이라나요.

빨리 와서 비토리오의 입을 좀 막아주세요!

매튜

♠

〈넘버5〉식당
뉴욕

저녁 8시 46분

엠마는 분노로 온몸을 떨었다.

나쁜 놈, 나를 감히 모욕하다니! 45분이나 늦으면서 양해를 구하는 메일이나 전화 한 통 없다는 게 말이나 돼? 구차한 변명이라도 늘어놓아야 할 거 아냐!

"제가 매튜의 휴대폰으로 전화해볼까요?"

코니가 조심스럽게 물었다.

무안해진 엠마는 우물쭈물 얼버무렸다.

"글쎄요……. 네, 그렇게 해주세요."

코니가 매튜의 번호를 누르자 자동응답기로 연결되었다.

"걱정 마세요, 곧 오겠죠. 틀림없이 눈 때문에 늦는 걸 거예요."

문자메시지의 도착을 알리는 소리가 들렸다. 엠마는 전화기를 향해 시선을 내리깔았다. 매튜에게 보낸 메일이 전달되지 않았다는 걸 알려주는 메시지였다.

이상한 일이네.

엠마는 메일 주소를 확인한 다음 매튜에게 두 번째로 메일을 보냈지만 역시 전송 실패로 나왔다.

♠

\<넘버5\> 식당

뉴욕

저녁 9시 13분

"오지 않으려나봐."

매튜는 마지못해 비토리오가 내민 맥주병을 받아 들며 말했다.

"이럴 땐 무슨 말을 해야 할지 정말 난감해. 여자의 마음은 바람에 날리는 갈대와 같아(*La donna è mobile, qual piuma al vento*)."

비토리오가 안타깝다는 듯 유명한 오페라 아리아를 읊조렸다.

매튜는 두 번이나 엠마에게 메일을 보냈지만 답신을 받지 못했다. 마지막으로 손목시계를 다시 한번 쳐다본 매튜는 마침내 결심한 듯 자리에서 벌떡 일어섰다.

"공항으로 가게 택시 좀 불러줄래?"

"우리 집에서 자고 가라니까."

"고맙지만 안 돼. 공연히 테이블만 차지하고 앉아 있어서 미안해. 코니에게 안부나 전해줘."

9시 30분에 식당에서 나온 매튜는 10시 10분에 공항에 도착했다. 공항으로 가는 차 안에서 돌아가는 항공편 예약을 마쳤다. 그는 공항에 도착하자마자 그날 마지막 비행기 탑승 수속을 밟았다.

비행기는 예정대로 정확한 시간에 출발했고, 새벽 12시 23분에 보스턴 공항에 착륙했다. 자정이 넘은 시간이라 로건 공항은 비교적 한산했다. 비행기에서 내리자마자 택시를 잡아탄 매튜는 새벽 1시가 조금 못 되어 집에 도착했다.

매튜가 비콘 힐 집에 들어섰을 때, 에이프릴은 벌써 곯아떨어져 있었다. 딸의 방을 열어보고 에밀리가 두 주먹을 꼭 쥔 채 잠들어 있는 걸 확인한 그는 주방으로 내려갔다. 큰 컵에 물을 가득 따라 벌컥벌컥 들이켠 그는 기계적으로 카운터 테이블 위에 놓여 있는 컴퓨터를 켰다. 메일을 확인하던 그는 엠마가 보낸 메일을 한 통 발견했다. 이상하게도 휴대폰에는 나타나지 않고 컴퓨터에만 표시되어있는 메일이었다.

♠

\<넘버5\> 식당
뉴욕
저녁 9시 29분

식당을 나온 엠마는 코니가 불러준 택시에 올랐다. 그나마 바람은 한결 누그러져 있었지만 꾸준하게 내린 눈이 길에 쌓여 미끄러웠다. 엠마는 택시 안에서 온갖 부정적인 생각들을 몰아내기 위해 안간힘을 썼지만 분노는 점점 커져만 갈 뿐 좀처럼 가라앉지 않았다.

매튜의 행위는 인간의 신뢰에 대한 배신이자 모욕이었다. 그녀는 또다시 남자의 감언이설에 걸려들어 정신을 차리지 못한 자신이 한없이 원망스러웠다.

노스플라자 50번지에 도착한 엠마는 계단을 통해 건물 지하로 내려갔다. 공동세탁장에는 사람의 그림자라고는 보이지 않아 비감한 느낌을 가중시켰다.

엠마는 페인트가 군데군데 떨어져 나간 벽이 이어지는 복도를 가로질러 건물에서 가장 어두컴컴하고 비위생적인 공간으로 걸어 들어갔다.

아파트에서 나온 쓰레기를 모아두는 장소였다. 분노에 찬 그녀는 하이힐을 벗어들고 굽을 꺾어 쓰레기가 잔뜩 담긴 컨테이너를 향해 집어 던졌다. 어마어마한 돈을 주고 구입한 외투도 갈가리 찢어 쓰레기 컨테이너를 향해 던져버렸다.

엠마는 서럽게 흐느끼며 엘리베이터를 타고 아파트로 올라왔다. 현관문을 열고 들어선 그녀는 반갑다고 달려드는 클로비스의 환영 인사를 무시한 채 욕실로 들어가 옷을 훌훌 벗어던지고 찬물로 샤워를 했다. 갑자기 한동안 잊고 지낸 자해의 충동이 밀려들었다. 주체할 수 없이 엄습해오는 폭력성의 화살을 자기 자신에게로 돌리고 싶은 강렬한 충동이었다. 일촉즉발의 위기를 혼자서는 제어할 자신이 없어 숨이 멎을 듯 가슴이 답답해왔다. 모든 기운이 몸 밖으로 빠져나가 버린 듯 온몸에 맥이 탁 풀렸다.

〈넘버5〉 식당으로 향할 때만 해도 더없이 설레는 기분이었는데 어찌해서 불과 몇 시간 만에 이토록 우울한 상태로 급전직하할 수 있을까? 얼마 안 되는 짧은 시간에 강렬한 기쁨과 암울한 절망 사이를 오간 날이었다. 천국과 지옥 사이에서 롤러코스터를 탔다고나 할까?

엠마는 아래윗니가 딱딱 맞부딪칠 만큼 몸을 덜덜 떨며 유리 샤워 부스에서 나와 서둘러 목욕 가운을 걸치고 구급약 상자에서 수면제를 꺼내 삼키고는 곧장 침대로 달려가 몸을 눕혔다. 수면제를 먹었지만 잠이 오지 않았다. 이리저리 몸을 뒤척이며 가장 잠들기 편한 자세를 찾다가 이내 단념한 그녀는 절망적으로 천장만 바라보았다. 잠들기에는 감정이 지나치게 흥분된 상태인 게 분명했다.

몸을 이리저리 뒤척이다가 결국 잠들지 못한 엠마는 새벽 1시쯤 노트북을 켜고, 저녁 시간을 엉망으로 만들어버린 나쁜 남자에게 마지막으로 메일을 보내기로 했다. 불같이 화가 치민 그녀는 이브를 예쁘게 캐릭터화한 스티커를 붙여놓은 노트북의 모니터를 열었다.

♠

아연실색한 매튜는 엠마가 보낸 메일을 읽었다.

보낸 이 : 엠마 로벤스타인

받는 이 : 매튜 샤피로

제목 : 나쁜 자식

당신은 번지르르한 말과는 달리 예의범절이라고는 모르는 사람, 가정교육이라고는 받아본 적 없는 불량배가 분명해요. 앞으로는 절대로 편지 보내지 말아요. 메시지도 사절하겠어요.

보낸 이 : 매튜 샤피로

받는 이 : 엠마 로벤스타인

제목 : Re : 나쁜 자식

내가 예의를 모르는 사람이라니, 도대체 무슨 소리죠? 저녁 내내 〈넘버5〉 식당에서 당신을 기다렸어요. 아무리 기다려도 오지 않아 두 번이나 메일을 보냈는데 답신조차 해주지 않은 사람이 이제 와서 누구한테 그런 소리를 하는 거죠?

그럼 그렇지, 놀리려거든 얼마든지 놀려봐요. 당신, 지금 도대체 무슨 놀이를 하는 거죠? 차라리 말도 안 되는 변명이라도 늘어놔봐요. 날씨가 너무 춥고 눈이 많이 내려 갈 수 없었다고 말해요. 변명거리를 골라잡는 건 당신 맘일 테니까요.

눈이라고요? 당신이 과연 나를 비난할 자격이 있다고 생각해요? 사람을 바람맞혀놓고 적반하장도 유분수지!

난 약속 장소에 나가 저녁 내내 당신을 기다렸어요. 난 당신이 보낸 메일 따위는 받은 적이 없어요!

그럼 당신은 엉뚱한 식당에 가 있었군요.

이스트빌리지에 〈넘버5〉라는 식당은 하나밖에 없어요. 난 당신 친구 코니와 이야기를 나눴어요. 비토리오의 부인 코니와.

거짓말! 코니는 식당에 없었어요.

무슨 소리? 분명 있었어요! 갈색 머리를 짧게 자른 예쁜 여자였고, 임신 8개월 정도 되어 보였어요!

아무 말이나 입에서 나오는 대로 다 내뱉는 거예요?

코니가 아기를 낳은 지 일 년이 다 되어가는데…….

매튜는 메시지를 보내기 위해 클릭을 하려다 문득 화면에서 눈을 떼고 고개를 쳐들었다.

뭐야? 이건 완전히 눈뜬 소경들의 대화 같잖아. 엠마가 거짓말을 하고 있는 것 같지는 않아. 그렇지만 온통 말도 안 되는 소리를 늘어놓고 있어. 전혀 이성적이지 못한 주장들이야.

매튜는 찬물을 한 모금 마신 다음 눈꺼풀을 세게 비볐다.

눈이 내렸다느니, 코니가 아기를 가졌다느니…….

매튜는 눈살을 찌푸리고 나서 전날 이후 엠마가 보내온 메일들을 찬찬히 살폈다. 갑자기 뒤통수를 얻어맞은 듯 머리가 멍해졌다. 한 가지 특이사항이 눈에 띄었기 때문이다. 특이사항이라고는 하지만 반드시 특이하다고 치부할 수 없다는 점이 문제였다.

매튜는 문득 한 가지 생각이 머리를 스치며 질문을 건넸다.

오늘 날짜가 어떻게 되죠, 엠마?

오늘 날짜도 몰라요? 12월 20일이잖아요, 왜요?

그럼 올해는 몇 년이죠?

당신, 이런 식으로 계속 나를 가지고 놀…….

그러지 말고 제발 올해가 몇 년인지 말해봐요.

그래, 이 자식은 미친놈이야.

엠마는 키보드에 올려놓은 손가락을 거둬들이며 생각했다. 그렇지만 상황을 분명히 해둘 필요가 있다는 생각에 매튜가 보낸 메일들을 다시금 꼼꼼히 살펴보았다. 모두 2011년 12월에 보낸 것으로 되어 있었다. 오늘부터 계산해서 꼭 일 년 후…….

♠

화들짝 놀라 두려움에 사로잡힌 엠마는 컴퓨터를 아예 꺼버렸다.

어떻게 이런 일이 있을 수 있지?

몇 분 정도가 지난 다음에야 비로소 엠마는 머릿속으로 상황을 정리해볼 용기를 냈다.

엠마는 2010년에 살고 있었고, 매튜는 2011년에 살고 있었다. 어떤 이유 때문인지 몰라도 노트북만이 두 사람을 이어주는 유일한 교류 수단이었다.

2부

평행선

셋째 날

7. 평행선

두려움은 희망을 동반하고, 희망은 두려움을 동반한다.
_바뤼흐 스피노자

다음 날

12월 21일

엠마와 매튜는 다음 날 잠자리에서 일어나자마자 마치 열에 들뜬 사람들처럼 노트북 앞으로 달려가 메일을 확인했다. 새롭게 도착한 메시지가 없자 안심하는 반응을 보인 것까지 똑같았다.

"아빠, 오늘 아침에 내 크리스마스 선물 보러 갈 거지?"

총알처럼 부엌으로 달려온 에밀리가 그의 품에 와락 안기며 물었다.

매튜는 딸을 번쩍 들어 올려 옆자리에 앉혔다.

"자, 먼저 안녕히 주무셨어요, 라고 인사부터 해야지."

"안녕, 아빠."

에밀리가 아직 잠에서 덜 깬 눈을 비비며 웅얼거렸다.

매튜는 딸에게 뽀뽀를 해주기 위해 몸을 숙였다.

"오늘, 선물 보러 갈 거지, 응? 아빠가 약속했잖아!"

"그래, 가게에 가서 우리 딸이 좋아할 만한 선물이 있는지 골라보자. 무슨 선물을 갖고 싶은지 정해두어야 산타 할아버지한테 편지를 쓸 수 있을 테니까."

에밀리에게 산타 할아버지의 신화는 계속되고 있었다.

아이에게 언제까지 산타 할아버지가 존재한다고 믿게 할 것인가?

매튜는 산타 할아버지의 존재에 대해 에밀리에게 어떻게 이야기할지 아직 확고한 입장을 정하지 못하고 있었다. 그는 딸아이에게 거짓말을 하는 건 바람직하지 않다는 입장을 확고하게 지켜왔다. 산타의 존재를 더는 믿지 않게 된다는 건 어른의 세계로 한 발짝 더 다가간다는 의미였고, 다시 말해 합리적이고 보편타당한 사고체계를 형성해간다는 의미였다. 그렇지만 벌써 에밀리에게 산타 할아버지를 빼앗아버린다는 건 너무나 가혹한 처사일 듯했다.

케이트가 뜻하지 않은 사고를 당하고 떠난 후 에밀리는 어린아이로서는 정말이지 견디기 힘든 나날을 보내야만 했다. 신비의 세계에 조금 더 머물도록 배려해주는 건 아이의 정서를 안정시키고 기를 북돋아준다는 점에서 긍정적인 효과가 있었다. 그런 까닭에 여러모로 울적했던 에밀리를 환상의 세계에 좀 더 머물도록 배려해줄 생각이었다. 산타 할아버지의 비밀을 다음 해에 알려준다고 해도 그다지 문제될 건 없었다.

"요구르트에 시리얼 넣어 먹을 사람?"

에이프릴이 계단을 내려오며 쾌활하게 물었다.

"나도 먹을래!"

의자에서 깡충 뛰어내린 에밀리가 에이프릴에게로 달려가며 소리쳤다.

에이프릴은 아이를 안아 공중으로 번쩍 들어 올리고는 뽀뽀 세례를 퍼부었다.

"아줌마도 우리랑 장난감 가게에 갈 거야?"

"에이프릴 아줌마는 일을 해야 한대."

매튜가 에이프릴 대신 대답했다.

"피이, 오늘은 일요일이잖아."

에밀리가 이해할 수 없다는 듯 고개를 갸웃거리며 이의를 제기했다.

"오늘이 크리스마스 전 마지막 주말이잖아. 화랑 문을 열어야 어른 들이 와서 선물을 살 수 있거든. 다만 화랑에는 12시까지 나가면 돼. 장난감 가게에 같이 갈 수 있다는 뜻이야."

"와, 신난다! 그럼 에이프릴 아줌마가 커다란 머그잔에 코코아를 타고 그 안에 마시멜로를 넣어 나에게 줄 수 있겠네?"

"네 아빠가 허락하면······."

매튜는 일요일 아침에 에밀리가 모처럼 달콤한 코코아를 마시는 것에 대해 굳이 반대하지 않았다. 에이프릴이 그에게 한쪽 눈을 찡긋해 윙크를 보내더니 아침 식사를 준비하며 라디오를 켰다.

"매튜, 어제 저녁에는 어땠어?"

"어땠긴? 완전 재앙 수준이었지."

매튜가 커피 캡슐 하나를 에스프레소 커피 기계 속으로 밀어 넣으며 중얼거렸다.

에밀리는 코코아가 준비되기를 기다리며 컴퓨터를 가지고 노는 중이었다. 초록 빛깔 돼지들과 앵그리버드가 컴퓨터 화면을 가득 채우고 있었다.

매튜는 자그마한 목소리로 어젯밤 겪은 일에 대해 들려주었다.

"어째 예감이 좀 별로야. 그래서 이제 어떻게 할 건데?"

"어떻게 하긴? 아무것도 안 할 거야. 더 이상 메시지가 오지 않기를 바라며 최대한 빨리 잊는 게 상책이겠지."

"그러게 내가 경고했잖아. 인터넷으로 만난 상대와 연애하는 건 대단히 위험한 짓이라고."

"정말 뻔뻔한 소리만 골라서 하네. 저녁 식사에 초대하라고 바람을 넣은 사람이 누군데 이제 와서 그런 소리를 하는 거야?"

"난 당신이 끝내 사이버 세계에서 벗어나지 못할까봐 걱정돼 그랬지. 내가 듣기에도 지나치게 근사한 상대였거든. 유머 감각도 뛰어나고, 취향도 같고, 그토록 빨리 마음이 통하는 여자라면 너무 완벽한 상대잖아. 지나치게 완벽해 보이는 게 어쩐지 이상해 직접 확인해보라고 한 거야."

"그래, 내가 신중하지 못해 벌어진 일이야."

매튜도 순순히 에이프릴의 말에 동의했다.

에이프릴이 불난 집에 부채질하는 격으로 온라인상에서 빈번하게 일어나는 각종 음흉한 사건들에 대해 줄줄이 읊어댔다. 온라인 상으로 평생의 짝을 만났다고 믿은 사람들이 곧 어마어마한 사기를 당하고 파산한 이야기들이었다.

"그 여자는 정신 나간 사람이거나 음흉한 의도를 갖고 접근한 사람이 분명해. 당신에 대해 치밀하게 사전조사를 했을 거야. 사기를 치더라도 뭘 알아야만 할 테니까. 당신을 잘 아는 누군가가 그녀를 사주해 일을 꾸몄을 수도 있어."

혹시 학생들 중 한 사람일까?

문득 지난해 보스턴의 가톨릭계 학교인 엠마뉴엘 칼리지에서 벌어졌던 사건이 떠올랐다. 약혼자와 온라인으로 채팅을 하던 여학생이 옷을 벗고 자위행위를 해보라는 약혼자의 요구를 받아들였다. 여학생이 웹캠으로 촬영해 전송한 자위행위를 보고 있던 사람은 놀랍게도 약혼자가 아니라 개인정보를 도용한 사기꾼이었다. 그는 여학생에게 동영상을 유포하지 않는 대가로 큰돈을 요구했고, 괜한 협박이 아님을 증명하기 위해 여학생의 몇몇 지인들에게 동영상 일부를 전송하는 치밀함을 보였다. 여학생은 자신의 신중하지 못한 처신에 대해 극도의 수치심을 느꼈고, 결국 엄청난 중압감을 견디지 못하고 다음 날 아침 방에서 목을 매 목숨을 끊었다.

매튜는 섬뜩한 생각에 온몸을 떨었다. 등줄기에 식은땀이 송골송골 맺혔다.

내가 경솔한 행동을 한 거야!

매튜는 다시 한번 자신을 나무랐다. 엠마라는 여자가 사기꾼이면 차라리 나을 텐데 왠지 정신이상자 같다는 생각이 들었다.

지금이 2011년인데 2010년이라고 믿는 여자라면 정신이 보통 이상한 게 아니지. 정신이상자일 경우에도 잠재적인 위협이 될 수 있다는 생각이 들었다. 매튜는 자신이 엠마에게 털어놓은 사실들을 한 가지씩 적어보았다. 이름, 사는 동네, 강의를 나가는 대학, 네 살 반짜리 딸, 매주 화요일과 목요일 아침에 하는 조깅, 몬테소리유치원에 다니는 딸,

사고로 잃은 케이트, 사고 경위…….

그 여자는 나에 대해 모든 걸 알고 있어.

엠마가 불시에 해를 입히거나 공격을 가하고자 할 때 필요한 정보는 대부분 확보하고 있는 셈이었다.

나 몰래 에밀리에게 접근할지도 몰라.

매튜는 갑자기 커다란 위험에 빠진 듯한 기분이 들었다.

아냐, 지나친 걱정이야. 편집증 환자처럼 쓸데없는 생각을 하고 있는 거야.

매튜는 정신을 가다듬으며 앞으로 다시는 엠마를 머릿속에 떠올리지 않기로 결심했다. 그는 에이프릴이 내미는 머그잔을 받아 내려놓으며 어제저녁 일을 기억에서 완전히 지워버려야겠다고 작정했다.

"자, 우리 딸 이리 와 앉을까? 코코아 여기 있어."

♠

"활짝 웃어요!"

한 시간 후, 에이프릴은 〈토이 바자〉 입구에서 매튜와 에밀리를 서게 한 다음 사진을 찍었다. 〈토이 바자〉는 보스턴의 명물 중 한 곳으로 손 꼽히는 장난감 상점이었다. 코플리스퀘어와 클라렌든 스트리트가 만나는 모퉁이 지점에 위치한 상점으로 한마디로 장난감 왕국이라 부를 만 했다. 〈토이 바자〉에서는 크리스마스를 앞두고 다양한 기획 행사를 여는 한편 크리스마스캐럴을 틀어주고 사탕 나눠주기 등의 이벤트로 한껏 축제 분위기를 띄우는 중이었다.

에밀리는 아빠와 에이프릴의 손을 나눠 잡았다. 상점 출입구인 여닫이문 앞에서 〈맥스와 맥시 몬스터〉에 나오는 인물 복장을 한 판촉사원들이 막대 사탕을 나눠주며 손님 몰이에 열을 올렸다.

모처럼 동심으로 돌아간 매튜와 에이프릴은 에밀리의 손을 꼭 잡고 경이로운 느낌으로 첫 번째 코너를 돌아보았다. 상점의 위층들에는 첨단기기들인 게임기, 성대모사가 가능한 각종 피규어, 전자기기들을 진열해놓았고, 가장 아래층에는 봉제 인형, 나무 블록, 레고, 인형 따위 전통 장난감들이 차지하고 있었다.

실물 크기의 동물 봉제 인형 앞에 선 에밀리의 눈이 휘둥그레졌다.

"아빠, 기린의 몸이 정말 부드러워."

에밀리는 키가 6미터나 되는 기린의 다리를 쓰다듬으며 감탄사를 연발했다. 〈토이 바자〉는 의심할 여지 없이 마술처럼 황홀한 상점이었고, 방문객들 누구나가 동심의 세계로 빨려들지 않을 수 없는 곳이었다.

에이프릴은 다양한 종류의 바비 인형을 전시해둔 컬렉션 앞에서 오래도록 자리를 뜨지 못했고, 매튜는 뱀처럼 구불거리는 철로 위를 신나게 달리는 전기 기차 앞에서 놀란 입을 다물지 못했다.

매튜는 아이가 마음껏 진열대 사이를 누비고 돌아다니도록 내버려 두면서도 늘 주시하는 걸 잊지 않았다. 그는 한참 동안 상점을 돌아본 딸이 돌아오자 키에 맞게 몸을 낮춰 말했다.

"에밀리, 선물을 고를 때 규칙을 알고 있지? 선물은 두 개까지 고를 수 있고, 네 방에 들어갈 수 있는 크기여야 해."

"그럼 기린은 포기해야겠네."

에밀리는 입술을 꼭 깨물며 마지못해 고개를 끄덕였다.

"우리 착한 딸이 아빠 말을 잘 이해했구나."

에이프릴과 에밀리는 상점을 돌며 백여 가지나 되는 테디 베어 중에서 하나를 고르는 데 열중했다. 두 사람이 선물을 고르는 동안 매튜는 무덤덤한 표정으로 금속 재질 제품들이 진열되어있는 코너를 둘러보고 나서 에스컬레이터 부근에서 시범을 보이는 마술사와 몇 마디 대화를 주고받았다. 그러는 동안에도 줄곧 에밀리가 무얼 하고 있는지 살피는 걸 잊지 않았다. 딸이 모처럼 신나게 돌아치는 모습을 보자니 덩달아 즐거웠다.

행복감도 잠시 케이트의 부재가 또다시 가슴을 고통스럽게 후벼댔다. 이 행복한 순간을 케이트와 함께할 수 없다는 현실이 너무나 안타까웠다. 매튜가 딸에게로 다가가려는 순간 휴대폰이 울렸다. 화면에 비토리오의 전화번호가 떠올라 있었다. 전화를 받은 그는 주변의 소음 때문에 목소리가 들리지 않을까봐 목청을 높였다.

"안녕, 비토리오."

"잘 지냈어? 지금 어디야, 인형 가게?"

"그래, 인형 가게야. 에밀리에게 줄 크리스마스 선물을 고르고 있는 중이야."

"그럼 나중에 나에게 전화 좀 해줘."

"그러지 말고 잠깐만 기다려봐."

매튜는 에이프릴을 향해 잠깐 담배를 한 대 피우러 나간다는 신호를 보내고는 상점을 나와 코플리 광장 쪽으로 가기 위해 길을 건넜다.

아름드리나무들 중심부에 분수대를 설치해놓은 코플리 광장은 다양한 형태의 건축물들을 볼 수 있는 곳으로 유명했다. 보스턴을 찾은 관광객이라면 코플리 광장을 배경으로 사진을 찍기 마련이었다. 트리니티 성당의 아치와 회랑, 스테인드글라스 등이 핸콕 타워 유리에 비친 모습은 한마디로 장관이었다. 모처럼 날씨가 화창한 일요일을 맞아 코플리 광장은 아연 활기를 띠었다. 그나마 장난감 상점보다는 훨씬 조용해 다행이었다.

매튜는 광장 벤치에 앉아 비토리오에게 전화를 걸었다.

"비토리오, 폴은 어때? 중이염은 다 나았어?"

"그나마 많이 나았어. 그나저나 자넨 어떻게 지내나? 그날 저녁 일을 떠올리면 아직도 기분이 찜찜하지?"

"그날 일은 벌써 잊었어."

"난 사실 그 일 때문에 전화했어. 오늘 아침, 코니에게 그날의 낭패스런 이야기를 들려주었더니 깜짝 놀라며 심란해하는 거야."

"아니, 왜?"

"갑자기 한 가지 기억이 떠올랐다고 했어. 일 년 전, 내가 식당을 비운 저녁이었는데 처음 보는 여자 손님이 찾아온 적이 있대. 그 여자 손님이 자네와 만나기로 약속했다면서 한 시간 넘게 기다렸다는 거야. 그날 밤, 자넨 끝내 나타나지 않았고."

매튜는 갑자기 피가 거꾸로 솟는 느낌이었다.

"그런 일이 있었는데 코니는 왜 지금껏 내게 아무 말도 하지 않았지?"

"그 무렵이 바로 케이트가 사고를 당하기 직전이었나봐. 원래는 자네한테 꼭 이야기를 해줄 생각이었는데 케이트가 사고를 당하는 바람에 차일피일 미루다 포기했다는 거야. 가뜩이나 큰 우환을 겪은 자네한테 괜한 이야기를 꺼내 혼란을 주기 싫었대. 코니는 오늘 아침 내가 그 이야기를 꺼내기 전까지 까마득히 잊고 있었나봐."

"그 여자, 혹시 생김새가 어떤지 기억난대?"

"코니 말대로라면 서른쯤 된 멋쟁이 뉴요커였대. 코니는 지금 폴을 데리러 친정에 가 있어. 오후에 직접 자네에게 전화를 하라고 말해두었어. 무슨 일이 있었는지 코니에게 직접 이야기를 들어봐."

"그 여자가 저녁을 먹으러 왔던 날짜가 언젠지 알 수 있을까?"

"지금 차를 운전해 식당으로 가는 중이야. 식당에 가서 장부를 확인해보면 기록이 남아 있을 거야. 코니 말로는 그날 마침 하와이에 사는 코니의 사촌이 저녁을 먹으러 왔던 날이라더군."

"비토리오, 귀띔해줘서 고마워. 내게는 그 일이 아주 중요한 문제일 수도 있어."

♠

뉴욕

<임퍼레이터> 식당

점심 식사 시간

연꽃 모양 크리스털 잔에 백포도주를 따르는 엠마의 손이 가늘게 떨렸다.

"신사 숙녀 여러분, 캐러멜 소스를 곁들인 개구리 뒷다리, 진저브레드 가루를 입혀 마늘과 함께 볶은 콩 요리와 함께 마시면 잘 어울리는 와인으로 론강 계곡에서 생산되는 콩드리외 2008년 산을 추천합니다. 비오니에 품종이죠."

엠마는 목소리를 가다듬기 위해 잔기침을 몇 번 했다.

손뿐만 아니라 온몸이 떨렸다.

엠마는 지난밤 일 때문에 지금까지 넋이 나가 있었다. 간밤에 잠을 한숨도 못 잔 탓인지 강한 신트림이 식도를 타고 올라왔다.

"콩드리외는 맛의 균형감과 긴장감을 잃지 않는 와인입니다. 맛이 깊고 풍부한데다 향긋한 꽃향기가 나는 게 특징이죠."

와인 서빙을 마친 엠마는 부하 직원에게 잠시 쉬어야겠다는 신호를 보냈다.

엠마는 현기증이 나는 바람에 홀을 벗어나 화장실로 들어간 다음 문을 안에서 걸어 잠갔다. 식은땀이 흐르고 머릿속이 윙윙거렸다. 두통이 좀처럼 가시지 않았고, 위에서는 계속 시큼한 위산이 넘어왔다.

왜 이러지? 기운이 없고 몸이 나른해. 너무 힘들게 일해 몸이 지친 걸까?

엠마는 잠을 자두고 싶었다. 몸이 피곤할 때면 그녀의 머릿속에서 모든 게 급속도로 진행되었다. 부정적인 생각들이 쉴 새 없이 몰려들어 그녀를 현실 밖으로 밀어내는 한편 공포와 몽환적인 느낌이 밀려들며 자꾸만 어둠의 세계로 끌고 갔다.

엠마는 갑작스럽게 경련이 일어 변기에 대고 구토를 했다. 속을 비우자 그나마 숨을 쉴 수 있을 듯했다.

미래에서 이메일이 날아들다니? 너무나 두렵고 끔찍한 일이었다. 지금은 분명 2010년 12월인데 2011년 12월에 살고 있는 남자와 메일을 주고받았다. 도저히 불가능한 일이었고, 뭔가 크게 잘못된 게 분명했다. 그 남자는 정신병자이거나 나쁜 의도로 접근한 사기꾼이 틀림없었다. 둘 중 어느 한 가지 경우라 해도 대단히 위협적이긴 마찬가지였다. 지금껏 정신 나간 남자들을 제법 많이 겪어보았지만 이번 경우는 정도가 지나쳤다. 지난 몇 달 동안 가까스로 심리적인 안정을 찾았는데 간밤의 일로 다시 모든 게 뒤죽박죽되어버렸다. 다시 악몽 같은 불안의 심연 속으로 떨어져버린 듯했다.

약을 먹으면 진정될까? 정신과 전문의를 찾아가 상담을 받으면 좀 나을까?

공교롭게도 엠마를 담당해온 정신과 전문의 마가렛 우드는 아스펜으로 크리스마스 휴가를 떠나고 없었다.

빌어먹을!

엠마는 몸을 일으켜 두 손으로 세면대 가장자리를 꽉 누른 채 거울 속에 비친 자신의 모습을 바라보았다. 입술 가장자리에 토사물 자국이 그대로 남아 있었다. 휴지로 입을 닦고 얼굴에 찬물을 조금 끼얹었다.

정신을 차려야 해. 그 남자는 나를 어쩌지 못해. 그 남자가 다시 메일을 보내오더라도 무시해버리면 그만이야. 계속 치근덕거리면 경찰에 신고해야지. 그 남자가 집요하게 접근을 시도해올 경우 나에게도 좋은 방법이 있어.

엠마는 핸드백 속에 항상 테이저건을 넣고 다녔다. 그녀의 테이저건은 핑크색이라 호신용 무기라기보다는 마치 섹스 용품 같은 느낌을 주었지만 성능만큼은 제법 믿을 만했다.

그제야 다소 안심이 된 엠마는 길게 숨을 들이쉰 다음 머리 매무새를 가다듬고 식당으로 돌아갔다.

♠

보스턴

"랍스터 롤*하고 프렌치프라이를 먹어도 돼?"

"프렌치프라이보다는 샐러드를 먹는 게 더 좋을 것 같은데?"

매튜가 넌지시 제안했다.

"난 프렌치프라이가 더 맛있는데!"

"그 대신 후식은 없다. 약속할 수 있지?"

"좋아, 약속해."

에밀리가 한쪽 눈을 찡긋해 보이며 대답했다.

매튜는 종업원에게 음식을 주문한 다음 메뉴판을 돌려주었다. 점심을 먹으려고 뉴베리 스트리트의 〈비스트로66〉에 와 있었다.

〈토이 바자〉까지 동행했던 에이프릴은 화랑으로 출근해 부녀만이 남게 되었다.

매튜는 초롱초롱한 딸아이의 눈을 바라보는 게 언제나 좋았다.

"산타 할아버지에게 어떤 선물을 가져다달라고 편지를 보낼 거니?"

*핫도그용 빵에 바닷가재 샐러드를 넣은 일종의 샌드위치

에밀리는 대답 대신 등에 메고 있던 배낭에서 아이패드를 꺼냈다.

"산타 할아버지한테 편지를 쓰는 대신 메일을 보내면 안 될까?"

"산타 할아버지는 메일을 받을 수 없어. 컴퓨터나 아이폰이 없으니까."

거의 모든 분야를 전방위적으로 파고드는 첨단 제품의 공격성은 날이 갈수록 신경을 긁어댔다. 특히 오늘 같은 날은 더욱 그랬다.

식당 종업원이 바닷가재를 넣은 샌드위치를 테이블 위에 내려놓은 바로 그 순간 휴대폰이 울렸다. 액정 화면을 보니 비토리오의 이름이 떠올라 있었다.

"그 여자가 식당에 온 날이 언젠가 찾아봤더니 어제가 꼭 일 년이 되는 날이었어. 그러니까 2010년 12월 20일."

매튜는 눈을 감고 숨을 깊이 들이쉬었다. 악몽은 현재진행형이었다.

"게다가 그 여자가 등장하는 영상도 찾았어."

비토리오가 흥분한 목소리로 다급하게 덧붙였다.

"그 여자라니, 누구?"

"자넬 만나러 왔던 바로 그 여자."

"지금 장난해?"

"농담 아니야. 작년 11월에 우리 식당은 두 번이나 괴한들의 습격을 받은 적이 있어. 그놈들은 며칠 간격을 두고 두 번이나 우리 식당에 쳐들어왔었지."

"그 일이라면 나도 기억해. 자네는 만치니 형제의 짓일 거라 짐작했었잖아?"

"그래, 만치니 형제는 우리가 경쟁 상대로 커가는 걸 용납할 수 없었겠지. 그렇지만 심증만 있을 뿐 물증이 없었지. 그 일을 겪고 나서 경찰과 보험회사 사람들이 감시카메라를 달라고 권했어. 그러니까 우리 식당에는 감시카메라가 스물네 시간 내내 작동되고 있어. 식당 안의 모든 움직임이 녹화돼 서버로 전송되고 있고, 그 내용은 다시 하드디스크에 저장되고 있어."

"그러니까 그날의 녹화 영상을 보았다는 뜻이야?"

"바로 그거야. 그 여자를 찾아냈어. 그날 저녁, 그녀는 동행도 없이 혼자 식당에 온 유일한 손님이었어."

"비토리오, 그 영상을 복사해 내 이메일로 보내줄 수 있을까?"

"내가 누군가? 이미 자네의 이메일로 보내놓았어."

매튜는 전화를 끊고 가방에서 노트북을 꺼내 〈비스트로66〉 식당의 와이파이에 접속했다. 비토리오가 보낸 메일이 개봉을 기다리고 있었다. 동영상 용량이 너무 커 다운로드를 하는 데 제법 시간이 많이 걸렸다.

"초콜릿 수플레 하나 먹어도 돼?"

"후식은 없다고 약속했지? 샌드위치나 마저 먹어."

매튜는 화면 전체를 차지하는 동영상을 플레이시켰다. 감시카메라로 찍은 영상이라 거친 화면이 이어졌다. 영상은 2분 정도 분량이었다.

감시카메라는 메인 홀 구석 천장에 장치되어있는 듯했다. 디지털시계가 20시 01분을 나타낼 때, 우아한 차림의 여자가 식당 문을 밀고 들어섰다. 여자는 코니와 한두 마디 주고받더니 이내 화면에서 사라졌다. 눈처럼 하얀 화면이 이어지는 걸 보니 그 부분에서 영상을 자른 듯했다. 다시 화면이 나왔고, 아래쪽 디지털시계를 보니 21시 29분이었다. 식당을 나서는 여자의 자취가 또렷하게 드러나 보였다. 여자가 등장하는 동영상은 그게 전부였다.

매튜는 동영상을 처음부터 차분하게 다시 돌려보며 여자가 식당 문을 열고 들어오는 순간에 정지 버튼을 눌렀다. 의심할 여지가 없었다. 정신 나간 소리로 들릴지 모르지만 그 여자는 분명 엠마 로벤스타인이었다.

"에밀리, 코트 입어. 이제 집에 가야지."

매튜는 주머니에서 20달러짜리 지폐 석 장을 꺼내 테이블 위에 올려놓는 거스름돈을 받을 생각도 하지 않고 서둘러 식당 문을 나섰다.

♠

"에이프릴, 급히 살 게 있어서 그러는데 차를 좀 빌려줄 수 있을까? 에밀리를 한두 시간만 봐주고."

매튜는 딸을 안고 에이프릴이 운영하는 화랑 문을 밀치고 들어섰다. 일본의 에로 판화들과 20세기 초 환락가에서 찍은 사진들이 전시실 벽을 빼곡하게 도배해놓고 있었다. 노골적으로 성행위를 재현해놓은 아프리카 조각품, 벌거벗고 사는 아프리카 종족들이 성기를 가리기 위해 사용했던 페니스 케이스, 과장되게 부풀린 크기의 성기 형태 조각물도 버젓이 자리를 차지하고 있었다. 섹스 숍은 아니라지만 수줍음을 많이 타는 사람이나 어린아이들이 스스럼없이 드나들 수 있을 만한 장소는 아니었다.

매튜는 날랜 걸음으로 전시실을 지나 에이프릴의 사무실로 에밀리를 데려갔다.

"에이프릴 아줌마랑 얌전히 잘 놀아야 해. 아빠는 금방 다녀올 테니까. 알았지?"

"싫어! 난 집에 갈래!"

매튜는 가방에서 태블릿 PC를 꺼내며 딸에게 물었다.

"에밀리, 영화 볼래? 〈아리스토캣〉 어때? 〈록스와 루키〉는?"

"싫어, 재미없어! 난 〈왕좌의 게임〉을 보고 싶어!"

"그 영화는 너무 폭력적이라 아이들이 봐선 안 돼."

에밀리가 고개를 푹 떨어뜨리고는 와락 울음을 터뜨렸다.

매튜는 머리가 지끈거려 관자놀이 근처를 지그시 눌렀다. 아이가 오전 내내 〈토이 바자〉를 휘젓고 다녔으니 피곤한 게 당연했다. 에밀리 입장에서는 침대에 편안히 누워 잠을 청해야 마땅할 텐데, 포르노랜드 대기실처럼 생긴 곳에서 성인용 드라마를 보고 있으려니 지독하게 끔찍할 만도 했다.

에이프릴이 나서서 상황을 수습했다.

"내가 에밀리를 데리고 집에 가 있을게."

"고마워! 한 시간 반 정도면 충분히 볼일을 마칠 수 있을 거야."

"뭘 그렇게 급히 사러 가게?"

"그건 나중에 말해줄게."

"운전 조심해! 알았지?"

에이프릴이 자동차 열쇠를 던져주며 말했다.

매튜는 코먼웰스 애비뉴의 아름드리 가로수 그늘 아래 세워져 있는 카마로 승용차에 올랐다. 학교에 출근할 때처럼 강을 가로지르는 매사추세츠 애비뉴를 통해 백 베이를 벗어나 케임브리지 방향으로 차를 몰았다. 대학을 지나고 거대한 플래시펀드 호수를 우회한 차는 수 킬로미터를 더 달려 벨몬트에 도착했다. 그에게 노트북을 판 남자를 찾아내야만 했다. 에이프릴에게 판화를 구입한 고객들의 주소가 내비게이션에 입력되어있어 고만고만한 집들이 가득 들어선 주택가를 찾기란 그리 어렵지 않았다.

매튜는 성당처럼 생긴 지붕에 외벽을 목재 장식으로 두른 아담한 집 앞에 차를 세웠다. 대문 앞으로 다가서자 밝은 빛깔 털을 가진 샤페이 종 개가 컹컹거리며 짖어댔다. 벼룩시장이 열리던 날 보았던 바로 그 녀석이었다. 몸집에 비해 큰 등에 쭈글쭈글 주름이 잡혀 있는 녀석은 사납고 공격적인 인상이라 경비견 역할을 충실히 소화해내고 있었다.

"클로비스, 이리 와!"

집주인이 문지방을 나서며 개를 불렀다.

집주인 남자가 잔디밭을 가로질러 대문 쪽으로 걸어오는 동안 매튜는 초인종 위에 붙은 이름을 보았다.

로벤스타인.

"무슨 일이죠?"

벼룩시장에서 맥북을 판 남자가 분명했다.

"안녕하십니까, 로베스타인 씨. 잠시 시간 좀 내주실 수 있습니까?"

"무슨 일인데요?"

"이틀 전, 저에게 노트북을 팔았던 걸 기억하시죠? 개러지 세일을 하던 날 말입니다."

"네, 기억나다마다요. 그렇지만 저는 애프터서비스를 제공하지는 않는다고 했을 텐데요."

"애프터서비스 때문이 아니라 몇 가지 물어볼 게 있어서 찾아왔습니다. 잠깐 안으로 들어가도 되겠습니까?"

"뭘 알고 싶은데요?"

"그날, 제가 산 노트북이 누이동생이 쓰던 물건이라고 했는데 정말인가요?"

"네, 맞아요. 그런데요?"

매튜는 외투 주머니에서 출력한 몇 장의 사진을 꺼냈다.

"이분이 바로 여동생 맞습니까?"

"네, 내 동생 엠마가 맞아요. 도대체 이 사진들을 어디서 입수했죠?"

"이 사진이 컴퓨터 하드디스크에 남아 있던데요. 원하신다면 이메일로 보내드릴 수도 있습니다."

남자는 말없이 고개를 끄덕였다.

"그럼 보내주세요."

"엠마는 지금 어디에 있죠? 제가 긴히 전할 말이 있어서 그럽니다."

"무슨 일인데요?"

"네, 제 개인적인 문제이긴 하지만 대단히 중요한 일이라서요."

"대화를 나눠 보는 게 좋겠지만 엠마가 응답할 것 같진 않군요."

"왜죠?"

"엠마는 죽었으니까요."

8. 아나스타시스

두려움은 이 세상에서 기쁨이 창조한 것보다 훨씬 많은 걸 파괴했다.
_폴 모랑

"엠마는 사춘기에 접어들면서 자주 변덕스럽고 우울한 감정에 빠져들곤 했어요. 마치 조울증 환자 같았죠."

다니엘 로벤스타인은 말을 한마디씩 할 때마다 신중한 태도를 유지했다. 매튜가 완강하게 고집을 부리자 다니엘은 마지못해 그를 집 안으로 들어오게 했다.

"엠마는 감정 기복이 정말 심한 편이었어요. 어떤 날은 세상에서 가장 행복한 여자가 되어 열정적으로 미래에 대한 계획을 세우는가 하면 어떤 날은 까닭 없이 깊은 절망에 빠져들어 우울해했어요. 시간이 흐르면서 기쁨과 우울이 교차하는 주기가 점차 짧아졌죠. 마지막 몇 년 동안에는 성격장애로 괴로워하는 모습이 겉으로도 명백히 드러날 정도였어요. 아무 일 없다는 듯이 잘 지내다가도 이전보다 훨씬 심각한 절망 상태로 빠져드는 일이 계속 반복되었죠."

다니엘은 잠시 말을 멈추고 차를 한 모금 마셨다. 두 남자는 각기 푹

신한 쿠션이 놓인 소파에 깊숙하게 몸을 기댄 채 서로를 마주 보고 앉아 있었다. 마치 실내는 엠마의 영령이 지배하는 듯 냉랭하고 우울했고, 한없는 어둠의 심연 속으로 가라앉듯 침울한 분위기를 풍겼다.

"엠마는 연애할 때 정서가 특히 불안했어요. 어떤 남자에게든 비교적 쉽게 빠져드는 스타일이었죠. 남자들에게 실망할 때마다 몹시 괴로워하면서도 연애를 그만두지는 않았어요. 나이가 들면서 과도한 히스테리, 자살 기도, 자해, 정신병원 입원 등으로 이어지는 악순환이 계속됐어요. 엠마는 공식적으로는 단 한 번도 양극성 장애라는 진단을 받은 적이 없지만 나는 그 의견에 동의하기 어렵더군요. 나는 그 아이에게 양극성 장애가 있다는 걸 단 한 번도 의심해본 적이 없어요."

다니엘의 이야기를 들을수록 매튜는 점점 더 마음이 불편해졌다. 여동생에 대한 오빠의 원망 서린 감정이 고스란히 전달되었기 때문이다.

도대체 이 남자의 주장에는 얼마만큼의 진실성이 담겨 있을까?

이 남자는 의학적으로 검증된 적 없는 가설을 마치 진실인 양 주장하고 있지 않은가?

다니엘은 몸을 숙여 낮은 탁자에 펼쳐둔 사진들을 꼼꼼하게 살폈다.

"석 달 전, 그러니까 여름 막바지에 엠마는 예전에 만나던 남자와 재회해 교제를 다시 시작했어요. 바로 이 녀석이죠."

다니엘이 사진 속에서 엠마와 함께 있는 남자를 가리켰다.

"이름은 프랑수아 지로이고, 프랑스에서 온 녀석이었죠. 보르도에 있는 어느 와이너리의 후계자라더군요. 아무튼 그 녀석 때문에 엠마는 마음고생을 무척 많이 했죠. 그럼에도 또다시 놈에게 번번이 속아 넘어갔어요. 그 녀석이 부인과 헤어질 거라고 거짓말을 늘어놓으며 다시 교제하고 싶다고 간청하면 그 말을 믿은 거예요. 결국 엠마는 모든 게 거짓이었다는 걸 깨닫고 자살을 결행했어요. 결국 영원히 돌이킬 수 없는 일이 되어 버렸죠."

샤페이 종 개가 다시 짖어대자 다니엘은 말을 멈추었다.

"엠마가 기르던 개죠?"

"엠마는 클로비스를 무척이나 아꼈죠. 엠마의 표현을 빌리자면 세상에서 '단 한 번도 배신하지 않은 유일한 친구'가 바로 저 개였으니까요."

엠마가 보낸 메일에도 클로비스를 애틋하게 여기는 마음이 곳곳에 묻어나 있었다.

"괴로운 기억을 떠오르게 해 죄송합니다만 엠마는 어떻게 죽었죠?"

"지난 8월 15일, 화이트 플레인에서 달리는 기차에 뛰어들었어요. 여러 가지 약을 먹었나봐요. 엠마의 아파트 곳곳에 벤조디아제핀, 수면제, 여러 가지 향정신성 약 따위가 흩어져 있었죠. 한데 당신은 왜 그토록 엠마의 이야기를 듣고 싶어 하죠?"

다니엘이 매튜를 배웅하기 위해 대문을 향해 걸어가며 물었다.

진심을 말하지 않기로 결심한 매튜는 대답 대신 새로운 질문을 던졌다.

"엠마의 물건을 왜 모두 급히 처분했죠?"

다니엘이 정곡을 찔린 사람처럼 발끈했다.

"엠마에 대한 기억을 모두 지워버리고 싶었어요. 그 아이의 덫에서 한시바삐 벗어나고 싶었죠. 더 이상 엠마에 대한 쓸쓸한 기억이 내 인생을 갉아 먹게 내버려둘 수 없었어요. 조금씩 피를 말리다가 서서히 죽음으로 몰아넣는 기억들을 당장 떨쳐버리고 싶었죠. 그 아이 때문에 내 과거를 엉망으로 망친 것만으로도 너무나 억울하니까요."

매튜는 이해할 수 있다는 듯 고개를 끄덕였다.

"물론 그러시겠죠."

그렇게 말했지만 속마음은 정반대였다. 과거의 기억이란 빗자루질 몇 번으로 금세 사라질 수 없었다. 기억은 언제까지나 우리의 마음속에 남아 있기 마련이었다. 과거의 기억은 어둠 속 깊이 웅크리고 있다가 경계심을 푸는 순간 이전보다 훨씬 강력한 힘으로 불쑥 솟아오르기도 한다.

♠

보낸 이 : 매튜 샤피로
받는 이 : 엠마 로벤스타인
제목 : 우리 이야기 좀 합시다
날짜 : 2011년 12월 21일 - 13시 45분 03초

엠마, 지금 컴퓨터 앞에 앉아 있으면 내게 신호를 보내줘요.

우리에게 갑자기 밀어닥친 이 상황에 대해 이야기를 해볼 필요가 있을 것 같아요.

매튜

♠

보낸 이 : 매튜 샤피로

받는 이 : 엠마 로벤스타인

제목 : 없음

날짜 : 2011년 12월 21일 - 13시 48분 14초

엠마, 나는 지금 이 상황이 당신을 몹시 심란하게 만들고, 그 결과 당신이 몹시 불안해하고 있다는 사실을 충분히 이해해요. 당신과 마찬가지로 나 역시 불안하고 두려우니까요. 우리 이제 진심으로 대화를 나눌 필요가 있을 듯해요.

제발 연락주세요.

매튜

♠

매튜는 두 번째 메시지를 보내기 위해 마우스를 클릭했다. 떨리는 마음으로 엠마가 당장 답장을 보내주기를 기다렸다. 일 분이 한 시간만큼 길게 느껴졌다.

다니엘과 헤어지자마자 곧장 보스턴으로 향했지만 몇 킬로 못 간 찰스 강가의 어느 식당 앞에서 차를 세웠다. 크롬 도금으로 외장을 한 브랜뉴 데이는 찰스 강변으로 산보를 나온 사람들과 조정 훈련을 마친 하버드 대 학생들이 즐겨 찾는 식당이었다. 이 유서 깊은 식당의 합성피혁 의자에 자리를 잡고 앉은 매튜는 노트북을 꺼내 식당 와이파이에 접속했다.

살아오는 동안 요즘처럼 마음의 동요를 극심하게 겪은 적은 없었다. 여태껏 진리라 여겨온 확신이 송두리째 무너지고 있었다. 매튜는 엠마와 메일을 주고받은 날짜, 비토리오가 보내온 동영상, 엠마 오빠의 증언 등 그 어느 것 하나 믿을 수 없는 일들이 전부 사실로 드러나고 있는 것에 충격을 금할 수 없었다.

이 세상에 살지 않는 여자와 메시지를 주고받다니? 어떻게 이런 일이 가능할까?

아무리 생각을 거듭해도 작금에 벌어지고 있는 불가사의한 현상들을 도저히 받아들일 수 없었다. 매튜는 다만 일련의 사건들에서 두 가지 일관된 규칙을 발견했다. 주머니에서 수첩과 펜을 꺼내 몇 가지 특이사항을 적어나갔다. 복잡하게 뒤엉켜 있는 머릿속을 정리할 필요가 있었다.

1. 엠마 로벤스타인은 내가 보낸 메시지를 정확하게 일 년의 시차를 두고 전달받는다.

2. 내가 벼룩시장에서 구입한 중고 노트북만이 우리 두 사람이 유일하게 교신을 할 수 있는 수단이다.

매튜는 수첩에서 고개를 들고 두 번째 명제가 과연 참인지 거짓인지 자문해보았다. 그가 스마트폰으로 보낸 메일은 엠마에게 전달되지 않았다. 그는 엠마가 스마트폰으로 보낸 메시지를 전달받지 못했다.

왜 그랬을까?

매튜는 잠시 깊은 생각에 잠겼다. 엠마가 3개월 전 죽은 게 틀림없다면 그가 오늘 컴퓨터를 통하지 않고 보낸 메시지는 아무도 열어보지 않은 편지함에 들어 있어야 마땅했다. 그래야만 논리적인 추론이 가능하니까.

엠마가 2010년 12월에 스마트폰으로 보낸 메시지는 어떻게 되었을까?

그 질문에 대한 논리적인 추론은 매튜가 과거에 그 메시지들을 받았거나 읽고도 기억하지 못하거나 둘 중 하나여야만 했다. 평소 수많은 메일을 받고 있었지만 이처럼 특별한 경우라면 기억을 못 할 리 없었다.

온통 머리를 짜내던 매튜는 마침내 한 가지 특이사항을 찾아냈다. 엠마가 메일을 보낸 2010년 12월 이전에 메일을 관리하는 포털사이트를 변경한 사실이 떠올랐다. 그러니까 엠마가 휴대폰을 사용해 보낸 매튜의 메일 주소는 그 당시 이미 존재하지 않았다는 뜻이었다.

대단히 혼돈스런 문제에서 그나마 조금은 논리적인 추론을 찾아낸 매튜는 수첩에 세 번째 문장을 적어 넣었다.

3. 오늘, 2011년 12월에 내가 엠마라는 여자와 접촉할 수 있는 가능성은 전혀 없다.

엠마는 죽었으니까.

4. 그렇지만 반대의 개념은 성립되지 않는다!

매튜는 한 가지 가능성에 대해 생각을 집중했다. 엠마가 원한다면 '2010년의 엠마'는 언제든지 비행기를 타고 보스턴으로 날아와 '2010년의 매튜'를 만날 수 있다. 과연 엠마가 그렇게 하고 싶을까? 그가 보낸 메시지에 대해 묵묵부답인 걸 보면 그럴 가능성은 아주 낮았다.

매튜는 컴퓨터 화면을 응시했다. 엠마로부터는 아직 아무런 연락이 없었다. 그는 엠마의 머릿속으로 들어가 생각을 읽어보려고 안간힘을 썼다. 엠마는 매우 영리하지만 감정 관리가 서툴러 정서적으로 매우 불안한 여자였다. 감정이 극도로 예민해 상처받기 쉽고, 심리적 동요를 제어하기 힘든 상황에 내몰려 두려움이 증폭될 경우 아무도 믿지 못하는 불신의 늪에 빠질 공산이 컸다.

매튜는 비토리오의 식당 감시카메라에 찍힌 엠마를 보았고, 그녀의 오빠와도 대화를 나누었다. 그 결과 현재 자신이 처한 상황을 나름대로 이해할 수 있게 되었지만 엠마에게는 이해를 도울 만한 사람이나 근거가 전혀 없다고 봐야 했다. 따라서 그를 정신 나간 사람으로 치부할 가능성이 농후했다. 엠마가 메시지에 대한 응답을 꺼려하는 것도 그런 이유에서일 수도 있었다. 그렇다면 엠마를 설득할 수 있는 방법을 찾아내야만 했다.

과연 어떤 방법이 있을까?

매튜는 유리창 밖을 바라보았다. 강변에서 조깅하는 사람들과 자전거를 타는 사람들로 제법 북적거렸다. 수면 위로 야생 거위들이 울부짖는 가운데 배들이 물살을 가르며 앞으로 나아갔다. 그가 식당 안으로 들어온 이후 몇몇 손님들이 테이블을 비우고 밖으로 나갔다. 그의 바로 옆자리 포마이카 테이블 위에는 손님이 두고 간 것으로 보이는 《뉴욕타임스》가 놓여 있었다. 별생각 없이 신문을 집어 드는 순간 머릿속에서 좋은 아이디어 한 가지가 섬광처럼 떠올랐다.

매튜는 노트북에 장착된 웹캠으로 신문의 발행일자가 잘 보이도록 초점을 맞춘 다음 사진을 촬영했다. 그는 사진을 엠마의 메일로 보내며 짤막한 글을 덧붙였다.

보낸 이 : 매튜 샤피로
받는 이 : 엠마 로벤스타인

엠마, 내가 2011년에 살고 있는 사람이란 걸 확인하고 싶을 겁니다. 자, 여기에 그 증거가 있으니 잘 보세요. 연락 바랍니다.
매튜

♠

뉴욕

매튜가 보내온 메일을 읽던 엠마는 첨부파일을 클릭했다. 첨부파일로 보낸 사진을 확대해보던 엠마는 고개를 가로저었다. 요즘 포토샵으로 사진을 조작하는 것쯤은 일도 아닌 세상이었다.

이따위 사진으로는 아무것도 증명해줄 수 없어, 이 나쁜 놈아!

♠

보스턴

천둥이 우르릉거렸다. 시커먼 먹구름이 몰려오며 삽시간에 주변이 어두워지는가 싶더니 하늘에 구멍이라도 뚫린 듯 엄청난 장대비가 쏟아지기 시작했다. 이제 식당 안은 손님들로 북적거렸다.

매튜는 컴퓨터 화면에 시선을 고정시킨 채 주변의 법석쯤은 아랑곳하지 않았다.

여전히 답이 없군.

《뉴욕타임스》를 찍어 보낸 정도로는 아무런 설득력도 없는 것인가? 한시바삐 다른 방법을 찾아내야만 해.

매튜는 《뉴욕타임스》 홈페이지에 접속한 다음 신문 자료실로 들어가 검색을 시작했다. 클릭을 몇 번 하는 동안 그는 마침내 원하던 자료를 손에 넣을 수 있었다.

엠마도 이번에는 절대로 무시할 수 없을 걸⋯⋯.

♠

보낸 이 : 매튜 샤피로

받는 이 : 엠마 로벤스타인

자꾸 귀찮게 해서 미안해요. 비록 답장을 주진 않지만 당신이 컴퓨터 모니터 앞에 앉아 있을 거라 확신해요. 혹시 스포츠 좋아해요? 농구는 어때요?

만일 농구를 좋아한다면 오늘(그러니까 당신 입장에서) 〈뉴욕 닉스〉와 〈보스턴 셀틱스〉의 경기가 있다는 걸 알고 있을 거예요. 대단히 흥미진진한 시합이라 모두들 기다리고 있는 경기죠. 라디오나 TV를 채널 9번에 고정시키세요. 그럼 당신이 원하는 증거를 보여줄 수 있어요.

매튜

엠마는 갑자기 심장박동이 빨라지는 걸 느꼈다. 매튜가 메일을 보내올 때마다 거대한 바이스가 몸을 옥죄며 뼈를 으스러뜨리겠다는 위협을 가해오는 듯했다. 그런 두려움 한편으로 묘한 흥분감이 뒤섞여 있다는 걸 부인할 수 없었다.

엠마는 노트북을 옆구리에 끼고 사무실을 나와 엘리베이터에 올라 직원 휴게실이 있는 아래층으로 내려갔다. 밝은색으로 칠한 벽면, 황금색 목재 테이블, 바실리 소파 등을 구비해놓은 널찍한 공간이었다.

엠마는 휴게실에 있는 직원들에게 인사를 건넸다. 그들은 푹신한 소파에 기대앉아 잡지를 뒤적이며 수다를 떨고 있었다. 벽면에 설치된 TV 앞에 모여 앉아 농구 시합을 보는 사람들도 있었다.

엠마는 빈자리에 앉아 노트북의 전원을 연결한 다음 음료수를 가지러 자동판매기 쪽으로 갔다. 그녀는 음료수 캔을 따며 TV 화면 앞으로 다가갔다.

"매디슨스퀘어가든 경기장에서 방금 경기가 속개되었습니다."

중계방송 진행자가 열띤 목소리로 말했다.

"마지막 4쿼터가 시작되기 전까지 스코어는 90 대 83으로 현재 〈뉴욕 닉스〉 팀이 〈보스턴 셀틱스〉 팀에게 근소한 점수 차로 앞서 있습니다. 경기를 시작한 이후 두 팀은 한 치의 양보도 없는 일대 접전을 펼쳐

경기장을 찾은 관중들에게 스릴을 만끽하게 하고 있습니다. 각기 다른 팀에서 뛰는 선수들이지만……."

엠마는 문득 아랫배가 묵직해져오는 듯했다. 매튜가 메일에서 언급한 바로 그 시합이었다. 그녀는 자리로 돌아가 시합을 지켜보았다. 잠시 후, 엠마의 컴퓨터 모니터에 새로운 메시지가 떠올랐다.

보낸 이 : 매튜 샤피로

받는 이 : 엠마 로벤스타인

혹시 TV나 라디오가 주변에 있어요? 현재 〈뉴욕 닉스〉 팀이 앞서가고 있지요? 지금 카페 혹은 공공장소에서 농구를 보고 있다면 분명 주변에 있는 남자들이 어느 팀이 이길 거라고 저마다 결과를 예측하는 소리를 들을 수 있을 거예요.

엠마는 메일을 읽다 말고 고개를 들어 TV 화면에서 눈을 떼지 않는 남자 직원들 쪽으로 시선을 돌렸다. 그들은 응원하는 팀이 점수를 딸 때마다 신이 나 박수를 치며 환호했다. 한눈에도 몹시 즐거워하고 있다는 걸 알 수 있었다.

엠마는 다시 메일로 눈길을 돌렸다.

……하지만 결국 그 경기는 〈보스턴 셀틱스〉가 〈뉴욕 닉스〉를 118 대 116으로 꺾고 이길 겁니다. 마지막 순간에 역전이 되죠. 내가 말한 스코어를

잘 기억하세요, 엠마.

〈뉴욕 닉스〉가 116이고, 〈보스턴 셀틱스〉가 118입니다.

내 말을 못 믿겠어요?

어쨌든 시합이 끝날 때까지 꼭 지켜보세요.

엠마의 심장이 다시금 쿵쾅거리며 뛰기 시작했다.

이제 이 작자가 정말로 무서워지네.

잔뜩 긴장한 탓에 팔다리가 뻣뻣하게 굳은 엠마는 힘겹게 자리에서 일어나 TV가 있는 쪽으로 다가갔다. 그녀는 내심 매튜의 예언이 적중되지 않기를 바라며 막바지에 다다른 시합을 지켜보았다.

"이제 경기 종료 5분을 남겨둔 가운데 〈뉴욕 닉스〉 팀이 104 대 101로 〈보스턴 셀틱스〉 팀을 앞서가고 있습니다."

엠마는 잔뜩 긴장해 마지막 장면을 주시했다. 불안감을 해소하기 위해 깊이 숨을 내쉬었다. 경기가 2분여 남을 때까지 〈뉴욕 닉스〉 팀이 앞서 있었다.

이제 남은 시간은 1분 30초.

〈보스턴 셀틱스〉의 슛 성공으로 두 팀은 113점 동점이 되었다. 곧이어 양 팀에서 각각 3점짜리 슛을 하나씩 성공시키며 스코어는 또다시 116점으로 동점을 이루었다.

엠마는 입술을 질끈 깨물었다. 경기 종료를 10초 앞두고 〈보스턴 셀틱스〉의 폴 피어스가 능란하게 상대 팀 수비를 파고들더니 스텝 백으로 수비를 따돌리고는 슛을 시도했다. 2점짜리 슛이 깨끗하게 바스켓 속으로 빨려 들어갔다.

"〈보스턴 셀틱스〉가 종료 직전에 2점 차로 앞서 나가고 있습니다. 스코어는 118 대 116입니다. 아! 오늘 〈뉴욕 닉스〉 팀은 운이 따라주지 않는군요!"

골을 넣은 보스턴 선수가 경중경중 뛰며 세레머니를 펼치는 동안 관중석에서는 깊은 탄식 소리가 쏟아져 나왔다.

엠마는 아연실색하며 전광판 시계를 노려보았다.

전광판에는 '0.04'라는 숫자가 적혀 있었다. 10분의 4초가 남았다는 뜻이었다. 경기는 다 끝난 거나 다름없었다.

아직 끝난 게 아니야. 경기가 다시 속개되자마자 〈뉴욕 닉스〉 팀 선수 한 명이 골대에서 8미터나 떨어진 지점에서 그대로 슛을 시도했다. 공은 커다란 포물선을 그리며 날아가 기적적으로 바구니에 꽂혔다.

"숨을 멎게 하는 버저비터가 터졌습니다!"

해설자가 흥분을 감추지 못하고 소리쳤다.

"스타우드미어는 그의 농구 인생에서 가장 값진 골을 성공시켰습니다! 스타우드미어의 기적적인 버저비터로 〈뉴욕 닉스〉 팀이 118 대 119로 〈보스턴 셀틱스〉 팀에게 승리를 거두는 순간입니다!"

엠마는 직원들과 하나가 되어 기뻐했다. 물론 그녀가 기뻐하는 이유는 그들과 똑같지 않았다. 일시에 긴장감이 풀리는 듯했다.

매튜가 예상한 결과는 보기 좋게 틀렸어! 그는 미래의 사람이 아니고, 나는 정신 나간 여자가 아니야!

매디슨스퀘어가든은 그야말로 흥분의 도가니였다. 〈뉴욕 닉스〉 팀

선수들이 몹시 기뻐하며 경기장 주변을 빙빙 돌았다. 관중들은 모두들 자리에서 일어나 승리를 외쳤다. 심판이 비디오판독을 통해 어느 누구도 보고 싶어 하지 않는 장면을 볼 때까지 짜릿한 흥분은 계속되었다.

비디오 판독 결과, 농구공이 시합 종료를 알리는 버저가 울리고 나서 스타우드미어 선수의 손을 떠난 게 밝혀졌다.

"역시 시간은 돈이군요. 알프레도 히치콕 감독의 영화만큼이나 손에 땀을 쥐게 하는 경기를 펼친 끝에 〈보스턴 셀틱스〉 팀이 〈뉴욕 닉스〉 팀을 118 대 116으로 제압했습니다. 〈뉴욕 닉스〉 팀의 8연승 행진도 여기서 막을 내리는군요."

엠마는 갑자기 구역질이 나는 바람에 화장실을 향해 뛰어갔다.

이 미쳐버릴 것 같은 기분은 뭐지!

엠마는 너무나 두려운 나머지 이제 자신의 내부에서 이성을 좀먹는 악마를 상대로 싸울 기력이 없었다. 이 혼란한 상황은 도대체 내게 어떤 의미가 있는 걸까?

시합은 생중계였고, 시종일관 애간장을 태우는 백중지세였으니 승부 조작 따위가 끼어들 틈이 없었다.

그저 운이 좋았던 걸까?

매튜가 대충 스코어를 찍었을 수도 있잖아.

빌어먹을! 미래의 세계에서 사는 남자와 메일을 주고받는다는 건 있을 수 없는 일이야. 한마디로 불가능해.

엠마는 거울 속에 비친 자신의 모습을 물끄러미 바라보았다. 마스카라는 엉망으로 번지고, 안색은 밀랍처럼 창백해 꼭 시체를 보는 듯했다. 그녀는 물을 조금 묻혀 화장 자국을 닦으며 생각을 가다듬었다. 그녀를 몹시 심란하게 했던 한 가지 사항이 불현듯 머리에 떠올랐다. 매튜는 메일을 처음 보낼 당시 '나는 당신이 사용하던 맥북의 새 주인입니다'라는 말로 운을 떼었다.

왜 그런 말을 했을까? 그 말은 무슨 뜻이었을까? 미래에 내가 노트북을 팔게 될 거라는 의미인가? 내가 팔아버린 노트북을 그가 구입하게 되고, 각자 다른 시간대에 살면서도 메시지를 주고받을 수 있게 된다는 뜻이었을까?

말도 안 돼.

엠마는 마치 방금 일백 미터 달리기 시합을 마친 사람처럼 숨을 가쁘게 몰아쉬며 벽에 몸을 기댔다. 문득 자신이 얼마나 나약하고 고독한 존재인지 또렷이 인식되었다. 이런 해괴한 상황이 벌어지고 있는데 주변을 아무리 둘러보아도 진심 어린 충고나 위안을 해줄 사람이 없었다. 짐짓 근엄한 체하며 동생을 경멸하다시피 하는 오빠 말고는 마음을 털어놓을 수 있는 가족도, 친구도, 애인도 없었다. 거금을 주고 상담을 해주는 정신과 의사조차 지금은 그녀를 방치해두고 휴가를 떠나버렸다.

그 순간, 엠마의 머릿속에서 번쩍 스파크가 일며 반가운 이름 하나가 온갖 잡다한 기억들의 틈바구니를 헤집고 떠올랐다.

'로뮈알드 르블랑.'

당장 도움을 줄 수 있는 사람이라면 바로 그 어린 컴퓨터 천재 말고는 없었다.

갑자기 기운이 솟아난 엠마는 화장실에서 나와 엘리베이터를 타고 홍보실로 올라갔다. 토요일이라 당직 근무자만 자리에 있을 뿐 사무실 분위기가 한없이 느슨했다. 당직 근무자는 애송이 연수생이 주말에는 출근하지 않는다는 답변만 되풀이했다.

엠마는 몇 번을 조른 끝에 겨우 당직자로부터 프랑스 컴퓨터 천재의 휴대폰 번호를 알아냈다.

두 번쯤 신호가 가고 나서 로뮈알드가 아직 잠이 덜 깬 목소리로 전화를 받았다.

"여보세요?"

"안경잡이, 지금 날 좀 도와줘야겠어. 너 지금 어디야? 또 야동이나 보면서 침을 질질 흘리고 있니?"

9. 시간의 여행객

빈털터리 유령 같은 미래는 모든 것을 약속하지만 사실은 아무것도 가진 게 없다.
_빅토르 위고

뉴욕, 2010년

미트패킹 구역

15분 후

매서운 추위로 허드슨강 부두가 온통 꽁꽁 얼어붙었다. 엠마는 쾅 소리가 나게 택시 문을 닫았다. 차에서 내리자마자 얼음처럼 차가운 바람이 얼굴을 사정없이 훑고 지나갔다. 엠마는 추위에 떨며 두 손을 외투 주머니에 깊숙이 집어넣었다.

저물어가는 오후, 이전에는 도살장이었던 이 지역에 안개가 자욱하게 내려앉았다. 엠마는 머플러를 꼭꼭 여미고 대서양 횡단 여객선이 드나드는 유서 깊은 54번 부두로 가는 철제 아치를 건넜다. 로뮈알드가 만나자고 한 장소가 바로 거기였다. 난데없는 모터 소리에 놀라 고개를 들어보니 스무 대 남짓한 미니 헬리콥터와 비행기로 구성된 항공 편대가 눈이 내릴 듯 낮게 내려앉은 하늘에서 날아다니는 광경이 시야에 잡혔다. 항공 편대는 누군가 원격 조종으로 움직이는 듯했다. 어린아이부터 노인에 이르기까지 부둣가에 늘어선 모형 비행기 마니아들이 저마다 갈고 닦은 솜씨를 뽐내는 중이었다.

엠마는 두 눈을 크게 뜨고 로뮈알드를 찾아보았다. 두꺼운 파카 차림에 귀까지 가린 스키용 털모자를 눈썹까지 내려오도록 푹 눌러쓴 로뮈알드를 찾아내기까지 시간이 제법 많이 걸렸다. 로뮈알드는 네 개의 프로펠러가 달린 모형 비행기를 이륙시키기 위해 고심하는 중이었다. 모형 비행기의 엔진은 바닥에 못이라도 박힌 듯 집요하게 그의 기대를 저버리고 있었다.

"안녕, 안경잡이."

엠마가 가까이 다가서며 인사를 건넸다.

"안녕하세요, 아줌마."

"여긴 모형 비행기 애호가들이 번개 미팅을 하는 장소니?"

"드론이라고 하죠."

"뭐라고?"

"이 작은 모형 비행기들 말이에요. 이게 바로 드론이라고요."

호기심이 발동한 엠마는 어린 시절 날리던 연처럼 높이 날아오른 헬리콥터 쪽으로 시선을 옮겼다. 드론은 속도를 올리기 시작하더니 쏜살처럼 멀리 사라졌다. 원격조종되는 모형 비행기들은 생김새가 제각기 달랐다. 비행기, 프로펠러가 네 개 혹은 여섯 개인 헬리콥터, 우주선 등……. 손재주가 많고 열정적인 동호회원들이 조립한 수공 UFO라고나 할까?

엠마는 몇 날 며칠이고 차고에 틀어박혀 각종 제품을 납땜하고, 조립한 끝에 마침내 동호인들 앞에서 새로운 제품을 선보이는 사람들의 모습을 떠올렸다. 그녀는 무리 지어 서 있는 사람들 사이를 오가며 힐끔힐끔 관찰한 결과 대부분의 조종사들이 드론과 스마트폰을 연결해 기계를 움직인다는 사실을 발견했다. 더러는 모형 비행기에 초경량 카메라를 장착해 비행 중 촬영한 영상을 직접 스마트폰으로 전송받기도 했다. 로뮈알드는 여전히 드론을 이륙시키지 못해 쩔쩔매고 있었지만 도와주는 사람 한 명 없이 모두들 자기 일에 열중할 뿐이었다. 그야말로 허울뿐인 동호회 같았다.

엠마는 문득 로뮈알드가 가여웠다. 영리하지만 외롭고 가진 것 없는 어린 늑대……

나와 처지가 너무 비슷하잖아.

"네 드론은 왜 날지 못하니?"

"저도 도무지 그 이유를 모르겠어요. 오늘처럼 바람이 센 날, 드론을 적절하게 조종하는 방법을 모르겠어요."

"괜찮아."

"아니, 괜찮지 않아요."

로뮈알드가 눈을 내리깔며 시무룩하게 말했다.

잔뜩 풀이 죽은 로뮈알드의 얼굴 표정을 보니 기계나 컴퓨터 조작을 하다가 오늘처럼 난관에 부딪치는 일이 드물어 보였다.

"드론을 날리는 건 합법적이니?"

"합법적이라고 할 수 있지만 몇 가지 준수해야만 하는 규칙이 있어요. 사람들 머리 위로 날려서는 안 되고, 조종자의 시야를 벗어난 곳에서 날려서도 안 되죠. 일백여 미터 이상 되는 고도에서 날려서도 안 되고요."

엠마는 이런 종류의 기술 활용이 공공기관이 아닌 개인에게도 허용되고 있다는 점에 깜짝 놀라면서도 고개를 끄덕였다.

그렇다면 드론을 활용해 사람들을 감시하거나 사적인 공간에 침투할 경우에는 어쩌지?

편집증적인 기질이 발동하면서 머릿속에서 드론을 악용하는 사례들이 꼬리를 물고 이어졌다.

곤충 크기만 한 드론이 은밀하게 개인의 사생활을 촬영하고, 대화를 녹음하게 될 경우 어떻게 대응하지?

엠마는 감시가 일상화된 세계에서 살고 싶은 마음이 추호도 없었다.

멀리 부둣가 너머로 철제 콘크리트로 지은 뉴욕의 하이라인 건물이 눈에 들어왔다. 그 건물 일 층에는 뉴욕에서 가장 맛있는 핫초코를 만드는 〈노보스키〉 카페가 있었다.

"자, 이제 나랑 이야기 좀 할래? 뉴욕에서 가장 맛있는 핫초코를 마시면서."

♠

〈노보스키〉 카페
10분 후

로뮈알드는 뜨거운 코코아를 마셔가며 한입 가득 엄청나게 큰 체리 파이 조각을 집어넣었다.

"너, 마치 사흘쯤 굶은 사람 같아. 식사는 하고 다니는 거니?"

로뮈알드는 고개를 끄덕이며 연신 파이 조각을 삼켰다.

"내가 언젠가 너에게 여자 앞에서 우아하게 음식 먹는 방법을 가르쳐 줘야겠다."

엠마가 종이 냅킨으로 로뮈알드의 입술 가장자리에 붙은 빵조각을 닦아주며 말했다. 로뮈알드는 버릇처럼 두 눈을 내리깔고는 스웨터 밑단을 잡아당겼다. 볼록하게 튀어나온 뱃살을 감추려는 동작으로 보였다.

"넌 요즘 어디에 사니, 로뮈알드?"

"첼시 유스호스텔이요."

"최근에 부모님과 연락한 적 있어?"

"걱정 마세요. 제 일은 제가 알아서 할 테니까."

"널 보니 저절로 걱정이 되는데 어쩌겠냐? 너, 돈은 있어?"

"필요한 만큼은 있어요."

신경질적으로 머리를 긁적인 로뮈알드는 얼른 화제를 다른 곳으로 돌리고 싶어 하는 눈치가 역력했다.

"한데 왜 저를 보자고 하셨어요?"

"네가 컴퓨터 실력을 발휘해 날 좀 도와줬으면 해."

엠마가 가방에서 노트북을 꺼내 테이블 위에 얌전히 내려놓았다.

로뮈알드가 노트북을 열자 이내 메신저 화면이 켜졌다.

"무슨 문제라도 있어요?"

"얼마 전부터 이상한 메일이 들어와. 그 메일들이 어디에서 오는 건지 알아봐줄 수 있겠니?"

"이론적으로는 그리 어려운 일이 아니죠."

"그럼 어디 네 실력 좀 볼 수 있을까? 매튜 샤피로라는 사람과 나 사이에 오간 메일을 전부 살펴줘."

로뮈알드는 능숙한 솜씨로 매튜가 보낸 메시지들을 모두 선택해 다른 메일들과 분리한 다음 새 파일을 만들었다. 그다음 시간 순서대로 정돈한 메일 중 제일 첫 번째 메일의 헤드를 열어 보낸 사람의 IP주소, 메신저 프로그램, 엠마에게 전달되기까지 거쳐 간 일련의 서버들을 확인했다. 이론적으로 보자면 메일의 애초 출발 지점까지 거슬러 올라가 보는 건 그리 어려운 일이 아니었다. 그런데 뭔가 이상하다는 듯 로뮈알드의 얼굴이 순간적으로 일그러졌다.

로뮈알드는 렌즈가 뿌옇게 흐려진 안경을 벗더니 스웨터 자락으로 쓱쓱 닦았다. 핸드백에서 안경 닦는 헝겊을 꺼낸 엠마가 그의 손에서 안경을 빼앗아들고 말끔하게 닦아 코에 걸쳐주었다.

"알아냈니?"

엠마가 조바심을 치며 물었다.

로뮈알드는 아무런 대꾸 없이 두 번째 메일을 열고는 방금 전과 똑같은 작업을 시도했다. 그다음에 세 번째 메일을 열었다.

엠마가 매튜에게 보낸 답신이었다.

"뭐 좀 알아냈니, 안경잡이?"

"날짜가 이상해요. 남자가 미래에서 메일을 보내는 것 같아요."

"나도 그렇게 생각했어. 너라면 이런 일을 어떻게 설명할 수 있겠니?"

로뮈알드는 고개를 가로저었다.

"기술적으로는 도저히 설명이 안 된다고 봐야죠."

"제발 부탁인데 그나마 어떤 설명이 가능한지 알아봐줄래?"

로뮈알드는 메일들 가운데 하나를 골라 클릭한 다음 헤드를 열었다.

"웹상에서 모든 자료는 두 개의 IP주소 사이에서 오가게 되죠. 그건 잘 아시죠?"

엠마가 고개를 끄덕이자 로뮈알드가 말을 이었다.

"한 컴퓨터에서 다른 컴퓨터로 메일이 전송되기까지 여러 개의 서버를 거치게 되고, 그때 메일에 서버를 통과한 시간이 찍히게 되죠."

로뮈알드의 말에 엠마가 바짝 다가앉았다. 매튜의 컴퓨터에서 출발한 메일이 자신의 컴퓨터에 도착할 때까지의 경로를 화면상에서 추적할 수 있다니?

"이 남자가 메시지를 보낼 때 처음에 거치는 서버들은 예외 없이 2011년 날짜가 찍히는데 중간쯤 경로에서 어떤 서버가 시간 뛰어넘기를 하는지 그때부터 모든 날짜가 2010년으로 바뀌고 있어요. 아줌마가 메일을 보낼 때는 정반대 현상이 벌어지고 있고요."

"그런 현상을 설명할 수 있는 과학적인 근거는 없을까? 혹시 컴퓨터 천재들 사이에서 그런 이야기를 들어본 적 없어? 해커들끼리 주고받는 이야기들 중 혹시 그런 경우가 한 번도 없었니?"

로뮈알드는 고개를 가로저었다. 잠시 말이 없던 그가 다시 입을 열었다.

"날짜만 이상한 게 아니거든요."

"그게 무슨 소리야?"

로뮈알드가 손가락으로 화면을 가리켰다.

"두 경우 모두 출발점과 도착점이 동일해요. 2011년에 보낸 메일이 2010년 같은 컴퓨터에 도착하고 있다는 거죠."

로뮈알드는 방금 한 말이 얼마나 큰 모순이고, 파괴력을 지니고 있는지 즉각 확인할 수 있었다.

엠마는 얼굴이 백지장처럼 창백해지며 뒤로 물러나 앉았다.

"그렇다고 너무 겁먹지 말아요. 저보다 나은 컴퓨터 고수들에게 몇 가지 의문에 대해 물어봐드릴게요."

로뮈알드가 말을 마치는 순간 경쾌하고 짧은 멜로디가 울리며 새로운 메일이 도착했다.

♠

예상대로 매튜가 보낸 메일이었다.

보낸 이 : 매튜 샤피로

받는 이 : 엠마 로벤스타인

제목 : 침묵에 대한 보상

엠마

당신의 침묵을 어떻게 해석해야 할지 몰라 안타까워요.

나는 당신이 우리에게 일어나고 있는 일들에 대해 좀 더 자세히 알고 싶어 할 거라 믿어요. 적어도 우리가 해야 할 일과 해서는 안 되는 일이 무엇인지 알고 싶어 할 거라 생각해요. 난 당신이 감내해야 할 혼란과 공포가 얼마나 극심할지 이해해요. 그렇지만 강렬한 호기심이 그 모든 위험부담을 떨쳐내게 해줄 거라 믿어요. 어쩌면 여기서 한 걸음 더 나아가기 위해 당신에게는 또 다른 무엇이 필요할지도 몰라요.

뭘 원하시죠? 혹시 새로운 증거를 원하시나요? 돈이 필요하시나요? 원한다면 그 두 가지를 모두 보내드리죠. 제발 부탁이니, 연락주세요.

매튜

메시지에는 첨부파일이 붙어 있었다. 2010년 12월 23일 월요일 자 《뉴욕타임스》 기사를 담은 PDF 파일이었다.

스웨덴 관광객 리나 노르드비스트 여사 100세 생일을 맞아 카지노에서 5백만 달러 잭팟을 터뜨리다!

지난 토요일 밤 애틀랜틱시티의 뉴블렌하임 호텔 카지노 〈리틀 머메이드〉 기계에서 스웨덴 관광객 리나 노르드비스트 여사가 5백만 달러가 넘는 잭팟을 터뜨렸다. 그날은 마침 놀라운 행운을 차지한 노르드비스트 여사의 100세 생일이었다. 스톡홀름 출신의 노르드비스트 여사는 미국 북동부를 여행하는 단체 관광객의 일원으로 미국을 찾았다. 노르드비스트 여사는 저녁 8시 45분쯤 별 기대 없이 슬롯머신에 동전 2달러를 넣었다가 행운의 주인공이 되었다. 뉴블렌하임 호텔 카지노에 있던 모든 사람들로부터 박수와 환호를 받은 노르드비스트 여사는 횡재한 돈을 자신의 꿈을 실현하는 데 쓰겠다고 밝혔다. 그녀의 꿈은 남편과 기구를 타고 함께 세계 일주 여행을 떠나는 것……

기사에 첨부된 사진 속에서 슬롯머신 가까이에서 거동이 불편한 사람들을 위한 바퀴 달린 보행 보조기를 붙잡고 선 100세 노부인이 우아한 표정으로 환하게 웃고 있었다.

노부인은 'I Love Stockholm'이라는 문장이 찍힌 두툼한 면 티셔츠 차림에 모자를 쓰고 있었다.

엠마는 손목시계를 들여다보았다.

오후 5시 30분.

시간이 세 시간밖에 남아 있지 않았다. 더 이상 우물쭈물 망설일 때가 아니었다. 이번에야말로 확실히 알아내야만 했다.

"혹시 이 근처에 렌터카 회사가 있니?"

"여기서 3백 미터쯤 떨어진 곳에 패스트카라는 렌터카 회사가 있어요. 갠즈부트와 그리니치가 만나는 곳이죠."

"그래, 어딘지 알아."

엠마가 테이블에 20달러짜리 지폐를 한 장 내려놓으며 자신 있게 말했다. 그녀는 추위가 맹위를 떨치는 길거리로 나가기 위해 외투를 여몄다.

"로뮈알드, 도와줘서 정말 고마워."

"뭘요, 별 도움이 되지 못했는걸요. 새로운 걸 찾아내면 연락드릴게요."

엠마는 유리창을 사이에 두고 있는 로뮈알드를 향해 손을 흔들어 작별 인사를 건넸다.

엠마가 렌터카 회사 사무실에 도착했을 때는 이미 주변이 어둑어둑해져 있었다. 난방이 제대로 되지 않는 사무실에서 20분쯤 기다리고 나서야 겨우 대면하게 된 직원이 어찌나 불손하고 오만방자한지 엠마는 순간적으로 계획을 포기하고 싶은 걸 가까스로 참아냈다.

렌터카 회사 직원은 GM 사의 짙은 오렌지색 SUV 차량을 권했고 엠마는 두말없이 선택했다. 신용카드로 비용을 결제하고 차에 오른 그녀는 홀랜드 터널을 통과해 맨해튼을 벗어나자마자 남쪽을 향해 달리기 시작했다. 사실 야간 운전이라면 질색하는 편이었다. 더구나 잘 알지도 못하는 길을 밤에 달리는 건 두말할 필요 없이 싫어했다. 뉴욕에서 애틀랜틱시티까지는 도로 안내판이 정확하게 설치되어 있었다. 해안을 따라 뉴저지를 가로지르는 가든 스테이트 파크웨이를 그대로 따라가기만 하면 되었다.

엠마는 차를 운전하는 동안 내내 두려움에 압도당하지 않기 위해 애썼다. 음악 전문 방송에 채널을 고정시키고 라디오에서 흘러나오는 노래를 흥얼거리며 머릿속을 비우려 했지만 이미 너무 많은 생각들이 들어차 혼란스럽기 짝이 없었다. 늦을까봐 조바심이 나 연신 시계에 눈길이 갔다. 다 왔다고 생각되는 순간 교통체증에 걸리는 바람에 불안감이 증폭되었다.

여러 대의 차량이 연쇄 추돌사고를 일으킨 탓에 해안 고속도로의 교통 흐름이 답답하게 흐르고 있었다. 한참을 기다리고 나서야 고속도로의 흐름이 원활해졌다.

마침내 엠마는 동부 해안의 도박 거점 도시에 입성했다. 그녀는 이 도시에 별 관심이 없어 한 번도 와본 적이 없었다.

엠마의 시선이 다시 한번 시계에 꽂혔다.

저녁 8시 25분.

애틀랜틱 애비뉴를 따라가자 길은 자연스럽게 바다를 따라 끝없이 이어지는 보드워크와 연결되었다. 보드워크는 애틀랜틱시티의 대형 카지노들이 자리 잡고 있어 유명해진 곳이었다.

땅거미가 내려앉기 시작하면서 도시는 부쩍 활기를 띠었다. 주요 호텔, 식당, 공연장들이 밀집한 도시의 중심부는 관광버스와 리무진, 우스꽝스러운 인력거들이 앞서거니 뒤서거니 하며 토해놓은 관광객들로 엄청나게 붐볐다.

저녁 8시 29분

엠마는 신호등 앞에서 차를 세운 틈을 타 폭포수처럼 쏟아지는 불빛과 네온사인 간판들 사이에서 문제의 카지노를 찾아내기 위해 쉼 없이 눈동자를 굴렸다. 애틀랜틱시티에서 가장 최근에 오픈한 뉴블렌하임 호텔은 보드워크의 가운데에 자리 잡고 있었다.

엠마는 어느 잡지에선가 호텔 사진을 본 적 있었다. 2000년대 중반에 마리나 형태로 지은 블렌하임 호텔은 물결이 넘실대는 네 개의 피라미드 모양을 하고 있어 마치 바다 위 60미터 높이까지 푸른 파도가 치는 것 같은 인상을 풍겼다. 밤이 되면 터키옥 빛깔의 오묘한 조명 속에서 환하게 빛나는 호텔의 자태는 마치 네 개의 피라미드와 그 안에 구비된 2천 개의 객실들이 보이지 않는 적을 향해 공격에 나설 채비를 갖추고 우주를 항해하는 요트처럼 보였다.

저녁 8시 34분

엠마는 택시 한 대를 추월해 뉴블렌하임 호텔 지하 6층 주차장까지 쏜살처럼 달려 내려갔다. 차를 주차한 다음 호텔 로비로 올라가는 엘리베이터에 올랐다. 로비에 내려선 그녀는 터치스크린식 공간 배치 안내판을 들여다보며 카지노의 위치를 찾았다.

저녁 8시 39분

엄청나게 규모가 큰 호텔이었다. 식당만 해도 십여 개에 스파, 수영장, 두 개의 나이트클럽, 세 개나 되는 바까지. 카지노 면적만 해도 무려 1만 제곱미터가 넘었다.

엠마는 카지노까지 가는 길을 몇 번이나 확인한 다음 머릿속에 단단히 저장했다. 길을 헤맬 시간이 없었다.

저녁 8시 40분

엠마는 줄달음질 치다시피 로비를 가로질러 엘리베이터를 두 번이나 바꿔 탄 다음 네 개의 피라미드를 연결해주는 유리 터널로 들어섰다. 마지막으로 에스컬레이터를 타고 한 층을 내려가 카지노 입구를 지키는 경비원에게 신분증을 보여주고 나서야 비로소 슬롯머신들이 줄줄이 늘어선 방으로 들어설 수 있었다.

저녁 8시 41분

거대한 방은 천장이 낮았다. 창문은 없었고, 슬롯머신이 쏟아내는 금속성 소리는 경쾌했지만 대체적으로 음침하고 우울해 보이는 방이었다. 50달러를 칩으로 바꾼 엠마는 번쩍거리는 빛과 요란한 기계음이 쏟아지는 슬롯머신들 사이를 종종걸음으로 헤매고 다녔다. 잭팟 캔디, 클레오파트라, 스리 킹스, 화이트 오키드, 댄저러스 뷰티 등 게임기도 가지각색이었다. 수백 대의 기계들은 마치 스물네 시간 내내 경계를 늦추지 않고 눈을 두리번거리는 초병 같았다.

엠마는 떼를 지어 기계들 사이로 몰려다니는 젊은 사람들과 한 묶음이 되었다. 도박으로 한 밑천 두둑하게 잡아보겠다고 나선 한탕주의 여행객들, 돈만 생기면 쪼르르 달려와 단번에 빈털터리가 되곤 하는 창백한 안색의 도박 폐인, 결혼한 친구를 축하해주기 위해 몰려든 삼십 대 남자들, 어린 시절 유원지에서 경험했던 행운을 다시금 맛보기 위해 도박장을 찾은 꼬부랑 노인들…….

저녁 8시 43분

엠마는 사람들이 카지노를 찾는 이유를 도무지 이해할 수 없었다. 이마에 식은땀이 송골송골 맺히며 어느덧 가벼운 현기증이 일었다. 대단히 넓은 장소였지만 사방이 꽉 막혀 있어 시간이 정지해버린 듯한 느낌을 지울 수 없었다.

엠마는 갑자기 구토가 나려고 해 슬롯머신에 몸을 기대고 심호흡을 했다. 바로 그때 사람들의 물결 속에서 밀짚모자 하나가 눈에 들어왔다. 분명 리나 노르드비스트 부인이 분명했다. 'I Love Stockholm'이라는 문장이 찍혀 있는 셔츠를 입은 100세의 노부인이 오른손으로 칩이 든 병을 가슴 높이까지 치켜들었다. 왼손으로는 혹시라도 넘어질까 봐 보행 보조기를 꽉 붙잡고 있었다. 노르드비스트 부인은 달팽이만큼 이나 느린 속도로 슬롯머신들의 대열을 지나 제일 끝에 놓인 '리틀 머메이드'를 향해 걸어갔다.

엠마가 노부인보다 먼저 그 기계 앞에 앉았다.

노부인이 몹시 화난 듯 스웨덴 말로 뭐라고 비난을 퍼부었다.

저녁 8시 44분

'실컷 나무라세요, 얼마든지 참아줄 용의가 있으니까.'

엠마는 노부인이 발길을 돌려 다른 기계에 칩을 넣기를 고대했다.

저녁 8시 45분

이건 아무런 의미도 없을뿐더러 말도 안 되는 이야기야.

엠마는 슬롯머신을 작동하기 위해 부착된 시작 버튼을 누르며 몇 번이고 같은 생각을 반복했다.

이번에야말로 모든 게 확실하게 판명 날 거야.

엠마가 전속력으로 돌아가기 시작하는 다섯 개의 롤러를 바라보며 중얼거렸다.

♠

보스턴, 2011년

밤 10시

"빌어먹을! 빌어먹을! 빌어먹을 따따블!"

에이프릴이 오븐에서 뜨겁게 달아오른 용기를 꺼내다가 난데없이 욕설을 퍼부었다. 용기가 생각한 것보다 뜨거워 갑자기 손을 놓는 바람에 급히 바닥으로 떨어지며 박살이 났다. 소파에서 꾸벅꾸벅 졸고 있던 매튜는 요란한 소리에 깜짝 놀라 벌떡 일어섰다. 조금 전 에밀리를 재운 그는 크리스마스 때마다 지겹게 틀어줘 벌써 몇 번이나 본 프랭크 카프라 감독의 〈멋진 인생〉을 보는 둥 마는 둥 하며 꾸벅꾸벅 졸고 있었다.

"겨우 그 정도로 에밀리가 잠을 깰 수 있겠어?"

"젠장! 애써 만든 진저브레드가 몽땅 타버렸어. 모처럼 큰맘 먹고 요리 좀 만들어보려고 했는데 완전 망쳐버렸어."

매튜는 눈꺼풀을 비볐다. 왠지 으슬으슬 춥고 열이 오르는 데다 불안감이 가시지 않았다. 지금 겪고 있는 일들이 분명 현실 속에서 벌어지고 있다는 증거를 수집해 엠마를 설득할 생각으로 오후 내내 메일을 보냈지만 일절 회신이 없었다. 그는 깨진 유리 조각을 치우는 에이프릴을 도와주고 나서 또다시 메일함을 확인했다. 최근 며칠 동안 무려 5백 번도 넘게 메일함을 열어보았다. 마침내 학수고대했던 메일이 들어와 있었다. 거의 포기 직전이었는데 엠마가 내용이 정말 짧은 답장을 보내왔다.

보낸 이 : 엠마 로벤스타인

받는 이 : 매튜 샤피로

제목 : 대박

신문 좋아하고? 《뉴욕타임스》 기사를 다시 한번 읽어봐줄래요?

엠마

도대체 무슨 소리야? 왜 《뉴욕타임스》 기사를 다시 읽으라는 거야? 혹시……

매튜는 갑자기 아드레날린이 솟구치며 등받이 없는 의자에 앉아 컴퓨터 모니터에 얼굴을 들이댔다. 머릿속 생각을 정리할 필요가 있었다. 그는 《뉴욕타임스》에 접속하면서 커피 기계에 캡슐을 넣어 진한 커피를 뽑았다. 2010년 12월 23일 월요일자 신문을 찾아낸 그는 PDF 파일로 다운로드한 다음 드디어 문제의 기사를 찾아냈다. 처음에는 딱히 특별한 점을 발견하지 못했다. 다만 보행 보조기에 의지한 채 슬롯머신 앞에서 환하게 웃던 스웨덴 출신 노부인의 얼굴 사진 만큼은 또렷하게 기억났다. 바로 그 사진이 보이지 않았다.

매튜는 한 번 더 신문을 정독하고 나서야 먼저보다 훨씬 작아진 기사 한 토막을 발견했다. 사진이 없는 그 기사는 애틀랜틱시티에서 터진 잭팟에 대해 짤막하게 다루고 있었다.

카지노에서 단 하나의 칩으로 5백만 달러를 딴 젊은 뉴욕 여성!

익명을 요구한 한 젊은 여성이 토요일 저녁 애틀랜틱시티의 뉴블렌하임 호텔 카지노인 '리틀 머메이드' 기계에서 5,023,466달러짜리 잭팟을 터뜨렸다. 겨우 2달러를 투자해 얻은 거액이었다. 행운의 주인공이 된 젊은 여성은 20시 45분경 카지노에 들어서자마자 슬롯머신에 칩 하나를 밀어 넣었다고 했다. 뉴블렌하임 호텔 카지노에 있던 많은 사람들로부터 박수와 환호를 받은 여인은 '우선 새 차를 한 대 사고 싶지만 아직은 확실하지 않고, 우선 노트북 한 대를 장만하겠다' 고 말했다.

매튜는 문제의 기사를 두 번이나 정독하며 의미를 가늠해보았다. 목이 바짝 타들어가고 있었고, 이마에는 땀방울이 송골송골 맺혔다. 커피를 한 모금 마시려 했지만 입 안이 깔끄러워 목구멍으로 잘 넘어가지 않았다.

매튜가 의자에서 일어서려 할 때 새 메시지가 도착했다.

보낸 이 : 엠마 로벤스타인

받는 이 : 매튜 샤피로

신문 봤죠? 우리 이제 어떻게 하죠?

엠마

엠마의 질문이 머릿속에서 메아리쳤다.

'우리 이제 어떻게 하죠?'

매튜 역시 어떻게 해야 할지 알 수 없었다. 다만 똑같은 질문을 던지는 사람이 최소 두 명이라는 사실에 그나마 위안을 받았다. 그때 갑자기 놀라운 생각 한 가지가 가슴을 쳤다. 엠마가 메일을 보낸 시점으로 계산해보면 케이트가 살아 있던 때였다.

3부

겉보기

넷째 날

10. 아이를 재우는 손길

아이를 재우는 손길은 세계를 지배하는 손길이다.
_윌리엄 월라스

보스턴

2010년 12월 22일

오전 11시

욕망, 후회, 질투.

매튜 가족의 행복을 훔쳐보는 엠마의 마음은 씁쓸했다. 일요일 아침, 매튜 부부와 에밀리는 눈 쌓인 퍼블릭가든 오솔길을 산책하고 있었다. 보스턴을 대표하는 공원에는 새벽에 내린 눈이 쌓여 있었다. 올겨울 들어 처음 내린 눈으로 주변이 하얗게 뒤덮이자 공원을 찾은 사람들은 온통 축제 분위기에 휩싸였다.

"에밀리, 아빠에게 와봐!"

에밀리를 번쩍 안아 올린 매튜는 잔잔한 호수 위에서 헤엄치는 오리 떼와 그 뒤를 따르는 커다란 은빛 백조를 보여주었다.

엠마는 몇 미터 떨어진 곳의 벤치에 앉아 애써 자신의 모습을 숨기려는 노력도 하지 않고 매튜 가족을 망연히 지켜보았다. 매튜에게 들킬 염려는 없었다. '2010년의 매튜'는 엠마를 알지 못했으니까. 도저히 믿을 수 없는 상황이 눈앞에서 전개되고 있었다. 간밤에 애틀랜틱시티에서 보스턴으로 오는 그레이하운드 버스에서 깊이 잠을 잔 덕분에 그나마 심리적인 안정을 되찾았다.

전날, 엠마가 잭팟을 터뜨리자 카지노 측에서 몇 가지 서류를 내밀었다. 카지노에서 딴 돈을 그녀의 계좌로 입금시키려면 반드시 거쳐야만 하는 절차였다.

뉴베른하임 호텔 유리창을 통해 엠마는 애틀랜틱시티에 내리는 첫눈을 지켜보았다. 그녀는 몇 시간씩이나 눈길을 운전해갈 마음이 없었으므로 렌터카 키를 호텔 프런트 직원에게 건네면서 렌터카 회사에 차를 돌려줄 것을 부탁했다.

호텔을 나온 엠마는 곧장 택시를 타고 버스터미널로 가 보스턴행 표를 샀다. 보스턴행 버스는 밤 11시 15분에 절반쯤 좌석이 빈 채 애틀랜틱시티에서 출발했다. 버스 운전기사는 침착하게 차를 몰았다. 버스가 하트포드에 정차할 때 잠깐 눈을 떴을 뿐 그녀는 아침 8시경 그레이하운드 버스가 매사추세츠주 수도의 관문을 통과하고 난 다음에야 잠을 깼다.

엠마는 공원에 면해 있는 특급 호텔 포시즌스에 방을 잡았다. 카지노에서 딴 수백만 달러가 계좌에 입금되었으니 그 정도 호사쯤은 얼마든지 누려도 되었다. 〈임퍼레이터〉 식당에 전화해 몸이 아파 일주일 동안 쉬어야겠다고 둘러댔다.

홀가분한 마음으로 샤워를 마친 엠마는 호텔 내부에 있는 의류 매장에서 따뜻한 옷을 사 입고 비콘 힐 산책에 나섰다. 뚜렷한 계획은 없었다. 몇 가지 의문이 계속 머릿속을 맴돌았다.

매튜를 만나 정식으로 인사를 할까? 만나면 무슨 말을 하지? 괜히 미친 여자 취급을 받진 않을까?

엠마는 어떻게 할지 정하기에 앞서 매튜가 어떤 사람인지 미리 알아 둘 필요가 있겠다는 결론을 내렸다. 그녀는 매튜의 집 주소를 알고 있었다. 매튜가 직접 루이스버그스퀘어와 윌로 스트리트가 교차하는 지점에 위치한 브라운스톤이 자기 집이라고 했으니까.

엠마는 비콘 힐의 매력에 푹 빠져들었다. 지나간 세월에 의해 들쭉날쭉 마모된 포석 위를 걷자니 마치 헨리 제임스 소설의 여주인공이 된 듯한 기분이었다. 비콘 힐은 아직 19세기에 머물러 있는 동네 같았다. 상점의 진열장들은 온통 알록달록하게 칠한 목재 테두리로 마감되어 있었고, 가스로 켜는 가로등에서는 지난 시대의 빛이 퍼져 나왔다. 비좁은 골목길들은 꼬불꼬불 비밀의 정원으로 이어졌다.

엠마는 힘들이지 않고 매튜의 집을 찾아낼 수 있었다. 솔방울과 리본으로 치장한 전나무와 긴 줄에 매달아놓은 꽃들 덕분에 크리스마스 분위기를 제대로 만끽할 수 있었다. 그녀는 마치 시간의 흐름에서 벗어난 사람처럼 한 시간 동안 무작정 기다렸다. 어린 시절, 눈을 덮어씌운 유리공 안에 들어가 있는 듯한 느낌이었다. 간밤에 누군가가 유리로 만든 공을 흔들어 반짝거리는 눈 꽃송이를 붉은 기와지붕 위에 떨어지도록 만들어놓았다고나 할까? 눈에 보이지는 않지만 심술궂은 공격이나 세상의 광기로부터 나를 지켜주는 둥근 지붕이 있지는 않을까?

10시쯤 매튜의 집 대문이 열렸고, 엠마는 처음으로 그를 보았다. 컴퓨터에 있는 사진이 아니라 실물 그대로의 매튜. 털모자를 쓴 그는 에밀리를 안고 미끄러운 계단을 조심스럽게 내려왔다. 계단을 다 내려온 그는 동요를 흥얼거리며 에밀리를 유모차에 앉혔다.

엠마는 상상했던 것보다 매튜가 훨씬 매력적으로 느껴졌다. 메일을 통해 알 수 있었던 솔직하고 건강하고 자상한 느낌이 실제 모습에서도 고스란히 전달되었다. 딸아이를 세심하게 배려하는 모습을 가까이에서 지켜보자니 그가 한층 더 믿음직스러워 보였다.

엠마는 그의 뒤에 서 있는 여자를 보았다. 그의 아내 케이트였다. 날씬한 몸매의 젊은 금발 미녀. 케이트는 그저 예쁘다는 말로는 부족할 만큼 완벽한 미모의 소유자였다. 부드러운 모성애와 신비스런 느낌이 묻어나는 귀족적이고 고전적인 아름다움을 풍겼다. 맑고 투명한 눈, 알맞게 튀어나온 광대뼈, 화사한 안색, 육감적인 입술, 히치콕 영화의 주인공을 연상시키는 쪽진 머리 등……. 그녀 옆에 있으면 어느 여자라도 저절로 주눅이 들 듯했다.

엠마는 보스턴 퍼블릭가든까지 매튜 가족을 뒤따라갔다. 공원은 비콘힐과 백 베이를 이어주는 다리 역할을 하는 위치에 자리 잡고 있었다.

"에밀리, 저기 좀 봐!"

케이트가 다람쥐 한 마리를 가리키며 소리쳤다. 나뭇잎 사이로 조금 삐져나온 다람쥐의 꼬리가 보였다. 에밀리가 유모차에서 폴짝 뛰어내리더니 무작정 다람쥐 쪽으로 달려갔다. 힘껏 달리던 아이는 얼마 못 가 눈 속에 코를 박으며 넘어졌다. 아이는 많이 다쳐서라기보다는 자존심이 상한 탓에 엉엉 울음을 터뜨렸다.

"자, 아빠랑 같이 갈까?"

매튜가 에밀리를 번쩍 들어 올려 유모차에 앉혔다. 세 사람은 아무 일도 없었다는 듯 한가롭게 찰스 스트리트를 건너 보스턴 커몬까지 산책했다. 보스턴 커몬에는 동절기에만 탈 수 있는 스케이트장이 있었다. 케이트는 에밀리를 달래기 위해 수레를 끌고 다니는 상인에게서 군밤을 샀다.

매튜 가족은 묘기에 가까운 스케이트 실력을 보여주는 사람들과 자주 엉덩방아를 찧는 사람들을 보며 군밤을 먹었다. 에밀리는 사람들이 엉덩방아를 찧을 때마다 깔깔거리며 웃어댔다.

"사람들이 넘어지는 모습을 보니 웃음이 절로 나와?"

아빠가 짓궂게 어린 딸을 놀렸다.

세 사람은 느린 걸음으로 넓은 잔디밭의 중심부를 향해 걸어갔다. 잔디밭은 산책 나온 사람들이 잠시 휴식을 취하는 장소로 유명했다. 무등을 태우자 눈이 초롱초롱해진 에밀리는 거대한 크리스마스트리에 달아놓은 화려한 장식품을 보고 입이 함지박만 하게 벌어졌다. 할리팩스 시 당국이 매년 크리스마스 때마다 보스턴 시민들에게 선사하는 거대한 전나무였다.

엠마는 몇 발짝 떨어져 걸으며 매튜 가족으로부터 잠시도 눈을 떼지 않았다. 엠마의 두 눈도 에밀리처럼 초롱초롱 빛났지만 눈에서 뿜어져 나오는 광채에서는 왠지 모를 쓸쓸함이 묻어났다. 그녀는 매튜 가족이 누리는 행복, 평화, 자연스런 사랑의 교감 따위를 사는 동안 단 한 번도 경험해보지 못했다.

왜 그랬을까? 무슨 잘못이 있었기에 그랬을까?

♠

보스턴

2011년 12월 22일

한밤중

잠옷 바지에 보스턴 레드삭스 티셔츠를 걸친 매튜는 욕실 거울 바로 위에 달려 있는 전등을 켰다. 도저히 잠을 청할 수가 없었다. 침이 바짝바짝 마르고 가슴이 두근거리고 두통이 심각했다. 그는 약상자에서 이부프로펜 두 알을 꺼내 물과 함께 꿀꺽 삼키고는 천천히 계단을 내려가 부엌으로 갔다. 침대에서 세 시간째 몸을 뒤척이게 할 만큼 그의 머리를 떠나지 않고 완강하게 버티는 한 가지 생각이 있었다. 처음에는 도저히 믿기 어려웠지만 상황의 추이를 따라가다보니 저절로 갈망하게 된 생각이었다. 사실이라 믿기에는 너무나 아름다웠고, 미쳤다는 비난을 받아도 할 말 없다는 생각이 들었다. 한 가지 생각에 몰입하다보니 현기증이 나 머리가 어지러웠다.

엠마를 설득해 케이트의 사고를 미연에 방지할 수만 있다면?

정녕 그럴 수만 있다면 무슨 일이든 마다하지 않을 생각이었다. 그런 가능성을 생각할 때마다 매튜는 '아나스타시스'라는 단어를 떠올렸다. 그리스인들이 죽은 자들의 부활을 일컬을 때 사용하는 어휘였다. 판타지 소설 혹은 SF소설에서나 가능한 죽은 자의 부활이 실제로도 가능할까? 실존의 흐름을 바꾸기 위해 시간을 되돌리는 일이 과연 가능할까?

너무나 터무니없는 생각, 실현 가능성이 희박한 생각이었지만 지푸라기라도 잡는 심정으로 매달려보고 싶었다. 매튜는 때로 모든 인간들이 소망하지만 허황되기 이를 데 없는 꿈, 시간을 거슬러 올라가 지난날 자신들이 저지른 실수와 부조리한 생이 가져다준 불행을 바로잡아야겠다고 생각했다.

매튜는 〈오르페우스의 신화〉에 대해 생각했다. 리라를 연주하며 지옥문까지 내려가 그곳을 지키는 신들에게 죽은 아내를 돌려달라고 간청하는 오르페우스를 자신의 모습에 빗대 그려보았다. 지금 상황에서 케이트를 세상으로 다시 데려올 수 있는 유일한 방법은 엠마에게 매달리는 수밖에 없었다.

매튜는 컴컴한 부엌에서 벽에 달린 조명등을 켰다. 부엌의 하이그로시 선반 아래쪽으로 빛이 퍼졌다. 그는 노트북을 열고 등받이 없는 의자에 앉아 성심을 다해 엠마에게 보낼 메일을 작성했다.

♠

보스턴

2010년 12월 22일

매튜 가족은 보스턴 코먼의 잔디밭을 뒤로 한 채 동쪽으로 산책을 계속했다. 엠마는 적당한 거리를 유지해가며 조심스럽게 그들을 뒤따랐다. 표지가 될 만한 요소들을 눈에 익혀가며 이 오래된 도시에 대한 학습도 소홀히 하지 않았다.

보스턴은 금세 엠마의 마음을 사로잡았다. 뉴욕보다 훨씬 고풍스럽고,

문화적이지만 훨씬 덜 까칠하고 번잡스러운 곳. 고전적인 건축물과 현대적인 건축물이 어색하지 않게 공존하며 과거와 현재가 평화스럽게 조화를 이루는 곳.

노스엔드가 가까워지면서 갓 볶은 커피 향이 코끝을 간질이기 시작했다. 거기부터가 바로 이탈리아 구역이었다. 하노버 스트리트에 줄지어 늘어선 반찬 가게와 빵집을 보자 저절로 군침이 돌았다. 물소 젖으로 만든 모차렐라 치즈, 로마식 아티초크, 바삭거리는 제노아 빵, 꿀로 반죽한 나폴리식 스트루폴리, 생크림을 듬뿍 채워 넣은 시칠리아식 카놀리 등등…….

매튜와 케이트는 손을 맞잡고 벽면 전체를 커다란 통유리로 마무리해 놓은 식당으로 들어갔다. 단골식당인 듯했다. 〈더 팩토리〉는 패밀리 식당이지만 트렌디한 분위기 탓에 유행에 민감한 학생들이나 어린 자녀를 둔 젊은 보보스족들이 즐겨 찾으면서 요즘 한창 주가가 오르는 식당이었다.

엠마는 얼떨결에 혼자 식당에 발을 들여놓았다.

"혼자세요?"

종업원의 물음에 엠마는 대답 대신 고개를 끄덕였다. 아직 이른 시간인 탓에 빈 테이블이 많았다. 다만 사람들이 이제 막 식당으로 들어서기 시작하고 있었다.

"예약 안 하셨죠?"

시종일관 불손한 태도를 보이는 종업원의 질문에 기분이 상할 대로 상한 엠마는 그저 고개를 살짝 끄덕여 보였다. 웨이브 없는 긴 생머리에 얼굴 윤곽이 섬세한 종업원은 초미니 반바지 차림으로 긴 다리를 뽐내는 일에만 관심이 있을 뿐 손님의 기분 따위는 안중에도 없다는 태도였다.

"잠시만 기다리세요. 빈 테이블이 있는지 확인해봐야 해서요."

종업원은 마치 런웨이를 걷는 패션모델처럼 몸을 돌려 식당 홀을 가로질러 걸어갔다. 엠마는 애써 태연한 척하며 바 쪽으로 가서 카이피로스카를 한 잔 주문했다.

어느새 아침 해가 제법 높이 솟아올랐다. 기분 좋은 햇살이 식당 안으로 파고들었다. 엠마는 복층으로 이루어진 식당 내부를 살펴보며 뉴욕의 몇몇 식당을 떠올렸다. 서로 다른 톤의 색과 원목을 사용해 공장처럼 꾸민 식당이었다. 카운터에는 파르마산 햄 한 덩어리가 마치 예술작품처럼 놓여 있었고, 그 옆에는 수동으로 햄을 써는 기계도 버젓이 자리를 차지하고 있었다. 식당 한구석에서는 피자를 굽는 커다란 화덕 속에서 장작이 타닥타닥 소리를 내며 타올랐다.

"따라오시죠."

종업원이 엠마에게로 다가오더니 앞장서 걷기 시작했다.

바텐더는 눈을 찡긋해 주문한 칵테일을 테이블로 가져다주겠다는 신호를 대신했다. 다행히 종업원은 엠마를 매튜 가족으로부터 그리 멀리 떨어지지 않은 테이블로 안내했다. 엠마는 관찰하기에 좋은 장소를 확보했다는 안도감이 들며 보드카 칵테일을 단숨에 들이켜고 나서 곧 두 번째 잔을 주문했다. 도미 카르파치오, 아티초크와 샐러드를 얹어 구운 피자도 주문했다.

엠마는 매튜 가족을 좀 더 면밀하게 관찰하기 위해 두 눈을 가느다랗게 떴다. 세 사람은 어느 모로 보나 단란하고 행복한 가족이었다. 한참 동안 즐거운 농담이 오갔고, 세 사람은 시종 밝은 표정을 지었다.

매튜가 에밀리를 즐겁게 해주기 위해 농담을 꺼내면 케이트도 덩달아 깔깔대며 웃어댔다. 어느 누가 보더라도 매튜와 케이트는 강한 유대감으로 똘똘 뭉친 환상의 커플이자 누구나 잘 어울린다는 걸 인정하지 않을 수 없는 천생연분이었다.

엠마는 에밀리 쪽으로 시선을 옮겼다.

'에. 밀. 리'라는 세 음절은 엠마의 마음속에서 커다란 반향을 불러일으켰다. 언제부턴가 딸을 낳을 경우 에밀리라는 이름을 지어주겠다고 생각했다. 이 묘한 우연의 일치는 아직 제대로 치유되지 않은 불안감과 고통을 증폭시켰다.

엠마는 담당 정신과 전문의에게조차 솔직하게 털어놓은 적이 없었지만 프랑수아와 간헐적인 만남을 지속해오던 2년 동안 아기를 가지려고 노력한 적이 있었다. 프랑수아에게는 피임약을 복용하고 있다고 둘러댔지만 실제로는 생리주기를 꼼꼼하게 계산해 매번 임신이 가능한 시기를 골라 성관계를 가졌다. 처음에는 아이를 낳으면 프랑수아가 아내를 떠나겠다고 결단하지 않을까, 하는 속셈이 있었다. 그러다가 엠마는 임신이 프랑수아의 우유부단한 태도에 아무런 영향력도 행사하지 못하리란 걸 깨달았다. 그런 문제와는 별개로 그녀의 마음속에는 어느덧 아이에 대한 갈망이 깊숙이 뿌리를 내렸다.

엠마가 그토록 원했던 아기는 끝내 생기지 않았다. 그 일로 지나치게 상심하지는 않았다. 아직 서른세 살일 뿐이었고, 기회는 또 주어지리라 생각했으니까. 그러던 어느 날 엠마는 정신과 의사 면담을 앞두고 대기실에서 《뉴스위크》를 뒤적이다 우연히 조기 폐경 현상을 다룬 기사를 읽게 되었다. 엠마는 삼십 대 초반에 임신 가능성이 현저하게 감소된 여자들의 증언을 읽으며 큰 충격을 받았다. 언뜻 보기에는 그런 여자들의 문제를 자신과 관련지을 이유가 전혀 없었다. 생리주기도 늘 규칙적이었고, 생리불순 따위로 고생한 적이 없었기 때문이다. 그렇지만 《뉴스위크》 기사를 읽고 난 후 암묵적인 불안감이 엄습해오며 그녀를 괴롭혔다.

엠마는 불안감을 떨쳐버리기 위해 약국에서 파는 '생체시계 테스트 키트'를 샀다. 테스트 과정은 매우 진지하게 진행되었다. 생리가 시작된 지 이틀째 되는 날에는 혈액검사까지 했다. 채혈 샘플을 검사소에 보내면 그곳에서 난자 수를 측정해 같은 연령대 여자들의 기준치와 비교 가능한 세 가지 종류의 호르몬을 분석했다.

엠마는 일주일 후 우편으로 검사 결과를 통보받았다. 그 결과 자신의 몸 안에 사십 대 이상의 여자들이 보유한 정도의 난자만이 남아 있다는 걸 알게 되었다. 다소 충격적인 결과였기에 테스트를 다시 시도해보거나 산부인과 의사를 찾아갔어야 마땅했지만 그녀는 그런 사실을 머릿속에서 추방해버리는 쪽을 선택했다.

잔뜩 억눌러 왔던 기억이 막강한 파괴력을 지닌 부메랑이 되어 맹렬한 속도로 날아들었다. 참을 수 없을 만큼의 공포와 분노가 삽시간에 가슴을 마구 두방망이질 치게 했다. 엠마는 온몸이 부들부들 떨리게 만드는 기억을 지우기 위해 매튜 가족이 앉은 테이블 쪽으로 급히 시선을 돌렸다. 분노는 쉽사리 진정되지 않았다. 왜 자신만 이토록 부당한 일을 겪어야만 하는지 대답 없는 질문이 온몸을 감쌌다.

왜 다른 사람에게만 적절한 때에 이상적인 사랑을 만나게 하는가? 왜 다른 사람들에게만 사랑하는 사람과 가정이라는 든든한 울타리를 세울 권리를 주는가? 그 모든 행복은 능력에 의해 주어지는 것인가, 아니면 행운이나 우연, 운명 따위에 의해 좌우되는가? 나는 무슨 잘못을 저질렀기에 이처럼 고독하고 부서지기 쉬운 여자, 초라하고 보잘것없는 여자로 살아야 하는가?

엠마는 손짓으로 종업원을 불러 테이블을 치워달라고 부탁하고 나서 노트북을 꺼내 메일을 확인해보았다. 예상대로 매튜가 보낸 메일이 들어와 있었다.

보낸 이 : 매튜 샤피로

받는 이 : 엠마 로벤스타인

제목 : Sustine & abstine

'그저 견디며 잠자코 있어라.'

혹시 스토아학파 철학자들이 자주 썼던 이 경구를 아세요? 불가피한 일과 운명을 받아들이라는 충고라고 할 수 있죠. 스토아학파 철학자들은 '섭리'에 의해 부여된 질서를 바꾸려고 시도하는 걸 부질없는 짓으로 여겼어요. 인간은 질병, 흘러가는 시간, 사랑하는 이의 죽음에 대해 아무런 영향력을 행사할 수 없기 때문이었어요. 인간은 그런 고통들에 대해 전적으로 무력한 존재죠. 인간은 겸허한 태도로 그 고통들을 견뎌낼 수밖에 없습니다.

난 일 년 전부터 견디기 위해 노력하고 있습니다. 내 인생 최고의 사랑이었던 케이트의 죽음을 받아들이려고 애쓰며 살아가고 있다는 뜻입니다. 정녕 받아들이기 힘든 일이지만 받아들이고 이미 눈을 감은 케이트를 홀가분하게 놓아주자.

난 그저 딸 에밀리를 위해 살아가야겠다고 마음을 다잡고 있었는데 당신이 사용하던 컴퓨터를 구입한 후 모든 게 달라졌어요. 난 당신과 내가 겪고 있는 시간의 뒤틀림을 어떻게 받아들여야 할지 판단이 서지 않아요. 이 세상에는 논리적으로 혹은 과학적으로 설명되지 않는 현상들이 존재하고, 우리는 지금 그런 일을 겪고 있는 당사자라는 걸 부인할 수 없을 겁니다. 굳이 아인슈타인의 말을 빌리자면 '시간 속에서 발을 헛디딘' 것이죠. 이제, 내게는 당신의 도움이 절실하게 필요합니다. 당신이 도와준다면 난 지금껏 그 어떤 인간도 잡지 못한 천운을 내 것으로 만들 수 있다는 걸 알게 되었어요. 바로 사랑의 부활이죠. 엠마, 제발 나를 도와주세요. 당신에게 케이트의 생사가 달려 있어요. 케이트가 어떻게 죽게 되었는지에 대해서는 이미 말씀드렸지만 기억을 상기시키는 차원에서 다시 한번 이야기하죠. 12월 24일, 밤 9시가 조금 지나 막 당직 근무를 끝낸 케이트는 병원 주차장에서 차를 빼던 중 밀가루 배달 트럭과 충돌해 사망했어요. 엠마, 당신은 이 사고를 없던 일로 해줄 수 있는 유일한 사람입니다. 어떻게든 케이트가 차에 타지 않도록 해주세요. 마쓰다의 타이어 네 개를 모두 펑크내거나 주유구에 설탕 가루를 잔뜩 집어넣거나 보닛을 열고 전선을 자르거나…… 어떤 방법을 이용해도 좋으니 케이트가 차를 타지 않게 해주세요. 아니면 케이트가 사고 당일 아예 일을 하러 가지 않도록 하는 것도 좋은 방법이겠네요.

어떤 방법을 사용하든 제발 그 참담한 운명의 순간만은 피하게 해주세요. 당신은 케이트를 내게 돌려줄 수 있는 유일한 사람입니다. 내 어린 딸 에밀리에게 엄마를 찾아줄 수 있는 유일한 사람이기도 합니다.

나는 당신의 성품이 매우 너그럽다는 걸 잘 알고 있습니다. 당신이 나를 도우리란 걸 조금도 의심하지 않습니다. 내 말대로 해준다면 당신에게 영원히 감사하며 살아갈 겁니다. 그 대가로 내게 무엇이든 요구하세요. 돈이 더 필요하면 복권번호나 대박을 맞을 수 있는 증권 정보, NBA 농구 시합 스코어 등 뭐든 다 알려드릴게요.

액수가 얼마가 되든지 다 들어줄게요. 난 당신이 복권에 당첨되게 해줄 수도 있어요. 당신의 따뜻한 도움을 기대하며.

매튜

매튜가 보낸 메일을 다 읽은 엠마는 버럭 화가 치밀었다. 갑작스러운 감정의 동요를 추스를 겨를도 없이 엠마는 급히 메일을 적어나갔다. 짧지만 분노와 좌절이 집약되어있는 답신이었다.

보낸 이 : 엠마 로벤스타인
받는 이 : 매튜 샤피로
제목 : Re : Sustine & abstine

난 돈을 원하는 게 아니야, 이 바보 자식아!
난 사랑을 원해! 행복한 가정을 원한다고!

난 돈으로 살 수 없는 것들을 원해!

답장을 보내고 나서 고개를 드니 매튜 가족은 이미 식당에서 사라지고 없었다. 엠마는 노트북을 닫고 종업원에게 서둘러 계산서를 가져다 달라고 했다. 결제를 끝내고 종업원이 신용카드를 돌려줄 때까지의 시간이 너무나 길게 느껴졌다.

♠

노스스퀘어 쪽으로 나온 엠마는 하노버 스트리트를 유유자적 거니는 매튜 가족을 발견했다. 그녀는 아름드리나무들과 샘, 분수대, 가로등이 늘어선 길쭉한 광장까지 매튜 가족을 뒤따라갔다. 보스턴 시 당국은 15년 동안 계속된 초대형 공사 끝에 도시의 미관을 해친다고 지적되어 온 고속도로를 지하로 묻는 대역사를 마무리 지었다.

8차선 고속도로는 도시 깊숙이 내장되었고, 고속도로를 덮는 지붕 격의 새로운 공간이 생겨났다. 그 공간은 보행자들을 위한 녹지대로 조성되었다.

엠마는 케임브리지 스트리트와 템플 스트리트가 교차하는 곳까지 매튜 가족을 미행했다. 횡단보도에서 가벼운 키스를 나눈 매튜와 케이트는 각자 반대 방향으로 걸어갔다. 예상치 못했던 돌발상황이 벌어지는 바람에 당황해 머뭇거리던 엠마는 매튜와 에밀리가 비콘 힐 집으로 돌아가기로 한 걸 알아차리고 케이트를 따라가기로 마음먹었다. 케이트는 올드웨스트 교회와 수직으로 만나는 길을 따라 걷다가 붉은 벽돌 대신 유리와 철강으로 지은 현대식 건물들이 주류를 이루는 동네 근처에 도착했다. 고개를 들어 전광판을 쳐다본 엠마는 자신이 바로 MGH 본관 입구에 도착했다는 걸 알아챘다. MGH는 미국에서 가장 규모가 크고 유서 깊은 병원이었다.

MGH의 건물들은 건축학적 고려나 조화에 대한 숙고 없이 제멋대로 확충해왔다. 비 온 후의 버섯처럼 제멋대로 위치한 건물들은 아무런 미학적 고려 없이 필요에 따라 덕지덕지 확충한 사실을 웅변해주는 증거가 되고 있었다. 처음 세운 건물이 낡으면 일단 새 건물을 지어 덧붙이는 식이었다. 병원은 여전히 공사가 한창이었다. 기중기, 벤, 굴삭기들이 보이고 거대한 콘크리트 덩어리가 어느 날 갑자기 땅속에서 갑자기 솟아오른 것처럼 생뚱맞게 고개를 쳐들고 있었다.

케이트는 이 부조리한 무대장치 속으로 들어서는가 싶더니 어느새 터키석 빛깔의 육중한 유리 상자 같은 건물로 발길을 옮겼다. 케이트는 운동선수처럼 날렵하게 계단을 올라가 심장센터의 자동문을 통과해 건물 안으로 사라져버렸다. 케이트는 심장질환 치료를 전문으로 하는 MGH 심장 병동에서 당직 근무를 서게 될 것이다.

엠마는 케이트를 따라 병원 내부로 들어갈지 말지 잠시 망설였다. 그녀는 재빨리 주변을 살피다가 마음을 가라앉혔다.

내가 무슨 이유로 그렇게 해야 하지?

엠마는 순간적으로 포기할까 생각했지만 한편으로 억제하기 힘든 호기심이 발동했다. 아드레날린이 혈관 속을 휘젓고 다니며 억눌렸던 모험 본능을 일깨웠고, 그녀를 용감무쌍하게 만들어주었다.

엠마는 병원 내부로 들어갈 방법이 없을지 고민했다. 일요일이었지만 주차장은 배달을 나온 트럭들로 북새통을 이루었다. 운전기사들은 차 문을 활짝 열어놓은 채 배달해온 물품을 내리느라 분주했다. 식품, 약품, 가재도구, 세탁전문 업체에서 빨아온 시트 등, 더할 나위 없이 다양한 물품들이 아무런 체계도 없이 쌓여만 갔다.

엠마는 가장 뒤쪽에 세워둔 트럭 뒤로 다가가 차 내부를 힐끗 들여다보았다. 시트와 환자복, 의사가 입는 가운 등이 들어있는 바구니들이 가득 실려 있었다. 그녀는 운전기사의 행방을 살폈다. 그녀가 보건대 이 트럭 운전기사는 음료수 자판기 앞에서 무리 지어 노닥거리는 사람들 중 하나가 분명했다. 그들은 이야기를 나누는 데 정신이 팔려 엠마의 존재 따위에는 전혀 신경 쓰지 않았다.

엠마는 두근거리는 가슴을 진정시키며 바구니에 들어 있는 가운 하나를 슬쩍 집어 들었다. 입고 보니 남자용인지 너무 컸다. 소매를 몇 번이나 둘둘 걷어 올리고, 빠른 걸음으로 심장센터 안으로 들어갔다. 햇빛이 쏟아지고 있는 로비는 소란스러운 바깥세상과 흥미로운 대조를 보였다. 대나무, 난초, 열대 나무, 검은 판암 벽을 따라 흘러내리는 인공 폭포 등이 평온하고 차분한 분위기를 연출했다.

엠마는 로비 한가운데에서 동료 의사와 한창 이야기 중인 케이트를 발견했다. 두 의사의 대화는 오래 지속되지 않았다. 대화를 마치고 다른 계단으로 올라간 케이트는 의료진의 출입만 허용되는 병실 입구를 지키는 경비원에게 출입증을 내보였다.

엠마는 출입증이 없었고, 탁자 위에 놓인 브로슈어를 하나 집어 들었다. 중고등학교 시절 연극 강의 때 배웠듯이 모방을 통해 설득력 있는 인물을 창조해볼 생각이었다. 흰 가운과 단호한 태도만 보자면 이 병원에서 근무하는 의사나 인턴들의 모습과 그다지 다를 게 없었다. 그녀는 두 눈을 내리깔고 마치 수술을 앞두고 의료 파일을 꼼꼼하게 챙기고 있는 인턴처럼 브로슈어에 시선을 집중했다. 경비원은 눈길 한번 주지 않았고, 그녀가 케이트를 따라 직원용 카페테리아로 들어갈 때까지 전혀 눈치채지 못했다.

케이트는 카페테리아에서 두 명의 인턴을 만났다. 얼굴선이 섬세하고 예쁜 혼혈 여자 인턴과 목에 청진기를 거는 것보다 축구선수 유니폼을 입는 게 훨씬 더 잘 어울릴 듯이 보이는 다부진 체격의 남자 인턴이었다.

엠마는 바로 옆 테이블에 앉아 세 사람의 대화를 엿들었다. 케이트는 웃음기라고는 전혀 없는 얼굴로 두 인턴에게 인사를 건넸다. 케이트에게 지도를 받아야 하는 학생 인턴들이 분명했다. 케이트는 인턴들이 커피를 사겠다는 제안을 거절하고는 냉랭한 어투로 그들의 잘못을 조목조목 지적해가며 야단을 치기 시작했다. 케이트의 입에서 새나오는 말들은 그야말로 듣기 민망할 만큼 가혹했다.

'무능한 인간', '일은 제대로 하지 않고 어슬렁거리는 게으름뱅이', '프로 의식이 결여된 아마추어', '수준 미달의 멍청이', '환자에게 위험 요소가 될 수 있는 인물'이라는 혹평이 거침없이 쏟아져 나왔다.

얼굴이 잔뜩 일그러진 인턴들은 케이트의 말에 동의하기 어렵다는 표정을 지었지만 질책의 말을 멈추게 할 만큼의 설득력은 없었다. 말을 마친 케이트는 찬바람이 돌 만큼 냉랭한 태도로 자리에서 일어섰다. 그녀가 인턴들에게 최후통첩을 했다.

"두 사람 모두 소중한 생명을 다루는 의사로서 환자들에게 최선을 다해야 한다는 사명감을 벗어던지고 지금처럼 나태한 정신 상태로 일한다면 외과 전문의가 되겠다는 꿈을 일찌감치 접어야 할 거야. 계속 이따위로 일하면 난 너희들의 인턴 과정을 인정해줄 수 없어. 내가 사정을 봐줄 거라 생각하면 큰 오산일 테니까 두고 봐."

케이트는 자신의 질책이 얼마나 효력이 있었는지 확인하기 위해 잠시 두 사람의 눈을 똑바로 응시하더니 매몰차게 돌아서 엘리베이터 쪽으로 걸어갔다.

엠마는 그녀를 따라가는 걸 포기하는 대신 자리에 앉아 속상한 심정을 토로하는 두 인턴의 이야기에 귀를 기울였다.

"저 못된 년은 생긴 건 반반한데 독살스러운 말만 골라서 한다니까!"

"팀, 등 뒤에 대고 욕하는 건 누구나 할 수 있어. 저 여자 면전에 대고 그렇게 따져보지 그랬어."

"멜리사, 우린 일주일에 여든 시간이나 노동을 하고 있어. 그런데도 저 여자는 우리에게 게으름뱅이라는 모욕을 퍼붓고 있어."

"솔직히 그 여자가 지나치게 까다로운 건 사실이지만 자기 자신한테도 철두철미한 건 사실이잖아. 과장급 의사 중에서 당직을 회피하지 않는 유일한 여자야."

"아무리 그렇더라도 우리를 강아지 대하듯 몰아붙일 필요는 없어. 도대체 우리를 어떻게 생각하기에 저토록 심하게 굴까?"

"저 여자가 MCAT*에서 무려 3,200점을 받았다잖아. 그 시험이 생긴 이래 최고 점수였대. 지금껏 아무도 그 기록을 깨지 못했대. 그러니까 최고의 의사라는 자부심이 대단하겠지."

"넌 저 여자가 정말 그렇게 특별하다고 생각해?"

"다른 건 몰라도 똑똑하잖아. 난 저 여자가 어떻게 그 많은 일들을 혼자서 다 해낼 수 있는지 정말이지 궁금해. 저 여자는 이 병원 심장센터에서도 일하지만 자기가 직접 창설한 자메이카 플레인 소아외과 과장 일도 맡아하고, 다수의 강연도 하고, 가장 권위 있는 의학 전문지에 논문도 기고하고 있어. 그뿐만 아니라 수술기법 혁신에도 늘 앞장서고 있지."

멜리사가 썩 내키지는 않지만 실력만큼은 인정한다는 투로 말했다.

"저 여자를 칭찬하는 말로 들려."

"물론이야. 칭찬받을 만하잖아. 게다가 여자잖아."

"여자라서 뭐 어쨌다는 거야?"

"어쩌긴? 여자라는 사실 때문에 모든 게 달라져. 넌 '하루를 이틀처럼 산다'는 말도 못 들어봤니? 저 여자에게는 가정이 있어. 남편과 아이, 즉 집안일도 챙겨야 한다는 뜻이야."

팀은 의자에 길게 몸을 기대며 늘어지게 하품을 했다.

"내가 보기에 저 여자는 사람이 아니라 로보캅이야."

멜리사는 손목시계를 쳐다보며 커피를 한 모금 마셨다.

"우린 아직 저 여자의 발뒤꿈치도 못 따라가. 아마 앞으로도 영영 따

*Medical College Admission Test 의학 대학 입학 자격시험의 약자. 북아메리카에서 의과대학에 들어가려는 지원자들이 반드시 보아야 하는 시험

라잡지 못할 수도 있어. 내가 저 여자를 비난하고 싶은 건 딱 한 가지 이유 때문이야. 저 여자는 세상 사람 모두가 자기처럼 뛰어난 능력을 보유하고 있는 게 아니라는 걸 이해하지 못해."

두 인턴은 절망적으로 길게 한숨을 내쉬고 나서 엘리베이터를 향해 걸어갔다. 다시 일을 시작해야 한다는 의무감이 두 사람의 어깨를 무겁게 짓누르는 듯했다.

그만하면 케이트에 대한 정보를 충분히 얻은 셈이었다.

여기서 오래 지체하다가는 의심을 살 수도 있어.

엠마는 배낭을 집어 들었다가 메일함을 열어보고 싶은 충동을 이기지 못하고 다시 주저앉았다. 아니나 다를까, 메일함에는 매튜가 보낸 새 메일이 들어와 있었다.

11. 일종의 전쟁

사랑은 일종의 전쟁이다.
_오비디우스

보낸 이 : 매튜 샤피로

받는 이 : 엠마 로벤스타인

　나는 당신의 진노를 이해할 수 없군요. 심지어는 조금 지나치다는 생각마저 드는군요. 간절하게 도와달라는 부탁을 어떻게 그리 쉽게 묵살할 수가 있죠?

　매튜

보낸 이 : 엠마 로벤스타인

받는 이 : 매튜 샤피로

　난 당신을 돕지 않겠다는 말은 하지 않았어요.

　엠마

10초 후

당신은 나를 돕겠다는 말도 하지 않았어요. 만일 당신이 케이트의 사고를 막는 데 도움을 주지 않을 경우 난 당신을 살인 공모자로 생각할 수밖에 없어요.

10초 후

그런 투로 말하지 말아요. 나를 위협하거나 죄책감이 들도록 강요하지 말아요.

케이트의 목숨이 걸린 문제인데 내가 어떻게 초연할 수 있겠어요? 정신 나간 여자 같으니!

다시는 나에게 그런 식으로 말하지 말아요!

그런 말을 듣기 싫으면 제발 내 부탁을 들어줘요!

그렇게 못 하겠다면 어쩔 건데요? 경찰을 불러 나를 체포하게 할 건가요? 2011년에 경찰을 대동하고 우리 집에 나타날 거예요?

그건 좀⋯⋯.

그건 좀이라니요?

2분 후

그건 좀이라니, 무슨 뜻이죠?

1분 후

2011년이면 당신은 이미 죽은 사람이거든요.

내가 죽어요? 그런 말을 하는 근거는?

안타까운 일이지만 그건 분명한 진실입니다.

거짓말!

1분 후

거짓말!

2011년에는 이미 죽은 사람이라는 말에 당혹한 엠마는 새 메시지가 화면에 떠오를 때까지 5분 넘게 기다렸다. 새 메시지는 매튜가 보낸 게 확실했지만 아무런 설명도 없이 첨부해 보낸 PDF 형식 파일뿐이었다.

엠마는 걱정스러운 마음으로 첨부파일을 열었다. 뉴욕 교외 소도시에서 발행하는 지역신문 《화이트 플레인스 데일리 보이스》에 실린 기사였다.

화이트 플레인스의 비극, 젊은 여인이 달려오는 기차에 몸을 던지다!

34세 여인이 어제 오후 3시 무렵 화이트 플레인스에서 달리는 기차에 뛰어들어 스스로 목숨을 끊는 사고가 발생했다. 와사익에서 출발해 뉴욕으로 가는 노스레일로드가 역을 빠져나가 일 킬로미터쯤 달려 커브 길을 벗어날 무렵 한 젊은 여성이 열차로 뛰어들었다. 놀란 기관사가 급히 제동을 걸었지만 비극을 막기에는 역부족이었다.

사건 발생과 동시에 현장으로 출동한 경찰과 구급차 요원들은 심한 타박상을 입은 여인의 사체가 철길 위에 쓰러져 있었다는 경위 보고서를 작성해 제출했다. 달리는 열차에 뛰어들어 스스로 목숨을 끊은 비극의 주인공은 뉴욕 출신 엠마 L. 씨로 사건 당시 몸에 지니고 있던 신분증과 지갑에 들어 있던 자필 유서 덕분에 신속하게 신원이 확인되었다.

자필 유서에는 엠마 L. 씨가 극단적인 행동을 결심하게 된 이유가 적혀 있었던 것으로 밝혀졌다. 심리적으로 매우 허약한 상태였던 엠마 L. 씨는 최근 몇 년 동안 정신과에서 심리치료를 받아온 것으로 알려졌다.

이 비극적 사건이 발생한 후 사법 절차 과정과 사체 운반 등으로 양방향 열차가 두 시간 이상 운행이 중단되었다가 오후 5시가 지나서야 정상화되었다.

《화이트 플레인스 데일리 보이스》, 2011년 8월 16일

♠

엠마는 목이 조여오는 듯 호흡이 불편했다. 온몸에 전율이 흐르는 바람에 몇 초 동안 몸의 기능이 마비될 정도였다.

엠마는 노트북을 챙겨 들고 뛰다시피 병원 밖으로 달려 나왔다. 그녀는 마치 죽음의 추격으로부터 벗어나기라도 하듯 있는 힘을 다해 달렸다. 두 눈에 눈물이 고이고 온통 시야가 흐려졌다. 몸은 기진맥진한 상태였고, 눈에 반사된 햇살이 눈물과 합쳐지며 주변의 사람과 사물들이 온통 일그러져 보였다. 행인들과 자주 몸을 부딪쳐가며 달리다가 교통량이 제법 많은 도로를 향해 뛰어든 그녀는 무작정 길을 가로질러 달려갔다. 여기저기서 클랙슨 소리와 욕설이 터져 나왔다. 한동안 정신없이 달리느라 숨이 가빠진 그녀는 가장 먼저 눈에 띄는 카페 안으로 뛰어들어갔다.

엠마는 카페 한구석 자리로 걸어가 의자에 몸을 웅크리고 앉았다. 종업원이 테이블로 다가오는 바람에 서둘러 눈물자국을 닦은 그녀는 외투를 벗고 보드카 토닉을 주문했다. 종업원이 술을 가져다주기도 전에 그녀는 마치 열에 들뜬 사람처럼 가방을 뒤적여 약을 꺼냈다. 어디를 가든 항상 약을 지니고 다니는 습관이 몸에 배어 있었던 게 다행이었다. 복용해야 할 약의 종류와 용량을 정확하게 알고 있었다. 지금은 벤조디아제핀 두 캡슐과 클로르프로마진 몇 방울이 필요했다. 진정제와 신경안정제를 동시에 삼키자 화학적 마술 덕분에 즉각 균형 감각이 돌아왔다. 적어도 그녀의 자살을 알리는 신문 기사를 다시 읽을 정도는 되었다.

다른 사람도 아닌 자기 자신의 죽음을 다룬 신문 기사를 읽게 되어 기분이 묘했지만 그다지 놀라운 일은 아니었다. 그저 한 번 더 시도했던 것뿐이고, 전처럼 실패로 끝나지 않은 게 달랐을 뿐이었다.

엠마, 잘했어. 넌 적어도 과거의 실수를 통해 중요한 걸 배웠다고 말할 수 있겠네.

엠마는 계속 냉소적으로 생각했다.

그래, 달리는 열차에 뛰어드는 게 알약을 삼키거나 혈관을 긋는 것보다 훨씬 효과적일 거야.

엠마는 신문의 발행 날짜를 보았다. 2011년 8월 16일, 그러니까 이듬해 한여름에 자살을 결행했다는 뜻이었다. 분명 숨 막힐 것 같은 더위와 다습한 대기가 끔찍한 두통을 일으켜 기분을 엉망으로 만들어놓았으리라.

엠마는 오래전부터 줄곧 삶에 종지부를 찍고 싶다는 생각을 해왔고, 언젠가 한번은 반드시 벌어지고야 말 일이었다. 처음 자살 충동을 느꼈을 당시의 기억이 떠올랐다. 그 무렵의 심리 상태는 기억 속에 언제나 선명하게 아로새겨져 있었다. 그 당시 그녀는 마음이 견딜 수 없을 만큼 괴로워 통제 불능 상태로 치달았다. 극심한 절망감에 빠져 더 이상 살아갈 힘을 잃고 신음했던 시절이었다. 처절한 고독, 극도의 혼란, 패닉상태에 빠진 영혼에 대한 전방위적인 공격, 존재 자체를 잠식하는 암울하기 그지없는 생각들에 의해 무기력하게 무너져가던 시절.

아무리 극심한 절망 상태에 빠지더라도 실제로 자해 행위에 나서기로 마음을 굳히고 실행에 옮기기까지의 과정은 수많은 설왕설래를 필요로 한다. 감정의 갈등이 최고조에 달하는 고뇌를 끝내고 마지막 남은 자유를 선택하는 행위인 셈이다.

그때 내가 선택한 게 진정 자유였을까?

엠마는 노트북을 닫고 냅킨에 대고 코를 풀고 나서 칵테일을 한 잔 더 주문했다. 약효가 서서히 나타나고 있었다. 여러 해 전부터 수없이 복용해온 그 약들은 충실한 지팡이처럼 신속하게 의무를 이행해 그녀가 완전히 쓰러지지 않고 몸을 지탱할 수 있도록 도와주었다.

엠마는 상황을 다른 각도에서 살펴보기로 했다.

신문 기사를 읽고 받은 충격이 오히려 구원의 실마리가 되어줄 수는 없을까?

미래에 벌어질 자살 소식을 미리 알게 된 건 어쩌면 인생이 두 번째로 제공하는 기회가 아닐까?

나라고 해서 미래를 바꿀 수 없는 건 아니야.

엠마는 죽고 싶지 않았다. 기차 바퀴에 깔려 온몸이 산산조각 나고 으스러진 채 비참하게 생을 마감하고 싶지 않았다.

필요하다면 악마와라도 싸우겠어.

오래전부터 악마가 있었다. 엠마는 자신의 약점과 고통의 근원이 어디에서부터 비롯되었는지 잘 알고 있었다. 버림받았다는 생각과 영혼을 밑바닥까지 추락시키는 외로움이 그녀의 모든 걸 엉망으로 만드는 원흉이었다.

엠마는 고교 시절 수첩에 적어두었던 에밀리 디킨슨의 말을 떠올렸다.

'유령에게 사로잡히는 데에는 방이나 집이 필요 없다. 우리의 머릿속은 이미 꼬불꼬불한 복도들로 꽉 차 있다.'

그간 외로움과 정서불안이라는 유령에게 사로잡혀 살아왔다. 저녁에 아무도 없는 집으로 돌아가야 한다는 생각만으로도 기분이 와르르 무너져 내리곤 했다. 무엇보다 단단하게 구조화된 삶이 필요했다.

언제나 변함없이 사랑해주는 남자, 아이, 가족이 함께 사는 집…….

엠마는 청소년 시절부터 자신을 깊이 이해하고 사랑해줄 남자를 기다렸다. 그런 남자는 끝내 나타나지 않았다. 앞으로도 나타나지 않을 거라는 생각 때문에 한층 더 깊이 좌절했다. 오늘도 혼자였다. 내일도 모레도 혼자이리라. 죽을 때조차도 혼자이리라.

오늘 오후, 엠마는 더 이상 체념하지 말라고 속삭이는 소리를 들었고, 이상적인 미래가 갑자기 수정구슬처럼 투명한 모습으로 눈앞에 다가오는 걸 느꼈다. 케이트 샤피로처럼 살고 싶었다. 아니, 좀 더 정확히 말해 케이트 샤피로가 되고 싶었다. 그녀의 자리를 차지하고 싶었다. 불쑥 그녀의 머릿속으로 찾아든 그 생각은 두려움과 매혹이 뒤섞인 감정을 동반한 채 안개처럼 점점 더 번져갔다.

엠마는 이 모든 이야기가 어떻게 시작되었는지 차근차근 되뇌어보았다. 가장 먼저 노트북을 통한 원거리 대화가 발단이었다. 엠마는 대화를 나눌 당시 매튜의 마음에 들 만큼 활기차고 자신감에 넘쳤다. 자신의 모습을 있는 그대로 보여주면서 매튜의 마음을 사로잡았다. 만약 그녀가 매튜의 마음에 쏙 들지 않았다면 다음 날 식당에서 만나자고 초대하는 게 가능했을까? 매튜는 오로지 그녀와 저녁 식사를 하기 위해 비행기를 타고 뉴욕으로 날아오는 수고를 마다하지 않았다.

예정대로 두 사람이 만났다면 사랑에 빠졌을 게 분명했다. 매튜의 마음속에서 엠마는 케이트를 대신하게 되었으리라. 엠마는 에밀리에게 좋은 엄마가 되고, 매튜에게는 사랑스러운 아내가 되었으리라.

케이트가 살아 있다는 게 문제였다.

물론 그리 오래 살지는 못하리라.

엠마는 죄책감을 떨쳐낼 궁리를 했다.

케이트의 죽음을 결정한 건 그녀가 아니지 않은가?

운명이야. 인생이란 원래 그런 거야. 신이 결정한 일이야.

엠마는 여러 가지 생각에 몰두하면서 술을 한 모금 들이켰다. 이런 식으로 흥분 상태가 지속될 경우, 사방에서 아우성치듯 생각들이 밀려들어 퍼즐 조각들처럼 서서히 자리를 잡아가며 일관성 있는 행동 방침이 정해지곤 했다. 치밀한 계획이 필요했다. 2011년의 매튜는 이미 사망한 것으로 되어있는 그녀에게 아무런 영향력을 행사할 수 없다는 전제에서 출발할 필요가 있었다.

이미 사망한 사람에게 영향력을 행사할 수는 없지 않은가?

결국 매튜는 속수무책일 수밖에 없으리라는 결론에 도달했다. 매튜가 케이트를 사고로부터 구해달라고 강제할 수 있는 수단은 아무것도 없었다.

엠마는 케이트를 구하지 않기로 했다. 사고가 나도록 그냥 내버려두기로 했다. 매튜가 메일을 보내오더라도 무시하고 뉴욕으로 돌아가 시간을 흘려보내며 때를 기다리기로 했다. 물론 8월이 되어도 자살은 하지 않기로 했다.

반드시 살아야만 할 이유가 있으니까.

그제야 엠마는 자신의 노트북이 어떤 연유로 매튜의 수중에 들어가게 되었는지 알 수 있을 듯했다. 그녀가 자살하지 않았다면 오빠가 노트북을 마음대로 처분하는 일도, 매튜가 그걸 사는 일도 없었으리라. 2011년 12월에 매튜가 메일을 통해 그녀와 접촉하는 일도 없었으리라.

지금 계획하고 있는 내 시나리오는 과연 실현 가능한가?

현재 엠마가 처한 상황은 그 어떤 논리로도 설명이 불가능했다. 판타지 소설이나 영화에서도 시간의 역행에 따른 악순환이 발생한다는 설정은 본 적이 없었다. 대학에서 물리학을 가르치는 오빠는 우리가 살고 있는 우주에 상응하는 또 다른 우주, 각기 다른 시간 선상에서 모든 게 실현 가능한 우주가 존재한다는 가설을 내세우는 학자들이 있다고 했다.

시공을 초월한 우주 어디엔가 케이트를 잃고 혼자가 된 매튜, 나와 메일을 주고받은 사실을 전혀 기억하지 못하는 매튜를 만날 수 있는 시간이 존재하지 않을까? 그런 매튜라면 나와 새로운 사랑을 시작할 수 있지 않을까? 매튜의 귀여운 딸 에밀리도 내가 성심성의껏 잘 돌봐줄 수 있는데…….

엠마는 머리로 구상한 시나리오를 곧바로 실행에 옮기기로 결심했다. 계산을 치르고 카페를 나와 호텔로 돌아온 그녀는 아직 해가 완전히 저물지 않았지만 커튼을 쳤다. 머리가 빙글빙글 돌았다. 다시 정신이 혼미해질까봐 겁이 난 그녀는 얼른 신경안정제 두 알을 삼키고 곧바로 침대에 누웠다.

♠

2011년

"아빠, 〈SOS 팬텀〉 봐도 돼?"

컴퓨터 화면에서 눈을 뗀 매튜가 고개를 들었다.

에밀리가 TV 앞에 놓인 소파에 누워 점심 대신 M&M 초콜릿을 두

봉지나 비우고 있었다.

"그 영화는 벌써 열 번도 더 봤잖아."

"나도 알아. 그렇지만 아빠가 집에 있을 때 무서운 영화를 보는 게 젤 좋아! 아빠가 있으면 무섭지 않거든."

매튜는 아이가 능숙하게 DVD를 재생기에 집어넣고 영화를 보는 모습을 지켜보았다. 에밀리는 방학이 시작되는 첫날이라 모처럼 늦잠을 잤다. 매튜가 오늘 하루만큼은 에밀리에게 사탕을 마음껏 먹게 하고, TV를 원 없이 보라고 허락한 건 솔직히 교육적인 판단 때문이라기보다는 그렇게 하는 게 편했기 때문이었다. 그는 며칠 동안 온통 엠마에게 정신이 팔려 있었다.

매튜는 케이트를 되살아오게 할 수 있는 유일한 사람에게 불같이 화를 낸 걸 후회했다.

엠마는 심리적으로 매우 불안정한 여자야. 그 사실을 잘 알면서 대책 없이 분노를 폭발시키다니?

매튜는 사과의 뜻을 담은 메일을 두 통이나 보냈지만 엠마에게서는 답장이 없었다. 그는 이제 정서불안에다 자제력이 바닥난 여자를 상대해야만 하는 부담스러운 입장에 놓이게 되었다. 더구나 엠마는 그를 꼼짝 못 하게 할 수 있는 비장의 무기를 보유하고 있었다. 그녀는 미래를 바꿀 수 있는 잠재력을 지니고 있었지만 그는 무력했다. 그는 속수무책으로 엠마가 다시 연락을 취해오기만 기다릴 수밖에 없었다.

매튜는 견딜 수 없을 만큼 초조하고 긴장되어갔다. 벌써 12월 22일이었다. 케이트가 사고를 피하기 위해 남은 시간은 겨우 이틀밖에 없었다.

그는 두 눈을 감고 양손으로 머리를 감싸며 정신 집중을 했다.

현재 엠마는 죽었지만 그녀를 아꼈던 사람들은 아직 살아 있을 가능성이 있었다.

그들에게 압력을 넣으면 어떨까? 엠마를 아꼈던 사람이라면 대체 누가 있을까? 엠마의 오빠 다니엘? 아니야, 다니엘의 말투에서는 엠마를 애틋하게 여겼던 흔적이라곤 찾아볼 수 없었어. 엠마의 부모? 엠마의 엄마는 이미 돌아가셨고, 아버지는 알츠하이머를 심각하게 앓고 있다고 했어. 친구들은? 엠마에게는 절친한 친구가 없는 듯했어.

단 한 번도 나를 배신하지 않은 유일한 친구.

마치 엠마가 그의 귀에 대고 속삭이기라도 하듯이 그 말이 문득 뇌리를 스치고 지나갔다.

그래, 클로비스야! 그 여자가 기르던 개!

녀석은 아직 분명 살아 있어!

그 사실을 확인하자 매튜는 갑자기 기운이 샘솟는 듯했다. 엠마를 설득할 수 있는 유일한 방법을 찾아낸 셈이었다.

매튜는 등받이 없는 의자에서 벌떡 일어나 앉으며 리모컨으로 TV를 껐다.

"에밀리, 빨리 옷 입어. 산보를 나갈 거야."

"난 영화 볼래."

"저녁 때 보면 되잖아."

"싫어, 난 지금 보고 싶단 말이야!"

"방학 동안 데리고 놀 강아지를 보러 갈 텐데?"

에밀리는 강아지라는 말에 반색하며 깡충깡충 뛰었다.

"아빠, 정말이야? 우리 집에 강아지를 데려올 거야? 사실 오래전부터
강아지를 갖고 싶었단 말이야. 아빠, 고마워!"

♠

"개를 납치하는 데 내 도움이 필요하다고?"

"그래, 에이프릴. 당신이 그 일을 도와줘야겠어."

매튜가 당연하다는 듯 말했다.

"왜 강아지를 납치하려는 건데?"

에이프릴이 자리에서 일어서며 물었다.

"일단 차를 타자고. 차 안에서 다 말해줄 테니까."

"뭐야? 그러니까, 내 차까지 동원해야 한다는 뜻이야?"

"강아지를 자전거 바구니에 집어넣어 데려올 수는 없잖아."

매튜는 딸의 손을 잡고 에이프릴 앞에 서 있었다. 그의 발치에 연장
통이 놓여 있었다.

"그러다가 만약 일이 잘못되기라도 하면 감옥에 갈 수도 있다는 걸
알아야지."

"그러니까 들키지 말아야지. 당신의 영리한 두뇌가 필요해."

"내가 그런 사탕발림에 넘어갈 거라고 생각해?"

"사탕발림이 아니야. 내게는 더없이 중요한 일이니까 좀 도와줘."

"개가 물면 어쩌려고? 그 문제는 생각해봤어?"

"아주 작은 개니까 물지 못할걸. 아마 당신도 기억할 거야. 엠마의 오빠 집에 있던 개. 잔디밭에서 개러지 세일이 열렸던 날, 자기도 봤잖아."

"아, 그 샤페이! 그래, 이제 기억난다. 그 녀석은 결코 작은 개가 아니야. 적어도 몸무게가 40킬로는 돼 보이던데. 게다가 몸이 완전 근육질이었어."

그 순간 에밀리가 아빠의 손을 팽개치고 에이프릴에게로 달려가더니 허리를 감싸 안았다.

"제발, 우리를 도와줘! 제발 나에게 강아지를 갖게 해줘, 아줌마!"

에이프릴이 원망 가득한 눈초리로 매튜를 노려보았다.

"치사하게 어린아이를 이용하다니!"

에이프릴은 불만을 표하면서도 어느새 외투를 집어 들었다.

♠

매튜는 카마로 승용차의 핸들을 잡았다. 차는 보스턴 중심가를 벗어나 벨몬트 방향으로 달렸다.

"자, 이제 무슨 일인지 설명해봐."

아무 말 없이 신호등 앞까지 차를 운전해간 매튜는 에밀리에게 헤드폰을 내밀었다.

"음악 들을래, 에밀리?"

에밀리가 당연하다는 듯 반색하며 제안을 받아들였다. 딸이 헤드폰을 착용하기 무섭게 매튜는 에이프릴에게 자신의 계획을 설명했다. 그의 이야기를 다 들은 에이프릴이 한숨을 내쉬며 말했다.

"그러니까 그 가엾은 개를 납치하면 엠마라는 여자가 어쩔 수 없이 케이트가 사고를 당하지 않게 도와줄 거라 생각한다는 거지?"

"엠마가 신뢰한 유일한 친구가 바로 그 개였어."

"난 시간을 건너뛰어 교신이 가능하다는 그 이야기를 단 한 순간도 믿은 적이 없어."

"그럼 비토리오의 감시카메라에 찍힌 동영상이나 카지노 사건 관련 기사는 어떻게 설명이 가능하지?"

"그거야 나도 알 수 없지만 여전히 믿을 수는 없어. 다만 당신이 내 절친이라 도와주고 싶을 뿐이야. 여태껏 죽은 사람을 되살려냈다는 말은 들어보지도 못했고, 앞으로도 그럴 거라 확신해. 매튜, 케이트는 죽었어. 케이트는 영영 당신 앞에 다시 살아서 돌아올 수 없어. 나도 무척이나 유감이긴 하지만 그 사실은 절대로 달라지지 않아. 케이트의 부재가 당신을 얼마나 절망에 빠뜨리고 있는지 알아. 그렇지만 아무리 사랑하는 사람이라도 편안하게 보내줘야 해. 제발, 그 말도 안 되는 집착 좀 버려. 당신은 차츰 나아지고 있었는데 그 빌어먹을 노트북을 사는 바람에 다시 상태가 나빠졌어. 당신이 계속 이런 식으로 행동하면 상태가 점점 더 나빠질 수밖에 없어. 그 경우 에밀리에게 치명적인 타격이 된다는 걸 명심해."

매튜는 침울한 눈으로 에이프릴을 바라보다가 눈길을 돌렸다. 그는 벨몬트에 도착할 때까지 한마디도 하지 않고 침묵했다.

매튜는 전날처럼 아담한 주택가에 자리 잡은 목재 장식 집 앞에 차를 세웠다. 뒷좌석에 앉은 에밀리는 어느새 혼곤히 잠들어 있었다.

매튜와 에이프릴은 주변을 살피며 차에서 내렸다. 오후 4시였고, 주변은 쥐 죽은 듯 고요했다. 매튜가 대문 앞으로 성큼성큼 걸어가 집이 비었는지 확인하기 위해 초인종을 눌렀다. 대답하는 사람이 아무도 없었고, 샤페이 종 개만이 목청껏 짖어댔다. 녀석은 인기척이 느껴지자 쏜살같이 달려와 더욱 목이 터져라 짖어댔다. 정체 모를 방문객이 집 가까이 접근하는 걸 막아내겠다는 몸짓이었다.

"안녕, 클로비스."

매튜가 녀석에게 인사를 건넸다.

"동네 사람들이 다 듣겠어. 녀석을 납치하기 위해 준비한 작전이라도 있어?"

"당연하지."

매튜가 외투 주머니에서 비닐봉지를 꺼냈다.

"어휴, 냄새! 비닐봉지에서 썩은 냄새가 나잖아!"

"냉동실에 있던 다진 쇠고기를 전자레인지에서 해동시켜 미트볼을 만들었어."

"물론 수면제도 섞어 넣었겠지. 제법 독창적인데?"

"케이트를 잃고 불면증을 앓을 때 의사가 처방해준 수면제가 몇 알 남아 있었어."

"당신 계획대로 쉽게 되지는 않을 걸. 실패할 경우 다른 대안은 있어?"

"다른 대안은 없어. 반드시 성공할 테니까 걱정 마."

에이프릴이 고개를 저었다.

"저 녀석이 수면제를 넣은 미트볼을 삼킨다고 해도 최소한 서너 시간이 지나야 효과를 볼 수 있을지도 몰라. 약간 나른해지는 정도로 끝날 수도 있어. 그러다가 엠마의 오빠 다니엘이 돌아오거나 이웃 사람이 수상하게 여겨 경찰에 신고하면 어쩌려고?"

"일에 착수해보기도 전에 패배주의자 같은 소리 좀 집어치워. 난 반드시 성공할 테니까."

매튜가 울타리 너머로 큼지막한 미트볼 두 개를 던지며 말했다.

클로비스는 한참 동안 냄새를 맡다가 겨우 반쪽 정도를 삼켰다. 별맛이 없는지 미트볼을 포기한 개는 좀 전보다 더욱 우렁찬 소리로 짖어대기 시작했다.

"그것 봐! 내가 뭐랬어?"

"차에서 조금만 더 기다려보자."

매튜가 여전히 미련을 버리지 못하고 말했다.

차 안에서 45분을 기다렸지만 결과는 마찬가지였다. 개는 미트볼을 거들떠보지도 않았다. 마치 지옥문을 지키는 케르베로스 같았다. 해가 저물기 시작했고, 슬슬 졸릴 무렵 에이프릴의 사이키델릭한 휴대폰 벨소리가 울려 퍼졌다. 그 바람에 매튜는 깜짝 놀라며 다시 긴장했고, 에밀리도 기어이 잠에서 깨어나고 말았다.

"아빠, 강아지가 있는 집에 다 왔어?"

에밀리가 아직 잠이 덜 깬 목소리로 눈을 비비며 물었다.

"응, 다 왔는데 개가 우리 집에 같이 가고 싶어 할지 모르겠어."

"아빠, 개를 데려가기로 약속했잖아?"

에밀리가 기어이 울음을 터뜨렸다.

매튜는 한숨을 내쉬며 관자놀이를 꾹꾹 눌렀다.

"내가 뭐랬어? 다 자업자득이니까 당신이 알아서……."

에이프릴이 빈정거리며 책망하다가 갑자기 말을 멈추고는 큰 소리로 외쳤다.

"개가 사라졌어."

두 사람이 겨우 일 분 정도 감시를 소홀히 한 틈을 타 녀석이 자취를 감추어버렸다.

"집에 들어가 찾아봐야겠어."

차에서 내린 매튜는 트렁크를 열고 집에서 가져온 연장통에서 커다란 펜치를 꺼냈다.

"혹시 모르니까 트렁크를 그대로 열어두고, 자동차 시동도 걸어둬."

매튜는 대문 가까이 다가갔다. 대문 옆에 나무로 된 울타리와 철조망이 있었다. 그는 펜치로 철사를 끊고 잔디밭을 향해 훌쩍 몸을 날렸다.

"클로비스?"

매튜가 조심스럽게 현관 쪽으로 가며 개를 불렀다.

"클로비스, 어디 있니?"

아무런 기척이 없었다.

집을 한 바퀴 다 돌쯤에야 매튜는 페인트칠한 커다란 개집 근처에 힘없이 누워 있는 클로비스를 발견했다.

젠장, 녀석이 제발 죽지는 않았어야 하는데…….

쭈그려 앉은 매튜는 힘껏 개를 들어 올렸다.

어휴, 이 녀석 몸무게가 3톤은 되겠네!

매튜는 겨우 몇 발자국 떼어놓는 동안 클로비스가 하염없이 몸을 뒤척이는 걸 느꼈다. 수면제가 녀석을 혼수상태에 빠뜨린 게 분명했다. 매튜를 물 기력을 잃은 녀석은 침을 엄청나게 흘리며 널브러져 있었다.

매튜는 철사를 끊은 틈으로 빠져나와 클로비스를 트렁크에 싣고 에이프릴 옆에 앉으며 소리쳤다.

"어서 출발해!"

"아빠 최고!"

에밀리가 손뼉을 치는 사이에 카마로 승용차는 끼익 소리를 내며 맹렬하게 달리기 시작했다.

♠

밤 9시

세 사람은 돌아오는 길에 반려동물용품을 파는 가게에 들러 목줄과 사료, 밥그릇을 샀다. 집에 도착한 클로비스는 얼마 안 있어 정신을 차렸다.

매튜는 녀석과 힘든 싸움을 벌이게 될까봐 염려되어 마음이 조마조마했다. 녀석이 맹렬하게 짖어대며 육탄 공격에 나설까봐 걱정이 이만저만이 아니었다. 예상과 달리 녀석은 한쪽 눈을 살짝 뜨더니 몇 번 으르렁거리고는 무심한 듯 소파에 다시 누웠다. 원래 살던 집이라는 듯 태평스런 모습이었다.

약 기운이 가시고 정신이 완전히 돌아오자 녀석은 어슬렁거리며 거실을 한 바퀴 돌았다. 눈은 총기 있게 빛났고, 반사작용도 정상이었다.

매튜와 에밀리는 녀석을 어르고 쓰다듬으며 저녁 시간을 보냈다.

매튜는 에밀리를 잠자리에 들게 하느라 한동안 씨름을 벌여야만 했다. 에밀리는 클로비스가 다음 날에도 집에 있을 거라는 다짐을 열 번도 넘게 받아낸 다음에야 비로소 자기 방으로 올라갔다.

매튜는 거실에 홀로 남게 되자 노트북 앞에 앉아 다음 단계의 계획을 실행에 옮기기로 했다.

"클로비스, 이리 오렴!"

매튜는 사료를 듬뿍 담은 밥그릇으로 클로비스를 꼬드겼다.

매튜가 녀석의 키에 맞춰 쿠션을 몇 개 더 올려놓은 의자로 뛰어 올라왔다.

"클로비스, 노트북 화면을 잘 봐! 네가 못 본 지 오래된 사람을 곧 보게 될 거야! 옛 주인을 볼 경우 멋지게 짖어야 해, 알았지?"

매튜는 동영상 애플리케이션을 작동시켰다. 웹캠이 촬영하는 매튜와 클로비스의 이미지가 화면에 나타났다. 영상 메일을 보내기 위해 엠마의 이메일 주소를 친 그는 몇 초 정도 더 기다렸다.

벨 소리가 한 번 울렸다.

두 번째 벨 소리.

세 번째 벨 소리…….

♠

2010년

엠마는 약 기운에 취해 잠들었다가 힘겹게 깨어났다. 얼핏 휴대폰에 눈길을 주었지만 벨 소리는 거기서 나는 게 아니라 노트북에서 나는 소리였다. 시간을 확인하고 나서 담요를 걷어차고 침대에서 내려온 그녀는 휘청거리는 걸음으로 책상 앞에 앉았다.

화면에서 '페이스타임'이라는 작은 아이콘이 깜빡거렸다. 매튜가 보낸 신호였다. 엠마는 한 번도 사용해본 적 없는 애플리케이션이었지만 요청에 답하기 위해 아이콘을 클릭했다. 그 순간 전혀 예상하지 못했던 영상이 눈앞에 나타났다. 살찐 주둥이와 하마 같은 머리, 쑥 들어간 눈과 겹겹의 주름으로 뒤덮여 봉제 인형을 연상시키는 근육질 체격 등으로 볼 때 클로비스가 분명했다.

"클로비스!"

클로비스가 2011년에 매튜의 집에서 뭘 하는 거지?

그때 갑자기 웹캠이 왼쪽으로 이동하더니 매튜의 얼굴과 상체가 화면을 가득 채웠다.

"안녕, 엠마. 개를 보니 어떤 생각이 들어요? 마음이 편안하게 진정되죠?"

"당신, 지금 무슨 짓을 꾸미고 있는 거죠?"

"보시다시피 클로비스와 사귀고 있는 중이었어요. 단 한 번도 당신을 배반하지 않은 유일한 친구가 여기에 있어요. 평소 클로비스를 굉장히 아꼈죠?"

"이런 나쁜……."

"자, 우리 점잖지 못한 욕설은 하지 맙시다. 당신은 내가 케이트를 얼마나 되찾고 싶어 하는지 알 거예요. 제발 내 절박한 심정을 외면하지 말아줘요."

매튜는 팔을 내밀어 작업대에 있던 무언가를 집어 들었다. 칼집에서 길이가 30센티미터쯤 되는 칼을 꺼내든 그가 화면 앞에 칼을 들이댔다.

"이 칼은 평소 고기를 자를 때 사용하죠. 당신도 이 칼날을 봤을 거예요. 아주 단단하고 날카로운 칼날이죠. 세계에서 알아주는 독일제 칼이거든요. 다른 도구도 많아요. 가령 중국식 칼도 있죠. 양갈비를 준비할 때 아주 요긴하게 쓰이는 칼……."

"클로비스의 몸에서 털끝 하나라도 건드렸다간 당신을……."

"날 어쩔 건데요?"

엠마는 할 말을 잃었다. 매튜는 기회를 놓치지 않고 계속 엠마를 몰아붙였다.

"당신도 보시다시피 난 지금 제정신이 아니죠. 평소에는 나도 동물들을 사랑했어요. 게다가 클로비스는 아주 귀여운 녀석이더군요. 에밀리도 녀석을 굉장히 마음에 들어 하죠. 그렇지만 당신이 케이트의 사고를 막아주겠다고 약속하지 않을 경우 난 한순간도 망설이지 않고 녀석의 배를 가를 거예요. 당신이 똑똑히 보는 앞에서 녀석의 내장을 발라버릴 거예요. 바로 이 화면 앞에서. 물론 좋아서 하는 일은 아니겠죠. 당신이 선택의 여지를 주지 않을 경우……."

"나쁜 자식!"

"잘 생각해봐요, 시간은 그리 많지 않아요."

엠마가 분을 이기지 못하고 소리를 지르려 할 때 매튜는 웹캠을 껐다. 화면에서는 더 이상 아무런 이미지도 보이지 않았다.

다섯째 날

12. 다른 여자

죽은 자들은 살아 있는 자들 가운데에서 가장 편집증적으로 이들을 갈구하는 자들에게 속한다.
_제임스 엘로이

다음 날

2010년 12월 23일

오전 9시

눈은 녹았고, 공기는 건조하고 차가웠지만 금방이라도 깨질 듯 팽팽하게 드리워진 보스턴의 금속성 하늘 한가운데에서 햇빛이 찬란하게 빛났다.

엠마는 꽁꽁 언 손을 녹이기 위해 호호 입김을 불었다. 입에서 나온 허연 입김이 눈앞에서 하늘을 향해 올라가더니 이내 공기 중으로 흩어졌다.

엠마는 벌써 10분째 심장센터 입구에서 케이트가 당직을 마치고 나오기를 기다리며 터져 나오려는 하품을 꾹꾹 눌러 참고 있었다. 간밤에 잠을 설치긴 했지만 정신은 명료했다. 어제는 자살 기사를 읽고 혼비백산해 범죄에 가까운 망언을 쏟아 냈다. 오늘 다시 생각해보니 부끄럽기 짝이 없는 말이었지만 이미 엎질러진 물이었다. 고독의 무게에 짓눌리다 보면 이따금 고약한 기질이 불쑥 고개를 쳐드는 때가 있었다. 불같은 감정, 제어불능의 질투심이 암담하고 두려운 세계로 그녀를 잡아끌었다.

엠마에게 냉혹한 범죄자의 기질 따위는 없었다. 그저 오래도록 사랑에 굶주린 여자, 성사가 불가능한 연애에 지나치게 오래도록 매달리는 바보 같은 여자일 따름이었다. 클로비스를 이용하려는 매튜의 수작을 보며 엠마는 비로소 현실에 눈을 뜨게 되었다.

오늘 아침, 엠마는 이성의 소리에 귀를 기울였다. 12월 24일, 사고가 일어나지 않게 뭔가 조치를 취할 작정이었다. 간밤에는 트럭과의 충돌을 막기 위한 방법을 생각하다가 뜬눈으로 밤을 지새웠다. 지금은 긴요한 생각이 전혀 떠오르지 않고 있었지만 다행스럽게도 24일이 될 때까지는 아직 시간이 남아 있었다.

추위 때문에 손과 발이 얼얼해질 정도였다. 엠마는 몸을 녹이려고 그 자리에서 발을 동동 굴렀다. 적십자 로고가 찍힌 대형 혈액 수집 차량이 주차장 한가운데를 차지하고 있었다. 그 차의 뒤쪽에 있는 이동용 포장마차에서 뜨거운 음료와 프레첼 빵을 팔고 있었다. 맨 뒤에 줄을 섰던 엠마가 마침내 차례가 돌아와 뜨거운 음료를 주문하려는데 병원 자동문을 나서는 케이트의 모습이 눈에 띄었다. 한쪽 귀에 휴대폰을 댄 케이트는 가운을 입은 채 나온 듯 짙은 색 모직 반코트 자락 밖으로 하늘색 천이 펄럭거렸다.

케이트는 병원 입구 계단을 내려와 빠른 걸음으로 주차장을 가로질러 병원 구역을 벗어났다. 엠마는 케임브리지 스트리트 지하철역까지 케이트를 뒤따라갔다. 등록카드만 있으면 역에서 언제나 자전거를 맘대로 빌려 탈 수 있게 되어 있었다.

케이트가 빌린 자전거에 올라 장갑 털모자 목도리로 몸을 싸매는 동안 엠마는 자동판매기에 6달러를 집어넣고 등록카드를 구입했다. 자전거를 타고 케이트를 뒤따라갈 작정이었다.

케이트가 페달을 밟기 시작하자 엠마도 자전거에 올라 의심받지 않을 만큼 거리를 두고 뒤따랐다. 처음 5백 미터는 전날 케이트가 갔던 길의 반대 방향으로 가는 셈이었다.

엠마는 한 손으로 자전거를 타며 다른 한 손으로는 양말을 바지 밖으로 꺼내 위로 잡아당겼다. 살을 에는 듯한 바람이 종아리로 스며드는 걸 조금이나마 막아보기 위해서였다. 하노버 스트리트 교차로에서 케이트는 이탈리아 구역으로 가는 대신 시청 청사를 끼고 계속 달리더니 패니얼 홀과 퀸시 마켓으로 이어지는 간선도로로 접어들었다. 그녀는 프로 사이클 선수 같은 실력으로 서너 차례 교통 위반을 저지르며 총알처럼 빠른 속도로 유명 관광 지역을 벗어났다.

콜럼버스 파크 근처에 도착한 케이트는 일방통행 길로 들어서 영리하게 교통체증을 피해 갔다. 그 지점부터 인도로 올라가 항구가 들어서 있는 바닷가까지 내처 달렸다. 그녀는 9시 20분쯤 롱와프 끝에 자전거를 세웠다.

엠마는 롱와프에서 약 50미터 떨어진 곳에 자전거를 세웠다.

케이트를 따라 바 안까지 들어갈까?

엠마는 자전거가 쓰러지지 않도록 가로등에 기대놓고 도난 방지 케이블로 가로등과 자전거를 한데 묶었다. 그런 다음 롱와프까지 걸어갔다.

롱와프는 전 세계에서 가장 활기찬 무역항 중 하나였던 보스턴의 중심 부두였다. 현재는 식당과 카페들이 즐비하게 늘어선 마리나로 변모했다. 롱와프는 특히 보스턴 항 인근 바다의 수많은 섬들과 셀렘, 프로빈스타운 등지로 가는 페리호의 선착장으로 유명했다.

엠마는 목재 산책로 끝까지 걸어가다 눈이 부신 바람에 손을 들어 햇빛을 가렸다. 두 시간 전부터 솟아오르기 시작한 아침 해는 벌써 하늘 높이 떠올라 별 무리처럼 반짝이는 빛을 바닷물 위로 뿌리고 있었다. 숨 막힐 정도로 아름다운 정경이었다. 갈매기들과 바닷바람, 물결 따라 한가로이 흔들리는 고기잡이배들, 저 멀리 보이는 수평선은 황홀한 느낌을 가져다주기에 충분했다.

♠

들보가 그대로 드러나 있는 천장, 조각 나무로 두른 벽, 색유리, 다트 게임판, 은근한 채광 등 게이트웨이의 실내 모습은 전형적인 아일랜드 펍다웠다. 저녁 시간에는 전통음악에 맞춰 기네스 맥주잔을 부딪치는 소리로 왁자지껄 활기를 띠겠지만 아침 시간에는 항구의 노동자들에게 아침 식사를 제공하는 조촐한 카페에 불과했다.

엠마는 실눈을 뜨고 케이트가 어디 있는지 살폈다. 이윽고 커피잔을 앞에 두고 카페 구석 후미진 자리에 앉아 있는 케이트의 모습이 눈에 띄었다.

테이블을 잡아 앉기 전에 주문부터 하라는 문구가 적혀 있었다. 엠마는 나무꾼들이 즐겨 입는 셔츠와 뱃사람들이 즐겨 쓰는 모자를 눌러 쓴 덩치 큰 남자 뒤에서 얌전하게 순서를 기다렸다. 덩치 큰 남자는 피시 앤 칩스, 베이컨, 소시지, 계란프라이 등을 쟁반 가득 담아가지고 카페 밖으로 나갔다.

엠마는 차 한 잔과 토스트를 받아 케이트가 자리한 근처 테이블의 장의자에 앉았다. 밤새도록 당직 근무를 한 외과 의사가 이런 시간에 롱와프 카페에는 무슨 일로 왔을까? 왜 곧장 집으로 돌아가지 않았을까?

케이트는 언뜻 보기에도 무척이나 피곤해 보였고, 얼굴에는 수심이 가득 서려 있었다. 그녀는 침착성을 잃은 눈으로 주위를 두리번거리며 휴대폰 화면을 응시하는가 하면 누굴 기다리는지 자주 카페 출입문을 확인했다. 누군가와 범상치 않은 약속이 있는 게 분명했다.

전날 본 매력적이고 카리스마 넘치는 여자는 온데간데없고, 불안하게 눈동자를 굴리며 안쓰러울 만큼 두 손을 떨어대고 있는 초라한 여인이 눈앞에 앉아 있었다.

엠마는 그녀에게 들킬까봐 염려되어 얼른 눈길을 돌렸다. 그나마 벽에 걸린 거울 덕분에 케이트의 일거수일투족을 하나도 놓치지 않고 관찰할 수 있었다.

케이트가 핸드백에서 물휴지와 콤팩트를 꺼냈다. 물휴지로 얼굴을 닦아내고 다시 화장을 마친 케이트는 자전거를 타는 동안 쪽진 머리에서 제멋대로 빠져나온 머리카락 몇 가닥을 가다듬고 나서 자리에서 일어나 화장실 쪽으로 사라졌다.

엠마는 이제야말로 행동에 나설 때라는 걸 알아차렸다. 케이트는 핸드백과 휴대폰은 들고 갔지만 입고 온 모직 반코트는 자리에 그대로 남겨두었다. 일에 착수하기에 앞서 길게 숨을 내쉰 엠마는 침착하게 자리에서 일어나 화장실 쪽으로 가는 척 몇 발짝 내딛다가 마지막 순간에 케이트가 앉았던 테이블 쪽으로 방향을 틀었다. 제발 아무도 눈길을 돌려 쳐다보지 않기를 바라며 케이트의 외투 주머니를 뒤졌다. 차가운 금속성 물체가 손에 닿았다. 열쇠 꾸러미였다. 아드레날린이 온몸에서 솟구치는 느낌이었다. 열쇠 꾸러미에는 분명 케이트의 자동차 키도 있으리라.

엠마는 마음속으로 환호성을 질렀다.

그래, 바로 이거야!

엠마는 사고 당시 케이트가 운전했다는 마쓰다 쿠페 승용차의 열쇠를 훔칠 작정이었다. 그 열쇠로 차를 훔친 다음 3백 킬로미터쯤 떨어진 곳으로 끌고 가 차에 불을 지르거나 절벽 아래로 굴려 떨어뜨리면 일이 깨끗하게 마무리될 테니까.

차도 없는데 사고가 날 수는 없잖아!

엠마는 케이트의 주머니에서 재빨리 열쇠 꾸러미를 **빼낸** 다음 화장실에 간 그녀가 돌아오기 전에 카페를 나설 작정으로 홀을 가로질러 걸어갔다. 어느 누구와도 시선을 마주치지 않기 위해 고개를 푹 숙이고 걷다가 하필이면 카운터에서 막 음료수 주문을 마친 키 큰 남자와 부딪쳤다. 남자는 곧 몸의 균형을 잡았지만 쟁반에 올려놓은 커피가 반쯤 쏟아졌다.

당황한 엠마는 사과의 말을 우물거렸다.

"죄송합니다."

검은색 청바지에 밝은 빛깔 머리를 짧게 자르고 목폴라 차림에 가장자리에 양털을 댄 가죽 재킷을 입은 남자였다. 얼굴이 갸름한 남자의 얼굴에는 사흘쯤 면도를 하지 않은 듯 수염이 덥수룩하게 자라 있었다. 황금색 뿔테 선글라스를 쓰고 있어 가뜩이나 갸름한 남자의 얼굴이 더욱 작아 보였다.

"괜찮습니다."

남자가 엠마를 쳐다보지도 않은 채 말했다.

얼른 그 장소를 떠나야 한다는 마음에 조바심을 치던 엠마는 남자가 괜한 시비를 걸면 어쩌나 걱정했는데 뜻밖에 순순히 나오는 바람에 가슴을 쓸어내렸다. 출입문을 나서기 전, 엠마는 마지막으로 케이트가 앉아 있던 홀 안쪽 자리를 향해 고개를 돌렸다. 그 순간, 홀 구석 자리에서 케이트를 만난 남자가 서로 껴안으며 입을 맞추는 모습이 눈에 들어왔다.

♠

말도 안 돼.

엠마는 그 자리에 우뚝 멈춰 섰다. 소스라치게 놀란 그녀는 잠시 아무런 동작을 취할 수 없었다.

케이트에게 숨겨둔 남자가 있어?

엠마는 두 눈을 가늘게 뜨고 다시 남녀를 바라보았다.

내가 잘못 보았을 수도 있어. 간혹 가족끼리도 키스를 하잖아. 저 남자는 케이트의 오빠이거나 남동생일 수도 있지 않을까?

"제가 도와드릴까요, 부인?"

카운터 뒤에 서 있던 주인 남자가 의심스러운 눈초리로 쳐다보며 물었다.

"제 말은 들어오거나 나가거나 결정을 하시란 뜻입니다. 계속 그 자리에 계시다가는 문짝에 얼굴을 부딪칠 수도 있거든요."

"아, 저는 냅킨을 찾고 있었어요."

"그럼 진작 달라고 하시지. 냅킨, 여기 있습니다."

엠마는 주인 남자가 내미는 냅킨 뭉치를 받아 들고 가급적 무덤덤한 표정을 지으며 다시 테이블로 돌아와 앉았다. 차분하게 휴대폰을 꺼내 카메라 모드를 선택한 다음 최대한 들키지 않고 두 사람을 촬영하기 위해 테이블 위에 휴대폰을 올려놓았다.

심장이 마구 두방망이질 쳐댔다. 케이트를 아무런 의심 없이 이상적인 여자로 알고 있는 매튜의 모습이 떠올랐다. 어제 본 매튜 가족의 행복한 모습, 사랑이 넘쳐나던 단란한 가족의 모습은 무엇이었지? 어쩌면 감정을 그토록 자연스럽게 포장할 수 있을까? 아냐, 분명 내가 아직 모르는 뭔가가 있을 거야. 매튜는 케이트가 사고로 죽고 나서도 헌신적으로 그리워하고 있어. 케이트가 다른 남자를 은밀히 사랑했다는 건 있을 수 없는 일이야. 바보가 아닌 이상 매튜가 부인이 다른 남자를 사랑한다는 걸 몰랐을 리 없어. 아냐, 보려고 하지 않는 사람은 장님보다 더 심한 장님이라는 말도 있잖아.

엠마는 어떻게 판단을 내려야 할지 갈피를 잡을 수 없었다. 케이트와 낯선 남자가 연인 사이가 아니라고 부정하기에는 두 사람이 보여주는 태도가 지나치게 농밀했다. 찰싹 달라붙어 앉아 서로의 손가락을 맞잡고 있는 모습이나 서로를 바라보는 눈길을 볼 때 연인이 아니고서는 도저히 설명이 되지 않는 광경이었다. 이제 케이트는 아무런 거리낌 없이 남자의 얼굴과 머리카락을 쓰다듬고 있었다.

엠마는 휴대폰으로 그 장면을 계속해서 촬영했다. 그녀가 두 눈으로 직접 본 장면은 너무나도 초현실적이었기에 반드시 그 증거를 남겨둘 필요가 있었다.

남자의 나이는 사십 대 초반쯤으로 보였다. 대체적으로 멋쟁이가 분명했지만 왠지 부자연스럽게 치장한 모습이었고, 어딘가 모르게 나약해 보이는 인상이었다. 왠지 낯설지 않은 분위기였다.

엠마는 두 사람이 나누는 대화 내용을 들을 수는 없었지만 둘 다 수심에 가득 찬 표정이라는 것만큼은 분명하게 알 수 있었다.

무슨 일 때문에 그럴까? 남자도 결혼한 사람? 두 사람은 각자의 배우자와 헤어질 결심을 한 걸까?

그런 추측을 하다보니 지난날 프랑수아와의 관계가 떠올랐다.

엠마는 문득 자신이 지금 굉장히 위험한 짓을 하고 있다는 걸 깨달았다. 카페의 자리는 4분의 3쯤 비어 있었다. 그대로 있다가는 두 사람에게 의심을 사게 될지도 몰랐다.

엠마는 휴대폰을 집어 들고 조용히 밖으로 나왔다. 얼음처럼 차가운 바람이 얼굴에 닿자 정신이 번쩍 들었다. 그녀는 몇 번이나 찬 공기를 깊이 들이마셨다. 잔뜩 혼미했던 정신이 차츰 맑아지는 느낌이었다.

엠마는 자전거를 포기하고 메리어트 호텔 정문 앞에서 줄을 지어 대기 중인 택시에 올랐다.

자전거 보증금을 날렸지만 어쩔 수 없어!

케이트의 열쇠 꾸러미에는 집 열쇠도 들어 있으리라는 생각이 뇌리를 스쳐 지나갔다. 그렇다면 매튜의 집에 들어가 볼 수도 있다는 뜻이었다.

엠마는 택시 기사에게 매튜의 집 주소를 말했다. 루이스버그스퀘어에 도착한 엠마는 매튜와 에밀리가 집 안에 있는지 궁금해하며 집 주변을 한 바퀴 빙 둘러보았다. 확인 삼아 초인종을 눌러볼까 생각하다가 이내 포기했다.

2010년의 매튜에게 내 존재를 알려봐야 좋을 게 없지.

엠마는 유리창에 붙은 작은 스티커를 보았다. 보안시스템이 설치되어 있는 집이었다.

이런 젠장!

현관문을 밀고 들어가기 무섭게 사이렌이 울려 퍼지기 시작한다면 열쇠를 가지고 있다고 한들 아무런 소용이 없었다.

엠마는 공연히 눈길을 끌지 않기 위해 되돌아가면서도 보안회사의 이름을 기억해두었다. 그녀는 혼자 조용히 생각해보려고 찰스 스트리트에 있는 컵케이크 가게로 들어섰다. 복고풍 분위기로 꾸민 가게에서는 손님들이 원목 테이블에 마주하고 앉아 다양한 종류의 컵케이크를 맛볼 수 있게 하고 있었다.

엠마는 노트북을 테이블 위에 올려놓았다. 예의상 커피와 치즈케이크 한 조각을 주문하고 전화번호부 사이트에 접속해 매튜의 집 전화번호를 찾기 시작했다. 사이트에서 찾아낸 번호로 전화를 하자 자동응답기가 돌아갔다. 에밀리를 포함한 온 가족이 예외 없이 자동응답기에 담을 내용을 함께 녹음한 게 분명했다.

엠마는 전화를 끊고 내친김에 다시 한번 전화를 걸어 집이 비었다는 걸 재차 확인했다. 그런 다음 〈임퍼레이터〉 식당에 전화를 걸어 로뮈알드를 찾았다.

"지금 당장 네 도움이 필요해."

"그렇잖아도 지금 막 전화를 하려던 참이었어요."

"뭐 좀 새로운 걸 알아냈어?"

"아줌마가 보낸 메일 중 일부를 제이로드에게 보냈거든요. 제이로드는 내 친구인데 컴퓨터 실력이 단연 최고죠. 제이로드가 하는 말이 2000년대 초에 몇몇 네티즌들이 자기들은 미래에서 온 시간 여행자라는 메시지를 남긴 적이 있대요. 물론 장난이었죠. 서버의 램타이밍에 의해 시간을 건너뛰는 건 내 친구도 단 한 번도 본 적이 없을 뿐더러 논리적으로도 설명이 불가능하대요. 미안해요."

"나도 네가 최선을 다한 걸 아니까 미안해할 필요 없어. 내가 전화한 건 다른 일 때문이야. 내가 보스턴의 어떤 집 주소와 그 집에 보안시스템을 설비해준 회사 이름을 알려주면 네가 그 보안시스템을 원격조종해 무력화시켜줄 수 있을까?"

"그건 불가능해요."

"넌 컴퓨터만 있으면 뭐든 다 할 수 있다면서?"

"내가 언제요? 난 한 번도 그렇게 말한 적 없어요."

"정 그렇다면 할 수 없지. 이제 보니 넌 말만 번지르르하게 하는구나. 실제로 멍석을 깔아주면 아무것도 못 하면서."

"아줌마, 잠깐만요. 지난번에 누구 덕분에 미용실에 가셨죠?"

"그깟 미용실 약속 따위는 아무것도 아니야. 난 지금 훨씬 중요한 일을 하고 있는 중이거든."

"아무리 그렇더라도 내가 마술사도 아닌데 어쩌라고요?"

로뮈알드는 잔뜩 풀이 죽어 변명을 늘어놓았다.

"그러지 말고 내가 주소를 가르쳐줄 테니까 적어봐."

"나 참, 안 된다니까요."

"필기도구 있어?"

엠마가 짐짓 못 들은 척하며 다그쳤다.

"그럼, 주소를 불러보세요."

로뮈알드가 포기한 듯 한숨을 쉬며 말했다.

"매튜와 케이트 부부가 사는 집이야. 보스턴의 마운트버논 스트리트와 월로 스트리트가 만나는 지점에 집이 있어. 보안시스템을 설비해준 회사 이름은 〈블루 워처〉야. 그 회사 본사는 매사추세츠주 니담에 있대."

"달랑 주소 하나와 보안시스템 회사 이름만 가지고 뭘 어떻게 해주길 바라죠?"

"뭐든 해줘. 시간이 없으니까 서둘러. 난 15분 안에 그 집에 들어가야 해. 네가 도와주지 않으면 난 경찰에 체포돼. 넌 나를 경찰에 체포당하게 만든 장본인이 되는 거야."

말을 마친 엠마는 로뮈알드가 항의할 틈을 주지 않고 얼른 전화를 끊었다. 얼토당토않은 임무를 맡겼다는 사실을 잘 알고 있었지만 지금은 로뮈알드의 천재적인 실력에 기댈 수밖에 없는 상황이었다.

엠마는 커피를 한 모금 마시고 치즈케이크를 한 입 베어 물었다. 배가 고픈 것도 아닌데 술술 넘어갔다. 치즈케이크를 먹으며 휴대폰으로 찍은 동영상을 재생했다. 목소리는 전혀 알아들을 수 없었고, 영상은 거리가 멀어 간간이 끊어지는 데다 대체적으로 배경이 어두웠다. 상태가 좋진 않았지만 다행히 케이트와 정체 모를 남자가 어떤 관계인지 입증해주기에는 부족함이 없었다.

이 남자는 누굴까? 동료 의사? 매튜 부부의 친구? 왜 남자의 외모에서 낯설지 않다는 느낌을 받았을까?

엠마는 휴대폰으로 찍은 동영상을 컴퓨터로 전송하고 나서 메일함을 열었다. 머릿속으로 수없이 많은 질문들이 쏟아지는 가운데 엠마는 매튜에게 보낼 메일을 쓰기 시작했다. 그러다가 곧 메일 쓰기를 중단했다.

과연 나에게 진실을 밝히겠다는 명분으로 케이트의 과거를 들쑤실 권리가 있을까? 한 가정의 사적인 문제에 끼어들 권리가 있을까? 죽은 아내를 잊지 못해 아직도 애타는 사랑을 표하는 남자의 마음에 참혹한 린치를 가할 필요가 있을까? 아니야, 죽은 아내가 그가 생각하듯 이상적인 여인이 아닐 경우 이야기는 달라질 수도 있어.

엠마는 손가락을 컴퓨터에 올려놓은 채 자신이 쓴 글을 다시 한번 읽어보았다. 잠깐 동안 망설이던 그녀는 결국 보내기 버튼을 눌렀다.

♠

2011년

"난 클로비스가 정말 좋아!"

에밀리가 부엌으로 뛰어오며 소리쳤다. 클로비스도 아이를 따라 뛰어들어왔다.

달콤한 핫초코 냄새가 공기 중에 떠다녔다. 에이프릴은 태블릿 PC로 신문 기사를 읽으면서도 연신 곁눈질로 인덕션레인지 위에 올려놓은 초콜릿 냄비를 살폈다. 매튜는 컴퓨터 화면 뒤쪽에서 게슴츠레한 눈으로 벌써 몇 시간째 그가 보낸 최후통첩에 대한 엠마의 답장을 기다리는 중이었다.

에밀리는 등받이도 없는 의자로 기어오르더니 아빠 옆에 앉았다.

"클로비스의 사료 그릇이 비었어. 내가 채워줘도 돼?"

매튜는 동의의 표시로 가느다란 한숨을 토했다.

"우리 둘이서 같이 줄까? 그 전에 먼저 코코아부터 마셔야 해."

에이프릴이 코코아를 따라 에밀리의 옆에 놓아주며 말했다.

"조심해, 뜨거우니까!"

"아기 마시멜로도 넣었어요? 고마워요, 에이프릴 아줌마."

매튜가 못마땅하다는 듯 에이프릴을 향해 잔뜩 눈썹을 찌푸렸다.

"에밀리, 자꾸만 단 음식을 먹으면 안 돼. 그러다가 미슐랭 통보처럼 되면 어쩌려고?"

"아빠, 크리스마스잖아!"

"알았어, 크리스마스니까 한 번……."

'딩동!'

메일 도착을 알리는 소리가 들리자 매튜는 중간에서 말을 멈췄다. 그의 눈은 어느새 화면을 훑어 내리고 있었다.

매튜는 도발적인 제목이 붙은 엠마의 메일을 읽어나갔다.

보낸 이 : 엠마 로벤스타인

받는 이 : 매튜 샤피로

제목 : 당신은 진정 아내가 어떤 여자인지 알아요?

매튜

당신 딸이 내 클로비스를 좋아한다니 기쁘네요.

클로비스는 아주 충직하고 정이 많은 개죠. 이렇게 말하면 당신이 깜짝 놀랄지도 모르지만 난 클로비스가 당신 집에서 잘 지낸다니 정말로 기분이 좋아요. 난 당신이 클로비스를 해칠 거라는 상상은 꿈에도 하지 않아요. 당신은 그처럼 몰지각한 사람이 아니니까요. 당신이 아무런 잘못도 없는 클로비스를 모질게 고문하리라 생각하지도 않아요. 이 동영상을 당신에게 보내기로 결정하기까지 상당히 오랜 시간을 망설였어요. 너무 큰 충격을 받지 않으면 좋겠어요. 아무튼 당신 사생활에 끼어든 점에 대해서는 용서를 빌어요. 이 동영상에서 당신 아내와 함께 있는 남자는 누구일까요?

엠마

이 여자가 도대체 무슨 소리를 하는 거야?

매튜는 첨부파일을 복사하면서 중얼거리다 동영상을 클릭했다.

몇 초가 지나자 조금 어둡고 희미한 화면이 나타났다.

"아빠, 지금 뭘 보고 있어?"

에밀리가 화면 쪽으로 몸을 기울이며 물었다.

"조심해, 그러다가 초……."

에이프릴이 아이에게 경고했지만 이미 너무 늦어버렸다.

거의 마시지 않은 코코아 잔이 쓰러지며 노트북 화면은 아직 몹시 뜨거운 데다 끈적거리는 4백 밀리리터 코코아로 범벅이 되고 말았다.

곧바로 동영상이 멈췄고, 노트북 화면은 그대로 어두워져버렸다.

낙담한 매튜는 에밀리를 무섭게 쏘아보았다. 가슴이 조여 오고 숨이 멈추는 듯했다. 분노의 눈물이 솟으며 눈앞이 안개처럼 뿌옇게 변했다. 이제 엠마와의 교신을 가능케 했던 유일한 수단을 잃어버린 셈이었다. 케이트를 되살릴 수 있는 유일한 수단.

13. 거울 반대편으로 넘어가기

인생에는 환상이 필요하다. 무슨 말인가 하면 진실이라고 여겨지는 거짓이 필요하다는 말이다.

_프리드리히 니체

보스턴, 2010년

삐이, 삐이, 삐이…….

엠마가 집으로 들어서기 무섭게 조용한 기계음이 울렸다. 수중음파 탐지기 소리와 비슷했다.

엠마는 문을 닫고 경보음을 내는 기계 쪽으로 걸어갔다. 보안을 해제하는 코드를 누를 수가 없었다. 그 코드가 뭔지 모르니까.

삐이, 삐이, 삐이…….

지금은 이렇게 조용한 소리가 날 뿐이지만 얼마 지나지 않아 요란한 사이렌 소리로 변하겠지?

잔뜩 긴장한 엠마는 침을 삼키려 해보았지만 뜻대로 되지 않았다. 입 안이 바짝 말라오면서 이마에 진땀이 솟았다. 형 집행을 기다리는 사형수처럼 몇 초쯤 꼼짝 않고 서 있었다. 마침내 조용한 경고음이 멈추더니 고막을 찢는 듯한 사이렌 소리가 시끄럽게 울려 퍼졌다. 어찌나 소리가 큰지 사방 벽이 흔들리는 듯했다.

왜앵! 왜앵! 왜앵!

물론 예상한 일이었지만 생각보다 훨씬 큰 소리가 나는 바람에 엠마는 혈관 속 피가 모두 흐름을 멈춰버리는 듯 불안했다. 패닉 상태가 시작되려는 조짐이 보이면서 몸이 떨려왔다. 관자놀이 부근 혈관이 요동치는 게 느껴졌다. 바로 그때 주머니에 들어 있던 휴대폰이 울렸다.

엠마는 전화를 받아 최대한 큰 소리로 말했다. 목소리가 사이렌 소리에 묻히지 않으려면 그렇게 하는 수밖에 없었다.

"여보세요?"

"케이트 샤피로 부인이십니까?"

"네, 그런데요?"

"보안회사 블루 워처입니다. 방금……."

"네, 경보장치가 울렸죠? 죄송합니다. 남편이 저에게 아무런 귀띔도 하지 않고 비밀코드를 바꿨나봐요. 이 소리 좀 멈추게 해줄 수 없을까요?"

"몇 가지 확인 절차를 거쳐야 소리를 멈추게 해줄 수 있습니다."

로뮈알드가 원격조종을 통해 보안시스템을 무력화시키지는 못했지만 보안회사 서버에 잠입하는 건 성공한 듯했다. 그가 서버에 들어가 사이렌이 울릴 때 연락해야 할 전화번호를 케이트와 매튜 대신 엠마의 번호로 슬쩍 교체해놓은 게 분명했다.

로뮈알드는 본인 확인 절차를 위한 세 가지 질문의 답을 복사해 컴퓨터 화면에 띄워주는 센스도 잊지 않았다.

"당신 부모님이 처음 만난 도시는?"

엠마는 두 눈을 내리깔고 펜으로 손목에 옮겨 적어둔 답을 읽었다.

"상트페테르부르크."

"당신이 어릴 때 제일 좋아한 영화는?"

"〈버나드와 비앙카의 구출 대모험〉."

"당신이 대학에 다닐 때 가장 친했던 친구의 이름은?"

"조이스 윌킨슨."

엠마는 망설이지 않고 대답했다.

그 즉시 사이렌은 멈췄다.

"감사합니다, 부인. 앞으로 비밀코드를 바꿀 때는 미리 알려줘야 한다고 단단히 일러두십시오."

엠마는 전화를 끊고 이마를 타고 흘러내리는 땀방울을 닦았다. 루이스버그스퀘어에는 개미 새끼 한 마리도 나타나지 않았지만 정적이 언제까지 지속될지는 알 수 없었다.

만일 경찰이 찾아오면 뭐라고 둘러대지? 매튜나 케이트가 예고도 없이 불쑥 집으로 들이닥칠 경우에는 어떡하지?

엠마는 머릿속에 떠오르는 불안감들을 애써 떨쳐버리고 의연하게 집 탐색에 돌입했다.

케이트에 대한 분노가 엠마를 움직이는 힘이 되어주었다. 그 덕분에 엠마는 우울증 상태에서 벗어나는 수확을 얻었다. 케이트의 부정이 엠마의 투지를 불러일으킨 셈이었다.

나를 위해, 나의 미래를 위해 그리고 매튜를 위해 싸울 거야.

엠마는 솔직히 지금 무얼 찾아내야 하는지 알지 못했다.

케이트의 불륜을 확인해줄 만한 증거? 정체를 알 수 없는 그 남자가 누구인지 알아낼 수 있는 단서?

어쨌거나 지금은 피상적인 모습을 걷어내고 속으로 깊이 파고 들어갈 필요성이 있는 건 분명했다. 벽장이나 장롱, 서랍, 컴퓨터, 지하 창고 등 이를테면 집의 무의식에 해당되는 공간부터 파고 들어갈 수밖에 없었다.

아래층은 널찍한 거실과 부엌으로 꾸며져 있었다. 보일러에서는 적당한 열기가 뿜어져 나왔다. 로프트처럼 하나로 이어진 거실과 부엌은 마음을 푸근하게 해주는 가족적인 공간이었다. 소파 옆에 세워둔 크리스마스트리에서는 작은 전구들이 깜빡거렸고, 빵가루가 흩어진 부엌 조리대 위에서는 깜빡 잊고 정리하지 않은 잼 병이 뚜껑이 열린 채 놓여 있었다. 반쯤 칠하다 만 아이의 그림, 문화면이 보이게 펼쳐진 《뉴욕타임스》도 무심하게 놓여 있었다.

벽면과 부엌은 온통 액자에 들어 있는 가족사진들로 장식되어 있었다. 금발 머리 꼬마 아가씨와 엄마가 피아노 옆에 서 있는 사진, 손을 맞잡고 상트페테르부르크 거리를 걷는 사진, 몸이 호리호리하고 투명한 피부의 여학생이 스페이스 니들 앞에 서 있는 사진, 도자기처럼 흰 피부의 여대생이 청바지를 입고 배낭을 둘러멘 채 버클리대학 잔디밭에서 포즈를 취한 사진, 시간이 흘러 활기차고 자신감 넘치는 여인으로 성장한 케이트의 사진도 있었다. 가장 최근 사진은 미모, 1968년 6월 3일 메인주 방고에서 출생. 나머지 여권에는 에카테리나 리우드밀라 스바트콥스키, 1975년 5월 6일, 러시아 상트페테르부르크 출생이라고 적혀 있었다.

케이트가 러시아 출신?

금발과 밝은 빛깔 눈동자, 차갑고 거리를 두는 듯한 아름다움을 따져볼 때 모든 게 자연스럽게 설명이 되는 듯했다.

길에서 자동차 엔진 소리가 들려왔다.

부부가 돌아오는 소리?

겁이 덜컥 난 엠마는 창 쪽으로 힐끔 눈길을 주면서 탐색을 계속했다.

매튜가 사용하는 욕실에서는 시간을 지체할 필요가 없었지만 케이트의 욕실은 달랐다. 문은 죄다 열어보고, 서랍과 가구를 이 잡듯이 살폈다. 벽에 걸어놓은 선반에는 크림, 로션, 색조 화장품 등 각종 화장품이 넘쳐났다. 엠마는 약상자 역할을 하는 나무 선반에서 플라스틱으로 만들어진 튜브(아스피린, 파라세타몰, 이부프로펜 등), 순도 70퍼센트 알코올이 담긴 병, 생체 식염수, 산소수 등을 발견했다. 반창고와 거즈 등을 담아놓은 상자 한편에는 뜻밖의 약이 들어 있었다. 항우울제, 신경안정제, 수면제 등 이름은 복잡하지만 낯익은 약품들이었다.

엠마는 눈으로 보고도 믿을 수 없었다.

케이트가 나처럼 불같은 성질을 가진 '친구들'과 함께 지내고 있다니!

단 몇 초에 불과했지만 엠마는 왠지 모를 위안을 받았다.

겉보기와 달리 케이트는 자신만만하고 활기차고 정서가 안정된 여자가 아닌 게 분명했다. 케이트 역시 예민한 감정이 항상 문제를 일으키는 여자인지도 몰랐다.

매튜는 약상자 속에 들어 있는 내용물에 대해 알고 있었을까?

만약 알고 있었다면 약들을 보이지 않는 곳에 정리해둘 까닭이 없지 않은가?

매튜는 언뜻 보기에도 부인의 약상자나 뒤지고 다니는 남자 같아 보이진 않았다.

엠마는 이번에는 드레싱룸을 뒤져볼 생각이었다.

내가 늘 꿈꾸었던 바로 그 드레싱룸이야!

넓고 군더더기 없이 깔끔하며 기능적인 드레싱룸이었다. 나무로 짠 미닫이 문짝과 유리 패널, 거울 등을 적절하게 배치한 덕분에 공간이 한층 더 넓어 보였다.

엠마는 행거를 샅샅이 살피고 나서 옷장 칸칸과 서랍들을 꼼꼼하게 뒤졌다. 쌓아둔 옷더미 안도 들여다보고 수십 켤레의 구두와 속옷들도 예외 없이 들쳐보았다. 옷장 벽 쪽으로 나무 사다리를 세워두어 더 높은 공간으로도 올라갈 수 있었다.

엠마는 더 높이 올라가볼 생각이었다. 사다리 받침대 위로 올라가자 얌전히 접어 선반에 개놓은 가죽점퍼가 손에 잡혔다. 오토바이를 탈 때 흔히 입는 점퍼로 목 부분에 양털을 댄 게 상당히 인상적이었다. 오늘 아침 케이트의 '애인'이 입었던 옷과 똑같은 형태의 점퍼였다.

엠마는 주의 깊게 점퍼를 살폈다. 안감을 더듬어보고 덮개가 달린 호주머니도 뒤져보니 낡은 사진 한 장이 나왔다. 케이트가 젖가슴을 보일 듯 말듯 드러내놓고 찍은 사진으로 적어도 15년쯤 지난 사진으로 보였다. 스무 살쯤 된 케이트가 섹시하고 도발적인 포즈를 취한 채 강렬한 눈빛으로 카메라를 응시하고 있는 사진으로 무척이나 인상적이었다.

엠마는 무슨 단서라도 있을까 싶어 사진을 뒤집어 보았지만 아무런 말도 적혀 있지 않았다. 그녀는 휴대폰으로 문제의 사진을 찍고 나서

점퍼 주머니에 집어넣고, 사진을 원래대로 정돈했다.

이젠 가야 해.

집주인들이 들이닥칠까봐 마음이 초조했지만 미련이 남지 않도록 꼭 대기 층도 살펴봐야겠다고 마음먹었다. 꼭대기 층은 난방이 들어오지 않았다. 일종의 손님방이라고 할 수 있는 방과 욕실, 아직 공사가 마무리되지 않은 방 두 개가 더 있었다.

아래층으로 내려온 엠마는 마지막으로 집 안을 한 번 더 둘러보았다. 작은 목재 테이블 위에 컴퓨터가 놓여 있었으나 비밀번호를 눌러야 작동할 수 있도록 되어 있을 게 분명했다.

그래도 혹시 모르니까.

엠마는 별생각 없이 마우스를 움직여보았다. 화면이 열리며 케이트의 공간이 등장했다. 비밀번호나 특별한 잠금장치는 없었다.

그렇다면 그다지 신통한 내용도 없다는 뜻인가?

엠마는 파일을 닥치는 대로 열어보았다. 케이트가 직업적인 용도로만 사용하는 듯했다. 컴퓨터에는 각종 논문들과 파일, 외과수술이나 심장 이상과 관련된 영상 자료들만이 그득했다. 인터넷 검색 내역이나 메일함도 마찬가지였다. 예외가 한 가지 있다면 '보스턴 여자의 산책'이라는 제목의 블로그였다. 보스턴에서 가볼 만한 명소, 즉 식당 카페 상점에 대한 정보를 모아둔 블로그로 제법 활기차게 관리되고 있었다.

엠마는 블로그의 주소를 팔뚝에 적은 다음 매튜의 공간으로 들어갔다. 이렇다 할 잠금 장치가 없기는 마찬가지였다. 매튜와 케이트는 적어도 서로를 깊이 신뢰하고 있는 게 분명했다.

엠마는 탐색을 거듭해보았지만 특기할 만한 사항을 찾아볼 수 없었다. 사진이 수백 장이나 저장되어 있다는 게 그나마 특이한 점이었다. 사진을 한 장씩 다 보기에는 너무 많았다. 엠마는 외투 주머니에서 열쇠 꾸러미를 꺼냈다. 캘리포니아산 피노누아르 포도주병 모양을 본떠 만든 작은 금속제 술병이 열쇠고리로 달려 있었다. 언젠가 포도 농장을 방문했을 때 받은 기념품이었다. 술병을 따르듯 윗부분을 아래로 기울이자 USB가 나타났다.

엠마는 USB를 컴퓨터에 꽂아 사진들을 죄다 복사했다. 언젠가 한가할 때 훑어볼 심산이었다. 복사가 한창 진행 중일 때 오토바이 소리가 들려왔다. 지체없이 USB를 뺀 엠마는 창가로 다가갔다.

빌어먹을!

매튜와 케이트가 이제 막 집 앞에 오토바이를 세우고 있었다.

빠져나가기엔 너무 늦었어!

들키지 않게 숨는 것만이 위기를 넘기는 유일한 해결책으로 보였다. 엠마는 현관문이 열리는 순간 위층 방으로 이어지는 계단을 향해 뛰어 올라갔다.

위층에서도 매튜와 케이트가 주고받는 이야기가 또렷하게 들려왔다. 잔뜩 겁을 집어먹은 엠마는 부부 침실로 들어갔다. 그녀는 최대한 소리를 내지 않기 위해 애쓰며 가만가만 창문을 들어 올렸다. 마지막으로 방 안을 한 번 더 살피던 엠마의 눈에 이상한 물체가 들어왔다. 드레싱 룸에 있는 그 물체는 좀 전까지만 해도 전혀 이상하게 보이지 않았는데 이제 보니 아무래도 미심쩍었다.

나무 사다리는 왜 구비해놓았을까? 방금 전, 내가 이용한 받침대만으로도 얼마든지 선반의 물건에까지 손이 닿는데?

창문을 통해 밖으로 나가려던 엠마는 마음을 바꿔 드레싱룸으로 돌아왔다.

모든 가구며 선반은 온통 밝은 빛깔 나무로 칠했는데 왜 사다리만 짙은 빛깔로 칠했을까?

천장을 힐끗 둘러본 엠마는 아래층에서 들려오는 부부의 말소리에도 아랑곳하지 않고 사다리를 오르기 시작했다.

사다리는 옷장 선반용이 아니었어. 분명 천장 꼭대기까지 올라가게 되어 있을 거야.

사다리 끝까지 올라선 엠마는 천장의 회칠한 부분을 슬며시 밀어 올렸다. 손을 뻗으니 무언가 잡혔다. 가느다란 가방 줄 같았다. 그 줄을 잡아당기자 가방 하나가 툭 소리를 내며 떨어졌다.

엠마는 가방이 바닥에 떨어지기 전에 죽기 살기로 받아냈다. 잡동사니를 다 집어넣을 수 있는 빨간색 가방에는 유명 스포츠용품 회사의 쉼표 모양 로고가 선명하게 찍혀 있었다. 가방의 무게 때문에 가까스로 균형을 잡은 그녀는 가방을 열고 안을 들여다보았다. 그녀는 얼마나 놀랐는지 하마터면 사다리에서 떨어질 뻔했다.

엠마의 심장이 빠르게 요동쳤다. 하필이면 그때 계단을 오르는 발걸음 소리가 들려왔다.

엠마는 가방을 제자리에 내려놓고, 천장 문을 닫은 다음 사다리에서 내려와 쏜살같이 방을 가로질러 뛰어갔다. 침실 창문은 아직 그대로 열려 있었다.

엠마는 침실 창틀을 넘어 주물로 만든 비상계단을 내려가 뒤도 돌아보지 않고 달렸다.

♠

보스턴, 2011년
오전 9시 45분

코코아가 컴퓨터 키보드를 뒤덮었다.

"아빠, 미안해! 내가 잘못했어."

에밀리는 어쩔 줄 모르며 애원했다.

의자에서 벌떡 일어선 매튜는 즉시 전원을 차단하고 끈적거리는 액체가 아래로 흘러 떨어지도록 노트북을 수직으로 들었다.

"아빠, 일부러 그런 게 아니야! 내 맘 알지?"

에밀리는 에이프릴에게로 달려가 안기며 말했다.

"그럼, 알다마다."

에이프릴은 부드러운 목소리로 에밀리를 안심시켰다.

매튜는 말없이 행주로 컴퓨터를 닦았다.

이제 어쩐다지?

심장이 무섭게 두방망이질 쳐댔다. 뭔가 묘수를 짜내야만 했다. 아주 빨리.

에이프릴은 핸드백에서 여러 개의 화장 솜을 꺼내 매튜에게 건넸다.

"회로가 망가졌을까?"

"그랬을까봐 걱정이야."

"확실한 건 아니잖아. 작년에 휴대폰을 켜둔 상태로 변기에 빠뜨린 적이 있어. 그때 물기를 깨끗이 닦아내고 하루를 잘 말린 다음 다시 켰더니 아무런 문제도 없었어."

에이프릴은 매튜를 달래기에 여념이 없었다.

매튜는 깊이 생각 중이었다. 그는 거의 컴맹 수준이라 뾰족한 수가 없었다. 컴퓨터를 다시 부팅시켜볼까 하다가 이내 마음을 고쳐먹었다. 누전되어 부속들이 다 타버리면 그야말로 낭패였기 때문이었다.

"컴퓨터 수리 전문가에게 가져가 봐야겠어. 미안하지만 에밀리를 한 시간만 봐줘."

매튜가 손목시계를 보며 말했다.

매튜는 택시를 부른 다음 서둘러 샤워를 마치고 진 바지와 스웨터, 두터운 외투를 걸치고 컴퓨터가 든 가죽가방을 둘러메고 거리로 나왔다.

크리스마스를 이틀 앞둔 지금 애플스토어에 간다는 건 어이없는 짓이었다. 게다가 매튜의 맥북은 보증기간이 한참 지나 있었다. 그는 택시 기사에게 하버드스퀘어 뒤쪽 길에 있는 수리 센터 주소를 댔다. 그의 제자들 몇몇이 드나드는 곳이었다.

매튜가 방금 전에 문을 연 수리 센터의 첫 손님이었다. 카운터 뒤에서 왕년의 히피가 막 아침 식사를 끝내는 중이었다. 어림잡아도 육십은 넘어 보이는 주인은 희끗희끗한 머리카락과는 어울리지 않게 쿠바 국기가 새겨진 티셔츠 위에 앞 단추를 모두 푼 가죽조끼 차림이었다. 물기를 뺀 청바지 위로 살이 삐져나와 출렁거렸다.

"무얼 도와드릴까요?"

주인 남자가 수염에 묻은 도넛의 설탕 가루를 떼어내며 물었다.

매튜는 가방에서 컴퓨터를 꺼내 카운터 위에 올려놓고 방금 전에 벌어진 일에 대해 설명했다.

"컴퓨터 옆에 뜨거운 차를 두다니?"

주인 남자가 기가 막힌다는 듯 혀를 끌끌 찼다.

"이제 겨우 네 살 반이 된 딸아이가……."

주인이 매튜가 미처 말을 끝내기도 전에 끼어들었다.

"뜨거운 코코아를 키보드에 엎지르는 건 컴퓨터를 망가뜨리는 지름길이라는 걸 몰라요?"

매튜는 땅이 꺼져라 한숨을 내쉬었다. 주인 남자에게 훈시나 듣자고 찾아온 게 아니었기 때문이다.

"수리가 가능할까요?"

"일단 들여다봐야 알 수 있어요. 다행히 본체가 훼손되지 않았더라도 외장은 바꿔야 할 겁니다. 그 비용이 만만치 않게 들 텐데, 과연 그럴 만한 가치가 있는지 따져봐야죠. 보아하니 새 컴퓨터도 아니군요."

말을 하는 동안 주인 남자의 눈이 작은 안경알 너머에서 반쯤 크기로 줄어들었다.

"언제까지 고칠 수 있죠?"

"다음 주쯤 견적을 빼볼 수 있어요."

"다음 주면 너무 늦어요. 오늘 당장 이 컴퓨터를 써야 하거든요."

"아, 도저히 그렇게는 힘들어요, 셰프."

"얼마를 주면 가능하죠?"

"……?"

"얼마를 주면 당장 일을 시작할 수 있는지 물었어요."

"셰프, 돈이면 뭐든 가능하다고 믿어요?"

"제발 그 체 게바라 놀이는 그만 해요. 나에게 셰프라고도 하지 말아요."

수리 센터 주인은 잠시 생각하는 듯하다가 입을 열었다.

"당신이 벤자민 프랭클린(1백 달러짜리 지폐) 다섯 장을 꺼낼 준비가
되었다면 상의해볼 수 있겠지요. 어쨌든 이건 당신 문제니까."

"지금 당장 작업을 시작하세요."

나이 든 수리 센터 주인은 드라이버로 알루미늄으로 된 외장을 해체
하더니 이소프로필 알코올 용액으로 회로를 꼼꼼하게 닦으며 코코아
자국을 지워나갔다. 그는 전자부품을 건드리지 않으려고 진지한 태도
로 작업에 임했다.

"컴퓨터를 부팅할 때 발생하는 뜨거운 기운이 작용해 초콜릿에 들어
있는 당분이 끈끈한 캐러멜로 변하는 게 가장 큰 걱정거리지요."

주인 남자가 무성한 수염 사이로 중얼거렸다. 일단 청소가 끝나자 그
는 구리판이 붙은 일종의 낡은 반사 조명 장치를 전원에 연결했다.

"부품들을 말리는데 가장 효과적인 수단이에요."

"얼마나 기다려야 하죠?"

매튜가 조바심을 치며 물었다.

"인내심은 최고의 덕목이라오, 셰프. 어서 가서 돈이나 찾아와요.

45분쯤 어딘가에 있다가 오면 될 거요. 얼핏 보기에도 하드는 손상되지 않은 것 같아요. 2백 달러를 더 내면 입력되어 있던 자료들을 되살려 복사까지 해줄 수 있어요."

수리 센터 주인은 몹시 다급한 상황을 이용해 단단히 바가지를 씌웠다. 매튜는 케이트의 생사가 이 몰지각한 장사치의 손에 달려 있다는 걸 한탄하는 한편 가격 협상을 벌일 계제가 아니라고 생각하며 말했다.

"그럼 뜻대로 하세요. 잠시 나갔다가 곧 돌아올게요."

매튜는 가장 먼저 눈에 띈 현금인출기에서 7백 달러를 뽑은 다음 하버드스퀘어에 즐비하게 늘어선 카페들 중 하나로 들어가 의자에 털썩 주저앉았다. 온몸의 맥이 탁 풀리는 느낌이었다.

이제 어떻게 한담?

컴퓨터가 다시 작동하게 되더라도 엠마와 다시 교신할 수 있으리라는 보장은 없었다. 최근 두 사람은 신비주의에 경도된 사람들처럼 비합리적인 대화를 이어왔다. 그나마 느슨하게 라도 이어진 연줄이 핫초코 때문에 끊어질 지도 모르는 위기에 처해 있었다.

매튜는 엠마가 보낸 마지막 메일을 떠올렸다. 그 마지막 문장들은 아직도 그의 머릿속에 또렷하게 각인되어 있었다.

이 동영상을 당신에게 보내기로 결정하기까지 상당히 오랜 시간을 망설였어요. 너무 큰 충격을 받지 않았으면 좋겠어요. 아무튼 당신 사생활에 끼어든 점에 대해서는 용서를 빌어요. 이 동영상에서 당신 아내와 함께 있는 남자는 누구일까요?

마지막 문장은 뭘 암시하는 걸까? 케이트가 나 몰래 바람을 피웠다는 뜻인가?

매튜는 단 한 번도 케이트의 사랑을 의심해본 적이 없었다. 케이트에 대한 신뢰는 사망 전후를 통틀어 단 한 번도 금이 간 적이 없었다.

매튜는 커피를 한 모금 삼키며 마음속으로 비집고 들어오려는 악마와 맞섰다. 물론 결혼 초에 비해 사랑을 나누는 횟수가 줄어들긴 했었다. 케이트는 뜨거운 여자였는데 결혼하고 얼마 안 있어 덜컥 에밀리를 임신했다. 출산 후에는 예전처럼 자주 사랑을 나누기 위해 애썼다. 물론 처음보다는 열정이 식긴 했지만 결혼한 커플 대부분이 공통적으로 겪는 현상 아니던가?

케이트에게 숨겨둔 애인이 있었을까?

매튜는 곧 고개를 저었다.

설령 케이트에게 바람을 피우고 싶은 마음이 있었더라도 그럴 시간이 없었어!

케이트는 밤낮없이 일했다. 병원 스케줄을 소화하고 나면 독서와 논문, 책 집필 등이 이어졌다. 얼마 되지 않는 자유 시간은 남편과 에밀리에게 할애했다.

매튜는 생각에 잠긴 채 무심코 턱을 긁적거렸다. 케이트가 사고로 죽고 난 후 그는 구세군 트럭을 불러 케이트의 물건을 모두 실려 보냈다.

매튜는 케이트의 물건들을 정리하거나 분류하지 않았다. 케이트와의 추억이 서려 있는 물건을 정리하다보면 너무나 고통스러워 미쳐버릴지도 모른다고 생각했다. 서류만큼은 어쩔 수 없이 항목별로 분류했다.

두 사람은 부부 공동계좌를 사용했는데 특별히 놀랄 만한 지출은 없었다. 컴퓨터 파일에서도 특이사항은 발견되지 않았다. 유일하게 그를 놀라게 한 건 욕실에서 발견한 항우울증 치료제였다.

케이트는 왜 한 번도 나에게 약을 먹고 있다는 말을 하지 않았을까?

그 당시 매튜는 그저 과로 탓일 거라 짐작했다.

♠

"돈은 가져왔어요, 셰프?"

매튜가 1백 달러짜리 지폐 일곱 장을 늙은 히피에게 내밀자 그는 얼른 돈을 받아 바지 주머니 속에 집어넣었다.

"이제 다 끝났습니까?"

매튜가 반사 조명기 아래에서 건조되고 있는 컴퓨터를 가리키며 물었다.

"이제 조립만 하면 모두 끝나요."

늙은 히피가 입과 동시에 손을 놀리며 대답했다.

작업을 마치기까지 15분 정도가 더 소요되었다. 일을 끝낸 수리 센터 주인이 엄숙하게 말했다.

"팔짱을 끼고 잠시 지켜만 보세요."

수리 센터 주인이 전원 스위치를 켜자 매튜의 눈앞에서 기적이 일어났다. 컴퓨터 화면이 밝아지며 윙 소리가 나더니 비밀번호를 치라는 문구가 떴다.

할렐루야!

그제야 마음이 놓인 매튜가 비밀번호를 치자 곧 이전처럼 운영 시스템이 돌아가기 시작했다.

"부인이 바람이라도 피웠어요? 왜 늘 죽을상을 하고 있는 거요?"

늙은 히피가 이죽거렸다.

매튜는 그의 말을 무시했다. 파일을 연 다음 앱을 차례로 열었다. 그가 인터넷에 접속하려는 순간 갑자기 화면이 정지하더니 곧 시꺼멓게 변했다.

그것으로 끝이었다.

매튜는 컴퓨터를 다시 켜보려고 시도했으나 헛일이었다.

"합선이 돼 부품이 죄다 타버렸나봐요. 어쩐지 너무 쉽게 고쳐진다고 생각했어."

수리 센터 주인이 투덜거렸다.

"다른 방법은 없을까요? 부품을 교체한다거나……."

"그런 건 다른 데 가서 알아봐요. 당신 컴퓨터는 완전히 사망했어요. 인생이란 그런 법이지."

늙은 히피가 매튜에게 외장 하드디스크를 내밀었다.

"컴퓨터 안에 들어 있던 자료는 백 퍼센트 백업을 받아두었어요. 이 정도면 충분하죠?"

"충분하지 않아요."

14. 에카테리나 스바르콥스키

네 이웃의 아내를 탐하지 말라.
_출애굽기 20장 17절

보스턴, 2010년

오전 11시

하늘은 놀라울 만큼 빨리 어두워졌다. 아침나절만 해도 환하게 솟아올랐던 태양은 어느새 두터운 구름으로 뒤덮이더니 곧 눈송이가 되어 떨어지기 시작했다. 눈발이 춤추듯 가볍게 맴돌며 사우스 엔드 거리 위로 사뿐사뿐 내려앉았다.

엠마는 머리카락에 묻은 눈을 털고 나서 후드를 단단히 여몄다. 벌써 20분째 거리를 배회하고 있었다. 매튜의 집에서 나와 호텔로 돌아갔지만 아직 입실 준비가 끝나지 않은 상태라 바람이나 쐬면서 머리를 정리하려고 다시 거리로 나왔다. 매서운 추위 탓에 머리가 정리되기는커녕 완전 마비되어 버리는 듯했다.

코플리스퀘어와 보일스턴 스트리트가 만나는 곳, 보스턴시립도서관 건물이 자리 잡고 있는 곳에 도착한 엠마는 도서관 정문 계단을 올라가

고색창연한 벽화들과 조각들이 장식된 로비로 들어섰다. 마치 르네상스 시대 궁전에 들어선 기분이었다.

발길 닿는 대로 걸음을 옮긴 엠마는 도서관 안내 및 특별 전시회 입장권 매표소를 겸한 카운터를 지나 내부 정원에 이르렀다. 수도원의 회랑을 연상시키는 곳이었다. 경비원이 일러주는 방향으로 계속 걸어가다가 보안용 금속탐지기 앞에서 멈춰 섰다. 금속탐지기를 통과하자마자 대리석 계단이 나왔다. 계단을 올라가니 바로 그곳이 도서 열람실이었다.

베이츠 홀은 거대한 돔 천장으로 길이가 무려 70미터나 되는 기념비적인 방이었다. 열람실 곳곳에 짙은 색 나무로 만든 수십 개의 테이블이 놓여 있었고, 테이블마다 우윳빛 갓을 씌운 주석 램프가 구비되어 있었다.

엠마는 열람실 제일 가장자리 쪽 테이블에 앉았다. 자연광이 가장 많이 들이비치는 곳이었다. 그녀는 곧 휴대폰과 컴퓨터를 꺼내 작업을 시작했다. 매튜의 집을 탐색해 수집해온 모든 자료들을 면밀하게 검토해볼 생각이었다. 무엇보다 궁금한 건 케이트, 아니 케이트라는 이름으로 개명한 에카테리나 리우드밀라 스바트콥스키라는 러시아 여자에 대해서였다.

1975년 5월 6일 상트페테르부르크 출생.

엠마는 케이트의 어린 시절 사진을 유심히 살펴보았다. 예닐곱 살 무렵 그녀는 여자 피아니스트(어머니로 보이는 여자) 옆에서 포즈를 취했다. 음악 공연장이나 연습실로 보였다. 두 여자는 동방정교 건축양식의 특성이 고스란히 드러나는 종탑을 배경으로도 사진 한 컷을 찍었다. 열

살 혹은 열한 살쯤 찍은 사진부터 배경이 달라졌다. 잿빛이 주조를 이루는 북구의 베니스(상트페테르부르크)에서 에메랄드빛 도시로 배경이 바뀌었다. 사진들로 미루어보아 이 무렵 두 여자가 상트페테르부르크에서 시애틀로 이주했을 거라는 추측이 가능했다.

엠마는 구글 검색창에 '스바트콥스키+피아니스트'라고 쳤다. 케이트의 어머니는 위키피디아에도 등장하는 유명 피아니스트였다.

엠마는 인물 소개 항목을 훑어보았다.

안나 이리나 스바트콥스키

1954년 2월 12일 상트페테르부르크에서 출생해 1990년 3월 23일 시애틀에서 사망했다. 러시아 출신의 유명 피아니스트로 사망 원인은 다발성경화증의 악화였다. 어려서부터 피아노 신동으로 불린 그녀는 림스키 코르사코브 음악원에서 쟁쟁한 대가들로부터 지도받으며 피아노를 익혔다. 열여섯 살에 상트페테르부르크 오케스트라와 라흐마니노프 협주곡을 협연하며 독주자로 데뷔했다. 그 후, 여러 나라 음악 페스티발에 초청되었으며 베를린 필하모니 전용 연주 홀이나 뉴욕의 카네기홀 등 세계적으로 명망이 높은 곳에서 연주했다.

도이치 그라모폰에서 발간한 첫 음반《프란츠 리스트의 소나타 B 마이너》는 리스트 연주의 절대적인 기준이 되는 명반으로 자리매김했다. 1976년 독주자로서 화려한 명성을 확보할 무렵 그녀의 운명은 비극으로 바뀌었다. 딸을 출산한 직후 다발성경화증이라는 진단을 받은 것이다. 병마와 싸우느라 치른 고통과 후유증 때문에 연주자의 삶은 휴지기로 접어들었다. 1980년대 초에 치료차 미국으로 건너갔으나 십여 년 동안 극심한 생활고에 시달리며 비참한 생활을 전전하던 끝에 1990년에 사망했다.

엠마는 케이트의 유년기와 청소년기를 상상해보려고 애썼다. 낯선 나라에서의 빈곤한 삶, 병마와 싸우는 어머니에 대한 막연한 죄책감, 어머니의 죽음이 가져다준 충격……. 케이트가 의사의 길을 선택하기까지 어머니의 병마와 죽음이 커다란 영향을 미쳤을 거라는 점은 보지 않아도 자명했다.

엠마는 손가락을 동원해가며 햇수를 따져보았다. 케이트의 어머니가 1990년에 사망했다면 그 당시 그녀의 나이는 고작 열네댓 살에 불과했다.

그 후에는 누가 케이트를 돌보았을까? 아버지? 그럴 수도 있겠지만 그 어디에도 아버지의 존재에 대한 언급은 없었다.

그 뒤에 찍은 사진들에서는 오히려 밝고 즐거운 느낌이 묻어났다. 명문 버클리대학에서 늘 같은 친구와 찍은 사진들이 대부분이었다.

혹시 이 여자가 인도 출신 여학생 조이스 윌킨슨?

엠마는 보안회사에서 본인 확인차 물었던 마지막 질문을 생각하며 자문자답해보았다.

왠지 뭔가가 이상했다. 여러 사진들 속에 등장하는 케이트는 열여덟 살에서 스무 살 정도였을 텐데 당시 얼굴은 최근의 모습과 확연히 달라 보였다.

엠마는 휴대폰의 사진들을 컴퓨터로 옮겼다. 큰 화면에서 최근에 찍은 사진들과 비교해보기 위해서였다. 얼굴이 달라진 게 확실했지만 꼭 집어서 어디가 어떻게 달라졌다고 말하기에는 애매했다. 광대뼈가 조금 더 올라간 듯하고, 얼굴이 전체적으로 균형 잡힌 대칭형이 되었다고나 할까? 어쨌거나 케이트는 성형외과 의사의 손을 거친 게 분명해 보였다.

왜 그랬을까? 원래도 예쁘지만 좀 더 완벽해지기 위해? 아니면 어떤 사고가 발생해 어쩔 수 없이 성형수술을 받아야 했을까?

엠마의 머릿속에서는 온갖 질문들만 맴돌 뿐 답을 찾아낼 수가 없었다. 이제 그녀의 관심은 컴퓨터에 저장해놓은 상반신 누드 사진으로 옮겨갔다. 그 사진 속의 케이트는 방금 전 훑어본 사진들 속의 케이트보다 약간 더 나이 들어 보였을 뿐 거의 차이가 나지 않았다. 케이트는 도전적인 눈으로 카메라 렌즈를 응시하고 있었다. 양손을 팔짱 낀 채 가슴 위에 올려놓은 자세여서 젖가슴의 형태를 그 즉시 짐작할 수 있을 뿐만 아니라 복부와 둔부 형태도 무방비 상태로 드러나 있었다. 아무튼 묘하게 관능적인 사진이었다.

육감적인 모습으로 남자들을 발아래 엎드리게 하는 기분이 어때?

엠마는 마치 케이트가 앞에 있기라도 하듯 중얼거렸다.

그러면 인생살이가 좀 더 쉬워져?

케이트처럼 아름다운 여자도 보통 사람들처럼 실연도 하고 마음고생도 할까?

그렇겠지, 욕실 선반에 놓여 있는 각종 향정신성 약품들을 생각해봐도 그렇잖아.

엠마는 컴퓨터 화면을 좀 더 키우면서 자기 얼굴을 화면 가까이 가져갔다. 그 무렵 케이트의 왼쪽 팔에는 문신이 새겨져 있었다. 다른 사진들에서는 볼 수 없었던 문신이었다.

일시적인 문신이었나, 아니면 나중에 지운 건가?

그 역시 답을 들을 수 없는 질문이었지만 문신의 형태만큼은 확실하게 볼 수 있었다. 도구함을 이용해 문신만 잘라내어 확대해보면 되는 일이었다. 나사처럼 꼬불꼬불한 뿔이 하나 달린 말이 화면을 가득 채웠다.

일각수?

문신이 일회용인지 정말 중요한 단서가 될지 알 수 없는 상황에서 동물 문양을 복사해둔 엠마는 비로소 화면에서 눈을 떼고 눈꺼풀을 비벼 댔다.

눈발이 점점 강해지고 있었다. 펑펑 쏟아지는 눈을 보자 몸이 더욱 떨려왔다. 실내 공기는 기분 좋게 따뜻했다. 보일러 소리가 배경음악처럼 나지막하게 들려왔다. 사색에 적합하도록 꾸민 공간이었다. 엄청나게 큰 규모임에도 포근하고, 은밀하고, 보호받는 듯한 느낌을 자아냈다. 마치 거대한 성당 한구석에 영국식 클럽이 그대로 옮겨온 듯한 느낌이었다.

엠마는 마음을 안심시켜주는 몇 가지 요소들을 꼽아보았다. 선반을 가득 메우고 있는 수천 권의 책들과 조용하게 책장을 넘기는 소리, 종이 위에 글을 적어 나가는 만년필 소리, 노트북의 키보드를 두드리는 소리…….

그때 엠마는 문득 자신이 보호받고 있다는 느낌을 확인하고 싶었다. 매튜 집 가짜 천장에서 빨간 스포츠 가방을 발견하는 순간 보아서는 안 될 뭔가를 보았다는 직감이 들었기 때문이다. 잠재적으로 위험을 안겨

줄 그 무엇⋯⋯.

엠마는 두 눈을 감고 머릿속으로 그 장면을 되뇌어보았다. 가방의 지퍼를 열자 그 안에 수십 개의 1백 달러짜리 뭉치가 들어 있었다. 스포츠 가방의 무게가 5킬로그램 정도라고 가정할 때 돈이 모두 얼마나 될까? 1백 달러짜리 지폐 한 장 무게가 1그램이라고 가정했을 때 그 가방 안에는 최소한 50만 달러가 넘는 돈이 들어 있었다는 계산이 나왔다. 50만 달러라⋯⋯.

어떤 사람이 드레싱룸 천장에 현금 50만 달러를 보관할까?

엠마는 케이트의 사진을 들여다보며 중얼거렸다. 케이트의 두 눈이 엠마의 속마음을 꿰뚫어보는 듯했다.

케이트 샤피로, 너의 정체는 뭐야?

넌 도대체 누구냐고, 에카테리나 리우드밀라 스바트콥스키?

♠

엠마는 테이블 위에 늘어놓았던 물건들을 주섬주섬 챙겼다. 마지막으로 노트북을 가방에 넣으려다가 아직 가족용 컴퓨터에서 복사해온 사진들을 보지 못했다는 걸 깨달았다. 만일을 위해 USB를 꽂았고, 복사가 진행되는 도중 매튜와 케이트가 집으로 돌아왔다. 그나마 사진 수백 장에 대한 복사가 무사히 끝난 상태였다.

엠마는 시간 흐름의 역순으로 사진들을 정렬했다. 어린 에밀리를 중심으로 행복하게 이어지는 일상을 카메라에 담은 사진들이었다. 에밀리가 출생하기 전, 그러니까 매튜가 케이트와 결혼하기 이전의 사진들을 살펴보던 엠마는 뜻밖의 사실을 발견해내고는 깜짝 놀랐다. 케이트를 만나기 전 매튜가 이미 결혼했었다는 사실을 처음으로 알았기 때문이었다.

자그마한 키에 날씬한 몸매, 긴 갈색 머리를 뒤로 빗어 넘긴 여자 사진이 수십 장이나 되었다. 사진 속 여자는 거의 웃는 법 없이 대체로 엄격한 표정을 짓고 있었다. 엠마는 그녀가 대단히 지적인 초등학교 교사나 융통성 없는 도서관 사서가 아닐까 상상했다.

엠마의 시선은 이제 매튜와 첫 번째 부인의 결혼식 사진에 머물렀다. 디지털카메라로 찍은 사진이 아니라 인화한 사진을 스캔받아 다시 컴퓨터에 저장시켜놓은 사진들이었다. 결혼식 때 거대한 웨딩케이크를 찍은 사진도 눈에 띄었다. 분홍색과 흰색을 주조로 하는 크림 케이크였다. 아몬드 반죽으로 만든 메모판에 '사라+매튜 1996년 3월 20일'이라고 적혀 있었다.

엠마는 인터넷으로 사라의 흔적을 찾아보았다. 사라는 록스베리의 한 초등학교 4학년 학생들의 수학여행 소식에 등장했다. 6년이나 지난 자료였지만 엠마는 혹시나 하는 마음에 그 학교로 전화를 걸어보았다. 방학 기간이었지만 전화를 받는 행정직원이 있었다. 그 직원은 사라 샤피로가 그 학교에 재직한 건 사실이지만 이혼 후 처녀 때 성인 히긴스를 되찾았으며 다른 학교로 전근을 갔다고 알려주었다. 행정직원은 엠마에게 와타판에 있는 한 초등학교 이름을 가르쳐주었다.

엠마는 그 학교로 전화를 걸었고, 역시 행정직원이 전화를 받았다.

사라 히긴스는 그 학교에 재직하고 있었고, 크리스마스 방학 중이지만 학교에 나와 저소득층 학생들을 지도한다는 소식을 들을 수 있었다. 직원은 묻지도 않았는데도 통화를 하고 있는 이 시간에도 사라는 아이들을 데리고 와타판 시립 스케이트장으로 현장학습을 나갔다는 소식을 알려주었다.

♠

보스턴, 2011년
오전 11시 15분

잔뜩 풀이 죽은 매튜는 불안감에 사로잡힌 채 집으로 돌아왔다. 현관문을 열자 코르크 보드에 붙어 있는 메모지 한 장이 눈에 들어왔다.

우린 지금 말보로 스트리트의 크리스마스 시장 구경을 갈 거야. 당신이 말 잘 듣고 얌전하게 있으면 사과주 한 병 사다줄게!

뽀뽀, 에밀리+에이프릴

클로비스가 달려와 다리에 몸을 비벼댔다. 매튜는 녀석의 머리를 긁어주었다. 녀석이 나부대다가 물그릇을 엎지르는 바람에 매튜는 생각을 계속하는 동안에도 기계적으로 녀석의 물그릇에 새로 물을 따라주었다.

노트북은 구제 불능으로 망가졌지만 가족용 컴퓨터를 통해 하드 디스크를 읽을 수 있었다. 매튜는 컴퓨터 앞에 앉아 늙은 히피가 구워준 CD를 넣고 탐색을 시작해 비디오 파일(IMG_5662.MOV)을 순식간에 찾아냈다.

휴대폰으로 찍은 동영상을 클릭한 매튜는 3분 동안 뒤통수를 맞은 사람처럼 멍한 상태로 화면을 응시했다. 그는 자신의 눈을 믿을 수 없었다.

케이트가 낯선 남자의 품에 안겨 있다니?

두 사람은 입을 맞추고 서로의 몸을 만지며 첫사랑에 빠진 사춘기 소년 소녀처럼 뜨겁게 서로를 바라보고 있었다.

'말도 안 돼!'

매튜는 손에 잡히는 첫 번째 물건을 집어던졌다. 색연필을 넣어두는 머그컵이 요란한 소리를 내며 벽에 부딪치며 산산조각이 났다. 놀란 클로비스가 낮은 탁자 밑으로 숨어들었다.

두 눈을 질끈 감은 매튜는 양손으로 머리를 감싸고 한참 동안 가만히 앉아 있었다.

이럴 수는 없어.

매튜는 번쩍 고개를 쳐들었다.

아니, 무슨 까닭이 있을 거야.

더할 나위 없이 명료해 보이는 이미지에도 때로 숨은 의미가 있게 마련이었다.

우선 이 동영상은 도대체 언제 찍었지?

엠마가 메일에서 방금 찍은 거라고 했으니 2010년 12월 23일, 즉 케이트가 죽기 하루 전날에 찍은 사진이었다. 목재 인테리어를 사용한 걸 보니 두 사람이 가끔 가던 그릴 23이나 맥킨티스 같아 보였지만 거울이며 벽시계가 있는 것으로 보아 두 곳은 아닌 게 분명했다.

이 남자는 누구일까?

큰 키, 짧게 자른 금발 머리, 검은 가죽코트.

내가 아는 사람일까?

그럴지도 모르지만 어쨌거나 그를 보면서 딱히 떠오르는 이름은 없었다. 두 사람의 스킨십이야말로 매튜 입장에서 가장 견디기 힘든 장면이었다. 케이트가 이 남자를 좋아한다는 건 누가 보아도 확실했다. 두 사람은 어느 모로 보나 마음이 잘 맞아 보였다. 서로의 입김과 심장이 같은 리듬에 맞춰 움직이고 있는 것만 봐도 알 수 있었다.

두 사람의 관계는 언제부터 시작되었을까? 어떻게 나를 감쪽같이 속일 수 있었을까?

매튜는 치밀어 오르는 분노와 걷잡을 수 없는 실망감에 두 주먹을 불끈 쥐었다. 일생일대의 사랑이라고 여겨온 케이트가 그를 속이고 배신했다.

케이트가 죽은 지 일 년이 지나서야 그 사실을 알게 되다니!

배신감은 곧 혐오감으로 바뀌었다. 엄청난 충격에서 헤어나지 못한 매튜는 베란다로 나가 창문을 열었다. 물속에서 오래도록 숨을 참았던 잠수부처럼 그는 신선한 공기를 듬뿍 들이켰다. 갑자기 호흡이 가빠지며 두 다리에 힘이 쭉 빠지는가 싶더니 그는 이내 정원에 놓인 의자에 털썩 주저앉았다. 북받치는 울음과 함께 그의 온몸이 들썩거렸다. 그는 얼굴 위로 하염없이 흘러내리는 눈물을 한동안 멈출 수 없었다.

문득, 거실 쪽에서 고함 소리가 들려왔다.

"아빠, 아빠 주려고 사과주랑 진저브레드를 사 왔어!"

에밀리가 테라스로 달려 나오며 소리쳤다.

매튜는 그의 품으로 달려오는 아이의 앙증맞고 예쁜 얼굴을 어깨에 기대주며 소매부리로 얼른 눈물을 닦았다.

재빨리 눈치를 챈 에이프릴은 눈빛만으로 대체 무슨 일인지를 물었다.

"나-중-에 말-해-줄-게."

매튜 역시 소리 내지 않고 입 모양만으로 대답했다.

"아빠, 컴퓨터 고쳤어?"

매튜는 고개를 저었다.

"아니, 하지만 괜찮아."

"미안해."

아이가 슬픈 듯 눈을 내리깔며 힘없이 말했다.

"실수는 누구나 다 하는 거야. 이제 너도 잘 알았을 테니 다음에는 절대로 그런 실수를 저지르면 안 돼."

"알았어. 앞으로는 절대로 그런 일이 없을 거야!"

아이가 하늘을 향해 고개를 쳐들며 자신 있게 말하고는 재채기를 했다. 에밀리는 햇빛이 눈 부실 때면 언제나 그렇듯 재채기를 했다.

"지저스 크라이스트, 우리 아가."

"난 이제 아가가 아니야!"

아, 이 재채기……

매튜는 가늘게 실눈을 뜨다가 자기도 모르게 몸이 굳어졌다. 억눌러 왔던 지난날의 기억이 마치 수류탄처럼 그의 면전에서 폭발하는 듯한 느낌이 들었다.

♠

6개월 전, 그러니까 2011년 7월 4일 독립기념일에 매튜는 하버드대학 동료인 라헬 스미스가 케이프코드 별장에서 여는 바비큐 파티 초대에 응했다. 그녀의 별장은 바위투성이 해협 한쪽에 세워진 오래된 등대를 개조한 곳으로, 끝없이 펼쳐진 바다 풍경이 그야말로 장관이었다.

남자들이 고기를 굽는 동안 여자들은 바닷가를 거닐며 담소를 나누고, 아이들은 그 집 유모가 지켜보는 가운데 등대에서 놀았다.

"닭고기 먹을 사람? 핫도그 먹을 사람?"

데이비드 스미스가 외쳤다. 그는 감정의 기복 없이 늘 한결같은 사람으로 찰스타운에서 가정의로 일하고 있었다. 여자아이 네 명이 즉시 놀이를 멈추고 음식이 있는 장소로 뛰어왔다. 햇볕이 강렬하게 내리쬐는 여름날이었다. 햇볕 아래로 나온 에밀리는 손을 입으로 가져가더니 두 번이나 연거푸 재채기를 했다.

"에밀리는 그늘에 있다가 갑자기 햇볕 아래로 나오면 꼭 이런다니까. 뭔가 좀 이상하지 않아?"

매튜가 물었다.

"매튜, 너무 걱정할 필요 없어. 빛이 재채기를 유발한다는 건 이미 널리 알려진 현상이니까. 네 명 중 한 명에게 일어날 수 있는 현상이지. 사소한 유전적 특성이라고 할 수 있어. 의학용어로는 재채기를 유발하는 광선의 반사작용이라고 하더군."

매튜가 물었다.

"그런 현상들이 어떻게 가능한지 설명해줄 수 있지?"

의사는 마치 칠판 앞에 선 교사처럼 고기구이용 기다란 삼지창으로 허공에다 그림을 그려가며 설명했다.

"자, 여기에 시신경이 있다고 쳐. 시신경은 얼굴 전체 감각을 관장하는 세쌍둥이 신경 즉, 뇌신경 근처에 위치해 있어. 예를 들어 눈물이나 침, 얼굴 표정 등을 만들어 내는 게 바로 뇌신경이야. 재채기 역시 뇌신경의 관할 아래에 있지."

"이제야 알겠어." 매튜가 잘 이해했다는 표정을 지으며 대답했다.

데이비드가 이번에는 태양을 가리키며 말했다.

"일부 사람들의 경우 빛의 양이 갑자기 많아지면 두 신경 사이에 일종의 간섭이 일어나게 돼. 빛이 시신경을 자극하게 될 경우 스파크가 일어나며 뇌신경의 단락을 야기하게 되는 거야. 그 결과 재채기가 터져 나오는 것이지."

"두 개의 전선처럼 말이지?"

"바로 그거야. 자네는 내 말을 아주 잘 이해했어."

"아무튼 심각하게 걱정할 건 없다는 말이지?"

"물론이야. 태어날 때부터 뇌신경에 약간의 이상이 있는 것뿐이야. 자네에게도 그런 문제가 있을 텐데 괜찮나?"

"난 전혀 그런 적이 없어."

"그렇다면 케이트에게 그런 현상이 있을 거야. 부모 중 한쪽은 반드시 그런 현상이 있어야 말이 되거든."

"그건 왜지?"

"그런 현상을 지배적 상염색체 전달상의 유전적 형질이라고 부르지."

"그게 뭔데?"

"부모 중 한쪽은 아이와 똑같은 증세를 보인다는 뜻이야. 자네에게 그런 현상이 나타나지 않았다면 당연히 케이트에게는 나타났을 거야. 자, 다 타버리기 전에 스테이크나 먹자고."

매튜는 머리가 좀 복잡했다. 지난 4년 동안 케이트가 햇빛 때문에 재채기하는 모습을 본 기억이 없었다.

"아빠, 이 핫도그 좀 봐!"

에밀리가 매튜의 품에 안기며 소리쳤다. 어찌나 힘껏 달려와 안겼던지 핫도그에 뿌린 케첩이 매튜의 셔츠에 튀었다.

"갑자기 안기는 바람에 아빠 셔츠에 케첩이 튀었잖아. 앞으로는 조심해, 알았지?"

매튜는 방금 전 데이비드에게 들은 말을 생각하며 셔츠에 묻은 케첩을 닦아냈다. 더는 괜한 일로 고민하는 짓은 하지 말아야겠다고 마음먹었다. 그 후, 재채기에 대한 생각은 더 이상 하지 않았다.

♠

이제 다시 그때의 장면이 머리를 후려쳤다. 분노, 절망감, 심신을 뒤흔드는 충격이 뇌에 가해졌다. 그의 머릿속에서 삭일 수 없는 의심이 연기처럼 스멀스멀 피어올랐다.

에밀리가 내 친딸이 아니라면……

매튜는 자신의 인생을 기록한 영화를 거꾸로 돌려보았다. 2006년 10월에 케이트를 처음 만났다. 케이트의 말을 그대로 따르자면 에밀리는 10월 29일에 잉태해 8개월 후인 6월 21일에 태어났다. 예정보다 한 달 앞서 출산하긴 했지만 그 정도는 흔한 일이라고 했다. 다만 에밀리는 한 달 먼저 세상에 나왔음에도 전혀 미숙아 같지 않았다. 출생 당시 체중이 3.4킬로그램에 키가 54센티미터였다. 지극히 정상적인 신생아들의 평균 체중에 건강 상태도 양호해 병원에 좀 더 머물 필요조차 없었다. 매튜는 그 당시 아빠가 된 기쁨이 너무나 커 그런 사소한 문제에 연연해할 입장이 아니었다.

"아빠, 진저브레드 먹을래?"

에밀리가 물었지만 매튜는 깊은 상념 속에서 좀처럼 빠져나올 수 없었다.

"아니, 나중에."

매튜가 에이프릴 쪽으로 몸을 돌리며 아무런 설명도 없이 다짜고짜 말했다.

"뭐 좀 사러 갔다 올게."

♠

보스턴, 2010년
오후 12시 30분

택시는 엠마를 와타판의 최고 중심가인 서머싯 스트리트에 내려주었다. 보스턴 남쪽 끝에 위치한 그 동네는 관광 가이드 책자에서 여러 면을 할애해 안내해주는 동네들과는 거리가 멀었다.

눈이 쌓여 거리에는 오가는 사람이 거의 없었다. 인적이 드물다고 해서 엠마는 특별히 위협을 느끼지는 않았다. 거리 분위기가 그다지 온화하지는 않았다. 재건축을 기다리는 벽돌 건물들, 창고, 양철지붕을 얹은 보잘것없는 주택들, 그라피티로 가득한 담장, 공터를 둘러싸고 있는 철책 등은 그야말로 음산한 분위기를 풍겼다.

스케이트장을 찾기 위해 거리를 거슬러 올라가던 엠마는 인도 한가운데 불을 피워놓고 옹기종기 모여 앉은 한 무리의 노숙자들 옆을 지나쳤다. 그들은 종이봉투 속에 감춘 캔 맥주를 불에 데우며 추위에 언 몸을 녹이는 중이었다. 엠마가 노숙자들 옆을 지나칠 때 술기운에 찌든 목소리로 내뱉는 욕설이 날아들었지만 그 정도로 겁을 집어먹거나 움츠러들 그녀가 아니었다.

마침내 엠마는 시립 스케이트장이 들어서 있는 철골 구조물 앞에 도착했다. 거대한 흉물 단지처럼 생긴 건물로 전면에는 동네 불량배들의 낙서가 도배되어 있었다.

입장권을 구입한 엠마는 라커룸을 거치지 않고 곧장 관람석으로 갔다. 실내 링크는 아이들이 내지르는 환호성 소리로 소란스러웠다. 얼음 링크의 절반 정도는 젊은 코치에게 아이스하키 수업을 받는 예닐곱 살짜리 아이들이 차지하고 있었다. 아이들의 인솔자로 보이는 여교사 두 명이 빙판에 넘어진 아이들을 일으켜 세우거나 스케이트 끈을 다시 매 주거나 헬멧과 무릎보호대를 다시 씌워주느라 여념이 없었다.

엠마는 빙판 가장자리로 다가갔다. 여교사 두 명 중 누가 사라 히긴 스인지 금세 알아보았다. 머리를 짧게 자른 사라는 사진에서보다 체중 이 훨씬 많이 빠져 보였고, 블루진에 두터운 털 스웨터 차림이었지만 몇 년은 더 나이 들어 보였다.

"샤피로 부인이시죠?"

사라가 전기 충격이라도 받은 듯 소스라치게 놀라며 몸을 돌리더니 엠마를 뚫어져라 쳐다보았다. 샤피로 부인으로 불린 지 족히 몇 년은 지났을 테니 그렇게 놀란 몸짓을 하는 게 무리는 아니었다.

"누구시죠?"

사라는 스케이트를 신은 채 빙판 가장자리로 다가왔다.

"전 매튜 샤피로의 친구입니다. 매튜가 난처한 일을 겪고 있어서 도와 주려고요."

"나와는 상관없는 일이에요."

"딱 5분 동안만 시간을 내주실 수 있을까요?"

"지금은 곤란해요. 보시다시피 수업 중이라 짬을 낼 수 없어요."

"잠깐만 시간을 내주세요. 정말 중요한 일이거든요."

엠마가 강조했다.

사라는 체념의 표시로 한숨을 길게 내쉬었다.

"저쪽으로 가면 음료수를 파는 매점이 있어요. 거기서 기다리세요.

15분 후에 갈 테니까요."

20분 후

"매튜와 난 결혼하고 나서 거의 10년 동안 같이 살았어요. 매튜와 알고 지낸 시간은 그보다 훨씬 더 오래되었죠."

사라는 차를 마시기 전에 그 말부터 꺼냈다.

엠마는 그녀의 이야기를 주의 깊게 경청하면서도 콜라 잔 속에 떠 있는 빨대를 질겅질겅 씹었다.

"매튜는 1992년에 매사추세츠대학교에서 처음 만났어요. 매튜는 철학을 공부했고, 저는 교육학을 공부하는 학생이었죠."

"첫눈에 반했나요?"

"첫눈에 반했다기보다는 서로의 지적인 모습에 끌렸다고 하는 편이 더 정확하겠네요. 우리는 독서 성향도 같았고, 생각도 비슷했어요. 정치적 입장도 같았죠. 심지어 우리는 빌 클린턴이 처음 대통령에 당선된 날 최초로 키스를 한 것까지 같았어요. 클린턴을 지지하는 후원회에서 자원봉사자로 활동한 것도 같았죠."

사라는 잠깐 동안 두 눈을 꼭 감았다. 새삼 그 시절의 기억들이 떠오른 듯했다.

"두 분은 4년 전에 헤어졌죠?"

"아마 조금 더 되었을 거예요. 모든 일이 아주 갑작스럽게 이루어졌어요. 전혀 예기치 않게."

"두 분 사이에 갑자기 불화가 생겼나요?"

"아니요, 우리는 줄곧 평화를 유지하며 살았고, 적어도 나는 행복했어요."

"그럼 매튜가 어느 날 갑자기 떠난 건가요?"

사라가 갑자기 피식 웃었다.

"그 표현이 가장 적절하네요. 어느 날 저녁, 매튜가 집으로 돌아와 하는 말이 어떤 여자를 만났는데 깊이 사랑하게 되었다고 했어요. 그러면서 그 여자와 함께 살고 싶다고 했어요. 매튜는 처음부터 끝까지 단호한 태도를 취했고, 확신에 차 있었어요. 나에게는 선택의 여지가 없었죠."

"그때 매튜가 빠져들었다는 여자가 바로 케이트인가요?"

"네, 케이트. 매튜는 불과 며칠 전 병원에서 케이트를 만났대요. 매튜가 정원에서 나뭇가지 손질을 하다가 전지용 가위에 찔려 상처가 났어요. 매튜를 치료해준 의사가 바로 케이트였죠. 그날, 응급실에 가야 한다고 고집을 피운 사람이 하필이면 나였죠. 매튜는 그까짓 상처쯤 금세 낫는다며 응급실에 갈 필요는 없다고 우겼어요. 저야 그때까지만 해도 두 사람이 그렇게 눈이 맞게 될 줄은 전혀 몰랐죠."

엠마가 다시 이야기의 방향을 틀었다.

"혹시 매튜를 붙잡아보려고 애쓰지는 않았어요?"

사라가 어깨를 으쓱했다.

"케이트를 본 적 있어요? 솔직히 내게는 그 여자와 맞서 싸울만한 무기가 없었어요. 어느 모로 보나 나보다 젊고, 예쁘고, 능력 있는 여자가 분명했으니까요. 더구나 매튜와 몇 년 동안 아이를 갖기 위해 애를 썼지만 실패했으니……"

사라는 감정이 울컥해 목소리가 떨리는 듯하더니 가까스로 말을 이어 갔다.

"케이트를 만난 매튜는 마침내 운명의 반쪽을 찾았다고 믿었어요. 케이트도 무척이나 매튜를 사랑하는 것 같더군요."

사라의 눈에 어느새 눈물이 그렁그렁했다.

"한순간 지나가는 바람이기를 바랐죠. 그러다가 케이트가 임신한 사실을 알게 되었고, 더는 돌이킬 수 없는 일이 되었다고 생각했죠."

그때 갑자기 아이들이 아우성을 치며 매점으로 몰려들었다. 사라는 손목시계를 보더니 자리에서 일어났다.

"이제 가볼게요. 아 참, 매튜가 난처한 일을 당했다고 했죠? 무슨 일이죠?"

"아, 별일 아니에요. 매튜와 지금도 가끔 연락을 주고받나요?"

사라가 단호하게 고개를 저었다.

"최근 몇 년은 내 생애에서 최고로 암울했던 시기였죠. 그게 다 누구 때문이겠어요? 난 이제야 겨우 그때의 악몽에서 벗어나기 시작했어요. 지난 4년 동안 매튜와 단 한 마디도 주고받은 적이 없어요."

15. 진실이 주는 상처

사람들이 가장 알고 싶어 하지 않는 진실일수록 반드시 알아야만 하는 진실이다.

_중국 속담

보스턴, 2010년
오후 5시

밤이 되면서 보스턴 거리에 소리 없이 눈이 쌓여갔다. 택시의 차창 위에 떨어진 솜털 같은 눈 꽃송이들은 강력한 윈도브러시의 동작에 힘없이 밀려났다. 보일스턴 스트리트로 들어선 택시는 엠마를 포시즌스 호텔 앞에 내려주었다. 도어맨이 택시에서 내리는 엠마가 미끄러지지 않게 부축하며 안으로 들어갈 때까지 우산을 받쳐주었다.

엠마는 골똘히 생각에 잠긴 채 그대로 호텔 로비를 가로질러 걸어갔다. 엠마가 엘리베이터를 향해 걸어가려 할 때 프론트 책임자가 말했다.

"로벤스타인 부인, 남동생이 한 시간 전에 오셔서 방에서 기다리고 계십니다."

"남동생이라고요?"

엠마는 서둘러 7층으로 올라가 방으로 들어갔다. 로뮈알드 르블랑이었다. 녀석은 소파에 드러누워 미니바에서 꺼낸 맥주를 칩스를 안주 삼아 마시는 중이었다. 녀석은 헤드폰을 끼고 MP3로 지미 헨드릭스의 포효하는 목소리를 듣고 있었다.

"넌 왜 여기에 왔어?"

로뮈알드는 살림살이를 죄다 옮겨온 게 분명했다. 커다란 여행 가방 하나, 배낭 하나, 보조 가방 하나와 녀석이 직접 만들었다는 드론까지 거실 바닥에 너부러져 있었다.

"너 지금 여기서 뭐 하냐니까?"

엠마가 강제로 음악 소리를 줄이며 쏘아붙였다.

"아줌마를 도와주려고 왔죠."

로뮈알드가 입 안 가득 칩스를 넣은 채 웅얼거렸다.

"네가 뭘 도와준다는 거야?"

"아줌마, 분명 무슨 일이 생긴 거죠? 요즘 도통 출근도 안 하고, 이상한 메일이나 받았다고 하고, 남의 집에 몰래 숨어들어가 염탐이나 하고 다니는 걸 보면 필시 커다란 문제가 생긴 게 분명해요. 아줌마, 요즘 도대체 뭘 조사하고 다니는 거예요?"

"내가 무슨 일을 하고 다니든 네가 무슨 상관이람?"

"당연히 상관있죠. 곤란한 일이 있을 때마다 나한테 부탁해놓고 이제 와서 오리발이시네."

엠마는 기가 막힌 듯 눈을 가늘게 뜨고 녀석을 흘겨보았다. 듣고 보니 틀린 말은 아니었지만 녀석의 페이스에 말려들고 싶지는 않았다.

"안경잡이, 네 말이 눈물 나게 고맙긴 한데 당장 보따리 챙겨 여기서 사라져주는 게 더 고마울 것 같구나. 당장 여기서 나가지 못해!"

"왜 도와주려고 온 사람을 쫓아내려고 해요?"

"넌 미성년자인데다 불법체류자야. 프랑스에 계시는 네 부모님은 매일 걱정이 이만저만이 아닐 거야. 난 네 녀석이 아니더라도 이미 충분히 머리가 복잡하거든. 그러니까 당장 꺼져!"

로뮈알드가 소파에서 벌떡 일어섰다. 절대로 순순히 물러나지 않겠다는 듯 각오를 단단히 한 표정이었다.

"제가 도와준다니까요. 뭔 일인지는 모르지만 혼자 하는 것보다는 둘이서 하는 게 빨리 일을 진척시킬 수 있고, 생각도 더 체계적이고 논리적으로 정리할 수 있는 거예요. 유명한 형사들이나 탐정들을 봐요. 하나같이 팀을 이뤄 일하잖아요. 명탐정 홈즈와 왓슨 박사, 배트맨과 로빈, 스타스키와 허치, 브레트 싱클레어와 대니 와일드……."

"어디선가 들은 이름들을 잘도 주워섬긴다만 난 필요 없으니까 당장 나가!"

엠마가 짜증스러운 듯 소리쳤다.

"로이스와 클라크, 힛걸과 빅 대디, 리처드 캐슬과 케이트 베켓……."

로뮈알드는 엠마의 짜증에도 아랑곳하지 않고 수선스러운 몸짓까지 곁들여가며 열을 올렸다.

"됐으니까 제발 그만해! 안 된다고 했잖아. 내가 한 번 안 된다고 했으면 안 되는 거야."

엠마도 악다구니를 써댔다.

엠마는 가방에서 컴퓨터를 꺼내 테이블 위에 올려놓고 뚜껑을 열었다.

"얼마 전에 네가 날 도와준 건 분명한 사실이고, 난 너에게 감사해. 그 수고에 보답하는 의미로 내가 파리행 비행기 티켓을 너에게 줄게. 하루치 호텔 숙박비 정도는 내가 대신 지불해줄 수도 있어. 다만 네가 자야 할 곳은 여기가 아니라 공항 근처 힐튼 호텔이야."

엠마는 방금 한 말을 행동으로 옮기겠다는 듯 컴퓨터로 델타항공사 사이트를 열었다.

"잠깐만요."

로뮈알드가 다급하게 소리쳤다.

엠마가 동작을 멈추고 녀석을 응시했다.

"또 뭔데? 괜히 엉뚱한 수작 부리지 마."

"이 사진요!"

로뮈알드가 컴퓨터 화면을 가리키며 소리쳤다. 케이트와 그의 연인이 출연하는 동영상에서 캡처한 사진이었다.

"너, 이 여자 알아?"

"이 여자는 몰라도 남자는 알아요."

엠마는 아드레날린 주사라도 맞은 듯 뱃속 깊은 곳에서 찌르르 전율이 솟아오르는 걸 느꼈다.

"이 남자가 누군데?"

"닉 피치. 전설적인 사업가로 세상에서 가장 돈이 많다고 알려진 인물인데 수수께끼 같은 행적 때문에 더욱 유명해진 사람이죠."

♠

보스턴, 2011년

에밀리는 클로비스와 함께 푹신한 소파에 누워 언제 봐도 재미있는 〈SOS 팬덤〉을 시청하는 중이었다.

"솔직히 말해 좀 무섭지?"

에밀리는 샤페이 종 강아지 쪽으로 몸을 기울이며 쫑알거렸다.

매튜는 부엌 근처 등받이 없는 의자에 앉아 찰스 스트리트 잡화점에서 사 온 물건의 제품설명서를 주의 깊게 읽고 있었다. 에이프릴은 자못 어이없어하면서 기분 나쁘다는 표정으로 매튜를 쳐다보았다.

미국에서 친자 확인 테스트를 하는 건 말 그대로 일도 아니었다. 30달러만 내면 의사의 처방전 없이도 2만 개가 넘는 전국의 어느 약국에서나 키트를 손쉽게 구할 수 있었다. 심지어 일부 대형 마트에서도 키트를 판매했다. 친자 확인 테스트를 하는 방법은 간단했다. 면봉처럼 생긴 키트로 뺨 안쪽 박피에서 긁어낸 세포 견본을 채취해 병원에 보내면 끝이었다. 첫 번째 견본은 부친용, 두 번째 견본은 아이용이었다.

매튜는 우선 자신의 세포 견본을 채취했다. 키트를 입 안으로 집어넣고 30초 정도 뺨 안쪽에 대고 문질러 채취한 세포 견본을 봉투에 넣으면 끝이었다. 봉투 겉면에 미리 기입해둔 인적 사항을 부착했다. 그런 다음 가게에서 산 마시멜로를 재킷 주머니에서 꺼냈다.

"우리 딸, 마시멜로 먹을래?"

"정말이야? 난 좋아!"

에밀리가 좋아 어쩔 줄 모르며 환성을 지르더니 소파에서 벌떡 일어나 매튜에게로 달려왔다.

"다만 그 전에 해야 할 일이 있어."

"그게 뭔데?"

"해보면 알겠지만 아주 간단한 거야. 자, 입을 아 벌려봐."

에밀리가 시키는 대로 입을 벌리자 매튜는 좀 전에 한 것처럼 아이의 세포 견본을 채취하는 작업에 돌입했다.

"아빠가 서른까지 세고 나면 곰돌이 마시멜로를 줄게. 알았지? 하나, 둘, 셋······."

에이프릴은 분노와 경멸을 담은 표정으로 매튜를 쏘아보았다.

"당신 정말 그런 사람이었어? 한심하기 짝이 없는 작자 같으니!"

매튜는 그 말에 대꾸조차 하지 않았다.

"그래, 잘했어, 우리 딸! 마시멜로 먹을 자격이 충분해. 자, 여기 곰돌이 마시멜로 있으니까 어서 먹어."

"클로비스에게 나눠줘도 돼?"

"그래, 조금 줘도 괜찮아."

매튜는 에밀리의 세포 견본을 봉투에 넣으며 평소와 달리 후하게 인심을 썼다.

봉투 두 개를 좀 더 큰 봉투에 집어넣은 매튜는 연구소에 보낼 159달러에다 당일 즉시 분석해주길 원한다는 조건으로 99달러를 더 집어넣었다. 봉투에 연구소의 이름과 주소를 적었다.

인피니트진
425 오치드 스트리트

웨스트 케임브리지, MA 02138

매튜는 테스트용 키트를 사면서 일부러 매사추세츠에 소재한 회사를 선택했다. 유전자 분석을 조금이라도 빨리 끝내 당일 저녁 자정이 되기 전까지 결과를 메일로 받아보기 위해서였다. 견본이 늦어도 오후 2시 이전에 연구소에 도착해야 당일 분석이 가능했다.

매튜는 벽시계를 쳐다보았다.

1시 10분이었다.

UPS나 페덱스 같은 특급 우편을 이용하기에는 너무 늦었지만 차를 직접 몰고 가 전해준다면 아직 접수가 가능한 시간이었다. 교통량이 아무리 많아도 30분이면 충분한 거리였다.

"차 좀 빌려줘, 에이프릴?"

"안 돼, 난 당신이 어디 가서 칵 뒈져버렸으면 좋겠어."

방 반대편에 있던 에밀리가 냉큼 끼어들었다.

"에이프릴 아줌마, 나쁜 말을 하면 못써!"

매튜는 외투를 걸치고 가방을 집어 들었다.

"그렇다면 할 수 없지, 비콘 힐로 나가 택시를 타는 수밖에."

매튜는 큼지막한 봉투를 겨드랑이에 끼며 문을 나섰다.

♠

에이프릴은 도저히 충격에서 벗어날 길이 없었다. 무슨 수를 써서라도 매튜가 친자 확인 검사를 하는 것만큼은 막아야 했다.

에이프릴은 에밀리와 클로비스가 한데 뒤엉켜 뒹굴고 있는 쿠션 쪽으로 다가갔다.

"에밀리, 잠시 혼자 있을 수 있지? 아줌마가 없는 동안 절대로 바보 같은 짓을 하지 않겠다고 약속할 수 있니?"

아이는 다소 불안한 표정으로 입술을 잘근 깨물었다.

"특히 성냥을 가지고 놀면 절대 안 돼. 얌전하게 〈SOS 팬텀〉을 보면서 아줌마가 오길 기다리면 돼, 알았지?"

에밀리는 말없이 고개를 끄덕였다.

에이프릴은 집게손가락을 위협적으로 들어 샤페이 종 개 쪽으로 돌렸다.

"너, 하마 같은 녀석도 집을 잘 보고 있어야 해!"

트렌치코트를 걸쳐 입은 에이프릴은 자동차 열쇠를 들고 루이스버그 스퀘어 쪽으로 뛰어갔다. 그녀의 카마로 승용차는 공원 반대쪽에 주차되어 있었다.

차에 오른 에이프릴은 곧장 찰스 스트리트를 향해 달렸다. 신호를 두어 번 어긴 덕분에 그녀는 곧 비콘 힐로 들어섰다. 매튜가 대로변에서 택시를 잡았다면 아직 주변을 벗어나지 못했으리라. 에이프릴은 자동차 사이를 지그재그로 누비며 택시 뒷좌석에 앉은 승객들의 얼굴을 살폈다.

5백 미터쯤 살피다가 드디어 최근 3년 사이에 부쩍 세력을 확장하고 있는 하이브리드 택시회사 소속 클린에어 캡 택시에 타고 있는 매튜를 발견했다. 에이프릴은 가속페달을 밟아 차를 택시 가까이 밀착시키고 매튜에게 내리라는 수신호를 보냈다. 그러자 별안간 택시가 속도를 높여 달리기 시작했다. 매튜가 택시 기사에게 속도를 올려달라고 부탁한 게 틀림없었다.

에이프릴은 체념한 듯 한숨을 푹 내쉬고는 도요타 택시의 뒤를 바짝 추격했다. 택시는 이제 막 하버드 철교로 들어섰다. 두 자동차는 거의 부딪칠 만큼 밀착해서 달렸다. 택시 기사가 겁을 집어먹은 듯 오른쪽 차선으로 들어가더니 비상등을 켜고 차를 세웠다.

"당장 내려요. 사고가 나면 손님이 책임질 것도 아니잖아요."

택시 기사가 매튜에게 명령조로 말했다.

에이프릴도 비상등을 켜고 그린 캡 뒤에 차를 세웠다. 매튜는 택시 기사에게 어서 출발하라고 사정했으나 소용없었다. 매튜를 내리게 한 택시 기사는 시내 쪽으로 휑하니 사라졌다. 에이프릴이 차에서 내리자 주변에서 클랙슨 소리가 요란하게 터져 나왔다. 4차선 교량 위에서 차선 하나를 막고 차를 정차하는 건 매우 위험천만한 짓이어서 엄격하게 금지되고 있었다.

"어서 차에 타, 집으로 돌아가야지."

에이프릴이 산책하는 사람들을 배려해 마련된 인도로 들어서며 소리쳤다.

"난 안 가! 당신이 무슨 권리로 이 일에 끼어드는 거야?"

"친자 확인을 해서 뭐가 달라지는데? 만약 에밀리가 친자가 아니라고 나오면 아이를 버릴 거야?"

에이프릴이 클랙슨 소리 때문에 목청을 한껏 높여 물었다.

"물론 그렇지는 않지만 진실이 뭔지는 알아야겠어."

"진실을 알아낸다고 해서 달라질 건 없어. 뭐가 옳은지 잘 생각해보고 결정해."

에이프릴이 팔짱을 끼며 매튜를 타일렀다.

"생각이라면 이미 충분히 해봤어. 난 지금 진실을 알아내는 게 무엇보다 중요해. 케이트에게 무슨 일이 있었는지 알아내야겠어. 왜 나를 속였고, 왜 다른 남자와 그런 짓을 저질렀는지."

"케이트는 이미 죽은 사람이야. 당신은 비록 몇 년 동안이지만 케이트와 더없이 행복하게 살았어. 그 전에 무슨 일이 있었는지는 모르지만 케이트는 아이 아빠로 당신을 선택했어. 무엇보다 그 사실이 중요한 거야."

매튜는 차분하게 에이프릴의 말을 듣고 있었지만 감당할 수 없을 만큼 큰 고통이 가슴을 짓눌렀다.

"당신은 내 마음을 이해할 수 없어. 나는 케이트를 세상 그 누구보다 사랑하고 전적으로 신뢰했어. 케이트가 그런 나를 어떻게 속일 수 있지? 난 가정을 깨면서까지 케이트를 선택했는데, 어떻게 이럴 수 있어?"

"당신은 오래전부터 사라를 사랑하지 않았잖아."

"그건 중요하지 않아. 아무튼 지난 4년 동안 나는 감쪽같이 속았어. 나는 케이트를 이 세상에서 가장 잘 안다고 믿었는데 정작 아무것도 몰랐어. 멍청이처럼 내 인생에 생판 낯선 사람을 끼어들게 한 거야. 지금이라도 난 케이트가 어떤 여자였는지 알아야겠어."

에이프릴이 매튜의 멱살을 잡고 사정없이 흔들어댔다.

"케이트는 죽었다니까, 이 멍청아! 제발 망상에서 깨어나란 말이야!

케이트는 이미 하늘나라로 떠났는데 왜 지난 과거를 들쑤셔가며 소중한 추억을 짓밟으려 들어?"

"아까도 말했지만 난 케이트의 진실을 알아야겠어. 다른 이유는 없어."

"이봐, 나에 대해 알아? 당신이 나에 대해 알고 있는 걸 이야기해봐."

에이프릴이 뜬금없이 말했다. 매튜는 대화의 방향이 바뀌자 잔뜩 눈살을 찌푸렸다.

"당신은 나와 같은 집에 살고 있고, 세상 누구보다 신뢰하는 절친이지."

"그게 다야? 그 정도로 나에 대해 다 안다고 생각해?"

"당신은 샌디에이고에서 태어났고, UCLA에서 예술사를 공부했고, 부모님은 골동품 상점을 운영하셨어. 또……."

"죄다 내가 당신한테 말해준 것들뿐이잖아. 당신이 나에 대해 알고 있는 이야기들은 진실과는 거리가 멀어. 내 엄마는 네바다주에 거주하는 남자들 중 절반가량과 잠을 잤기에 내 친부가 누군지 끝내 말해줄 수 없는 입장이었어. 내 엄마는 당신이 알고 있다시피 골동품상이 아니야. 평생 남을 속이고 살아온 사기꾼에다 허구한 날 술이나 퍼마시는 주정뱅이었어. 내가 UCLA에서 예술사를 전공해? 난 대학 근처에도 가본 적 없어. 공부라면 캘리포니아주 여자교도소 초칠라에서 갱생 공부를 한 게 전부야. 그래, 당신도 방금 들었듯이 난 범죄자였어."

깜짝 놀란 매튜는 에이프릴의 눈을 똑바로 응시했다. 그는 에이프릴이 농담을 하고 있다고 생각했으나 눈빛을 보니 그런 것 같지 않았다.

"당신 앞에서 내가 어떻게 살아왔는지 찰스 디킨스식으로 미주알고 주알 털어놓는 짓은 하지 않을게. 그렇지만 이것만은 알아둬. 난 아주 힘든 생을 살아왔어. 청소년 시절에는 나쁜 친구들과 어울리며 가출도 수없이 했고, 약도 조금 해봤어. 아니지, 사실은 심하게 많이 했어. 그때는 약을 사기 위해서라면 무슨 짓이라도 할 준비가 되어 있었지."

갑자기 에이프릴의 눈에서 걷잡을 수 없이 눈물이 쏟아졌다. 그녀의 머릿속에서 고통스럽고 수치스러운 기억들이 불법 침입자들처럼 수면 위로 떠올랐다.

"철창행은 이미 예약돼 있었던 셈이지. 스물두 살에 강도짓을 하다가 경찰에 체포돼 초칠라에서 3년을 살았어. 자, 이게 내 본 모습이야."

에이프릴은 참았던 숨을 쉬며 세찬 바람이 불어와 눈앞을 가리는 머리카락들을 떼어냈다.

"밑바닥을 훑으며 살아온 인생이 내 전부는 아니야. 난 인생의 두 번째 기회를 잡기 위해 눈물겹게 싸워왔어. 캘리포니아에 있을 때는 밑바닥 인생이었지만 반대편인 동부로 날아와 이를 악물고 버틴 결과 기어이 새로운 인생을 여는 데 성공했어. 난 지난 10년 동안 단 한 번도 마약에 손댄 적 없고, 화랑 사업도 성공적으로 키워냈어."

"당신이 어떻게 살아왔든 난 지금의 당신을 믿어. 한데 왜 당신은 처음부터 그런 이야기를 털어놓지 않았어?"

매튜가 에이프릴을 위로하며 물었다.

"사람은 앞을 보고 나아가야 하니까. 과거는 이미 지나갔어. 죽은 사람은 하늘나라에서 자기들끼리 살게 내버려둬."

매튜는 고개를 푹 떨어뜨렸다. 에이프릴의 말이 옳았기 때문이다.

"케이트를 진정으로 사랑했다면 의심을 거둬. 괜한 의심으로 당신 자신과 주변 사람들을 괴롭히지 마. 사람들은 흔히 겉모습만 보고 상대를 판단하지. 케이트의 진실이 뭐였건 이미 죽은 목숨이라 돌이킬 수 있는 게 아무것도 없어. 친자 확인 검사를 해서 뭐하게? 케이트의 과거를 뒤지고 다녀봐야 고통과 불신만 가중될 뿐이야. 당신을 더욱 고통스럽게 하는 일이야. 이쯤에서 인생의 페이지를 내일로 넘겨."

완전히 넋이 나간 매튜는 두 눈 가득 눈물이 고인 채 들고 있던 가방을 에이프릴에게 넘겨주었다. 에이프릴은 가방에서 컴퓨터와 연구소 주소가 적힌 봉투를 꺼내 있는 힘을 다해 다리 아래로 집어던졌다. 매튜를 부축해 차에 태운 에이프릴은 서둘러 집으로 돌아왔다.

♠

봉투는 찰스강을 따라 떠내려가다가 이내 대서양 물속으로 가라앉았다. 컴퓨터는 아무도 건져 올릴 수 없는 물속에 수장되었다. 매튜와 엠마가 교신할 가능성도 영영 사라져버렸다.

♠

다만 세상일이란 언제나 그리 간단하지 않다는 게 문제였다.

4부

갈 곳 없는 여자

16. 어둠의 왕자

신비를 유지하라, 그러면 신비가 너를 지켜줄 것이다.

_솔로몬의 노래 8절

보스턴, 2010년

저녁 6시 30분

호텔의 제일 아래층에는 참선하는 자들을 위한 도량처럼 심플하고 깔끔한 일식당이 자리잡고 있었다. 엠마와 로뮈알드는 회전 초밥집의 등받이 없는 의자에 나란히 앉았다.

로뮈알드는 배낭에서 태블릿 PC를 꺼내 엠마에게 내밀었다. 다운로드 받은 자료들을 살펴보라는 뜻이었다.

"닉 피치는 컴퓨터 업계에서 스티브 잡스와 마크 주커버그에 필적할 만한 거물이에요. 대중적으로는 잘 알려져 있지 않은 인물이지만 컴퓨터업계에서는 전설로 통하죠."

엠마는 어린 컴퓨터 천재의 말을 들으며 닉 피치와 관련된 간략한 전기적 사실들을 훑어보았다.

본명 니콜라스 패트릭, 일명 닉 피치

1968년 3월 9일 샌프란시스코에서 태어난 닉 피치는 뛰어난 컴퓨터엔지니어이자 기업가이다. 〈피치 Inc.〉의 창업자이자 회장이기도 하다.

해킹의 천재 닉 피치

닉 피치는 열일곱 살에 대학교 컴퓨터를 이용해 세계에서 보안이 가장 철저하다고 알려진 NASA의 서버에 접속하는 데 성공했다. 닉 피치는 몇 분 동안 NASA의 서버 내에서 자유롭게 서핑을 했지만 파일은 건드리지 않았다.

그 일이 있고 나서 며칠 후, FBI 요원이 버클리대 캠퍼스로 찾아와 닉 피치를 조사했고, 그로부터 몇 달 후 국가의 중요 정보시스템에 불법적으로 잠입했다는 혐의를 적용받아 재판을 받게 되었다. 법정은 닉 피치가 아직 학생이라는 점과 파일에는 손을 대지 않은 점을 참작해 두 달간의 감화원 수용과 일 년간의 보호 감찰 판결을 내렸다.

"닉 피치란 사람 너랑 비슷한 어린 시절을 보냈구나?"

엠마가 피식 웃으며 말했다.

"저에게는 최고의 찬사죠!"

로뮈알드가 입이 귀에 걸릴 만큼 활짝 웃으며 장어데마끼를 날름 집어 입에 넣었다. 음식을 담은 접시들이 컨베이어를 타고 돌면 손님들이 기호에 따라 먹고 싶은 초밥을 가져다 먹는 일명 회전 초밥집이었다. 음식들은 가격에 따라 각기 색깔이 다른 접시에 담겨 있었다.

엠마는 차를 시킨 다음 닉 피치의 전기를 계속해서 읽어 내려갔다.

비디오게임의 창시자 닉 피치

1990년대 초, 닉 피치는 〈약속의 땅〉이라는 제목의 게임을 선보였다. 판타지 세계를 무대로 영웅들이 전투를 벌이는 실시간 전략 게임으로 전 세계에서 인기를 누리며 닉 피치라는 이름을 세상에 알렸다. 게임에 참가하는 자들은 저마다 세 개의 땅을 지키는 수호자, 즉 어둠의 왕자라는 기사가 되어 호전적인 피조물들을 물리치고 적들이 꾸민 음모를 파헤친다. 이 게임의 라이선스는 기록적인 가격으로 디지털소프트 회사에 팔렸다. 그후 2001년까지 여러 가지 후속 버전들이 출시되었다.

운영체제 개발

닉 피치는 학생 시절에 이미 〈유니콘〉이라는 이름의 독특한 운영체제를 개발했다. 닉 피치는 이 컴퓨터 운영체제의 모든 소스 코드를 인터넷에 공개해 누구나 자유롭게 사용할 수 있도록 오픈했다. 그 결과 전 세계 컴퓨터 마니아들이 〈유니콘〉을 자유롭게 사용하고 각자 연구해 업그레이드 버전을 내놓기도 했다. 그 결과 안정적이고 신뢰할 만한 운영체제라는 명성을 얻었지만 어디까지나 컴퓨터 마니아들에게만 국한되었다는 게 한계였다.

〈피치 Inc.〉 설립

닉 피치는 〈유니콘〉 운영체제를 본격적으로 개발하기 위해 〈피치 Inc.〉

라는 회사를 설립했다. 초보자들도 〈유니콘〉 운영체제를 보다 쉽고 재미있게 접근할 수 있는 프로그램을 만들기 위해서였다. 〈피치 Inc.〉는 곧 〈유니콘〉의 독점 유통자가 되어 기술 지원, 인적 자원 교육 등 이 소프트웨어와 관련된 많은 서비스를 상용화하였다. 그러자 〈유니콘〉 운영체제를 초기에 받아들여 사용한 일부의 얼리어답터들이 닉 피치를 비난했다. 닉 피치가 〈유니콘〉을 다른 운영체제들처럼 표준화된 단순 상품으로 전락시켰다는 게 그들의 주장이었다.

닉 피치가 드라이브를 건 상업적 계산은 결과적으로 큰 성과를 거두었다. 그 덕분에 〈유니콘〉은 마이크로소프트 사의 간판 상품인 윈도우에 버금가는 히트 상품으로 성장했다. 〈유니콘〉은 여전히 개인 컴퓨터에는 거의 사용되고 있지 않지만 기업용 컴퓨터인 GPS 시스템, 스마트폰 등의 분야에서는 막강한 시장 지배력을 유지하고 있다.

"와, 이 여자 완전 짱인데요!"

로뮈알드가 뭘 보고 있는지 돌연 감탄사를 토해냈다.

엠마는 고개를 들어 로뮈알드가 자신의 노트북을 제멋대로 휘젓고 다니는 모습을 힐끔 쳐다보았다.

"이젠 아예 제 맘대로 남의 파일을 열어보는군."

"이 여자가 케이트 샤피로 맞죠? 이상한 메일을 보내는 그 남자의 부인."

로뮈알드가 화면을 엠마 쪽으로 돌려주며 물었다.

"그래, 그 여자가 케이트야."

"천사처럼 생겼어요."

로뮈알드가 이번에도 케이트의 사진에서 눈을 떼지 못하며 중얼거렸다. 관능미를 물씬 풍기는 사진이었다. 올누드의 케이트가 가슴 위에 양손을 얹고 있는 바로 그 사진.

엠마는 책망 어린 눈초리로 로뮈알드를 쏘아보았다.

"하여간 남자들이란 죄다 똑같다니까. 어쩜 어린애든 노인이든 벌거벗은 여자 사진만 보면 침을 질질 흘려댈까? 아무튼 구제 불능이라니까."

로뮈알드는 여전히 입을 헤 벌린 채 케이트의 아름다운 자태에 넋이 빠져 있었다.

"침 좀 작작 흘려라, 머저리 같은 녀석아. 그 여자는 성형미인이야! 잘 봐!"

엠마는 얼른 다른 사진들을 보여주었다.

"정말 얼굴이 많이 달라졌지만 원판도 예쁘네요. 바로 이 여자가 닉 피치와 연인 관계였다는 말이죠?"

엠마는 깜짝 놀라 눈을 동그랗게 떴다.

"너, 뭘 보고 그런 소릴 하는 거야?"

"이 여자의 왼쪽 팔에 일각수 문신을 새겼잖아요. 바로 이 일각수 문양이 닉 피치의 상징이거든요. 18년 전, 처음으로 비디오게임을 출시했을 때나 그 후 운영체제 이름을 지은 거나 다 그렇잖아요. 회사 로고도 일각수를 쓰고 있고요."

"그렇지, 유니콘……."

기업, 행정부, 정부산하기관 등지에서 〈유니콘〉이 거둔 승리

기업 서버를 석권한 〈유니콘〉 체제는 미군에까지 확산되었다. 〈피치 Inc.〉는 그 덕분에 기록적으로 짧은 기간에 펜타곤의 무시할 수 없는 파트너로 부상했다.

사생활

〈피치 Inc.〉에서 출시한 비디오게임과 검은색 진에 목폴라, 검은색 가죽 재킷 때문에 어둠의 왕자로 불리는 닉 피치는 수수께끼 같은 인물인 동시에 우상 파괴적인 인물로도 유명하다. 그는 성공한 사업가가 분명하지만 1999년 이후 단 한 번도 언론의 인터뷰에 응하지 않았다. 닉 피치는 사생활을 철저하게 비밀에 붙이는 것으로 유명하다.

닉 피치는 '내 이름은 알려져도 상관없지만 얼굴이 알려지는 건 바라지 않아요'라고 《와이어드》와의 인터뷰 때 말했다. 닉 피치가 언론에 얼굴을 마지막으로 내민 인터뷰였다. 재즈와 현대음악의 열렬한 팬으로 알려진 그는 초현실주의 미술작품 수집가로도 유명하다.

닉 피치 컬렉션은 UC버클리 미술관 상설 전시를 통해 관람할 수 있다. 《포브스》에 따르면 닉 피치의 재산은 현재 175억 달러 정도로 추산된다.

엠마는 모니터에서 눈두덩을 떼고 얼굴을 마사지했다.

내가 지금 무슨 일에 발을 담근 거지? 억만장자가 된 컴퓨터 천재, 신기술에 기반을 둔 컴퓨터 제국, 미군……. 이제 케이트에 대한 조사는 상상할 수조차 없었던 곳으로 그녀를 데려가고 있었다.

이런 게 다 나에게 무슨 의미가 있지?

엠마는 갑자기 맥이 탁 풀리며 의기소침해졌다.

내가 왜 케이트라는 여자에 대해 조사하느라 이 고생을 한담? 크리스마스를 이틀 앞두고 이 낯선 곳에서 도대체 뭘 하고 있는 거람? 꾀죄죄한 애송이 녀석이랑 같은 방에서 크리스마스를 보내야 한다니 말도 안 돼. 이건 정말 너무 심한 비극이야.

엠마는 셰프가 초밥을 김 위에 펼쳐놓고 그 위에 게맛살과 아보카도, 오이 등을 넣어 마끼를 만드는 과정을 물끄러미 지켜보았다. 그러다가 마침내 로뮈알드의 얼굴을 쏘아보았다. 모니터에 코를 박고 있는 컴퓨터 천재는 음식 접시를 집을 때에만 가까스로 눈을 뗐다. 얇게 저민 가리비, 성게데마끼, 킹크랩 집게살…….

"그러다가 이 초밥집에서 나오는 음식을 모조리 먹어 치우겠다."

컴퓨터 모니터에 정신이 팔린 녀석은 몇 초가 지난 다음에야 엠마의 말에 반응했다.

"이것 좀 봐요. 정말이지 흥미진진해요."

녀석이 화면을 엠마 쪽으로 돌려놓으며 말했다.

화면에는 여러 개의 창이 열려 있었다. 케이트가 성형수술을 받기 전과 후에 찍은 사진들이었다. 로뮈알드는 몇 가지 특징을 중심으로 그 사진들에 대해 이야기했다.

"도대체 뭐가 흥미진진하다는 거야?"

"먼저 이렇게 완벽하게 예쁜 젊은 여자가 성형수술을 받는다는 게 이상하잖아요."

"그래, 나도 그건 좀 이상해."

"아무튼 수술 후의 케이트 얼굴은 흔히 말하는 미의 기준을 모조리 충족시키고 있어요."

"몸의 비율이나 얼굴 크기 말이니? 팔등신이니 계란형 얼굴이니 그런 거?"

"몸의 비율이야말로 아름다움에 대한 수학적 연구 결과죠. 과학자들은 어떤 얼굴이 즉각 사람들의 이목을 끄는지 그 이유를 알고 싶어 했어요. 그 결과 미에 대한 시각은 수학적 알고리즘을 따른다는 결론에 도달했어요."

"수학적 알고리즘?"

"얼굴의 대칭과 비례를 결정짓는 규칙을 일컫는 말이죠."

"넌 그런 걸 어떻게 알았어?"

"난 고교 시절 과학계열 학생이었죠. 언젠가 선생님이 《시앙스 에 비》라는 과학 잡지에 실린 기사를 공부해오라고 숙제를 냈어요. 미의 기준에 대한 기사였고, 공부를 하다보니 그 이론의 재미에 푹 빠지게 되었죠. 전혀 새로울 건 없는 이론이었지만 재미있었어요. 레오나르도 다빈치 시절 벌써 다 알려진 것들이었죠."

"얼굴의 대칭성 말고 어떤 규칙들이 있지?"

"완벽한 얼굴에서는 두 눈의 동공 사이 거리가 얼굴 전체 넓이의 절반보다 약간 짧아요. 두 눈과 입의 거리는 두피에서 턱까지 거리의 3분의 1보다 조금 더 길고요."

"케이트의 얼굴이 그 규칙에 부합한다는 거야?"

"케이트의 얼굴은 최적 비율이라고 볼 수 있어요. 그러니까 당연히 사

람들의 시선을 끌었겠죠. 원래도 완벽에 가까웠는데 성형수술을 하고
나서 더욱 완벽해진 거예요."

로뮈알드의 말은 대체로 신빙성이 있어 보였다.

"자, 케이트는 왜 수술을 받았을까요?"

로뮈알드가 망고가 담긴 접시를 끌어당기며 물었다.

"그걸 내가 어찌 알아? 남자들의 마음을 사로잡고 싶어 그랬거나 좀
더 미모에 자신감을 얻고 싶어 그랬겠지."

로뮈알드는 너무 급히 과일을 삼키는 바람에 잠시 숨을 쉴 수가 없었
다. 엠마가 그 모습을 보고는 다시 한번 역정을 냈다.

"넌 뭐가 급해 그리 허둥지둥 먹어대는 거니? 누가 네 접시에 담긴 음
식을 빼앗아 먹기라도 해? 너도 품위 좀 고려해라. 넌 여섯 살짜리 코흘
리개가 아니잖아."

무안해진 로뮈알드가 어깨를 으쓱하며 말했다.

"화장실에 좀 다녀올게요."

"식당에 있는 사람들이 죄다 들을 수 있게 좀 더 큰 소리로 외치지 그
러니? 아예 페이스북에 화장실 간다고 올리지 그래? 네 친구들이 다 알
수 있게."

"난 친구가 없어요."

고개를 푹 떨어뜨린 로뮈알드가 화장실로 걸어가며 웅얼거렸다.

"불쌍해서 눈물이 다 날 지경이네. 로뮈알드, 화장실에 갔다가 호텔
바로 와. 너란 녀석을 데리고 놀자니 칵테일을 두어 잔쯤 마셔야 할 것
같으니까."

엠마는 음식값을 계산하고 자리에서 일어나 노트북을 가방에 집어넣은 다음 로뮈알드의 파카를 집어 들었다.

♠

포시즌스 호텔의 바는 커다란 벽난로와 세쿼이아 나무 패널, 벨벳 소파, 책장, 당구대, 간접 조명 등의 요소들과 더불어 유서 깊은 영국식 클럽 분위기를 풍겼다. 크리스마스가 다가온 탓에 에그노그*가 가득 담긴 샐러드 용기가 카운터 근처에 놓여 있었다.

엠마는 체스터필드 소파에 털썩 주저앉아 카이피로스카를 주문했다. 내색은 하지 않았지만 예고도 없이 불쑥 나타난 로뮈알드가 얄밉지는 않았다. 녀석은 화성인처럼 엉뚱한 면이 있었지만 머리가 빨리 돌아가고 아이디어도 많아 재미있었다. 녀석의 재주를 제대로 살려주면서 데리고 다니면 여러모로 큰 도움이 될 듯했다.

엠마는 녀석에게 모든 걸 털어놓았다. 메일을 주고받다가 매튜에게 반한 대목에서부터 시작해 카지노 건이며 오늘 아침 매튜의 집에 몰래 들어갔던 사연, 케이트의 불륜 사실까지 한 가지도 감추지 않고 몽땅 다 이야기했다. 심지어 자살 시도를 했던 적이 있다는 것과 케이트가 가짜 천장에 숨겨둔 스포츠 가방 속에서 50만 달러가 넘는 지폐 뭉치를 찾아낸 것까지 낱낱이 털어놓았다.

로뮈알드가 자리를 비운 틈을 타 엠마는 녀석의 파카 주머니를 뒤졌다.

*Eggnog 프랑스의 레드풀 lait de poule과 비슷한 음료로, 우유와 설탕, 계란, 생크림, 럼주를 섞어서 만든다

초콜릿 바와 기차표, 포스트잇, 비행기 티켓 따위가 들어 있었다. 기차표는 뉴욕에서 스카데일로 가는 왕복표였다. 스카데일은 맨해튼의 교외 지역으로 부유한 사람들이 사는 마을이었다. 기차표에는 바로 전날 스탬프가 찍혀 있었다. 하행 오전 10시 40분, 상행 오후 1시 14분이면 도착하자마자 포시즌스 호텔로 온 셈이었다.

포스트잇에서 미셸 버코빅이라는 이름을 발견했다. 〈임퍼레이터〉 식당의 대표 이름이었다. 그녀는 월가의 금융가인 남편, 두 자녀와 함께 스카데일에 살았다. 버코빅은 인간미라고는 전혀 없는 거만한 사람으로 조나단 랑프뢰르가 식당을 떠난 직후 〈임퍼레이터〉 식당의 대표로 부임했다.

녀석이 일요일에 버코빅 집에는 왜 간 거야?

다음으로는 파리 샤를르 드골 공항행 비행기 티켓이었다. 티켓에는 오늘 날짜가 찍혀 있었다. 엠마는 눈을 감고 잠시 생각에 잠겼다.

그렇다면 녀석은 짐을 모두 챙겨 번개같이 보스턴으로 왔다는 얘기잖아. 하긴 짐이야 이미 다 싸두었겠지. 파리로 돌아갈 작정이었으니까. 그런 녀석이 내가 매튜 집 보안시스템을 해지해달라고 전화를 걸었을 때쯤 파리 여행을 포기한 건가?

녀석의 행동을 어떻게 해석해야 할지 갈피를 잡을 수 없었지만 엠마는 서둘러 기차표와 비행기표를 다시 주머니에 집어넣었다. 엠마는 주문한 칵테일이 나오자마자 단숨에 다 마셔버렸다. 보드카와 레몬의 혼합액이 감미로웠다. 다른 칵테일을 주문하려고 할 때 로뮈알드가 바로 들어서는 모습이 보였다.

엠마가 손짓을 보냈으나 녀석은 보지 못한 듯했다. 녀석은 두 눈을 잔뜩 내리깔고 휴대폰을 응시하며 자판을 두드리느라 여념이 없었다.

저 녀석이 속한 세대는 정말이지 알다가도 모르겠어. 허구한 날 휴대폰이나 탭만 바라보잖아. 마치 몸뚱이의 연장이기라도 하다는 듯이……. 하긴 나라고 해서 크게 다르지는 않네.

로뮈알드는 기어이 종업원과 살짝 부딪치더니 사과의 말을 하고 나서 엠마를 발견했다.

"이 칵테일, 마셔봐도 돼요?"

그가 엠마의 맞은편에 앉으며 물었다.

"아니, 넌 아직 어린애라서 술을 마시면 안 돼. 콜라나 따뜻한 우유를 마셔."

"내가 어린애라고요? 사람들이 우릴 커플로 보고 있을 텐데요."

"네 꿈속에서야 얼마든지 그런 생각을 하겠지."

"곰곰이 생각해봤는데 현재 우리에게는 케이트의 어린 시절에 대한 정보가 턱없이 부족해요. 수수께끼를 풀어줄 열쇠가 케이트의 어린 시절에 있을지도 모르잖아요. 어떤 사람을 깊이 있게 이해하려면 그동안 어떻게 살아왔는지 과거를 되짚어봐야 한다잖아요."

"넌 어쩜 꼭 나를 담당했던 정신과 의사처럼 말하니? 계속해봐, 네가 어떤 말을 하는지 진지하게 들어줄 테니까."

"케이트와 닉 피치는 하루 이틀 사귄 게 아닌 듯해요. 지금으로서는 추측일 뿐이지만 난 이 사진을 찍어준 사람도 닉 피치일 거라 생각해요."

로뮈알드가 어느새 자신의 스마트폰에 저장해놓은 케이트의 상체 탈의 사진을 가리키며 말했다. 케이트의 몸에 일각수 문신이 또렷하게 새겨져 있었다.

"그럴 수도 있겠지."

"케이트의 예전 친구를 찾아내서 물어봐야겠어요."

"예전 친구라면 누구?"

"예전에 집 대문의 경보를 해제할 때 필요한 세 가지 질문 중에 대학생 때 가장 친한 친구 이름을 묻는 질문이 있었잖아요?"

"그래, 그랬었지."

엠마가 팔뚝에 적어놓은 답변을 읽기 위해 소매를 걷어붙였다.

"아줌마 수첩이 마음에 들어요. 내가 여덟 살 때 애용했던 수첩이죠."

"그 방정맞은 입 좀 닥치지 못할까! 그 여자 이름은 조이스 월킨슨이야. 그 여자를 찾아내려면 시간이 꽤나 걸릴 거야. 게다가 그 여자는 분명 결혼했을 테니 성이 달라졌겠지."

"걱정하지 말아요, 3분 이내에 찾아낼 수 있을 테니까."

로뮈알드가 엠마의 넋두리를 끊고 버클리대학교 홈페이지에 접속했다. 다만 졸업생 공간은 회원들에게만 열려 있었다.

"해킹이 불가능한 공간이니?"

"해킹보다는 고전적인 수법을 써볼까 해요."

로뮈알드가 단순히 조이스 월킨슨 + MD*라고 적자 검색엔진은 즉각 요청한 정보를 제시했다.

"신경과학 교수 조이스 월킨슨. 스탠퍼드대학교에서 박사 학위를 받

*Medical Doctor 의학박사의 약자

있어요. 1993년부터 1998년까지 버클리의대에서 공부했고요."

"그 여자가 확실해."

"알츠하이머병 전문가로 나와 있어요."

로뮈알드가 화면에 뜬 정보를 훑어 내려가며 설명을 덧붙였다. 가장 요긴한 정보는 조이스 윌킨슨이 MIT 부속기관으로 뇌 질환 연구를 전문으로 하는 〈브레인 앤 메모리 인스티튜트〉에서 일한 적이 있다는 사실이었다.

엠마는 흥분을 감추지 못하고 입술을 깨물었다. 사실이라면 너무나 마음에 쏙 드는 정보였기 때문이다. MIT 건물은 바로 케임브리지에 있고, 그곳이라면 보스턴에서 불과 수십 킬로미터 거리에 있었다.

"조이스는 학부 때 케이트와 같이 공부했어요. 케이트와 가장 친한 친구였다니까 기숙사 방도 붙어 있었을지도 모르죠. 당장 찾아가 물어봐야겠어요."

"나도 당장 찾아가 물어보고 싶지만 조이스가 내 질문에 대답해줄 의무가 전혀 없다는 게 문제야. 내게는 그녀에게 대답을 강제할 아무런 수단이 없어."

"조이스가 말을 하도록 겁을 주어야죠. 사람들은 누구나 경찰을 만나게 되면 입을 열잖아요."

"난 와인 감별사지 경찰이 아니거든."

"내가 진짜보다 더 진짜 같은 경찰신분증을 만들어줄게요."

엠마는 여전히 고개를 저었다.

"오늘은 12월 23일이야. 조이스는 분명 휴가 중일 거야."

"휴가인지 아닌지 확인할 수 있는 방법이 있어요."

로뮈알드가 딱 잘라 말했다.

로뮈알드는 〈브레인 앤 메모리 인스티튜트〉 사이트에 접속해 거기 적혀 있는 대표전화 번호를 눌렀다.

"자, 이제 아줌마 차례가 됐어요."

로뮈알드가 전화기를 엠마에게 건네주며 말했다.

"〈브레인 앤 메모리 인스티튜트〉입니다. 무얼 도와드릴까요?"

전화 교환수가 물었다.

엠마는 목청을 가다듬었다.

"안녕하세요? 윌킨슨 박사를 연결해 주시겠습니까?"

"누구시라고 전해드릴까요?"

"저어, 엄마예요."

불의의 질문에 당황한 엠마가 얼떨결에 대답했다.

"잠깐만 기다리세요, 곧 바꿔드리겠습니다."

엠마는 얼른 전화를 끊었다.

"적어도 조이스가 지금 근무 중이라는 건 알아냈어."

엠마가 카운터를 향해 계산서를 달라고 손짓하며 말했다.

그런 다음 로뮈알드에게 물었다.

"너 정말 경찰신분증을 만들 수 있어?"

로뮈알드가 고개를 끄덕였다.

"이 호텔 비즈니스센터에 성능 좋은 컬러 프린터가 한 대 있어요. 5분 후에 그리로 오세요."

로뮈알드가 자리를 뜨자 엠마는 메일함을 확인했다. 엠마가 아침에 보낸 메일에 대해 매튜는 여전히 답장이 없었다. 이상한 일이었다. 엠마는 최근 며칠 동안 자신의 삶을 송두리째 흔들어놓은 사건들에 대해 차분하게 생각해보았다.

어쩌다 내가 이런 소용돌이에 휘말리게 되었을까?

엠마는 종업원이 내미는 계산서에 서명하고 나서 로뮈알드가 가 있는 비즈니스센터로 향했다.

♠

리셉션장 근처에 위치한 비즈니스센터는 소파와 칸막이 등을 갖추어놓은 널찍한 공간으로 컴퓨터, 프린터, 팩스 등 사무기기가 완벽하게 구비되어 있었다.

엠마는 칸막이가 쳐진 공간 안에서 열심히 작업 중인 로뮈알드를 쉽게 찾아낼 수 있었다.

"자, 웃어요."

로뮈알드가 휴대폰 사진기를 들이대며 말했다.

"증명사진을 찍어야 하는데 연방경찰 FBI가 좋겠어요, 아니면 보스턴경찰 BPD가 좋겠어요?"

"BPD가 그나마 신빙성이 있지 않을까?"

"어쨌거나 옷은 갈아입어야 해요. 지금은 전혀 경찰 같지 않은 복장을 하고 있으니까."

엠마는 로뮈알드의 옆으로 다가가 앉았다. 그가 작업하는 모습을 지켜보면서 엠마는 마음을 채우고 있는 몇 가지 의심을 털어놓았다.

"어쩜 우리가 완전 잘못 짚었을 수도 있어. 케이트는 전혀 흠잡을 데 없는 여자였을지도 몰라."

"지금 장난해요? 천장에 50만 달러를 숨겨놓은 여자였다면 분명 뭔가 의심할 만한 여지가 있는 사람이 분명해요. 그 돈의 출처가 어딘지, 그 돈으로 무얼 하려 했는지 알아내야만 해요."

"네 생각에는 어떻게 하는 게 좋겠니?"

"좋은 생각이 있긴 한데 몇 가지 장비가 필요해요."

컴퓨터 천재를 믿어보기로 한 엠마는 그에게 신용카드를 내밀었다.

"카드로 장비를 구입해. 필요하면 현금 인출도 가능해."

그런 다음 엠마는 팔뚝에 적어놓은 글씨를 읽기 위해 다시 한번 소매를 걷어 올렸다.

"아 참, 네가 알아봐줘야 할 게 있어. 케이트는 '보스턴 여자의 산책'이라는 블로그를 운영해왔어. 가볼 만한 식당이나 상점을 소개하는 블로그야. 네가 직접 그 블로그에 한번 들어가봐. 식당이나 상점을 소개하는 어조나 방식이 좀 이상하다 싶었거든."

"알았어요. 한번 들어가서 확인해볼게요."

로뮈알드가 블로그 주소를 적으며 대답했다. 그가 이내 빳빳한 판지를 넣고 경찰신분증을 출력하더니 정성스럽게 잘랐다.

"자, 받으시죠, 경관님."

로뮈알드가 엠마에게 경찰신분증을 내밀었다.

엠마는 경찰신분증을 요모조모 살펴보다가 감탄했다는 듯 고개를 끄덕이며 지갑 속에 집어넣었다.

"수시로 연락을 주고받자. 괜히 엉뚱한 짓은 하지 마. 어떤 문제가 생기면 얼른 전화하고."

"네, 분부대로 할 테니 걱정 말아요. 수시로 전화할게요."

로뮈알드가 한쪽 눈을 찡긋하고는 휴대폰을 흔들어 보였다.

♠

보일스턴 스트리트에는 여전히 눈발이 휘날리고 있었다. 차들은 눈 때문에 속도를 못 내고 엉금엉금 기다시피 굴러다녔다. 하지만 눈 때문에 항복을 선언할 보스턴 시민들이 아니었다. 각 건물의 경비원들이 삽을 들고나와 건물 입구에 쌓인 눈을 치우는 동안 시청에서 나온 직원들이 차를 타고 지나가며 도로에 염화칼슘을 뿌리는가 하면 교통정리를 하느라 부산하게 움직였다.

포시즌스 호텔 가까이에 마침 쇼핑몰이 하나 있었다. 엠마는 쇼핑몰에서 진 바지, 발목까지 올라오는 앵클부츠, 목이 올라오는 캐시미어 폴라, 가죽점퍼 따위를 구입했다.

엠마는 피팅룸에서 옷을 갈아입으며 이 정도면 조이스 윌킨슨이 경찰로 봐줄 수 있을지 궁금했다.

"보스턴경찰서 소속 엠마 로벤스타인 경관입니다!"

엠마는 거울을 향해 가짜 신분증을 내밀며 연습 삼아 중얼거려 보았다.

17. 컴퓨터 모니터만 끼고 사는 소년

우리의 자유는 다른 사람이 우리의 존재를 모른다는 사실을 토대로 구축된다.

_알렉산드르 솔제니친

보스턴, 2010년

저녁 7시 15분

눈송이는 로뮈알드의 안경에도 쌓였다. 그는 안경을 벗어 스웨터 소매로 렌즈를 닦았다. 안경을 닦아 다시 코에 얹었지만 닦기 전보다 그다지 또렷하게 보이지도 않았다. 안경을 끼거나 벗거나 세상은 온통 뿌옇고, 어둡고, 복잡하게 보였다.

내 인생도 참······.

로뮈알드는 태어나서 처음으로 정해놓은 순서에 따라 움직여보기로 했다. 공항에서 오는 길에 유명 컴퓨터 회사의 사옥을 봐두었다. 거대한 투명 큐브 같은 건물로 보일스턴 스트리트에 위치해 있었다.

로뮈알드는 지금 그 유명 컴퓨터 회사를 찾아가는 길이었다. 인도는 눈이 얼어붙어 스케이트장을 방불케 할 만큼 미끄러웠다. 몇 번이나 넘어질 뻔했지만 가까스로 가로등이나 도로표지판 기둥을 붙잡으며 몸의 중심을 유지했다.

로뮈알드는 마침내 웅장한 3층짜리 유리 건물 입구에 도착했다. 크리스마스가 이틀 앞으로 다가온 탓에 상점들은 자정 전후까지 문을 열었다. 거대한 상점 안은 마치 개미굴 같았다. 빠른 걸음으로 상점을 드나드는 손님들이 어찌나 많은지 그냥 포기하고 돌아갈까 생각했다. 사람들이 많이 드나드는 곳에 가면 늘 그랬듯이 불안감이 엄습해왔다. 가슴이 쿵쾅거리고 이마에 식은땀이 솟았다. 현기증이 엄습해오는 바람에 3층까지 연결돼있는 투명 아크릴 계단을 올라갔다. 그나마 높은 곳으로 올라서자 숨쉬기가 한결 수월했고, 몇 번 심호흡을 하자 차츰 불안감도 가라앉았다.

계단을 내려와 긴 줄의 꽁무니에 선 로뮈알드는 한참을 기다린 끝에 비로소 그를 상대해줄 점원 앞에 서게 되었다. 점원 입장에서 보자면 로뮈알드는 누구보다도 사랑스러운 고객이었다. 본인이 구입하고자 하는 물건을 미리 정해두고 있을 뿐만 아니라 가격도 거의 구애를 받지 않았으니까.

로뮈알드는 최고급 사양의 컴퓨터를 선택했고, 모니터도 여러 개 구입했다. 그 밖에도 다양한 주변기기들과 케이블, 연장 코드 등을 샀다. 언제나 꿈꾸어왔던 최첨단 컴퓨터 기기들이었다. 결제를 마치자 상점 측에서는 호텔까지 거리가 멀지 않으니 한 시간 내에 무료로 배송해주겠다고 했다.

로뮈알드는 첫 번째 주어진 임무를 성공리에 마쳤다는 생각에 가슴 뿌듯해하며 호텔로 돌아왔다. 스위트룸에 도착한 그는 룸서비스에 전화를 걸어 트뤼프를 넣은 로시니 버거, 체리를 넣은 초콜릿케이크 포레 누아르 그리고 다이어트 콜라를 주문했다.

컴퓨터 장비가 배달되자 로뮈알드는 분위기에 적합한 음악(레드 제플린, 블루 오이스터 컬트, 위저······)을 선곡한 후 헤드폰을 꽂고 저녁 내내 장비를 설치했다.

방 안에서 최고 사양의 컴퓨터 엔진 소리를 접하자니 낙원이 따로 없었다. 로뮈알드는 컴퓨터와 각종 전자기기, 먹는 걸 좋아했고, 몇 시간이고 혼자 앉아 공상과학소설이나 판타지소설을 읽었다. 물론 이따금씩 굉장히 외롭다고 느껴지는 순간이 있었다. 외롭다는 생각은 먼바다에서 밀려오는 파도처럼 아주 갑작스럽게 들이닥치고는 했다. 그때마다 슬픔으로 목이 메는 듯하다가 이내 눈물이 쏟아졌다. 세상 어디에도 그의 자리는 없었고, 그런 까닭에 여유로운 태도를 유지할 수도 없었다. 그의 부모나 지속적으로 만나 상담하는 정신과 의사는 자주 그에게 말했다.

'다른 사람들과 교류하며 살아야 해.'

'운동을 해라.'

'또래 친구들을 많이 사귀어라.'

로뮈알드는 가끔 그들을 기쁘게 해주기 위해 나름 노력을 많이 했지만 결과는 늘 신통찮았다. 기본적으로 사람들을 너무 많이 경계했다. 그들의 시선, 평가, 언제 가해올지 모르는 타격 등이 그에게는 모두 경계 대상이었다. 어릴 때부터 누군가가 자그마한 화살이라도 쏘게 되면 얼른 자신이 만들어놓은 단단한 갑옷 속으로 몸을 숨기곤 했다.

로뮈알드는 콜라 잔을 비우며 컴퓨터 기기 설치를 끝냈다. 그에게 지금 벌어지고 있는 상황은 몹시 흥분되는 동시에 여러모로 어리둥절한 게 사실이었다.

지금 난 내 집에서 6천 킬로미터나 떨어진 이 낯선 도시 보스턴의 최고급 호텔 스위트룸에서 미래에서 보내는 메일을 받았다고 주장하는 이상한 여자와 뭘 하고 있지?

로뮈알드는 그저 본능에 충실했을 뿐이었다. 엠마가 가끔 심한 말로 톡톡 쏴대긴 해도 마음이 무척이나 따뜻한 여자일 거라 짐작했다. 그는 길지 않은 인생을 통틀어 처음으로 누군가에게 유용한 사람이 되어주고 있다는 걸 느꼈다. 그에게는 마음만 먹는다면 언제나 잘 돌아갈 준비를 갖춘 두뇌가 있었다.

해킹 장비 설치를 마무리 지은 로뮈알드는 적의 성을 향해 돌진하는 병사처럼 맹렬한 기세로 키보드를 두드리기 시작했다. 그는 뉴욕에 있을 때 친구 제이로드가 맨해튼 지역 감시카메라를 실시간으로 관리하는 어웨어니스 시스템의 초보 단계를 순식간에 해킹하는 과정을 지켜본 적이 있었다. 그때 그는 몇몇 조작 방법을 머릿속에 입력해두었다. 그가 첫 번째 타깃으로 설정한 매사추세츠병원 전산시스템 공격은 그 정도만으로도 충분했다.

로뮈알드는 마침내 매사추세츠병원의 전산망과 감시카메라 시스템을 장악하는 데 성공했다. 그는 환자들에 대한 의료기록을 비롯해 직원 신상 관련 서류와 전 직원의 업무와 스케줄 등을 열람하는 데 필요한 허가도 얻어냈다.

로뮈알드는 누가 시키지도 않았는데 케이트에 대한 자료를 확인했다. 케이트는 일과를 마친 상태로 다음 날 아침 8시에 다시 근무에 복귀하는 것으로 되어 있었다. 오전에는 심장센터, 오후와 저녁 시간에는 보스턴 남서부 교외에 위치한 자메이카 플레인 어린이 병원에서 각각 근무하는 것으로 되어 있었다.

엠마는 분명 케이트가 어린이 병원 주차장에서 나오다가 밀가루 배달 트럭과 부딪쳤다고 말했다. 방금 전과 똑같은 '조작 절차'를 밟은 결과 15분 만에 병원 부속기관의 전산시스템에 자연스럽게 접속했다. 거의 한 시간가량 카메라들을 넘나들며 그 장소를 섭렵하고 났을 때, 케이트의 블로그에 들어가 보라던 엠마의 말이 떠올랐다.

'보스턴 여자의 산책' 블로그는 좋아하는 장소들을 나열해놓은 일종의 카탈로그였다. 맛있는 식당과 분위기 좋은 카페, 상점들이 주종을 이루었고, 한두 장의 사진을 곁들여가며 각각의 장소에 대해 간단한 설명을 붙여놓은 정도였다. 시간 순서에 따라 케이트가 올린 글들을 읽어본 로뮈알드는 각각의 글들이 서로 다른 투로 쓰였다는 사실에 놀라지 않을 수 없었다. 어떤 글은 지나치게 문어체인데 반해 어떤 글은 알기 쉬운 구어체인데다가 맞춤법의 오류가 너무 많았다. 동일한 사람이 썼다고 보기에는 너무나 이질적인 글들이었다. 게다가 케이트처럼 바쁘기 짝이 없는 여자가 어떻게 이토록 자주 산책을 나갈 수 있었는지 의심스러웠다. 케이트의 글들은 다른 사람의 블로그에서 퍼온 게 분명했다. 결국 남이 쓴 글을 퍼오거나 복사해놓은 것에 지나지 않는 블로그였다.

케이트는 무슨 목적으로 이런 블로그를 운영해오고 있었을까?

이번에는 쉽게 답이 나오지 않았다. 로뮈알드는 몇 분 정도 더 블로그에 실린 글들을 읽어나갔다. '조나스21'이라는 아이디를 가진 사람이 블로그에 열심히 드나들며 댓글을 단 흔적이 보였다.

'흥미로운 곳인데 좀 더 자세하게 알고 싶어요.'

'저도 벌써 거기 가봤어요.'

'별 볼일 없는 식당이던데요?'

'그 집에서는 정말 맛있게 먹었어요. 추천 감사합니다!' 등의 짤막한 댓글을 남겼지만 '조나스21' 외에 다른 방문객은 없었다.

로뮈알드는 늘어지게 하품을 했다. 모든 게 오리무중이었다. 그는 별 생각 없이 컴퓨터 고수 제이로드에게 케이트 블로그의 주소와 그 사이트에 특이한 사항은 없는지 살펴달라는 메모를 보냈다. 아주 급한 일이니까 빨리 마무리해주면 1천 달러를 주겠다는 약속도 덧붙였다.

결국, 로뮈알드가 모니터 앞에서 잠든 시간은 새벽 1시가 지나서였다.

18. 로벤스타인 경관

여자란 티백과 같은 존재라서 뜨거운 물에 들어가기 전까지는 얼마나 강한지 도무지 알 수가 없다.

_엘리너 루스벨트

보스턴, 2010년

밤이면 빛을 발하는 이중나선 구조 덕분에 유리로 지어진 〈브레인 앤 메모리 인스티튜트〉 건물은 거대한 DNA 분자처럼 보였다. 유리문이 강한 기류를 발생시키며 활짝 열렸다.

엠마는 당당하게 병원 프론트를 향해 걸어갔다.

"보스턴 경찰 소속 로벤스타인 경관입니다."

엠마가 신분증을 꺼내 보이며 말했다.

"무슨 일이죠?"

엠마는 조이스 윌킨슨 박사를 만나야겠다고 요청했다.

"교수님께 연락드리겠습니다."

안내직원이 전화기를 들며 말했다.

"잠시만 기다리세요."

조금 긴장한 엠마는 점퍼의 지퍼를 열고 로비에서 이리저리 발걸음을 옮겼다. 우윳빛 벽 때문인지 마치 우주선 안에서 돌아다니는 듯한 느낌이었다. 벽 양쪽에는 인체 중에서도 가장 신비스럽고 매력적인 기관을 전문으로 연구하는 이곳의 최근 연구 성과를 보여주는 패널들이 환한 불빛 아래 비치되어 있었다.

인간의 뇌라……

이 신경과학 전문 연구기관이 추구하는 목표는 분명해 보였다. 세계에서 가장 뛰어난 연구가들을 한자리에 모아 신경계통 질병(알츠하이머, 정신분열증, 파킨슨병 등)에 대한 지평을 넓혀간다는 취지였다.

"경관님, 제가 안내해드리겠습니다."

엠마는 안내직원을 따라갔다.

캡슐 모양의 엘리베이터는 제일 꼭대기 층으로 올라갔다. 유리 복도가 끝나는 곳에 투명한 공간이 나타났다. 조이스 윌킨슨 박사의 연구실이었다.

과학자는 엠마가 연구실 문턱을 넘어서자 노트북에서 눈을 떼고 출입문 쪽을 바라보았다.

"어서 오세요, 경관님. 여기 앉으세요."

조이스 윌킨슨 박사가 손으로 의자를 가리키며 엠마를 맞았다.

사진을 보면서 짐작했던 대로 윌킨슨 박사는 인도 출신이었다. 가무스름한 피부와 흑단 같은 짧은 머리는 투명한 테를 두른 작은 안경알 뒤에 보이는 밝은 빛깔 눈동자와 뚜렷한 대조를 이루었다.

엠마는 눈 하나 깜짝하지 않고 자연스럽게 신분증을 제시했다.

"이렇게 시간을 내주셔서 감사합니다, 윌킨슨 교수님."

윌킨슨 박사는 대꾸도 없이 고개만 끄덕였다. 단추를 채우지 않은 가운의 벌어진 틈으로 카키색 진 바지와 실로 짠 스웨터가 보였다. 털털한 복장 탓인지 윌킨슨 박사는 마치 선머슴 같은 인상을 풍겼다. 넓적하고 앳된 얼굴은 상대방에게 호감을 주기에 충분했다.

엠마는 의자에 앉기 전 연구실을 빙 둘러보았다. 벽이란 벽은 온통 평면화면으로 도배하다시피 덮여 있었다. 인간의 뇌 단면을 찍은 수십 장의 사진들이었다.

"마치 앤디 워홀의 그림 같아요."

엠마가 뇌의 활동을 표시해놓은 매직펜의 선명한 색상을 가리키며 말했다. 그 색상 덕분에 사진이 훨씬 생생하고 활기차며, 심지어 유쾌해 보이기까지 했다.

"남아메리카에서 퍼져나간 어느 한 가정의 수천 명을 표본으로 삼아 진행한 연구죠. 알츠하이머에 걸릴 만한 특성을 지닌 가정이었죠."

"그 결과 어떤 결론이 났죠?"

"이 연구 결과에 따르자면 알츠하이머의 전조는 최초의 증세를 보이기 20년 전에 이미 나타난다는 걸 밝혀냈죠."

엠마는 가까이 다가가 사진을 들여다보았다. 문득 아버지 생각이 났다. 뉴햄프셔의 어느 시설에 입원했던 아버지는 알츠하이머 말기 환자였다.

"양아버지가 조기에 알츠하이머 증세를 보였어요. 그 결과 제 어린 시절은 그야말로 엉망이 되고 말았죠. 그런 일을 겪었기 때문에 제가 이 분야의 연구를 하게 된 건지도 모릅니다. 인간에 관한 모든 일은 바로 뇌에서 결정되잖아요. 전기 신호도 그렇고 뉴런 간의 접합도 그렇고……."

조이스는 자신의 머리를 가리키며 엠마의 동의를 구했다.

"전기 신호도 그렇고, 뉴런 간의 접합도……."

"네, 그렇죠. 뇌는 우리가 내리는 모든 결정에 관여하죠. 우리의 모든 행동과 판단을 결정한다고 해도 과언이 아닐 거예요. 뇌는 주변 사람들이나 자기 자신에 대해 갖게 되는 의식을 좌지우지하는 역할도 합니다. 우리가 사랑에 빠지는 방식까지도 뇌가 결정하죠."

조이스는 약간 허스키하면서도 따뜻한 느낌이 묻어나는 목소리의 소유자였다. 그녀는 흔들의자에 앉아 상체를 앞뒤로 흔들어가며 이야기를 했다.

"아주 흥미진진한 주제이긴 한데 뇌 이야기를 나누고자 저를 찾아오신 건 아니죠?"

"현재 보스턴 경찰에서 수사를 하는 사건이 한 가지 있는데 케이트 샤피로 박사와 관련이 있어 보입니다."

조이스는 진심으로 깜짝 놀라는 기색을 보였다.

"케이트라고요? 케이트가 뭘 잘못했나요?"

"아직은 뭐라 단언할 수 없습니다. 케이트 박사가 주요 수사 대상자도 아니고요. 더 이상 말씀드리는 건 수사 기밀에 해당되겠군요. 다만 간단한 조사에 적극 협조해주시길 부탁드립니다."

"제가 뭘 어떻게 도와드리면 되죠?"

"몇 가지 질문에 답변해주시면 됩니다. 언제 처음 케이트를 만났죠?"

"그러니까 1993년이었을 거예요. 그때 우리는 둘 다 JMP 1학년 학생이었어요."

"JMP라고요?"

"버클리대학의 합동 의학 프로그램이죠. 5년짜리 의학 코스인데 미국에서 가장 입학하기 힘든 코스로 알려져 있어요. 3년 동안은 과학 과목 이수를 하고, 2년은 캘리포니아주에 산재한 여러 병원에서 의학 연수를 할 수 있게 되어 있죠."

"대학 재학 시절 케이트와 친했었나요?"

조이스는 옛 추억이 떠오르기를 기다리는 사람처럼 말없이 두 눈을 가느다랗게 떴다.

"네, 우리는 3년 동안 버클리대학 기숙사에서 같은 방을 쓸 만큼 친한 사이였어요. 그 후, 한때 2년 동안 샌프란시스코의 작은 아파트에서 같이 지내기도 했죠. 그다음에는 레지던트 과정을 이수하기 위해 볼티모어로 이사를 갔고요."

"당시 케이트는 어떤 학생이었나요?"

신경과학자는 어깨를 으쓱했다.

"아름답고, 야심 많고, 똑똑하고, 강철 같은 의지를 가진 의대생이었죠. 공부도 잘했고, 여러모로 능력이 출중했어요. 나는 케이트처럼 이해가 빠르고, 오래도록 공부에 집중할 수 있는 사람을 본 적이 없어요. 잠을 아주 조금 자는데도 놀라울 정도로 두뇌 회전이 빨랐죠. 아마 우리 동기들 중 가장 뛰어난 학생이었을 거예요."

"케이트는 어느 지역 출신이죠?"

"메인주에 있는 가톨릭 계통 고교를 나왔다고 들었어요. 학교 이름은 잃어버렸네요. 케이트가 그 학교에서 JMP에 최초로 합격한 학생이었다더군요. 케이트의 입학시험 점수는 역대 입학생 중 단연 최고점이었죠. 아직도 그 기록이 깨지지 않고 있다더군요."

"두 분은 어떤 연유로 친구가 되셨죠?"

조이스는 맞잡고 있던 양손을 풀었다.

"어머니의 질병이 우리를 가깝게 했나봐요. 케이트와 제 어머니는 똑같이 다발성경화증을 앓다가 돌아가셨어요. 케이트와 제가 퇴행성 신경 질병 퇴치에 일생을 바치기로 결심한 이유죠."

그 순간 엠마는 눈살을 찌푸렸다.

"교수님께서는 실제로 그렇게 하고 계시지만 케이트는 아니잖아요. 케이트는 지금 흉부외과 의사가 되었으니까요."

"케이트는 1999년, 볼티모어에서 연수를 시작한 지 2년째 되던 해에 갑자기 진로를 변경했어요."

"신경학 레지던트 2년 차에 외과로 전과했다는 말씀인가요?"

"네, 맞습니다. 케이트는 대단히 뛰어난 학생이라 존스 홉킨스[*]에서 학기 중이었지만 외과 레지던트로 받아주었습니다."

"케이트는 무슨 이유로 진로를 바꿨을까요?"

"저도 그 이유를 모르겠어요. 그 후 우리는 각자 다른 길을 걷게 되었고, 자연히 관계도 소원해질 수밖에 없었죠."

엠마가 끈질기게 질문을 물고 늘어졌다.

"케이트는 왜 그런 결정을 내렸을까요? 혹시 짚이는 점이라도 있습니까?"

[*]매릴랜드 대학병원

"벌써 10년도 넘은 일입니다. 그 당시 우리 나이는 스물네 살이었죠. 의대생들이 학기 중에 진로를 바꾸는 건 그리 드문 일도 아니었어요."

"케이트가 퇴행성 신경 질병 퇴치에 평생을 바치겠다고 했다면서요?"

"케이트의 인생에서 분명 뭔가 중요한 변화가 일어났겠죠. 제가 그 중요한 변화가 뭔지는 모르지만 말입니다."

엠마는 책상 위에 놓인 펜을 집어 팔뚝에 1999년이라는 숫자를 적고 나서 그 옆에 '케이트의 인생에 무슨 사건이 일어났을까?'라고 적었다.

"메모지를 줄까요, 경관님?"

엠마는 조이스의 제안을 정중하게 거절하고 질문을 계속했다.

"그 무렵 케이트에게 사귀는 남자가 있었나요?"

"케이트는 대단히 매력적인 여학생이었고, 당연히 따라다니는 남자들이 많았죠. 좀 더 노골적으로 말하자면 남학생들 대부분이 케이트를 볼 때마다 침을 질질 흘리며 자기 침대로 끌어들이고 싶어 안달했어요."

"케이트는 그중 어떤 남자를 선택해 데이트를 했죠?"

엠마가 집요하게 물었다.

"제가 케이트의 사생활에 대해 이러쿵저러쿵 떠들 수야 없잖아요."

엠마는 똑같은 질문을 다른 방식으로 돌려서 했다.

"케이트는 닉 피치와 사귀었죠?"

조이스의 입에서 들릴 듯 말 듯 가느다란 한숨이 새어 나왔다. 그나마 제 입으로 케이트의 비밀을 누설하지 않아 다행이라는 의미 같았다.

"그래요, 케이트는 닉을 사랑했어요."

"두 사람은 언제부터 사귀기 시작했죠?"

조이스가 약간 틈을 보이자 엠마가 기회를 놓치지 않고 그 틈새를 파고들었다.

"열아홉 살 때부터였죠. 우리가 버클리 2학년생이었을 때 닉이 학교에 와서 강연을 한 적이 있어요. 케이트는 그전에도 이미 닉을 만난 적이 있었죠. 강연이 끝나고 나서 케이트는 자연스럽게 닉을 만나러 갔고, 두 사람은 그렇게 연애를 시작했어요. 그때가 아마 1994년이었을 거예요. 닉은 그 당시에 이미 살아 있는 전설이었죠. 나이가 스물대여섯 살쯤 되었을 때인데 비디오게임 사업을 시작해 어마어마하게 큰돈을 벌었으니까요. 그 무렵 독립 소프트웨어 사업 분야에서 〈유니콘〉은 모든 사람의 입에 오르내렸죠."

"두 사람의 관계에 대해 아는 사람들이 더러 있었나요?"

"아마 드물었을 거예요. 아니, 아무도 몰랐을 수도 있어요, 닉의 어머니와 저만 빼고요. 닉은 자신의 사생활에 대해 항상 신비주의로 일관했죠. 일종의 편집증이라고나 할까요? 두 사람이 함께 있는 사진 따위 아마 한 장도 남아 있지 않을걸요. 닉은 끝까지 비밀이 유지되길 원했으니까요."

"왜 그토록 편집광적으로 비밀을 유지하려고 했죠?"

"그거야 저는 모르죠. 사생활에 대한 비밀을 지켜나간다는 건 닉에게 아주 중요한 원칙이었어요."

엠마는 잠시 질문 공세를 멈추었다. 닉 피치가 그런 식으로 편집광적인 습관을 가진 사람이라면 아침에 휴대폰으로 녹화한 장면과는 어울리지 않는다고 봐야 했다.

케이트와 닉은 왜 누구나 자유롭게 드나드는 펍에서 만났을까?

"두 사람의 연애는 얼마나 지속되었죠?"

"햇수로는 제법 여러 해 동안 지속되었는데 사실은 끝났다가 다시 만나기를 여러 차례 반복했어요. 한 사람은 자꾸만 멀리 달아나려 하고, 한 사람은 어디까지든 따라가겠다는 식이었죠. 제 말이 무슨 뜻인지 이해가 되세요?"

"아주 잘 이해가 되는데요, 불행히도."

엠마가 한숨을 쉬며 대답했다.

조이스는 그런 엠마를 보며 슬며시 미소 짓고는 이야기를 계속했다.

"케이트는 닉의 변덕 때문에 몹시 힘들어했어요. 닉에게 책임감이 없다고 자주 비난하기도 했죠. 하루는 케이트에게 홀딱 빠진 것처럼 행동하다가도 어떤 날은 마치 낯선 사람 대하듯 거리를 두기도 했어요. 그러다보니 여러 차례 헤어지기도 했지만 결국 다시 결합했죠. 케이트는 그 남자를 열렬히 사랑했어요. 닉을 위해서라면 무슨 짓이든 다 했을 거예요. 그 멍청한 성형수술만 봐도 그래요."

엠마는 아랫배가 찌릿하게 저려오는 듯했다.

그래, 내가 제대로 본 거야.

"성형수술이라니요, 언제요?"

조이스는 또다시 손가락을 짚어가며 기억을 더듬었다.

"1998년 여름, 레지던트 과정 첫해가 끝나갈 무렵, 그러니까 케이트가 전공을 바꾸기 몇 달 전이었어요."

"케이트가 닉 피치의 마음에 들기 위해 성형수술을 받았다는 건가요?"

"네, 제가 보기에는 분명 그랬어요. 그 무렵, 케이트는 왜 닉이 자신을 자꾸 밀어내려 하는지 이해하지 못했어요. 그 무렵 케이트는 완전히 자신감을 잃었죠. 성형수술을 받은 건 절망의 몸부림에 가까웠어요."

엠마는 화제를 바꿨다.

"케이트와 닉은 언제까지 만났죠?"

조이스는 고개를 가로저었다.

"그거야 저는 모르죠. 아까도 말했지만 케이트가 전공을 바꾼 이후 우리는 단 한 번도 만나지 못했으니까요. 어쩌다가 이메일을 주고받았을 뿐 그전처럼 서로의 고민을 털어놓은 적은 없었어요. 볼티모어 연수 후 케이트는 샌프란시스코로 돌아와 레지던트 생활을 마쳤어요. 그다음에는 뉴욕에서 심장외과 연수를 했죠. 5년 전, 케이트는 보스턴에서 심장이식 담당의로 일하기 시작했고, 그 분야의 전문의가 되었죠. 곧장 MGH에 일자리를 얻었고요."

엠마가 순발력 있게 물었다.

"두 분은 또다시 같은 도시에서 살게 되었군요?"

"그렇죠. 난 이미 3년 전에 브레인 인스티튜트에 왔어요."

"보스턴에서 케이트를 다시 만났겠군요?"

그 질문에 조이스는 다소 불편한 기색을 보이더니 한참 뜸을 들이다가 결심한 듯 말했다.

"제가 케이트에게 한번 만나자고 연락했어요. 우리는 백베이의 카페에서 만나 함께 술을 마셨어요. 케이트가 출산하고 나서 몇 달쯤 지나서였죠. 케이트는 아주 행복하고, 가정생활에 만족하며, 남편을 사랑한다더군요. 남편이 하버드대학교 철학 교수라고 했어요."

"그 말을 믿었나요?"

"믿지 않을 이유가 없잖아요."

"닉에 대해서는 물어보지 않았나요?"

"그때 케이트는 신혼인데다 아기까지 낳았어요. 과거 일을 들쑤실 필요가 있었을까요?"

"그 후, 다시 만난 적이 있으세요?"

"제가 가끔 연락을 했는데 케이트는 이메일이나 내 전화에 한 번도 답하지 않았어요. 얼마 후 저도 단념했죠."

말을 마친 조이스는 한숨을 내쉬었고, 방 안에는 무거운 침묵이 내려앉았다. 엠마는 고개를 돌려 창문 너머를 바라보았다. 시커먼 강물이 눈에 들어왔다.

"협조해주셔서 감사합니다."

엠마가 자리에서 일어서며 인사를 건넸다.

"당연히 협조해야죠."

엠마는 조이스를 따라 복도를 걸어 엘리베이터까지 왔다.

"케이트에게 무슨 일이 있었는지 끝내 말해주지 않는군요."

조이스가 하행 버튼을 누르며 말했다.

"수사 기밀이라 어쩔 수 없습니다. 죄송합니다. 오늘 우리가 만난 이야기를 누군가에게 털어놓아서도 안 됩니다."

"경찰에서 원한다면 반드시 그렇게 해야죠. 아무쪼록 심각한 일이 아니었으면 좋겠어요. 케이트가 어떤 사건에 연루되었는지 모르지만 한 가지만 반드시 알아두세요. 케이트는 무슨 일이든 하기로 마음먹으면 반드시 하는 사람이죠. 그것도 아주 정확하고 단호하게 해내는 사람이에요. 반드시 끝을 보는 성격이죠. 케이트에게 약점은 딱 한 가지밖에 없어요."

"사랑?"

"네, 바로 그거죠. 케이트는 제 입으로 그랬어요. 사랑에 빠지면 러시아 기질이 되살아나 어떤 광적인 행동도 서슴지 않게 된다고요."

두 사람이 건물 입구에 도착했을 때 조이스가 명함을 내밀었다.

"다른 정보가 필요하면 언제든 연락주세요, 경관님."

"감사합니다. 마지막으로 한 가지만 더 여쭤보겠습니다. 케이트가 혹시 닉에게 복수하기 위해 뭔가를 할 수도 있을까요?"

조이스는 양 손바닥을 위로 향하게 한 채 어깨를 으쓱했다. 대답할 수 없다는 표시였다. 두 여자는 브레인 인스티튜트 로비에서 30분 정도 더 이런저런 이야기를 나누었다.

엠마가 거리로 나섰을 때는 이미 밤늦은 시간이었다. 눈은 그쳤지만 한파가 밀어닥쳐 대학 캠퍼스를 꽁꽁 얼어붙게 했다.

택시라고는 한 대도 보이지 않았다. 켄들/MIT역까지 걸어간 엠마는 지하철을 타고 보스턴으로 돌아왔다.

호텔방으로 돌아와 보니 로뮈알드는 양팔을 괴고 그 위에 머리를 얹어놓은 채 잠들어 있었다. 한쪽 벽은 모니터들로 도배하다시피 채워져 있었다.

경관 행세를 하고 다니는 동안 방을 독차지한 로뮈알드가 구비해놓은 각종 컴퓨터 기기들 앞에서 엠마는 입이 딱 벌어졌다. 호텔 스위트룸을 뻑적지근한 보안 사령부로 바꿔놓은 셈이었다.

소리 내지 않고 슬며시 방을 나온 엠마는 호텔의 바로 갔다.

이미 밤이 깊은 시각이라 바에는 손님이 거의 없었다.

카이피로스카를 주문한 엠마는 헤어지기 직전 조이스 윌킨슨이 들려준 이야기를 생각하며 칵테일을 마셨다.

케이트와
닉의 첫 만남

19. 페루비언 임모탈(Peruvian Immortal)

사랑의 말은 사냥꾼이 쏜 화살과도 같다. 화살을 맞고도 사슴이 여전히 달리기 때문에
우리는 그 상처가 치명적이라는 사실을 처음부터 알 수는 없다.
_모리스 마그르

19년 전, 1991년 2월
케이트는 열여섯 살, 닉은 스물세 살
오리건주 세인트헬렌스 근처의 한 주유소 식당

눈이 내린 탓인지 식당 안은 텅 비다시피 했다. 식당의 유일한 손님은
방금 전 체스 게임을 하면서 베네딕트식 계란 요리를 다 먹어치웠다. 카
운터를 지키는 종업원은 CD 재생기에서 돌아가는 《네버마인드》 앨범을
듣는 중이었다. 생물학 책 한 권이 종업원의 눈앞에 놓여 있었다. 몸은
비록 듣고 있는 노래 리듬에 맞춰 보일 듯 말 듯 흔들렸지만 정신은 온
전히 책에 쏠려 있었다.

"여기요! 커피 한 잔 줄래요?"

케이트는 보고 있던 생물 교과서에서 눈을 떼고 보온 받침대 위에 놓
여 있던 커피 주전자를 들고 손님 쪽으로 걸어갔다. 케이트는 손님의
눈을 애써 피하며 커피를 따라주었다. 케이트는 손님이 집중해 있는 체

스 게임을 눈여겨보다가 입이 근질근질한 듯 잠깐 동안 말을 할지 말지 망설였다. 남자들과 멀리 떨어져 지내겠다고 스스로 정한 원칙을 고수할 것인지 잠시 저버릴 것인지 고민이 컸다. 손님이 체스판의 말 하나를 잡으려 할 때 케이트는 스스로 그어놓은 선을 넘기로 작정했다.

"그 룩은 다시 제자리에 놓고 로크*는 잊어버리세요."

"뭐라고요?"

손님이 되물었다. 리듬감이 느껴지는 밝은 목소리였다. 케이트는 처음으로 손님의 얼굴을 제대로 쳐다보았다. 온통 검은색 옷차림이었지만 상냥한 얼굴에 꿀처럼 윤기가 도는 머리카락의 소유자였다.

"지금 로크를 하는 건 그다지 좋은 생각이 아닌 듯해서요. 차라리 기사를 e7 칸으로 옮기는 게 낫지 않을까요."

케이트는 자신 있게 또박또박 말했다.

"왜 그래야만 하죠?"

"지금이 열 번째 두는 수 맞죠?"

닉은 체스판을 내려다보다가 고개를 끄덕였다.

"맞아요."

"지금 이 게임은 그 유명한 '페루비언 임모탈'이라는 체스 게임 모델을 그대로 따라 진행되고 있어요."

"페루비언 임모탈에 대해 들어본 적이 없는데요."

"아주 유명한 체스 게임을 지칭하는 말이죠."

케이트가 약간 우쭐거리는 투로 말했다.

*체스에서 로크는 단 한 번에 룩과 왕을 움직여 왕을 피신시키는 수를 말한다

손님은 종업원의 당돌한 태도에 흥미를 느꼈다.

"어디 한번 자세히 설명해봐요."

"1934년 부다페스트에서 페루 출신의 체스 명인인 에스테반 카날이 이겼던 시합을 통상 그렇게 불러요. 에스테반 카날은 그날 경기에서 불과 14수 만에 여왕과 두 개의 룩을 희생시키고 승리를 따냈죠."

닉은 케이트에게 앉으라고 손짓했다.

"어떻게 하는 건지 그쪽이 한번 시범을 보여줄래요?"

케이트는 잠깐 동안 망설이다가 손님 맞은편에 앉아 체스 말을 하나씩 움직이며 한 수를 둘 때마다 속사포처럼 설명을 곁들였다.

"로크를 하시면 적의 졸이 b4 칸에 있는 손님의 졸을 잡을 것이고, 손님의 여왕이 a1 칸에 있는 적의 룩을 잡게 되죠, 여기까지는 아시겠죠? 그다음 왕이 d2 칸으로 도망가면 손님에겐 선택의 여지가 없어져요. 여왕이 h1 칸에서 룩을 잡게 되는 거죠. 적의 여왕은 c6 칸에 있는 손님의 졸 중 하나를 잡게 되고, 그러면 손님은 여왕을 잡아야죠. 시합은 비숍이 a6 칸으로 옮겨가면서 상대의 완승으로 끝나게 되죠."

손님은 질린 표정으로 할 말을 잃었다.

케이트는 자리에서 벌떡 일어서며 마지막으로 한마디 덧붙였다.

"이건 보덴의 압승이죠."

자존심이 상한 손님은 체스판을 노려보면서 머릿속으로 게임을 처음부터 다시 시작했다.

"잠깐만요! 왜 내 여왕이 적의 룩을 잡아야 하죠?"

케이트가 어깨를 으쓱하며 말했다.

"제가 설명을 너무 급하게 했나봐요. 처음부터 차분하게 다시 해보세요. 그럼 그 방법밖에 없다는 걸 알게 될 테니까요."

손님은 방금 전에 당한 수모를 되돌려줄 심산으로 케이트에게 직접 게임을 한 판 제안했다. 손목시계를 힐끔 쳐다본 케이트는 손님의 제안을 거절했다.

주인이 식당에 나타났을 때 손님은 카운터로 돌아가는 케이트를 물끄러미 바라보았다.

"시간 됐으니까 이제 그만 가봐, 케이트."

주인이 케이트에게 10달러짜리 지폐 4장을 내밀며 말했다.

돈을 받아 주머니에 집어넣은 케이트는 앞치마를 벗고, 책을 가방에 챙겨 넣더니 식당을 가로질러 밖으로 걸어 나갔다.

손님이 케이트를 불러 세웠다.

"체스 게임 한 판에 10달러를 줄 테니 한번 해봐요!"

손님이 테이블에 지폐를 내려놓으며 고집을 부렸다.

"그쪽이 흰 패를 잡아요."

케이트는 지폐를 보고 잠깐 망설이다가 자리에 앉아 졸을 옮겼다.

손님이 빙그레 웃었다. 처음 몇 수를 두는 데에는 별로 시간이 걸리지 않았다. 케이트는 자신이 이기리라는 걸, 그것도 마음먹기에 따라 속전속결로 끝낼 수도 있다는 걸 알 수 있었다. 그렇지만 빨리 끝내봐야 좋을 게 없었다. 케이트는 처음 몇 수를 둘 때 일부러 시간을 끌며 늑장을 부렸다. 가급적 시간을 연장하고 싶었기 때문이다.

케이트는 애써 창밖을 내다보지 않았다. 바깥 날씨는 드라이아이스처럼 차가웠다. 살을 에는 듯한 추위와 공포, 모든 게 불확실한 시간이 기다리고 있었다. 시시때때로 밀어닥치는 위협과 맞서야 한다는 걸 잘 알고 있었지만 지금으로선 검은 옷에 황금빛 머리카락을 지닌 이 남자와 잠깐 동안의 유예기간을 갖고 싶었다.

"금방 올게요."

손님이 자리에서 일어서며 말했다.

케이트는 화장실 쪽으로 멀어져가는 남자의 뒷모습을 바라보았다. 2분 후, 화장실에서 나온 손님은 마치 자기 집인 양 스스럼없이 커피를 한 잔 더 따라 마시고 자리로 돌아왔다. 두 사람은 점점 더 천천히 말을 옮겼다. 5분 정도 더 따뜻한 실내에 머물렀던 케이트가 갑자기 서두르기 시작했다. 그로부터 단 세 수만에 남자는 꼼짝없이 당하고 말았다.

결과는 케이트의 압승이었다.

"자, 이제 게임은 끝났어요."

케이트가 테이블 위에 놓여 있던 지폐를 챙겨 들며 말했다. 말을 마치자마자 케이트는 자리에서 일어나 가방을 집어 들었다.

"잠깐만요 나에게 설욕할 기회를 주어야죠."

"아뇨, 이제 다 끝났어요."

케이트는 문을 쾅 소리가 나게 닫고 밖으로 나갔다.

손님은 식당 창문을 통해 케이트의 뒷모습을 지켜보았다. 그녀가 남긴 마지막 한마디가 내내 머릿속에서 맴돌았다.

'아뇨, 이제 다 끝났어요.'

"빌어먹을! 도대체 저 종업원은 누굽니까?"

손님이 카운터 쪽으로 걸어가며 물었다.

"러시아 출신인데 오늘 아침에 처음 고용했어요."

"이름이 뭐라던가요?"

"이름은 잘 기억나지 않네요. 좌우지간 대단히 복잡한 이름이었어요. 그래서인지 그냥 '케이트'라 불러달라고 하더군요."

"케이트."

손님은 방금 들은 이름을 중얼거렸다. 그는 눈썹을 한 번 치켜올리고는 진 바지 주머니에서 지갑을 꺼내 돈을 지불했다. 점퍼를 걸치고 목도리를 두른 그는 처음에는 바지 주머니, 그다음에는 점퍼 주머니를 차례로 뒤졌다.

"제기랄!"

"왜 그러시죠?"

"그 종업원이 내 자동차 열쇠를 훔쳐 갔어요!"

♠

같은 날
다섯 시간 후

닉 피치는 문을 두드리는 소리에 잠에서 깼다. 두 눈을 뜨고 주변을 둘러보았다. 지금 자신이 어디에 있는지(오리건주의 추레하고 작은 모텔 방이었다), 자신이 왜 여기에 있는지(몇 시간 후 샌프란시스코에서 열리는 회의에 참석해야 하는데, 쥐방울만 한 계집아이에게 자동차를 도둑맞을 만큼 멍청했으니까)를 깨닫기까지 좀 더 시간이 필요했다.

"네, 무슨 일입니까?"

닉 피치가 문을 열며 물었다.

"닉 피치 씨 맞으시죠? 저는 가브리엘 알바레스입니다. 컬럼비아카운티 보안관의 보좌관이죠. 선생님의 차를 훔친 범인을 잡았습니다."

"아, 그나마 다행이군요. 당장 차를 돌려받을 수 있을까요? 시간이 급해서요."

"자, 따라오시죠. 제가 안내하겠습니다."

♠

보좌관의 사륜구동차는 천천히 밤길을 가로질렀다. 눈은 그쳤지만 길은 여전히 미끄러웠다.

"이 고장에는 무슨 일로 오셨죠?"

가브리엘 알바레스가 물었다.

"시애틀에서 열리는 비디오게임 총회에 참석했다가 샌프란시스코로 돌아가는 길에 눈이 내리기 시작해서……."

"비디오게임이라고요? 내 아들 녀석도 온종일 게임기 앞에서 살다시피 하죠. 선생님 같은 분들 때문에 미래에는 무뇌아가 대거 등장할 테니 큰 기대가 되는군요."

"그렇게 말하는 분들도 많지만 그 반대로 말하는 분들도 많이 있죠. 논란의 여지가 많은 문제죠. 그나저나 차는 어디에서 찾아냈죠?"

"여기서 20킬로미터쯤 떨어진 숲길에서 찾아냈습니다. 차를 훔친 도둑 아가씨가 차 안에서 태평스레 잠이 들어 있었다더군요."

"그 사람 이름이 뭐였죠?"

"에카테리나 스바트콥스키. 나이는 열여섯 살이라더군요. 그자의 말에 따르자면 그동안 엄마하고 캠핑 트레일러를 타고 다니며 살았는데, 최근 벨뷰에 정착했답니다. 엄마는 두 달 전에 돌아가셨고, 위탁가정에 들어가 사는 게 싫어 도망쳐 다니고 있답니다. 여기저기 떠돌면서요."

"그 여자는 어떻게 되죠?"

"일단 법의 심판을 받아야 하겠지요. 사회복지부서에 연락해 사정을 말해두었지만 문제가 깔끔하게 해결될지는 미지수입니다."

"제가 고발을 취하하면 그 여자에게 도움이 될까요?"

"그거야 댁의 마음이니 뜻대로 하세요."

"그 여자와 잠깐 이야기를 나눠도 될까요?"

"원하신다면 그렇게 하세요. 지금 유치장에 있습니다. 일단 기를 죽일 필요가 있어 일부러 가뒀죠."

♠

닉 피치는 유치장 철문을 밀었다.

"이봐, 안녕! 여긴 까딱 잘못했다가는 엉덩이가 얼어붙겠어."

"당장 꺼져요."

"자, 진정하고 나와 이야기를 나눠볼까? 당신 입장에서 현재 가장 심각한 문제가 뭐지?"

"엄마는 돌아가셨고, 돈도 한 푼 없고, 잠을 잘 집도 없어요. 이제 설명이 됐어요?"

닉 피치는 유치장 벽에 붙여놓은 나무 벤치로 걸어가 케이트 옆에 앉았다.

"그러면서 왜 위탁가정이나 고아원에 들어갈 거부하지?"

"위탁가정에는 죽어도 들어가기 싫으니까요. 제발 나를 좀 가만히 내버려둬요."

케이트가 닉을 노려보더니 벤치 구석 쪽으로 밀쳐댔다.

"이 추위에 어쩌겠다는 거야? 언제까지나 이런 벽지에서 방황할 수는 없잖아, 안 그래?"

"아, 정말 재수 없어. 제발 날 좀 가만 내버려두라니까요."

"그쪽 가방에 생물 교과서가 들어 있더군. 혹시 장래에 의사가 되고 싶나?"

"언젠가는 반드시 의사가 될 거예요."

"수업을 자주 빼먹으면 절대로 의사가 될 수 없어."

케이트는 고개를 돌렸다. 눈에 고인 눈물을 보이고 싶지 않았다. 백 번 옳은 말이었지만 수치심이 밀려들었다.

"내가 그쪽을 도와줄게."

"날 돕는다고요? 왜 그래야 하죠? 우린 서로 잘 알지도 못하는 사이잖아요."

"그건 전혀 상관없어. 내가 잘 아는 사람들은 내가 가장 미워하는 사람들이기도 하지."

케이트의 태도는 완강했다.

"세상에서 아무런 이유 없이 남을 돕는 사람은 없어요. 난 이유 없이 빚지고 살고 싶진 않아요."

"빚을 지는 게 아냐."

"처음에는 다들 그렇게 말하죠."

닉 피치가 가방에서 체스판을 꺼냈다.

"그쪽과 당장 복수전을 하고 싶은데, 어때?"

"당신은 절대로 나를 이길 수 없어요."

케이트가 한심하다는 듯 쳐다보았다.

"지나친 자신감이 그쪽의 장점이기도 하지, 안 그래, 에카테리나?"

"날 그렇게 부르지 말아요. 그나저나 이번에는 무슨 내기를 할 건데요?"

"그쪽이 이기면 내가 조용히 사라져줄게."

"당신이 이기면?"

"내가 그쪽을 도울 수 있게 해줘."

닉 피치가 코웃음을 치는 케이트에게 휴지를 내밀었다.

"지는 게 소원이라면 들어주죠. 자, 이번에는 당신이 흰색 말을 가져요."

케이트가 마침내 승낙했다.

닉 피치는 빙그레 웃고는 체스판에 말을 배치하고 첫수를 두었다.

케이트도 똑같이 따라 했다.

"이 유치장에 있다가는 정말이지 얼어 죽겠어요."

케이트가 몸을 덜덜 떨며 말했다.

"추우면 내 점퍼를 입어."

케이트가 어깨를 으쓱했다.

"그럴 필요 없어요."

닉 피치가 자리에서 일어나 가죽 외투를 케이트의 어깨에 걸쳐주었다.

케이트가 몸을 잔뜩 웅크리고 나서 한마디 던졌다.

"좀 무겁긴 하지만 정말 따뜻한 옷이에요."

두 사람은 체스 게임을 계속했다. 체스의 말을 옮기는 동안 케이트는 상대방에 대한 두려움과 불신감이 차츰 사라지는 걸 느꼈다. 근심과 불안은 어린 시절부터 케이트를 끈질기게 따라다녔다.

엄마가 죽으면 어쩌지?

집이 남의 손에 넘어가면 어쩌지?

이 세상에 혼자 남게 되면 어쩌지?

케이트는 두 눈을 감고 당장 자신의 엄청난 짐을 덜어주게 될 결정을 내렸다. 체스 게임을 일부러 져주기로 결정한 것이다. 어디에서 온 누군지는 모르지만 상대방 남자의 도움을 받아들이기로 결심했다.

그때까지만 해도 까마득히 모르고 있었지만 그날은 케이트의 인생에서 더없이 중요한 날이었다. 케이트는 그 후 여러 해 동안 닉 피치를 처음 만났던 날을 수천 번쯤 되새겨보곤 했다. 닉 피치는 그녀의 첫사랑이자 유일한 사랑이었다. 케이트는 용기를 내야 할 필요가 있다거나 결심이 흔들릴 때면 닉이 그녀의 인생 안으로 들어온 이 마법 같은 순간을 돌아보곤 했다.

케이트는 '기쁠 때나 슬플 때나', '부유할 때나 가난할 때나', '건강할 때나 병이 났을 때나' 영원히 닉의 여자가 되리라 결심했다. 죽음이 두 사람을 갈라놓을 때까지 닉의 여자로 살기로 결심했다.

"내가 이겼어!"

닉 피치가 여왕을 옮기며 말했다.

"그래요, 당신이 이겼어요."

자못 의기양양해진 닉 피치는 케이트의 어깨에 가볍게 손을 올려놓았다.

"자, 이제부터 내 말 잘 들어. 난 고발을 취하하고 변호사를 부를 거야. 그때까지 당신은 여기서 얌전히 있어야 해, 알았지?"

"변호사라고요?"

"변호사가 당신을 여기서 빼내준 다음 위탁가정에 보내지 않아도 되도록 법적인 처리를 도와줄 거야. 당신이 세인트 조셉 칼리지에서 계속 공부할 수 있는 권리도 확보해줄 테고."

"세인트 조셉 칼리지요?"

"수녀님들이 운영하는 작은 가톨릭 계통 학교야. 나도 거기 출신이지. 그쪽이 제대로 공부를 하고 싶다면 그 학교보다 더 좋은 곳은 없어."

"하지만 학교에 다니려면……"

"그쪽이 아무런 걱정 없이 학교에서 공부에만 전념할 수 있게 해줄게. 이제부터 자고 먹고 빨래하는 문제는 걱정할 필요가 없어. 당신은 열심히 공부해서 반드시 의대에 진학해야 돼. 그다음부터는 장학금을 타고 아르바이트를 하면 모든 문제를 스스로 해결할 수 있을 거야. 내 말대로 할 수 있겠지?"

케이트는 말없이 고개를 끄덕이고 나서 물었다.

"정말로 빚지는 게 아니란 말이죠?"

닉 피치는 고개를 가로저었다.

"당신은 나에게 빚을 지는 게 아니야. 앞으로 나를 볼 일도, 내 이름을 들을 일도 없을 테니까 안심해."

"왜 저에게 이런 호의를 베풀죠?"

"당신이 나중에 기회조차 주어진 적이 없다는 말을 해서는 안 되니까."

닉 피치가 당연한 걸 왜 묻느냐는 투로 대꾸했다.

체스판을 다시 가방에 집어넣은 닉 피치는 샌프란시스코로 출발하기 위해 서둘러 자리에서 일어서며 손목시계를 들여다보았다.

"난 지금 샌프란시스코에 가야 해. 그쪽을 만나 정말 기뻤어. 잘 지내."

닉 피치는 가죽옷을 그냥 남겨두고 떠났다. 고의인지 실수인지 알 수 없었지만 케이트는 그 옷을 평생 간직했다.

5부
잘못된 선택

여섯째 날

20. 또렷한 기억

남자는 금발 여자를 선호한다. 왜냐하면 금발 여자는 남자가 선호하는 게 뭔지 잘 알기 때문이다.
_마릴린 먼로

보스턴
2010년 12월 24일
오전 7시 46분

아침 해가 보스턴 시가지 위로 떠오르며 호텔방에도 맑은 햇살을 듬뿍 뿌렸다. 금속 재질 선반이 햇빛을 받아 반짝였다. 로뮈알드는 눈이 부신 듯 양손을 눈앞으로 가져가 차양을 만들더니 아예 얼굴을 돌려버렸다. 사정없이 쏟아지는 햇살을 피하기 위해서는 어쩔 수 없었다.

로뮈알드는 시간이 한참 지난 다음에야 정신이 번쩍 들었다. 바짝 마른 목구멍이 따끔거렸고, 코는 꽉 막힌 데다 팔은 쥐가 난 것처럼 저려왔다. 로뮈알드는 자리에서 일어서며 팔다리가 온통 마비 상태라는 걸 깨달았다. 낮은 테이블에 놓인 생수병을 집어 들기 위해 힘겹게 몇 발짝을 옮겼던 로뮈알드는 여행 가방에 부딪히며 휘청거리다 바닥에 쭉 뻗어버리고 말았다. 약이 잔뜩 오른 그는 얼른 일어나 주변을 더듬거리며 안경을 찾았다.

로뮈알드는 안경을 코에 걸치고 나서야 엠마가 방에 없다는 걸 깨닫게 되었다. 시계를 힐끔 본 그는 곧 마음이 불안해졌다. 무슨 일이 있어도 케이트가 병원에 도착하는 순간을 놓치고 싶지 않았다.

키보드를 눌러 여러 개의 모니터를 켠 다음 주차장에 설치된 감시카메라들이 찍은 영상이 화면에 뜨도록 명령어를 쳤다.

그러고 나서 곧 엠마에게 전화를 걸었다.

"지금 어디 있어요?"

"호텔 꼭대기 층 피트니스센터에 있어. 너도 네 몸에 붙은 지방을 분해하려면 이리 와서 운동하는 게 좋을 거야."

"그럴 시간 없어요. 중요한 일이 있으니까 당장 오세요."

"알았어, 곧 갈게."

로뮈알드는 화면을 주시하며 머리를 긁적였다. 간단한 조작만으로 감시카메라들을 마음대로 조정할 수 있을 뿐만 아니라 원하는 대로 줌 기능을 사용하거나 카메라의 렌즈 방향을 바꾸는 것도 가능했다.

로뮈알드는 모니터로 외부 주차장 전체를 둘러보았다. 케이트의 차는 아직 도착 전이었다. 그때 한 손에 생수병을 들고, 목에는 수건을 두른 엠마가 방문을 열고 들어섰다.

"뭐 새로운 거라도 있어?"

"아직은 없지만 곧 새로운 사실을 알게 될 테니 기대해도 좋아요. 아줌마는 어땠어요?"

엠마는 이마에 맺힌 땀을 닦으며 전날 케이트의 친구와 만난 이야기를 소상하게 들려주었다. 흥미진진하게 엠마의 이야기를 듣던 로뮈알드가 갑자기 말을 끊었다.

"저 남자가 바로 케이트 남편이죠?"

로뮈알드가 이제 막 오토바이를 세우는 남자를 가리키며 물었다. 엠마는 화면 가까이 다가섰다. 로뮈알드의 말대로 화면 속에서 매튜가 낡은 트라이엄프 오토바이에 자물쇠를 채우는 중이었다.

"저 남자 혼자 저긴 무얼 하러 갔을까요?"

"곧 케이트가 나타나겠지."

엠마의 추측은 정확했다.

과연 일 분도 지나지 않아 주차장 차단기를 통과해 오토바이 옆에 마쓰다를 세우는 케이트의 모습이 보였다.

"저 장면을 클로즈업할 수 있니?"

로뮈알드가 말이 떨어지기 무섭게 화면을 키우자 지붕 개폐식 빨간 자동차가 화면에 가득 찼다. 가장자리가 둥글게 처리된 차체, 움푹 들어간 좌석, 탈부착이 가능한 헤드라이트, 크롬으로 만들어진 손잡이 등이 워낙 특이해 천 대쯤 되는 차들 사이에 끼어 있더라도 얼른 눈에 띌 듯했다. 지금은 흔히 볼 수 없지만 1990년대만 해도 똑같은 모델의 차 수십만 대가 지구촌 곳곳의 도로를 누비고 다니는 걸 볼 수 있었다.

문을 열고 카브리올레형 자동차에서 나온 케이트는 남편에게로 다가갔다.

"빌어먹을! 저걸 좀 봐."

엠마가 화면을 가리키며 중얼거렸다.

로뮈알드는 근시 안경을 벗고 모니터 가까이 얼굴을 들이댔다.

허리가 잘록하게 들어간 트렌치코트를 걸쳐 입은 케이트가 차가 세워진 쪽으로 걸어갔다. 케이트는 왼손에 빨간색과 흰색이 어우러진 스포츠 가방을 들고 있었다.

병원 주차장은 바람이 세차게 부는 가운데 아침 햇살을 받아 눈이 부셨다. 적십자 로고가 찍힌 대형 헌혈 트럭이 도로 한가운데에 서 있었다. 트럭 위에는 '헌혈이 한 사람의 생명을 구할 수 있습니다'라고 적힌 대형 플래카드가 펄럭이고 있었다.

매튜는 손이 시린 듯 손을 입 가까이 대고 입김을 호호 불었다.

"내가 꼭 이른 새벽부터 헌혈을 해야겠어?"

"물론이야. 나도 어제 했으니까 오늘은 당신 차례야."

"내가 주삿바늘을 얼마나 무서워하는지 알잖아!"

"어리광은 사절! 나를 위해서라도 6개월에 한 번 정도는 헌혈을 해줘야지. 내가 일하는 부서에서 적십자사와 공동으로 헌혈 캠페인을 주관하고 있다는 걸 잘 알면서 그래? 병원의 직원 가족들을 부추겨 헌혈을 시키려면 나부터 솔선수범해야지."

"난 이 병원에서 일하는 사람이 아니잖아."

"자, 그래봐야 자꾸 시간만 늦어질 테니까 어서 서두르자. 빨리 헌혈을 끝내고 나서 직원 식당에 가 맛있는 아침을 먹자니까. 메이플시럽을 곁들인 팬케이크 맛이 어떤지 소감을 듣고 싶어."

"그래, 할 수 없지 뭐."

매튜가 더는 거절하기 힘들다는 듯 씩 웃었다.

두 사람은 손을 맞잡고 헌혈차에 올랐다.

트럭 내부는 난방 온도를 최대로 올려놓아 따뜻했고, 지역방송에 채널을 고정시켜놓은 라디오에서는 크리스마스캐럴이 흘러나왔다.

"안녕, 메리."

케이트가 자그마한 안내 창구 뒤에 앉아 있던 담당 직원에게 인사를 건넸다.

"안녕하세요, 샤피로 박사님."

매튜와 케이트는 벌써 몇 년째 계속 적십자사에 혈액을 기부해왔다. 따라서 이름만 치면 그들이 헌혈한 내역이 나타났다. 두 사람은 따로 서류를 작성할 필요 없이 의자 네 개가 놓여 있는 헌혈 구역으로 이동했다.

"잘 지냈어, 보간? 내 남편, 알지?"

케이트가 동료 의사에게 물었다.

헌혈 구역 담당 의사는 고개를 끄덕이며 부부에게 인사했다.

"매튜 말이 당신은 너무 사납대. 우리 남편은 내가 주삿바늘을 꽂아주기를 원해. 하긴 내가 주사를 놓아주다가 남편을 처음 만나긴 했지."

"그렇다면 당연히 내가 빠져줘야지. 난 커피나 한잔하고 올 테니까 다 끝나면 연락해."

보간이 자리에서 일어서며 말했다.

담당 의사가 자리를 비우자 매튜는 외투를 벗고 뒤로 젖혀지는 헌혈용 의자에 앉았다.

"당신이랑 이렇게 병원 놀이를 하게 될 줄은 미처 몰랐어."

매튜가 셔츠 소매를 걷어 올리며 장난스럽게 말했다.

"그래도 전혀 흥분이 안 된다고 말하지는 못할 걸."

케이트가 살균 장갑을 끼며 대꾸했다.

케이트는 알코올을 묻힌 탈지면으로 매튜의 팔을 소독한 다음, 팔꿈치 접히는 부분의 혈관이 잘 보이도록 팔뚝에 압박붕대를 감았다.

"주먹을 꽉 쥐어."

매튜는 시키는 대로 하면서 주삿바늘이 몸을 뚫고 들어가는 장면을 보지 않으려고 시선을 돌렸다.

"그 가방은 뭐야? 내가 처음 보는 가방이네."

매튜가 턱짓으로 빨간 가방을 가리키며 물었다.

"내 운동복과 운동화야."

케이트가 혈액으로 채워지기 시작하는 비닐 팩을 만지며 대답했다.

"다시 운동을 시작하려고?"

"12시부터 1시 사이에 병원 피트니스룸에서 운동을 시작하려고. 요즘 운동의 필요성을 절실하게 느껴. 내 엉덩이에 붙은 군살 좀 봐."

"난 지금이 딱 보기 좋은데!"

♠

엠마는 손톱을 깨물었다.

"이런 젠장! 저 여자는 무슨 생각으로 50만 달러가 들어 있는 가방을 들고 돌아다니지?"

"매튜도 저 가방에 50만 달러가 들어 있는 걸 알고 있다고 생각하세요?"

"매튜는 모르는 게 분명해."

로뮈알드는 초조한 듯 방 안을 부산하게 돌아다녔다.

"케이트가 돈을 들고 나왔다면 은행에 예치하기 위해서는 아니겠죠?"

로뮈알드가 엠마 옆으로 다가와 앉았다. 두 사람은 케이트와 매튜가 헌혈 차에서 나올 때까지 줄곧 모니터만 주시했다.

비디오 감시시스템 덕분에 두 사람은 병원 로비와 복도를 지나 직원 식당으로 가는 매튜 부부를 가만히 앉아서도 미행할 수 있었다.

"매튜 부부가 무슨 말을 하는지 알아들을 수 없어서 정말 유감이야."

엠마가 아쉽다는 듯이 한마디 툭 던졌다.

"정말 만족하는 법이 없다니까."

엠마의 말을 책망으로 받아들인 로뮈알드가 볼멘소리를 했다.

"케이트는 여전히 돈 가방을 들고 있어."

엠마가 스포츠 가방을 의자 옆에 내려놓는 케이트를 가리키며 말했다.

두 사람은 15분가량 모니터만 바라보았다. 부부가 함께 아침 식사를 하는 것일 뿐 특별히 다른 의미를 부여할 만한 모습은 아니었다.

"저 팬케이크를 보니 갑자기 배가 고파요."

로뮈알드가 사흘은 굶은 사람처럼 처량하게 말했다.

"이봐 안경잡이, 세상에는 먹을거리나 컴퓨터 말고도 흥미 있는 게 아주 많거든."

로뮈알드가 입술을 삐죽거리더니 화제를 돌렸다.

"매튜 부부는 진심으로 서로를 사랑한다는 느낌이 들어요. 케이트에게 애인이 있다는 게 도저히 믿기지 않아요."

"내가 보기에도 그렇긴 해. 아니면 저 여자의 연기력이 정말 뛰어나든지."

15분 후, 아침 식사를 마친 매튜 부부는 자리에서 일어나 정답게 포옹을 나눈 다음 직원 식당을 나와 헤어졌다. 매튜는 오토바이를 세워둔 주차장으로, 케이트는 외과 의사용 탈의실(그녀는 자신의 라커에 스포츠 가방을 넣었다)에 들렀다가 자기 방으로 갔다.

로뮈알드는 병원 서버에서 다운받아둔 케이트의 일과표를 점검했다.

"케이트는 심장판막수술로 일과를 시작해 흉부대동맥 수술이 예정돼 있어요. 수술 과정을 지켜보시겠어요?"

"아니, 사양할래. 그렇다면 정오까지는 쉬어야겠어. 이미 〈ER〉과 〈그레이 아나토미〉를 빼놓지 않고 다 본 것만으로 충분하니까."

"난 팬케이크 때문인지 계속 배가 고파요."

로뮈알드가 조금 전에 했던 말을 되풀이했다.

"너 지금 나에게 아침 식사를 사라는 말을 깜찍하게 돌려서 말하는 거니?"

엠마가 빙그레 미소를 지으며 물었다.

"아마 그럴걸요."

어린 컴퓨터 천재는 속마음을 들킨 게 만족스러운지 어깨를 으쓱했다.

"그래, 네가 이겼다. 사실은 배가 고프기도 하지만 너에게 따로 할 말이 있어."

♠

체크무늬 재킷에 힙스터처럼 턱수염을 기른 종업원이 카푸치노 두 잔을 가져왔다. 카푸치노 잔 위쪽에서 크림색 하트 모양의 거품이 빙빙 둘러져 있었다.

엠마와 로뮈알드는 아침을 먹기 위해 호텔에서 그리 멀지 않은 보일스턴 스트리트의 카페를 찾았다. 다양한 식물을 키우는 화분들, 빈티지풍 테이블, 나무의 거친 맛을 그대로 살린 의자 때문인지 복고적인 느낌을 풍기는 카페였다.

엠마는 심혈을 기울여 팬케이크 위에 메이플시럽을 따르는 로뮈알드를 애정 어린 눈길로 바라보며 뮤즐리와 요구르트를 섞었다.

"로뮈알드, 너 나에게 설명해줘야 할 게 있어."

"원하시는 건 뭐든지."

로뮈알드가 입 안 가득 팬케이크를 문 채 장담했다.

"너, 미국에는 왜 왔니?"

로뮈알드는 카푸치노 한 모금을 머금으며 입 안에 남아 있던 팬케이크 조각을 삼켰다.

"전에 말하지 않았나요? 뉴욕에서 베이비시터로 일하길 원하는 여자 친구를 따라왔다고요."

"그 여자 친구가 미국에 도착하자마자 변심해 널 차버렸다고 했지? 그렇지만 너나 나나 그 말이 사실이 아니라는 걸 잘 알고 있어. 그렇지?"

"누가 그래요? 그 말은 분명한 사실이라고요."

화가 난 듯 로뮈알드의 목소리가 퉁명스러워졌다.

"좋아, 그건 그렇다고 치고, 넌 왜 부모님께 한 번도 연락하지 않았니?"

"아줌마가 몰라서 그렇지 자주 연락해요."

로뮈알드가 접시를 뚫어져라 쳐다보며 말했다.

"지난밤에 내가 네 부모님께 전화해봤어. 네가 전화하지 않은 지 벌써 3주나 되었다면서 걱정이 이만저만이 아니시더라."

"우리 부모님 전화번호는 어떻게 아셨죠?"

"넌 이 세상에서 너만 컴퓨터를 잘 다룬다고 생각하지? 그거야말로 큰 오산이야."

"내 허락도 받지 않고 부모님에게 전화를 하면 곤란하죠."

로뮈알드가 못마땅하다는 듯 엠마를 나무랐다.

"절차야 어찌 되었든 난 네 부모님을 안심시켜드렸어. 말이 나왔으니 한 가지만 더 물을게. 네 말대로 여자 친구가 널 차버렸다고 치자. 넌 왜 상황이 바뀌었는데 뉴욕에 그대로 남아 있니? 프랑스로 돌아가 고등학교라도 마쳐야지, 왜 여기에 눌러 있는 거니?"

"프랑스의 본에서 사는 게 지겨워요. 부모님도요. 내 맘이 어떤지 정말 모르시겠어요?"

"미국에 머무르는 게 마음에 든다고 치자. 그럼 여행을 다니며 세상 구경을 하든지 지금보다 훨씬 재미있고 유익한 일을 찾아다니든지 해야지 왜 허구한 날 방 안에만 틀어박혀 지내지? 넌 재주가 많은 편이니까 마음만 먹으면 얼마든지 유익한 시간을 보낼 수 있을 텐데…… 넌 〈임퍼레이터〉 식당에서 좋아하지도 않는 일을 하면서 보름 동안 시간이나 축내고 있었는데 도대체 왜 그런 거야?"

"그 질문에는 대답하지 않을래요. 아줌마가 경찰은 아니잖아요."

"나, 경찰이야. 네가 경찰신분증을 만들어주었잖아. 난 경찰이니까 궁금한 건 죄다 물어봐야겠어. 너, 지난 일요일에 스카데일에 사는 미셸 버코빅의 집에 갔었지? 〈임퍼레이터〉 대표의 집 말이야."

로뮈알드가 고개를 저었다.

"난 그 집에 발을 들여놓은 적이 없어요."

"너, 내가 바본 줄 알아?"

엠마가 로뮈알드의 주머니에서 발견한 기차표를 테이블 위에 꺼내 놓으며 위협적인 어조로 말했다.

"이제 주머니까지 뒤졌어요? 무슨 권리로 그러죠?"

"넌 매일이다시피 모니터 앞에 앉아 남의 사생활이나 캐고 있잖아. 사람들을 몰래 훔쳐보고, 사생활을 침범하느라 날 새는 줄도 모르는 주제에 뭔 말이 그리도 많아."

"아줌마가 먼저 도와달라고 하지 않았어요?"

"나도 널 도와주려고 이러는 거야. 어서 말해봐. 미셸 버코빅 집에는 왜 갔어?"

"그분이 바로 내 엄마거든요."

두 눈을 치켜뜬 엠마가 이내 로뮈알드를 향해 신경질을 부렸다.

"너, 계속 이런 식으로 지껄여댈 거야? 간밤에 네 엄마와 통화했어. 네 엄마 이름은 마리-노엘 르블랑이고, 본의 건강보험공단에서 일하시지."

엠마가 팔뚝에 적어놓은 메모를 보며 거침없이 말했다.

로뮈알드는 길을 향해 난 창 쪽으로 시선을 돌리고는 잠시 침묵에 빠져들었다.

"너 정말 이럴 거야? 어서 설명해보라니까!"

로뮈알드는 길게 한숨을 내쉬더니 눈을 비벼댔다. 마음 같아서는 당장 자리를 뜨고 싶었다. 한편으로는 속시원히 비밀을 털어놓고 싶기도 했다.

"3년 전, 엄마 물건을 뒤지다가 내가 태어나자마자 입양되었다는 걸 알았어요."

엠마는 놀라움을 감추지 않았다.

"네 부모님은 그때까지 아무 말씀도 해주지 않으셨니?"

"네, 하지만 난 진작부터 내가 친자가 아니라는 걸 짐작하고 있었어요."

"어떻게 그걸 알았어?"

"사소한 단서들이 있잖아요. 가령 주위에서 무심코 던진 말 같은 거요. 자기들끼리 왁자지껄 떠들어대다가 내가 나타나면 순간적으로 조용해지는 경우도 많았죠. 그런 일을 겪다보니 출생의 비밀을 의심하게 될 수밖에 없었어요."

엠마는 그다음 말은 듣지 않아도 알 듯했다.

"넌 생물학적 부모를 찾으려고 미국에 왔구나?"

"생모를 찾아내기까지 꼬박 2년이 걸렸어요. 처음에는 오세르시의 출생기록부를 몰래 빼냈죠. 염려했던 대로 그 서류에는 생모에 대한 기록이 없었어요. 그다음에는 코트 도르 지방의회 아동사회복지과 서버를 해킹했어요. 거기에서도 아무것도 찾아내지 못했어요. 전국 단위 서버에 들어가자 비로소 개인의 출생 기록을 접할 수 있더군요. 1993년 내 생모가 익명으로 나를 출산했다는 내용을 담은 우편물을 열람할 수 있었어요. 그 무렵 생모는 미셸 루셀이라는 이름을 쓰고 있었죠. 드디어 생모의 흔적을 찾아내는 데 성공했어요. 생모는 미국에서 새로운 생활을 시작했더군요. 은행가와 결혼해 버코빅이라는 성을 갖게 되었고, 새 남편과의 사이에 아이를 둘 낳았죠. 생모가 〈임퍼레이터〉 식당의 행정 관련 업무를 총괄하고 있다는 사실을 알게 되었을 때 뉴욕에 가기로 마음먹었어요. 생모를 꼭 만나 이야기를 나누고 싶었어요. 일종의 강박관념 같았어요. 내가 어디에서 왔는지 알고 싶다는 막연한 갈증이 일었어요."

"결국 어떻게 됐니?"

"〈임퍼레이터〉에서 일자리를 얻는 데 성공했고, 매일 사무실에서 생모를 마주쳤지만 단지 그뿐이었어요. 그분은 나 같은 놈은 아예 쳐다보지도 않았어요."

"당연하지, 네가 누군지 모를 테니……."

"보름쯤 지나 생모에게 사실을 밝혀야겠다고 마음먹었어요. 식당 직원 봉급명세서 파일을 통해 생모의 집 주소를 알아냈어요. 주말이 되기를 기다렸다가 스카데일행 기차표를 샀죠. 11시 조금 지나 역에 도착해 생모의 집까지 30분쯤 걸었어요. 무척 추운 날이었죠. 비도 많이 와 몸이 흠뻑 젖어 들었어요. 다리는 후들후들 떨리고, 심장은 제멋대로 쿵쾅거렸어요. 마침내 결심을 하고 초인종을 누르자 생모가 마침 문을 열어주더군요. 생모는 나를 보더니 흠칫 놀라며 뒷걸음질을 쳤어요. 나를 혐오스럽게 여기는 몸짓이었죠. 아마도 빗물에 흠씬 젖은 옷차림 때문에 나를 노숙자로 착각한 듯했어요."

"그래서 어떻게 됐니?"

"내가 먼저 입을 열었어요."

♠

"안녕하세요, 버코빅 부인."

"누구시죠?"

"전 로뮈알드 르블랑이라고 합니다. 〈임퍼레이터〉 식당 홍보부서에서 일하고 있습니다. 부인이 저를 뽑아주셨죠."

"아, 그래요, 프랑스 출신 연수생. 그런데 여긴 무슨 일로?"

생모는 문을 반쯤 열어두었는데 열린 틈 사이로 크리스마스트리가 놓인 안락한 거실이 보였다. 로뮈알드의 귀에 음악 소리와 아이들의 환호성이 들려왔다. 불 위에서 끓고 있는 음식 냄새는 코를 자극하기에 충분했다.

로뮈알드는 약 일 분 정도 생모의 얼굴을 바라보기만 했다. 마지막 순간까지도 로뮈알드는 생모가 자신의 얼굴을 알아보리라는 기대를 포기하지 않았다. 생김새나 목소리에서 닮은 점을 발견해줄 거라 믿었다. 로뮈알드의 기대는 보기 좋게 빗나갔다. 생모는 그저 로뮈알드를 귀찮은 방문객쯤으로 취급했다.

"자, 이제 말해봐요. 언제까지 거기서 그렇게 멍청하게 서 있을 거죠? 할 말이 없으면 이제 그만 돌아가요. 거기 계속 서 있으면 남편에게 경찰을 부르라고 하겠어요."

로뮈알드는 고개를 끄덕이고 나서 잠시 망설이다가 입을 열었다.

"난 부인의 아들입니다."

처음에는 여자의 얼굴이 잔뜩 굳어지더니 이내 완전히 일그러졌다.

"너, 그게 무슨 소리니?"

생모는 얼른 열려 있던 문을 닫더니 그에게 따라오라는 듯 정원 쪽으로 몇 발짝 걸어갔다.

"잘 들어. 누군가 너에게 어처구니없는 소리를 지껄였는지 모르겠지만 그건 사실이 아니야."

로뮈알드는 주머니를 뒤져 수집한 서류들을 내밀었다. 그 서류들 중에는 그녀의 이름이 적혀 있는 아동복지과 입양 서류도 포함되어 있었다.

생모는 서류를 훑어보았다. 로뮈알드는 그때 그녀의 눈에 두려움이 가득 차는 걸 지켜보았다. 그녀는 혹시라도 남편이나 아이들이 나올까 봐 연신 문 쪽을 흘끔거렸다. 생모에게 괜한 두려움만 안겨준 셈이었다.

생모는 서류를 돌려주더니 길까지 로뮈알드를 배웅했다. 젊은 시절에 저지른 실수였다고 했다. 당시에는 고작 열여덟 살이었고, 처음에는 임신 사실도 몰랐는데 어쩌다보니 일이 그렇게 되었다고 했다.

♠

"네 아버지가 누군지 묻지 않았니?"

"물론 물었지만 생모는 모른다고 했어요. 하룻밤을 같이 보낸 남자라더군요. 브장송의 어느 술집에서 만난 군인이었다던가? 그 당시 생모는 혼자였지만 야심이 있었대요. 프랑스를 떠나 미국에 가기로 마음먹었대요. 아이라는 혹을 달고 간다는 건 아예 계산에 없었나봐요."

"그녀는 네가 어떻게 사는지 궁금해하지 않았어?"

"생모가 나에 대해 가급적 아무것도 알고 싶어 하지 않는다는 걸 알았어요. 남편과 아이들은 지난날 생모가 어떻게 살아왔는지 아무것도 모른다고 했어요. 그 사람들이 지금껏 아무것도 모르고 살아왔듯이 앞으로도 그렇게 하고 싶다고 했어요. 그 문제는 아주 중요하니까 반드시 그렇게 해달라고 강조하더군요. 그 문제는 한 가정을 파괴하고도 남을 만한 위력을 지닌 비밀이라면서요. 그다음, 잠깐 집으로 들어가더니 수표책을 들고 나왔어요. 다음 날부터 식당에 나오지 말라며 5천 달러짜리 수표를 한 장 써줬어요. 그 수표를 주면 모든 계산이 끝난다고 여기는 눈치였어요. 생모는 이제 다시는 발걸음을 하지 말라며 집 안으로 들어가 문을 닫아버리더군요. 나는 한동안 멍한 얼굴로 그 자리에 서 있었죠. 비가 추적추적 내리는 가운데 그 자리에 우두커니 서 있었어요. 역을 향해 걸어가다가 쓰레기통에 수표를 버리고 프랑스로 돌아가야겠다고 결심했어요. 프랑스로 떠나려고 짐을 싸는데 아줌마가 전화를 건 거예요."

"난 일이 그렇게 된 줄 몰랐어. 세상을 긍정적으로 보려고 노력하는 게 좋아. 너를 키워준 분들이 네 진짜 부모님들이야. 이제 네 생물학적 엄마가 누군지 알았잖아. 이젠 앞만 보고 가는 거야. 절대로 뒤를 돌아봐서는 안 돼."

로뮈알드의 휴대폰이 울리는 바람에 엠마의 일장연설은 그쯤에서 끝났다.

로뮈알드는 발신자 정보를 보더니 전화를 받았다. 제이로드였다. 전화로 몇 마디 말을 주고받던 로뮈알드가 두 눈을 동그랗게 떴다.

"최대한 빨리 호텔로 갈게요."

로뮈알드가 파카를 걸치며 다급히 말했다.

"무슨 일인데?"

"케이트가 어떻게 50만 달러를 손에 넣게 되었는지 알았어요."

21. 달리는 소녀

우리는 한 손을 다른 손안에 넣음으로 그 손을 바꿀 수 있다.

_폴 엘뤼아르

보스턴

2010년 12월 24일

오전 9시 43분

"그 컴퓨터는 건드리지 말아요."

두 사람이 방으로 들어섰을 때 청소 담당 직원이 로뮈알드가 설치한 컴퓨터 장비에 대해 보고를 받고 달려온 층 매니저와 함께 황당한 표정을 짓고 있었다.

"죄송합니다만 객실에서는 이런 장비를 사용하시면 안 됩니다."

매니저가 방바닥에 이리저리 뒤엉켜 있는 전선과 연결 코드를 가리키며 말했다.

"저로서는 이 장비들을 철거할 수밖에 없습니다."

"우리가 알아서 다 철거할 테니 이제 그만 나가봐요."

엠마는 두 여자를 방 밖으로 내보냈다.

방문을 닫은 엠마는 '방해하지 말 것'이라고 적힌 스위치를 눌렀다.

"자, 이제 설명해줄래?"

엠마가 모니터 앞에 앉아 있는 로뮈알드에게로 바짝 다가서며 말했다.

"케이트가 어디서 그 많은 돈을 확보했대?"

로뮈알드는 인터넷에 접속한 다음 메일함을 띄웠다.

"케이트의 블로그 기억나시죠? '보스턴 여자의 산책' 말이에요."

"물론 기억하지."

"아줌마가 유심히 봐야 한다고 해서 블로그를 꼼꼼하게 훑어본 적이 있어요. 특이사항을 아무것도 찾아내지 못했죠. 혹시나 해서 제 친구 제이로드에게 한번 분석해달라고 부탁했어요."

"컴도사라는 친구?"

"네, 뭔가 긴요한 걸 찾아내면 아줌마가 일 천 달러를 줄 거라 약속했죠."

"아무튼 남의 돈으로 기분 내는 데는 선수라니까."

엠마가 믿지 않다는 듯 눈을 흘겼다.

"그 친구 말이 그런 종류의 블로그 치고는 어쩐지 사진의 느낌들이 무거워 보여 블로그의 파일들에 대해 암호해독용 프로그램을 적용해봤대요."

"뭘 얻어내려고?"

엠마가 창틀에 걸터앉으며 물었다.

로뮈알드는 의자를 엠마 쪽으로 돌려 앉았다.

"혹시 스테가노그라피라고 들어봤어요?"

"스테노그라피?"

"아니, 스테가노그라피요. 평범한 디지털 이미지 속에 다른 이미지를 숨겨놓는 기술을 지칭하는 말이에요."

엠마는 가느다랗게 실눈을 떴다.

"잠깐! 뭔가 어렴풋이 떠오르는 게 있어. 최근에 뉴스에도 나왔었지?"

"네, 맞아요. 지난여름 미국에서 체포된 러시아 스파이 10명이 사용한 기법 중 한 가지죠. 그 스파이들은 휴가지에서 찍은 사진 속에 비밀 문서를 저장해 모스크바로 보냈어요. 9.11 테러 사건 직후에도 스테가노그라피가 화제가 된 적이 있어요. FBI는 오사마 빈 라덴의 부하들이 평범해 보이는 네티즌 토론방을 이용해 암호화된 사진을 주고받으면서 사건을 치밀하게 모의했다는 걸 암시한 적이 있죠."

"정말 육안으로 보면 몰라?"

"절대로 찾아낼 수 없어요."

"어떻게 한 이미지 안에 다른 이미지를 끼워 넣을 수 있지? 도무지 내 상식으로는 이해가 되지 않아서 말이야."

"요즘 그 정도는 대단한 일도 아니죠. 그런 작업을 가능하게 해주는 애플리케이션이 무척이나 많거든요. 간단히 말해 이미지의 픽셀을 눈에 띄지 않게 조금씩 바꿔주는 거라 생각하면 돼요."

엠마는 창틀에 엉거주춤 기대 있다가 내려와 로뮈알드 옆에 의자를 놓고 앉았다.

"난 무슨 말인지 하나도 못 알아듣겠어. 다시 설명해봐."

"픽셀은 뭔지 알죠?"

"이미지를 구성하는 작은 사각형 같은 것?"

로뮈알드가 고개를 끄덕이고는 다음 단계로 넘어갔다.

"각각의 픽셀은 3바이트로 구성되어 있어요. 빨강, 초록, 파랑이 각 1바이트씩이니까 3바이트죠. 세 가지 색상은 각각 256가지의 다른 톤을 낼 수 있어요. 그러니까 256x256x256을 하면 1천 6백만 가지의 색상을 얻을 수 있다는 계산이 나오죠. 여기까지 이해가 돼요?"

엠마는 여전히 알쏭달쏭했지만 굳이 모르겠다는 티를 내자니 부끄러워 그냥 아는 체하기로 했다.

로뮈알드는 설명을 계속했다.

"1바이트는 8비트로 구성되니까, 이미지의 구성단위인 픽셀을 구성하는 매 바이트마다 1비트만 살짝 건드려주면 되죠. 1비트 정도를 흐리게 만들어 약간만 이미지를 바꿔도 육안으로는 전혀 구분이 안 되는 거예요."

엠마는 마침내 어떤 방식인지 어렴풋이나마 감을 잡았다.

"그 자리에 대신 다른 데이터를 입력한다는 거지?"

"팔뚝에 메모를 적는 사람치고는 제법 이해력이 빠르네요."

로뮈알드가 환한 미소를 머금으며 말했다.

엠마는 그의 어깨를 한 번 툭 친 다음 다시 질문 공세를 이어갔다.

"그 방식이 케이트와 무슨 상관이 있어?"

"케이트는 블로그를 죽은 편지함*처럼 활용했어요. 블로그에 올려놓은 사진들은 죄다 암호화돼 있었던 거죠."

"무슨 이유로 그런 짓을 했을까?"

*스파이들의 언어에서 '죽은 편지함'이란 물리적으로 만나지 않고도 비밀리에 서류들을 주고받을 수 있는 장소로 사용되는 곳을 가리킨다

"이제 곧 알게 될 거예요. 아주 놀라운 사실을 보여드리죠."

로뮈알드는 첫 번째 이미지를 화면에 띄웠다.

"이 사진을 잘 보세요. 케이트는 이 사진을 노스 엔드에 있는 제과점에 관해 쓴 기사에 붙여두었어요."

엠마는 물론 색색의 케이크들이 풍성하게 놓여 있던 진열장 사진을 기억했다.

로뮈알드가 키보드를 누르자 모니터 화면에 새로운 창이 나타났다.

"숨겨진 이미지를 따로 떼어내면 바로 이런 게 나와요."

화면에 사진이 아니라 수학 공식과 컴퓨터 연산코드 따위를 덧붙인 평면도가 나타났다.

엠마는 눈살을 찌푸렸다.

"이게 뭐야?"

"내 생각에는 일종의 샘플 같아요. 제작에 착수하기 전인 어떤 발명품의 설계도 같다고 하면 이해가 되죠? 동작을 포착하는 기계 같아 보여요. 진짜 흥미로운 건 바로 이거예요."

로뮈알드가 사진 한 장을 확대해 대비를 강조하자 도안화된 유니콘 그림이 나타났다.

"이 서류는 〈피치 Inc.〉 소유물이잖아. 그럼 케이트가 산업스파이 노릇을 했단 말이야?"

엠마가 깜짝 놀라며 소리쳤다.

두 사람은 제이로드의 도움으로 케이트의 블로그에 올라 있는 사진들을 해독하며 오전 시간을 보냈다. 제일 오래된 사진들은 〈피치 Inc.〉

소속 엔지니어들의 동작 포착기 초기 구상안이었다. 그들은 손가락 움직임만으로도 컴퓨터 화면과 상호작용을 가능하게 만드는 획기적인 기계를 구상 중이었다.

"〈마이너리티 리포트〉에서 톰 크루즈가 맡았던 역할 기억나요?"

로뮈알드가 재미있다는 듯 촌평을 늘어놓았다.

다른 파일들은 모든 유형의 음성파일들을 동시에 번역할 수 있는 소프트웨어의 베타 버전과 관계된 것들이었다. 그 무엇보다도 민감한 사안은 가장 최근의 사진 속에 숨겨져 있었다. 미국의 전투용 드론 〈MQ1 프리데이터〉, 〈MQ9 리퍼〉와 관련된 사항들로 이 무기들로 말하자면 현재 미군이 보유한 고성능 첨단무기로 아프가니스탄과의 전투 때 사용된 적이 있었다.

군사기밀 서류들이라……

엠마는 갑자기 배가 뒤틀리는 것 같았다.

케이트는 닉 피치와의 친분을 이용해 산업 비밀을 빼돌린 다음 경쟁 업체 또는 미국의 군사기밀을 알아내길 원하는 나라들에 거금을 받고 팔아온 게 분명했다.

"케이트는 블로그에 달린 댓글들을 보고 정보의 가치를 판단할 수 있었을 거예요."

로뮈알드가 중얼거렸다.

"케이트는 가령 '별 볼 일 없어요', '흥미로운 곳이라 더 자세히 알고 싶어요'라고 써놓은 댓글을 보고 탐구 방향을 잡은 거죠. 그러니까 어떤 정보의 가치 평가를 그런 식으로 전달받은 거란 말이죠. 케이트는 댓글을 보고 나서 유용하다는 평을 들은 분야의 서류들을 중점적으로 긁어모았겠죠."

엠마는 걱정스러운 눈빛으로 로뮈알드를 쳐다보았다. 두 사람은 동시에 등골이 오싹해지는 걸 느꼈다. 두 사람은 마치 스릴러영화의 주인공이라도 된 듯 공포에 휩싸였다. 이 '조사'는 전혀 예기치 않은 방향, 두 사람이 발을 들여놓아서는 안 되는 곳을 향해 걷잡을 수 없이 확대되어가고 있었다.

빌어먹을!

잔뜩 두려움에 사로잡힌 엠마는 두 눈을 감고 턱 밑에 양손을 괴었다.

어떻게 하다가 이 지경이 되었지?

닷새 전, 엠마는 철학 교수 매튜 샤피로가 보낸 메일에 답장을 했다. 그 후 메일을 주고받다가 매튜의 매력에 빠져들었다. 엠마가 원한 건 그저 마음에 드는 남자와 대화를 나누는 것이었다. 이제는 전혀 통제 불가능한 사건에 휘말린 형국이 되고 말았다. 겉보기에는 엘리트 지식인들인 매튜와 케이트의 삶 이면에 도사린 불온한 현실과 비밀을 만나게 되었다. 그나마 지금까지는 운이 좋은 편이었다. 이야기가 진척될수록 점점 더 위험한 상황 속으로 빠져들고 있다는 걸 의식하지 않을 수 없었다.

"우리의 조사는 한 발짝도 앞으로 나가지 못하고 있어요. 국가기밀 서류들을 빼돌리려면 엄청난 위험을 감수해야 하는데 그간 우리가 조사해온 케이트는 그리 대담한 인물처럼 보이지는 않았어요. 더 조사해 봐야 알겠지만 케이트의 최종 목적이 돈은 아니었을 거예요. 돈 말고 다른 뭔가를 얻으려는 목적이 있는 게 분명해요."

로뮈알드가 지적했다.

"50만 달러를 대가로 치를 만한 일이 있을 거란 말이지? 우리는 케이트가 그 돈으로 무얼 하려고 했는지 알아내야겠구나."

엠마가 말을 마치기도 전에 로뮈알드는 안경을 집어 들었다.

"지금 당장 그걸 알아낼 수 있을 것 같아요."

로뮈알드가 화면을 가리키며 말했다.

1시가 다 되어가는 시간이었다. 케이트는 이제 막 두 번의 수술을 끝냈다. 두 사람의 눈은 수술실에서 나와 병원 복도를 걸어가는 케이트의 동선에 집중되었다. 두 사람은 케이트가 로커에서 스포츠 가방을 꺼내는 장면을 지켜보았다.

"내가 다녀올게!"

엠마가 파카를 집어 들며 다급하게 외쳤다.

배낭과 휴대폰까지 챙긴 엠마는 미처 말릴 겨를도 없이 총알처럼 호텔방을 뛰어나갔다.

"화면에서 눈을 떼지 마!"

엠마가 호텔방 문을 다시 열더니 로뮈알드를 향해 소리치고는 방문을 소리 나게 닫았다.

♠

서둘러야 해!

엠마는 병원으로 가기 위해 뛰었다. 호텔에서 나온 그녀는 오른쪽 방향인 찰스 스트리트로 들어섰다. 보스턴의 허파 역할을 하는 두 개의 녹지대 즉, 보스턴코먼과 퍼블릭가든을 둘로 가르는 간선도로 중 하나였다. 호텔을 벗어나자마자 매서운 추위가 달려들어 볼이 얼얼했지만 바람을 고스란히 맞으며 뛰었다. 바람이 가뜩이나 꽁꽁 언 얼굴에 닿자 피부가 타는 것처럼 아렸다. 숨을 쉴 때마다 콧구멍과 기도, 기관지가 얼음으로 채워지는 느낌이었다.

엠마는 2백 미터쯤을 쉬지 않고 뛰었다. 시간을 단축시키기 위해 오른쪽으로 방향을 틀어 공원을 대각선으로 가로질러 동쪽으로 향할 작정이었다. 근육이 쑤시고 숨이 가빠왔다. 허파에서는 보다 많은 산소 공급을 원했지만 지금은 일일이 요구를 들어줄 형편이 아니었다. 설상가상으로 부츠 밑창까지 미끄럽기 짝이 없었고, 찰싹 달라붙는 진을 입고 있어 몸을 움직이기가 쉽지 않았다. 등에 진 배낭의 무게도 만만치 않아 한 걸음씩 떼어놓을 때마다 컴퓨터 외장 커버가 아래쪽 옆구리를 툭툭 건드렸다.

빨리 달려가야 해!

조이 스트리트에서는 주변 지리를 파악하느라 몇 초를 허비했다. 곧장 출발하려 했지만 숨이 가빠 꼼짝할 수 없었다. 머리는 빙빙 돌고, 눈에서는 추위 때문에 눈물이 쏟아질 지경이었고, 가슴에서는 불이 났다.

여기서 멈춰 서는 안 돼!

엠마는 다시 힘을 내 달리기 시작했다. 여기서 이대로 멈춘다면 케이트의 행방을 놓쳐버릴 게 분명했다. 이제 병원 입구까지 3백 미터가 남아 있었다. 케임브리지 스트리트에 이르자 엠마는 전화를 걸었다. 구토가 나올 것 같았고, 현기증 때문에 시야가 흐려졌다.

"그 여자 어디로 갔어, 로뮈알드?"

엠마가 휴대폰을 귀에 바짝 갖다 대고 물었다. 숨이 가쁘고 기침이 나와 인도에 그대로 드러눕고 싶은 마음이 굴뚝같았다.

"놓쳤어요! 케이트가 병원 건물을 벗어나는 바람에 카메라의 추적 시야를 벗어났어요."

로뮈알드가 힘없이 대답했다.

"젠장! 어느 쪽으로 사라졌지?"

"블로섬 스트리트 쪽이에요."

그렇다면 케이트는 아직 가까운 곳에 있었다.

"케이트의 옷차림이 뭐였더라?"

"병원 가운 위에 담황색 트렌치코트를 걸쳤어요."

엠마는 가쁜 숨을 몰아쉬며 두 손을 무릎에 얹고 호흡을 가다듬었다. 입술 사이로 연신 하얀 입김이 새어 나왔다.

병원 가운에 담황색 트렌치코트라······.

엠마는 보행자들 가운데에서 그런 차림을 찾아보려 했지만 마침 의사며 간호사, 간호보조사들이 점심 식사를 하려고 근처 식당이며 패스트푸드점으로 잔뜩 몰려나온 시간이었다.

엠마는 눈으로 굴러떨어지는 땀방울을 닦았다. 잠깐 눈을 깜박거리는 사이 50미터쯤 앞쪽 〈호울〉 푸드 마켓 쪽으로 몰려가는 인파들 속에서 빨간 점 하나가 눈에 들어왔다.

케이트의 스포츠 가방이었다.

엠마는 그 빨간 점을 향해 마지막 남은 힘을 다 긁어모아 달렸다.

"전화를 끊지 마, 로뮈알드! 케이트를 찾았어!"

♠

스포츠 가방을 어깨에 둘러멘 케이트는 혼자였고, 〈호울〉 푸드 마켓 안으로 사라졌다. 엠마는 시종 눈을 떼지 않으면서 슈퍼마켓을 찾은 사람들 사이로 들어갔다. 다양한 유기농 제품들을 갖추어 놓은 〈호울〉 푸드 마켓의 주 고객층은 친환경 음식을 선호하는 사람들이었다.

크리스마스캐럴이 끝없이 울려 퍼지는 마켓 안은 손님들이 발 디딜 틈 없이 들어차 있었다. 마켓 입구의 비교적 넓은 면적을 고객들을 위한 카페테리아로 꾸며놓고, 음료나 간단한 먹을거리를 팔고 있었다. 손님들이 음식을 사 들고 스탠드에서 간단하게 먹을 수 있도록 꾸며놓은 곳이었다.

엠마는 불과 몇 미터 거리를 두고 케이트를 뒤따라갔다. 샐러드 바로 들어간 그녀는 접시를 집어 들고 갖가지 신선 채소와 음식을 담고 나서 콤부차 한 병을 골라 계산대로 가 돈을 지불했다.

엠마는 케이트를 뒤따라 커다란 통유리창을 통해 거리 풍경을 바라보며 식사를 할 수 있는 길쭉한 식당으로 들어갔다. 식당 안은 도떼기시장처럼 혼잡했다. 사람이 너무 많아 밀치고 떠다밀며 앞으로 나아가야 겨우 여러 명이 함께 앉아 먹는 테이블을 차지하고 앉을 수 있었다.

일단 테이블을 차지하고 나면 자리에서 일어나 구석 쪽에 비치되어 있는 전자레인지 앞으로 가 각자 알아서 음식을 데운 다음 자기 자리로 돌아왔다. 사람들은 대체로 빨리 식사를 끝냈다. 제대로 된 식사라기보다는 간식이라고 해야 적절할 듯했다. 부산하고 왁자지껄한 분위기 속에서 신속하게 한 끼 식사를 때운 사람들은 곧장 병원이나 웨스트엔드의 사무실로 돌아갔다.

케이트가 테이블 사이를 비집고 앞으로 걸어가는 모습을 보며 엠마는 그녀가 필시 누군가와 사전에 만날 약속을 했다는 걸 직감했다. 케이트는 여럿이 먹는 테이블 한쪽 끝에 자리를 잡았다. 어떤 남자가 자리를 맡아놓기 위해 외투를 걸어두었던 바로 그 자리였다. 엠마는 좀 더 가까이 다가가고 싶었으나 유일하게 남아 있는 자리가 6미터쯤 떨어진 곳에 있었다. 엠마는 두 개의 긴 테이블을 사이에 두고 케이트와 마주 앉았다. 식당 안의 소음 때문에 케이트가 남자와 주고받는 대화를 엿듣는 건 처음부터 불가능했다.

운도 지지리 없네!

엠마는 두 눈을 가늘게 뜨고 케이트와 대화를 나누며 식사를 하는 남자를 요모조모 뜯어보았다. 나이는 오십 대쯤으로 보였고, 짧게 자른 흰 머리에 허리가 들어간 짙은 색 줄무늬 양복 차림이었다. 차갑고 투명한 청회색 눈동자는 대리석으로 깎아놓은 듯이 딱딱하게 굳은 얼굴 표정과 잘 어울렸다.

"안경잡이, 내 목소리 들려?"

엠마는 간략하게 상황을 요약해 로뮈알드에게 이야기해주었다.

"케이트는 남자에게 가방을 넘겨줄 거야. 두 사람이 무슨 이야기를 하는지 듣고 싶은데 방법이 없을까?"

"가까이 다가가면 되잖아요."

로뮈알드가 대수롭지 않다는 듯 말을 받았다.

"지금 장난해! 가까이 다가갈 수 있는 형편이 아니라고 말했잖아. 게다가 지난 일요일과 어제 아침에도 케이트랑 이런 식으로 마주쳤단 말이야. 가까이 다가갔다간 케이트가 내 얼굴을 알아볼지도 몰라."

"이제 알았으니까 신경질 좀 그만 부려요."

로뮈알드가 억울하다는 듯 볼멘소리를 했다.

"지금은 걸핏하면 토라지는 사춘기 놀이나 하고 있을 때가 아니야. 케이트와 남자는 계속 뭔가 이야기를 나누고 있어. 지금이 바로 너의 기발한 머리를 사용할 때란 말이야."

로뮈알드는 잠시 가만히 있다가 3초쯤 후에 소리쳤다.

"휴대폰을 바닥에 내려놓은 다음 발로 밀어 두 사람 쪽으로 보내세요. 그렇게 하면 그들의 대화를 녹음할 수 있을 거예요."

엠마는 황당한 발상이라는 듯 고개를 저었다.

"너 정말 머리가 어떻게 된 거 아냐? 어떻게 그런 게 가능하다고 봐?"

엠마의 입술 사이로 푸우, 하는 한숨 소리가 새어 나왔다.

엠마는 애꿎은 손톱만 물어뜯다가 자포자기가 된 심정으로 어린 컴퓨터 천재의 아이디어를 실행에 옮겼다. 운동화 끈을 매는 척하며 휴대폰을 바닥에 내려놓은 다음 발로 슬쩍 찼다. 휴대폰은 강화목재 바닥을 미끄러지며 의자들과 사람들 다리 사이를 아슬아슬하게 지나더니 케이트가 남자와 식사를 하는 큰 테이블 아래에서 멈춰 섰다.

왕초보가 첫 도박에서 무조건 딴다더니…….

엠마는 제발 아무도 휴대폰을 발견하지 못하게 해달라고 빌며 발효차를 마셨다. 무척이나 조마조마한 시간은 비교적 짧게 지나갔다. 겨우 3분도 되지 않아 케이트와 남자가 자리에서 일어섰다.

엠마도 자리에서 일어나 사람들이 의아한 눈으로 쳐다보는 가운데 얌전히 휴대폰을 집어 들고 식당을 빠져나왔다.

♠

엠마는 서둘러 슈퍼마켓을 벗어났다.

"그들이 무슨 얘길 나누었는지 들어봤어?"

"주변 사람들이 떠드는 소리 때문에 무슨 얘기를 나누는지 도무지 알아들을 수가 없었어요. 녹음파일에서 잡음을 제거해야 할 것 같아요."

"그럼 가능한 한 빨리 잡음을 제거해봐."

엠마는 말을 마치는 즉시 전화를 끊어버렸다.

케이트는 다시 병원으로 들어가고 있었고, 남자는 병원과 반대쪽으로 걸어갔다. 엠마는 50만 달러가 들어 있는 가방을 전달받은 남자를 추적해보기로 작정했다.

두 사람이 처음 만난 순간부터 헤어질 때까지 줄곧 지켜보았다. 두 사람 사이에 교환은 없었다. 남자는 돈이 든 가방을 받기만 했을 뿐 아무것도 주지 않았다.

저 남자는 누굴까? 케이트에게 돈을 받는 조건으로 무엇을 약속했을까?

남자는 케임브리지 스트리트를 따라 수백 미터를 걸어갔다. 엠마는 적당한 거리를 유지하며 잠시도 그의 자취에서 눈을 떼지 않았다. 보스턴 시내는 온통 크리스마스 리듬에 맞춰 돌아가는 중이었다. 대로변 나무들에는 온통 화려한 전등이 장식되어 있었다. 가로수와 가로등에는 예외 없이 전구 화환이 걸려 있었고, 호랑가시나무나 겨우살이로 만든 둥근 리스 장식을 출입문에 걸어놓지 않은 집을 찾아볼 수 없었다. 선물꾸러미를 한 아름 안고 걸어가는 사람들의 얼굴에는 행복한 표정이 그대로 묻어나 있었다. 살을 에는 찬바람도 크리스마스트리용 전나무에서 풍기는 향긋한 냄새와 계피 향, 군밤 냄새 등을 부지런히 실어 나르며 크리스마스 분위기를 띄우는 데 단단히 일조했다.

엠마는 보든역이 가까워지면서 남자가 지하철을 타리라 예상했지만 결과는 빗나갔다. 남자는 보든역을 지나쳐 계속 걷더니 18번 버스에 올라탔다. 엠마도 마지막 순간에 가까스로 버스에 올라타는 데 성공했다. 전날 조이스 윌킨슨을 만나고 돌아오는 길에 사둔 대중교통 카드 링크패스 덕분이었다.

엠마는 남자가 앉은 자리로부터 세줄 뒤쪽의 빈자리에 앉았다. 남자는 버스에 타고 있는 동안 차창을 통해 도시 풍경만 무심코 내다볼 뿐 표정 변화가 없었다. 버스는 파크 스트리트로 들어서기 위해 크게 커브를 틀었다. 보스턴 코먼과 퍼블릭가든을 끼고 북쪽에서 내려온 버스는 서쪽으로 방향을 틀어 코먼웰스 애비뉴로 접어들었다. 남자는 버스가 느릅나무와 밤나무가 늘어선 길을 일 킬로미터 넘게 달렸을 때 자리에서 일어나 뒤쪽 출입문 쪽으로 다가갔다.

남자가 글루체스터 스트리트 정류장에서 내리는 걸 확인한 엠마는 사람들이 올라타느라 혼잡한 틈을 타 눈에 띄지 않게 버스에서 내렸다. 엠마는 50미터 정도 거리를 유지하며 남자를 따라 남쪽으로 걸어가 보일스턴 스트리트로 들어섰다.

그다음은 최고급 호텔들이 즐비한 백베이 스트리트……

남자는 세인트프랜시스 호텔 로비로 들어섰다. 유리와 벽돌로 지은 호텔 정면은 호사스러운 외양과 빅토리아식 건축양식을 절묘하게 결합시켜 대체적으로 고급스런 느낌을 주었다.

엠마는 지난해 미슐랭 가이드에서 별 3개를 획득한 이 호텔 부속 식당에 대해서라면 두말할 필요 없이 잘 알았다. 남자를 따라 엘리베이터 입구까지 간 엠마는 마지막 순간에 엘리베이터 안으로 들어갔다.

엠마는 남자가 엘리베이터 키를 꽂고(그래야만 유리로 된 엘리베이터의 보안 장치가 풀렸다) 3층 버튼을 누르도록 내버려두었다.

"저랑 같은 층에 계시는군요."

엠마는 그럴 듯하게 자신의 행동을 설명했다.

남자는 아무런 대꾸 없이 무표정한 눈동자로 엠마를 쳐다보았다. 머리끝부터 발끝까지 유심히 살피는 듯했다.

뭐야, 벌써 낌새를 차린 건가?

유리 캡슐처럼 생긴 엘리베이터가 열리자 복도가 나타났다.

남자는 엠마에게 양보 제스처 한 번 하지 않고 먼저 내렸다. 그는 지체 없이 오른쪽 복도로 걸어갔다. 엠마는 반대 방향으로 몇 발짝 걸어가다 남자가 멈춰 선 방문이 닫히기 직전 몸을 돌려 방 번호를 확인했다.

엠마는 이내 다시 엘리베이터를 타고 로비로 내려왔다.

남자의 방문과 엘리베이터 문이 닫히는 순간 번개처럼 남자의 신원을 밝혀낼 수 있는 지략이 떠올랐다. 초현대적인 스타일로 꾸민 세인트프랜시스 호텔의 식당은 한마디로 말해 보석 같은 곳이었다. 새틴 천으로 된 칸막이부터 홀의 구석구석은 물론 커튼을 건 봉을 장식하는 금속사 자수에 이르기까지 모든 요소들이 예술적으로 안배된 인테리어였다. 각각의 인테리어 요소들은 뉘앙스가 각기 다른 크림색과 은색으로 마무리되어 전체적으로는 통일감을 주었다. 일일이 수작업을 통해 제작된 크리스털 샹들리에는 아이보리 계열의 은은한 빛을 뿜어내고 있었다.

"어서 오십시오, 부인. 예약하셨습니까?"

식당 지배인이 물었다.

"저는 식사를 하러 온 게 아닙니다. 이 식당의 와인 감별사인 미카엘 부샤르 씨에게 급히 전할 말이 있어서요."

"잠시만 기다려주십시오."

퀘벡 출신 와인 감별사는 미처 일 분도 되기 전에 모습을 드러냈다.

"여긴 어쩐 일이야, 엠마?"

두 사람은 그리 친한 친구는 아니었지만 와인 세미나 때나 시음회, 경연대회 등이 있을 때마다 자주 마주치는 사이였다.

"안녕, 미카엘. 당신 도움이 필요해서 왔어."

"난 지금 근무 중이야. 지금은 눈코 뜰 새 없이 바쁘다는 뜻이야. 우리, 일 끝나고 나서 한잔할까?"

엠마는 그에게로 바짝 다가앉으며 말했다.

"번거롭게 해서 미안한데 정말 급한 일이 있어."

"무슨 일인지 말해봐."

"321호실에 투숙한 손님에 대해 알아봐줄 수 있어?"

"엠마, 지금 농담해? 우리에게는 투숙객의 비밀을 보장해야 할 의무가 있어. 〈임퍼레이터〉 식당에서는 고객관리를 그렇게 해?"

"미카엘, 제발 부탁이야. 아주 중요한 일이라서 그래. 프런트에다 전화 한 통만해줘."

"그러다가 내 목이라도 달아나면 책임질 거야?"

"괜한 엄살 부리지 마. 그저 이름만 알아봐주면 돼. 겨우 그 정도로 목이 달아나지는 않아."

"그렇게 해주면 나에게 어떤 이득이 되지? 그 일을 해주는 대신 나에게 뭘 해줄 수 있지?"

"뭘 원하는데? 지금 당장 한 대 할래? 주방 문 뒤에서?"

엠마가 일부러 목소리를 높이는 바람에 손님 몇몇이 소리 나는 쪽으로 고개를 돌렸다.

캐나다 출신 와인 감별사는 안색이 창백해지더니 얼른 엠마를 식당 밖으로 잡아끌었다.

"정말 보통 성가신 게 아니네. 병이 단단히 난 모양이야."

"얼른 프런트로 달려가서 321호실에 투숙한 남자의 이름을 알아봐줘. 제발 부탁이야!"

미카엘이 불만이 가득한 표정으로 프런트로 걸어갔다가 2분 만에 돌아오더니 퉁명스럽게 말했다.

"올레그 타라소프라는 이름으로 예약돼 있대. 이제 됐어?"

엠마는 배낭에서 펜을 꺼냈다.

"미카엘, 도와줘서 고마워."

엠마가 팔뚝에 이름을 적으며 인사했다.

"엠마, 제발 얼른 꺼지셔."

미카엘이 뒤도 돌아보지 않고 식당 쪽으로 걸어가며 중얼거렸다.

♠

모니터 화면을 주시하고 있던 로뮈알드의 두 눈이 이글이글 타올랐다. 휴대폰 녹음 내용을 코드화해 컴퓨터에 입력하는 일을 방금 마쳤다. 이제 주변 소음을 제거하는 일만 남아 있었다.

로뮈알드가 잡음 제거용 소프트웨어를 작동시키자 화면에 설치를 위한 창이 떴다. 특별히 소음이 지속적이고 집요하게 들리는 대목을 따내기 위해 녹음 내용을 청취했다. 그런 과정을 통해 따낸 대목은 주파수와 데시벨을 정확하게 측정하기 위한 견본으로 사용되었다. 첫 번째 작업이 끝나자 그는 두 번째 단계로 녹음 내용 전체를 블록으로 지정해 소음 제거 명령을 작동시켰다.

로뮈알드는 두 번째 단계 처리까지 끝난 음성파일의 도입부를 다시 들어봤지만 결과는 신통치 않았다.

TV 드라마에서 볼 땐 아주 간단하던데…….

로뮈알드는 용기를 잃지 않고 만족할 만한 결과가 나올 때까지 진폭을 이리저리 옮겨가며 15분 넘게 음성주파수를 조절했다.

그런 다음 다시 녹음 내용을 들었다.

등골을 오싹하게 만드는 내용이 흘러나왔다.

♠

엠마는 세인트프랜시스 호텔 바 출입문 근처에 놓인 긴 의자에 자리를 잡고 앉았다. 로비가 한눈에 들어오는 곳이었다. 올레그 타라소프가 외출할 경우 엠마의 시야에서 벗어날 길이 없었다. 카이피로스카를 한 잔 주문한 엠마는 컴퓨터를 꺼내 호텔의 와이파이에 접속했다.

엠마는 조사에 몰입해 있었고, 여태껏 단 한 번도 이런 기분을 느껴본 적이 없었다. 솟아오르는 아드레날린과 흥분 상태가 그녀를 단호하게 만들었고, 그 덕분에 대담한 행동이 가능했다.

엠마는 검색엔진에 '올레그 타라소프'라고 쳤다. 페이스북, 링크드인, VK* 등에 다양한 프로필들이 떴다. 구글의 이미지를 클릭하자 놀랍게도 그녀가 애타게 찾던 올레그 타라소프의 사진들이 나왔다. 방금 전에 보았던 얼굴에 비해 10년 정도는 젊어 보이는 사진들이었다. 대리석을 깎아놓은 듯 무표정한 얼굴은 그때나 지금이나 다를 바 없었다.

그 사진은 온라인 영화계의 성경으로 통하는 인터넷 무비 데이터베이스(IMDb)에서 제공한 이미지였다. 인터넷 무비 데이터베이스에 따르자

*VKontakte, 러시아에서 가장 널리 쓰이는 소셜 사이트

면 올레그 타라소프는 1990년대에 헤아릴 수 없을 만큼 많은 액션영화에서 스턴트맨 또는 스턴트맨 코디네이터로 엔딩크레딧에 이름을 올린 인물로 되어 있었다. 그가 스턴트맨으로 출연한 대부분의 영화는 TV용 영화, B급 영화, 저예산 스릴러물 등 소위 말하는 걸작과는 거리가 먼 작품들이었다. 제작 당시 아예 VHS나 DVD로만 출시되기도 했다.

올레그 타라소프는 한때 친동생인 바실리 타라소프와 함께 스턴트 분야에서 활약했으며, 두 형제의 주특기는 오토바이를 탄 대역이었다고 나와 있었다. 형제의 영화 출연 경력은 십여 년 정도 지난 다음 막을 내린 것으로 되어 있었다.

엠마는 클릭 몇 번으로 로스앤젤레스에서도 두 형제의 발자취를 찾아냈다. 두 형제는 사설 경비업 쪽으로 진로를 바꾼 듯했다. 두 형제가 개설한 경비회사의 웹사이트에 따르자면 그들은 요인 감시와 보호를 주 업무로 삼고 있었다.

엠마가 새롭게 얻게 된 정보를 로뮈알드에게 알려주기 위해 휴대폰을 꺼내려던 순간 컴퓨터 천재가 선수를 쳤다. 엠마는 첫 번째 벨소리가 끝나기도 전에 얼른 전화를 받았다.

"뭐 좀 찾아냈어, 안경잡이?"

"네, 아주 중요한 걸 알게 됐어요."

로뮈알드가 하얗게 질린 목소리로 대답했다.

"유령이라도 봤니? 목소리가 왜 그래?"

"녹음파일에서 잡음을 제거했어요. 그런데 저……."

"더듬지 말고 빨리 말해봐!"

"직접 들어보는 편이 제일 빠르겠어요. 아주 무시무시한 내용이에요."

엠마는 잔뜩 눈살을 찌푸렸다. 대화 내용을 놓칠세라 엠마는 전화기를 오른쪽 귀에 찰싹 붙이고 왼쪽 귀를 손으로 틀어막았다.

케이트 : 돈은 가방에 들어 있어요. 난 약속을 틀림없이 지켰어요. 두 번째로 50만 달러를 전달하는 거니까요. 1백 달러짜리 지폐 5백 묶음이에요.

올레그 : 나머지는?

케이트 : 내가 지시한 대로 일을 끝냈다는 걸 확인하고 나면 드릴게요.

올레그 : 그러니까 오늘 저녁이 되겠군요?

케이트 : 무슨 일이 있더라도 내가 전화할 때까지 기다렸다가 일을 시작하세요. 적어도 밤 9시는 넘어야 할 거예요. 내가 연락을 주지 않을 경우 당신도 없던 일로 하는 거예요, 알았죠?

올레그 : 장소는?

케이트 : 이 USB에 메모를 적어두었어요. 사람들이 벼랑길이라고 부르는 곳이죠. 잭슨스퀘어역 뒤에서 자메이카플레인으로 통하는 좁은 콘크리트 길이고 일방통행이에요. 그 길을 통과할 경우 교통체증이나 신호등을 다 피할 수 있지만 불량배들이나 마약중독자들이 많아 차량 통행이 드문 곳이죠. 시에서 통행을 금지시키기도 했어요.

올레그 : 정말 아무도 없는 게 확실해요?

케이트 : 무슨 일이든 백 퍼센트 확신할 수야 없죠. 하지만 오늘처럼 추운 날에는 마약 거래상이나 중독자들이 집에 틀어박혀 나오지 않죠. 작업 지침을 되풀이해 말해줄 필요는 없겠죠?

올레그 : 없습니다. 잘 알아들었으니까요.

케이트 : 주소는 적어두셨어요?

올레그 : 네, 잘 가지고 있습니다.

케이트 : 다시 한번 강조해두죠. 당신이 내 지시를 정확하게 이행하지 않을 경우 우리의 약속은 원천 무효가 될 거예요.

올레그 : 알았다니까요, 아까도 말했잖아요. 나도 마지막으로 한 가지만 물읍시다. 내가 처치해야 할 사람의 이름이 뭡니까?

케이트 : 사진에 나와 있는 그 남자. 이름은 매튜 샤피로. 내 남편이에요.

22. 헬싱키그룹

죽음은 일생에서 단 한 번만 갚는 빚이다.

_윌리엄 셰익스피어

가슴이 거세게 두근거렸다. 엠마는 극심한 충격 때문에 일 분이 넘도록 한 문장도 떠오르지 않아 말을 할 수가 없었다.

케이트가 매튜를 제거하기 위해 살인청부업자를 고용해? 도대체 무슨 이유 때문에? 매튜를 사랑하지 않고, 오로지 닉 피치와 살고 싶은 마음 때문에? 말도 안 돼. 그런 이유로 사람을 죽일 수는 없어. 이혼하면 문제가 간단하게 해결되잖아. 에밀리를 혼자 키우고 싶어서? 그 역시 설득력이 없어. 그럼, 돈? 매튜는 재산이 별로 없지만 닉 피치는 미국을 통틀어 가장 돈이 많은 사람이야. 돈은 큰 문제가 아닐 거야. 그럼 도대체 뭐야? 복수?

엠마는 불쑥불쑥 떠오르는 생각을 정리해보려 애썼다. 어느 것 하나 그럴듯한 이유가 될 수 없었지만 단 한 가지 분명한 사실은 케이트가 젊은 시절의 연인 닉 피치를 한시도 잊은 적이 없다는 것이었다. 두 사람은 오래도록 헤어져 있다가도 기회만 닿으면 다시 결합했다.

케이트는 비밀문서들을 빼돌리고 비싼 값에 팔아넘겨 그 돈으로 남편을 없애줄 살인청부업자를 고용했다.

완전히 정신 나간 스토리가 아닐 수 없어. 분명 이 모든 사건들 사이에는 핵심적인 연결고리가 있을 거야.

지금으로서는 그 고리가 뭔지 도무지 알 수 없었다. 엠마는 두 손으로 머리를 움켜쥐었다. 목덜미가 뻣뻣하고 다리와 가슴에서 통증이 느껴졌다.

또 다른 의문점도 있었다. 2011년에 매튜는 여전히 살아 있었다. 스턴트맨은 어쩌다가 매튜를 제거하는 데 실패했을까?

"로뮈알드, 그 녹음 내용 좀 다시 한번 들을 수 있게 해줘."

로뮈알드는 즉시 엠마의 부탁을 들어주었다.

(……)무슨 일이 있더라도 내가 전화할 때까지 기다렸다가 일을 시작하세요. 적어도 밤 9시는 넘어야 할 거예요. 내가 연락을 주지 않을 경우 당신도 없던 일로 하는 거예요, 알았죠?

엠마는 그 대목에서 다시 듣기를 멈췄다.

매튜가 들려준 이야기가 떠올랐기 때문이었다.

사고가 나던 날 밤 케이트의 차를 들이받은 밀가루 배달 트럭 기사는 그녀가 손에 휴대폰을 쥐고 있었다고 일관되게 주장했다.

매튜는 케이트가 마쓰다 자동차의 시동이 걸렸다는 걸 알려주기 위해 휴대폰으로 전화를 거는 중이었을 거라고 이해하고 있었다. 실제로는 살인청부업자에게 작업 개시 신호를 보내기 위해 휴대폰을 들고 있었다고 보는 게 타당할 듯했다. 사전 계획에 없었던 충돌사고 때문에 케이트의 신호는 다행히 수신자에게 영영 전달되지 못한 게 분명했다.

케이트가 무시무시한 전화를 걸기 전에 죽었기 때문에 매튜는 가까스로 목숨을 부지할 수 있었다.

죽음의 대가로 얻은 삶…….

엠마는 호텔 로비에 시선을 고정시킨 채 로뮈알드에게 얼핏 정리된 생각을 들려주었다. 로뮈알드는 대단히 흥미진진하게 이야기를 들어주었다.

엠마와 로뮈알드는 이제 많은 사실과 단서, 증거들을 확보했다. 다만 가장 중요한 단서, 즉 케이트가 매튜를 죽이려고 한 동기가 빠져 있었다. 그 동기야말로 이 끔찍한 사건의 전말을 밝혀주는 결정적인 연결고리가 될 게 분명했다.

"케이트는 지금 뭘 하고 있지?"

엠마가 물었다.

"차를 몰고 자메이카플레인 어린이 병원으로 돌아왔어요."

"이상하게 보인 점은 없어?"

"한 가지 있긴 한데 어쩌면 그다지 중요하지 않은 것 같기도 해요."

로뮈알드가 주저하며 운을 뗐다.

"뭔데 그래? 어서 말해봐."

〈호울〉 푸드 마켓에서 돌아온 케이트는 서둘러 직장 메일함을 열었어요. 케이트가 열어보고 출력한 메일은 남편의 혈액검사 결과 메일이었어요."

"매튜가 오늘 아침에 적십자 헌혈 차에서 뽑은 혈액?"

"네, 그 결과를 부인에게 알려주는 건 좀 이상하지 않아요?"

"난 모르겠어. 그런 절차에 대해서는 아무것도 모르는 문외한이니까.
넌 메일 내용을 살펴봤어?"

"병원 직원 모두의 메일함을 열어볼 수 있다니까요."

로뮈알드가 의기양양하게 말했다.

"그러니까 메일 내용을 나한테도 보내달란 말이야."

♠

매튜의 혈액 분석 결과는 두 쪽 분량이었다. 그런 분야에 대해서는
완전 초보인 엠마는 얄팍하고 단편적인 지식들을 총동원해 읽기조차
힘든 의학용어들과 복잡한 숫자들 사이에서 뭔가를 도출해내려고 끙끙
댔다. 표의 가장 위쪽에는 혈액학 관련 용어들이 수두룩하게 나와 있
었다. 적혈구, 헤모글로빈, 헤마토크릿, MCV(Mean Corpuscular
Volume), 백혈구, 림프구, 혈소판, 침강속도, 철분, 페리틴……

엠마는 자그마한 단서 하나라도 나올까 싶어 매튜의 검사 결과 수치
를 각 항목마다 첨부해놓은 정상 수치 범위와 비교해가며 한 줄 한 줄
읽어 내려갔다.

혈액 분석이 끝나자 생화학 분석 결과가 이어졌다. 혈당, 크레아틴,
요산, 효소, 감마 GT, 아미노기 전이효소, TSH, 좋은 콜레스테롤, 나

쁜 콜레스테롤······.

간, 갑상선, 신장 모두 정상이네.

엠마는 두 쪽 분량을 다 훑어보았지만 특이한 점을 단 한 가지도 찾아내지 못했다. 엠마는 문득 서류 오른쪽 귀퉁이에 그려진 작은 박스 안에 매우 드문 적혈구 표현형인 '헬싱키그룹'이라고 적혀 있는 글을 보았다.

엠마는 의자에서 벌떡 일어섰다.

헬싱키그룹?

엠마는 모니터를 뚫어져라 응시했지만 화면은 바뀌지 않았다. 최근 며칠 동안 몹시 힘든 나날이었지만 엠마는 오히려 평소 그녀를 괴롭히던 두려움에서 해방되었을 뿐만 아니라 자신을 안으로 꼭꼭 숨기던 두터운 갑옷을 벗어버리고 대담하게 능력을 발휘했다.

그렇지만 이 부분에서 또다시 막히고 말았다. 생물학자나 의사의 도움이 절실히 필요한 때였지만 주변에서 그럴 만한 사람을 아무도 알지 못했다.

엠마는 하는 수 없이 한숨만 푹 쉬고 창가로 얼굴을 돌렸다.

정오가 지날 무렵의 햇살이 인도에 쌓여 있는 눈 덩어리들에 반사되어 눈이 부셨다. 두통이 시작되는 불길한 전조가 느껴졌지만 엠마의 정신은 여전히 경계 상태를 늦추지 않았다.

엠마는 머릿속으로 수첩에 적힌 이름들을 몇 번이고 되뇌어보았다. 그녀는 자신을 담당했던 정신과 의사 남편이 어퍼웨스트사이드에서 검사소를 운영한다는 사실을 기억해냈다. 남편의 검사소는 부인의 진료실과 같은 건물에 자리 잡고 있었다. 엠마는 어느 날 저녁 그 부부가 〈임퍼레이터〉 식당에 식사하러 왔을 때에야 비로소 두 사람이 부부라는 사실을 알았다.

문제는 정신과 의사 마가렛 우드가 아스펜에서 휴가를 보내고 있다는 사실이었다. 엠마는 마가렛 우드의 휴대폰 번호를 알고 있었지만 직접 연락해본 적이 없었다. 마가렛 우드는 환자가 직접 거는 전화를 받지 않았고, 휴가 중에는 두말할 나위가 없었다.

엠마는 잠시 고민하다가 밑져야 본전이라는 심정으로 무작정 전화를 걸었다. 예상했던 대로 응답기에 녹음된 목소리가 들려왔다. 엠마는 최대한 빨리 전화해달라는 메시지를 남겼다. 한 사람의 목숨을 살릴지 죽일지를 결정하는 중차대한 일이라는 말도 덧붙였다.

엠마가 전화를 끊자마자 마가렛 우드가 다급하게 전화를 걸어왔다. 정신과 의사는 엠마가 브루클린 다리에서 뛰어내릴 작정이라 생각한 게 분명했다.

엠마는 일단 미안하다고 사과하고 나서 아주 중요한 걸 알아내야 하는데 의사의 남편만이 엠마를 도와줄 수 있다는 사실을 설명했다.

"난 지금 스키를 신고 아스펜 산 정상에 있어요. 조지에게 연락할 일이 있다면 휴대폰 번호를 알려드릴게요. 조지는 지금 산 아래 〈아작스 태번〉에서 위스키를 마시고 있어요. 조지의 휴대폰 번호를 문자로 보내드릴게요."

♠

"조지 우드 씨 휴대폰 맞습니까?"

"네, 제가 조지 우드입니다만……."

"휴가 중에 번거롭게 해드려 죄송합니다. 부인인 마가렛 우드가 제 담당 정신과 의사인데 전화번호를 알려주셨습니다."

"흠, 흐음……."

조지 우드는 그다지 기분이 좋지 않다는 걸 나타내려는 심산인 듯 헛기침을 해댔다.

"어쩌면 선생님도 저를 기억하실 겁니다. 저는 엠마 로벤스타인이라는 사람이고, 작년에 〈임퍼레이터〉 식당에 식사하러 오셨을 때 와인을 골라드린 적이 있을 겁니다."

그 말을 들은 조지 우드는 좀 전보다는 훨씬 가벼워진 목소리로 대답했다.

"아, 기억하다마다요. 아주 근사한 저녁 식사였죠. 모든 게 당신 덕분이었어요. 블루치즈 요리에 곁들이면 좋다면서 아주 훌륭한 포르토 와인을 추천해주었던 기억이 나네요."

"네, 맞습니다. 오래전 일인데 이렇게 기억해주시니 고맙습니다."

"퀸타 도 노발이었죠, 아마."

"아, 기억력이 정말 대단하시네요. 네 정확히 맞습니다. 퀸타 도 노발 1987년 빈티지."

"1964년 산은 더 좋은 것 같더군요."

"아니, 1963년 산일 겁니다. 퀸타 도 노발 1963년 산은 전설적인 와인이 틀림없지만 남아 있는 물량이 몇 병 되지 않습니다. 원하신다면 제가 구해드리겠습니다. 우드 씨, 오늘은 와인 이야기가 아니라 다른 문제를 여쭤보고 싶어 전화드렸습니다."

"얼마든지 물어보십시오."

엠마는 낯선 단어들을 엉뚱하게 발음하지 않도록 화면에 얼굴을 바짝 들이대고 거기에 적힌 글자들을 읽어나갔다.

"'희귀한 적혈구 표현형'은 무얼 뜻하죠?"

"아, 혈액 말씀이군요. 와인보다 재미없는 이야긴데 안 그렇습니까? 하긴 우리 두 사람의 직업이 크게 다르지 않군요. '너희들이 다 이걸 마시라, 이는 내 피니라'라고 하신 분도 있지 않습니까?"

조지 우드는 스스로도 재치 있는 말을 했다고 생각했는지 껄껄대며 웃었다.

"그러니까 '희귀한 적혈구 표현형'이 무슨 뜻이죠?"

엠마는 조바심을 누르며 조금 전 질문을 다시 했다.

"생물학자들이 희귀한 특정 혈액형을 지칭하기 위해 사용하는 용어입니다."

"희귀하다면?"

조지 우드는 침을 꿀꺽 삼켰다.

"혈액형의 원칙에 대해서는 알고 있죠?"

"네, 그냥 상식적인 선에서 알고 있죠. A, B, AB, O형, 혈액형에는 그렇게 네 가지가 있다는 정도요. 아, 그리고 Rh 플러스, 마이너스형이 있다는 것도 압니다."

"네, 그 정도는 기초이고, 실제로는 그보다 훨씬 복잡합니다. 그걸 다

아는 사람은 별로 없지만 말입니다. 간단히 말해 A형, B형, AB형, O형에 포함되지 않는 사람들도 있습니다."

"정말입니까?"

"네, 정말이다마다요. 그런 부류를 가리켜 '봄베이그룹'이라고 합니다. 그런 혈액의 특성이 과학자들에 의해 처음 발견된 인도의 봄베이에서 따온 이름입니다. Rh 플러스나 마이너스가 아닌 사람도 있습니다. 그 경우를 Rh 널(Rh null) 형이라고 합니다. 앞서 말한 두 가지도 수많은 경우 중 겨우 두 가지에 불과합니다. 간단히 말해 희귀 혈액형은 다른 그룹 체계에서 일반적으로 발견되는 한 가지 또는 여러 가지 항원 부재에 의해 결정됩니다."

우드 교수의 목소리는 활력이 넘쳤다. 그는 자신이 가진 남다른 지식을 이야기하는 게 무척이나 기쁜 듯했다.

"희귀 혈액형의 특성이라면 항원 부재에 따라 특별한 항체를 만들어낸다는 점입니다. 그러다보니 수혈이나 신체이식수술을 받아야 할 경우 거부반응을 일으키게 되죠. 봄베이그룹은 전적으로 동일한 혈액만 수혈받을 수 있습니다."

엠마는 기다렸다는 듯이 목구멍을 근질근질하게 하던 질문을 토해냈다.

"그럼 '헬싱키그룹'은 뭐죠?"

우드 교수는 흡족하다는 듯 흠흠 목청을 가다듬었다.

"헬싱키그룹의 경우 1963년 산 퀸타 도 노발 와인보다 훨씬 더 귀할 겁니다. 몇 가지 특징을 지닌 굉장히 희귀한 혈액형을 보유한 사람들을 통칭하는 용어입니다. 미국 전역에서 '헬싱키그룹'으로 분류되는 사람은 겨우 열두어 명에 지나지 않는다고 알려져 있습니다."

매튜가 그중 한 명이란 말이지…….

엠마는 다시금 흥분의 물결이 온몸을 훑고 지나가는 걸 느꼈다. 두통
은 이미 오래전에 사라졌다. 왜 그런지에 대해서는 설명할 수 없었지만
엠마는 어쩐지 매튜가 속해 있는 이 희귀한 그룹 안에 수수께끼를 푸는
열쇠가 들어 있을 거라고 확신했다.

"마지막으로 한 가지만 더 여쭙고, 휴가를 즐기시도록 절대 방해하지
않겠습니다. 주로 어떤 경유를 통해 자신이 희귀 혈액형이라는 사실을
알게 되나요?"

"가령 임신을 해서 여러 가지 검사를 받는다거나 수혈받을 때 거부반
응을 일으키거나 헌혈자에 대해 심화된 분석을 하는 경우처럼 아주 다
양한 경로를 통해 알 수 있겠죠. 혈액 검사소에서는 희귀 혈액형 보유
자가 발견될 경우 국가 담당 기관에 보고하게 되어 있습니다."

"감사합니다, 교수님. 정말 큰 도움이 되었습니다."

"그 대신 퀸타 도 노발 1963년 산 와인을 잊지 말고 구해주세요."

우드 교수가 농담 반 진담 반으로 말했다.

"네, 꼭 기억해둘게요."

♠

엠마는 다시금 심장이 두근거리는 걸 느꼈다. 처음부터 궁금해하던
정보를 이제야 손에 넣은 셈이었다. 아직 모든 의문이 해소되지는 않았

지만 매튜가 헬싱키그룹에 속한다는 사실이 케이트를 둘러싸고 있는 모든 수수께끼의 핵심 포인트가 틀림없었다.

진정해!

엠마는 뒤죽박죽 상태인 생각을 정리하기 위해 정신을 집중했다. 앞에 놓인 녹색 압생트 술잔에 햇살이 와닿으며 자개 빛이 되었다.

우선 케이트와 매튜에 대해 알고 있는 사실을 정리해보기로 했다. 매튜의 첫 번째 부인이었던 사라의 말이 떠올랐다.

2006년 가을, 매튜는 정원 손질을 하다가 손을 다치는 바람에 병원을 찾는다. 매튜는 그날 응급실 당직 근무였던 케이트를 처음 만나게 되었고, 당장 호감을 느낀다. 케이트는 매튜의 상처를 소독하고 치료한 다음 봉합해준다.

그때 분명 혈액검사도 했겠지?

케이트가 혈액검사를 실시했다면 매튜가 희귀 혈액형의 소유자, 즉 헬싱키그룹에 속한다는 사실을 알게 되었으리라. 며칠 후 케이트는 매튜와 데이트를 하고, 만난 지 몇 달도 되지 않아 전격 결혼에 이른다.

왜 그랬을까?

무심코 고개를 드는 순간 때마침 스턴트맨의 얼굴이 시야에 들어와 그만 생각의 맥이 끊겨버렸다. 올레그 타라소프가 프런트 데스크에 카드 키를 맡기고 출입문 쪽을 향해 걸어가는 중이었다. 엠마는 그의 눈에 띄지 않게 얼른 자세를 낮추고, 오랫동안 그의 동선에 눈길을 주었다.

엠마는 휴대폰을 귀에 바짝 대고 호텔 바를 나와 빠른 걸음으로 세인트프랜시스 호텔을 벗어났다.

"로뮈알드, 올레그 타라소프가 호텔을 나왔어. 난 그를 추적할 테니까 전화 끊지 마. 사실은 내가 아주 놀라운 발견을 했어."

"저도 긴히 말할 게 있어요."

"나중에 해. 난 지금 올레그 타라소프를 따라잡아야 해! 빌어먹을!"

"무슨 일 있어요?"

"올레그 타라소프가 보이지 않아!"

엠마는 반사광을 피하기 위해 손을 눈썹 위에 얹었다.

"아, 저기 있네."

호텔 주차직원이 와인색 닷지 다코타를 끌고 왔다. 주차직원이 트럭 열쇠를 내밀자 올레그 타라소프는 고맙다는 인사도 없이 곧장 운전석에 올랐다.

순식간에 벌어진 일이라 당황한 엠마는 택시를 잡으려고 주변을 둘러보았다. 닷지는 이미 자동차 물결 속으로 사라지면서 엠마의 시야에서 점차 벗어나고 있었다.

젠장맞을!

"올레그를 놓쳤어! 올레그가 닷지 트럭을 끌고 공원 쪽으로 달려가고 있어."

"보일스턴 스트리트 쪽이요?"

"그래, 맞아."

"올레그의 차는 어떤 색이죠?"

"와인색 닷지."

"제가 올레그를 미행할게요."

"너, 지금 무슨 소리를 하는 거야? 넌 그냥 호텔에 남아 있어."

♠

로뮈알드는 목 부분에 털을 댄 두꺼운 파카를 걸치고 휴대폰을 주머니에 집어넣었다. 황급히 방을 나선 그는 성큼성큼 계단을 걸어 내려갔다. 호텔 로비에 이르렀을 때 그는 힘들게 발걸음을 떼어놓는 할머니와 부딪칠 뻔했다. 지지대에 의존해 걷고 있던 할머니는 몰티즈 강아지에 걸려 넘어지면서 쟁반에 샴페인 잔을 담아 들고 가던 종업원을 쓰러뜨렸다.

"죄송합니다, 정말 죄송합니다."

로뮈알드는 호텔 입구로 뛰어가며 거듭 사과의 말을 했다. 마침 황금색 단추가 달린 짙은 빛깔 유니폼을 입고 고객의 짐을 내려주고 있는 도어맨이 시야에 들어왔다.

이번만큼은 일단 아무것도 묻지 말고 저질러보는 거야.

아직 자동차 엔진을 끄지 않은 상태였다. 로뮈알드는 잽싸게 운전석에 올라 가속페달을 밟았다. SUV 차량이 호텔 앞길에 요란스럽게 타이어 자국을 찍으며 쏜살같이 달려나갔다.

23. 마음의 동선

단 한 번의 위험한 관계가 초래한 불행들을 생각하면 누가 감히 전율하지 않을 수 있겠는가?

_쇼데를로드 드 라클로

대로로 나온 로뮈알드는 금세 와인색 닷지를 발견했다. 주머니에서 전화를 끊지 않은 엠마가 악을 써대는 소리가 들려왔다. 그는 휴대폰을 귀에 댔다.

"너, 당장 운전 그만두고 호텔로 돌아와!"

엠마가 소리쳤다.

엠마는 보일스턴 스트리트의 인파를 헤치고 호텔을 향해 빠르게 걷는 중이었다.

"너, 내가 한 말 잘 들었지?"

"이것 말고는 우리가 닷지 트럭을 따라잡을 수 있는 방법이 없잖아요."

"넌 지금 훔친 차를 운전하고 있어. 게다가 운전이 서투르잖아."

"저, 운전 잘하니까 걱정 말아요."

"그러다가 사고라도 나게 되면 넌 당장 철창행이야."

"그렇다고 중요한 미행 대상을 놓칠 수야 없죠."

로뮈알드가 전화를 일방적으로 끊어버렸다.

엠마는 아직 미성년자인 로뮈알드가 얼마나 큰 위험을 감수하고 있는지 알았다.

아무 생각 없이 어린아이를 위험한 일에 끌어들이다니, 그동안 난 너무 내 위주로 생각했어.

엠마는 가슴이 철렁 내려앉았지만 이미 때는 늦었다. 로뮈알드는 이미 그녀의 통제권에서 한참이나 벗어나 있었다.

엠마는 포시즌스 호텔의 로비로 들어가 엘리베이터를 향해 걸어갔다. 지금은 마음을 차분하게 가라앉힐 필요가 있었다. 다시금 상황을 장악하고 통제가 가능하도록 만드는 게 중요했다. 그러자면 로뮈알드와의 대화를 재개할 필요가 있었다. 그녀는 로뮈알드의 휴대폰 번호를 눌렀다.

"내 말 잘 들어, 안경잡이. 이미 엎질러진 물이니까 다시 주워 담을 수는 없잖아. 네 생각대로 올레그를 미행해. 다만 아주 조심스럽게 처신하고, 절대로 들키면 안 돼. 올레그나 경찰 둘 다 해당되는 말이야. 넌 어떤 상황이 되더라도 가급적 자동차에서 내리지 마, 알았지?"

"네, 알았어요."

"한 가지 더……. 앞으로 내가 전화를 끊기 전에 먼저 끊지 마. 그따위 짓은 절대 용서 못 해!"

로뮈알드의 휴대폰에서 신호가 울렸다. 그는 즉시 화면을 바라보았다. 배터리가 고작 7퍼센트 남았다는 신호였다. 그는 머리카락을 쥐어뜯고 싶은 심정이었다. 휴대폰과 컴퓨터 사이를 오가며 모든 시간을 보내다시피하는 그의 입장에서는 배터리 충전을 소홀히 한 것이야말로 용서할 수 없는 실수였다.

"배터리가 조금밖에 안 남아 전화를 끊어야겠어요. 중요한 사항이 있으면 즉시 연락할게요."

♠

엠마는 기진맥진한 채 스위트룸으로 돌아왔다. 로뮈알드를 생각하자 죄책감과 무력감이 동시에 밀려왔다. 그녀 자신에게 잔뜩 화가 나기도 했지만 지금으로서는 뾰족한 수가 없었다.

그저 기도나 하고 있어야 하나? 로뮈알드를 도울 수 있는 방법이 고작 기도밖에 없는 건가?

엠마는 감상적인 생각에 빠져들지 않기 위해 안간힘을 썼다. 어린 컴퓨터 천재는 황급하게 방을 나갔는지 컴퓨터 모니터 화면이 죄다 켜져 있었다. 로뮈알드가 사용하는 애플리케이션도 그대로 작동 중이었다.

엠마는 안락의자에 앉아 모니터들을 바라보았다. 방을 나서는 순간 로뮈알드는《월스트리트 저널》의 자료실을 뒤지고 있던 중이었다.《월스트리트 저널》이 닉 피치에 대해 쓴 여러 개의 기사 창이 열려 있었다. 물론 최근 기사는 아니었다. 2001년 날짜가 찍혀 있는 기사의 내용이 제법 흥미진진했다.

닉 피치 사건
닉 피치가 내놓은 히트 상품인〈유니콘〉은 승승장구하고 있지만〈피치

Inc.〉에는 과연 사령관이 존재하는가? '닉 피치에게 도대체 무슨 일이 생긴 것일까?'라는 질문은 최근 실리콘밸리에서 널리 회자되고 있는 이슈라 할 수 있다. 〈피치 Inc.〉의 창립자이자 최대 주주가 오래도록 본사에 모습을 드러내지 않자 사람들은 이 기이한 현상에 대해 지대한 관심을 보이고 있다. 지난 2개월 동안 닉 피치는 공부하기 싫어하는 학생처럼 '주주 총회'뿐만 아니라 신제품 발표회장에도 모습을 드러내지 않았다. 일벌레로 소문난 닉 피치로서는 매우 예외적인 경우이며 투자자들에게는 적잖은 불안감을 안기는 현상이 아닐 수 없다. 그 결과는 곧 〈피치 Inc.〉의 주가 하락으로 이어지고 있다.

이 문제에 대해 질문을 받은 〈피치 Inc.〉의 언론 담당자는 간략한 성명서를 통해 '닉 피치는 현재 아무런 문제 없이 순조롭게 지내고 있다. 다만 최근에 고질적인 기관지염으로 괴로운 시간을 보내고 있을 뿐이다. 조만간 다시 일터에 모습을 드러낼 것'이라고 발표했다.

엠마는 같은 사이트의 다른 연결 기사들을 클릭했다.

닉 피치는 성명에서 밝힌 대로 얼마 지나지 않아 회사에 다시 출근했다. 증권거래소에서 〈피치 Inc.〉의 주가는 가파른 상승곡선을 그리고 있으며 그 일은 사람들의 기억과 인터넷 공간의 화제에서 차츰 망각되어갔다.

엠마는 기사의 마지막 부분을 다시 읽었다.

고질적인 기관지염? 웃기고 있네.

고개를 절레절레 흔든 엠마는 두 눈을 감고 정신을 집중했다.

닉 피치가 정말로 병이 난 경우였다면 어떻게 되지?

거기에 생각이 미치자 그동안 공백으로 남아 있던 부분들이 차츰 채워졌다.

병, 혈액, 의학, 건강…….

그 모든 요소들이 진주알처럼 하나씩 꿰어져 결국 엠마가 벌인 사건 조사의 해결책으로 이끄는 아리아드네의 실타래가 되어갔다.

엠마는 정신을 집중해 다른 모니터 화면을 살펴보았다.

병원의 인트라넷…….

엠마는 키보드로 바짝 다가가 손에 마우스를 쥐었다. 5분쯤 여러 가지 조작을 하면서 시행착오를 거치자 비로소 환자 차트에 접근하려면 어떻게 해야 하는지, 키워드로 검색하려면 어떻게 해야 하는지를 익힐 수 있었다.

엠마는 우선 '닉 피치'라고 쳤다.

아무런 답이 없었다.

바보야, 너 지금 장난하니?

엠마는 다시 '그룹+헬싱키'라고 쳤다.

그러자 환자의 차트가 화면에 나타났다.

엠마는 심장이 터져버릴 것만 같았다.

평생 이토록 손에 쥘 듯한 진실 가까이에 접근해본 적이 있었던가?

P. 드레이크라는 이름을 가진 사람으로, 현재 자메이카플레인의 부속 기관인 심장의학과에 입원 중인 환자였다.

엠마는 파일을 열었다. 환자의 이름을 보는 순간 그녀의 머릿속에서 퍼즐 조각이 빠른 속도로 맞춰지고 있었다.

환자의 이름은 프린스 드레이크였다.

프린스 다크, 다크 프린스, 블랙 프린스…….

닉 피치였다. 전설적인 비즈니스맨 닉 피치는 지금 케이트가 책임을 맡고 있는 보스턴 심장의학과에 입원 중이었다. 새로운 발견에 큰 충격을 받은 엠마는 열에 들뜬 사람처럼 극도의 흥분 상태에서 의무기록을 꼼꼼히 살펴나갔다. 그 바람에 제법 많은 시간이 걸렸지만 사건의 요점을 파악하는 성과를 올렸다.

엠마가 자신이 파악한 내용을 토대로 재구성해본 현실은 경악스럽기 짝이 없었다.

닉 피치는 태어날 때부터 심실이 하나였다. 중대한 선천성 심장 이상으로 혈액에 산소공급이 원활하게 이루어질 수 없어 '파란 아기'로 불렸다. 청색증에 걸린 아기 닉 피치는 과연 성인이 될 때까지 목숨을 부지할 수 있을지조차 불투명했다. 그는 여덟 살 때 체내 산소공급을 원활하게 하기 위해 임시방편적인 수술을 받았고, 7년 후와 10년 후에 각각 본격적인 개흉수술을 받았다.

세 차례에 걸친 수술은 닉 피치의 생명을 유지하기 위한 필수적인 조처였지만 다른 각도에서 보자면 결정적인 순간, 즉 심장이식 수술이라는 최후 수단을 사용할 시기를 잠시 늦춘 것에 불과했다. 헬싱키그룹이라는 희귀 혈액형을 타고 난 닉 피치에게 심장이식은 거의 불가능했다. 닉 피치가 마흔두 살이 될 때까지 생존할 수 있었다는 것만으로도 기적이나 다름없었다. 닉 피치는 여러 해 동안 극비리에 세심한 의료적 관리를 받아왔다. 그는 아마도 강철 같은 의지와 몇 가지 행운이 겹치면서 삶을 지탱해나갈 수 있었으리라. 그렇지만 그의 심장은 이제 손을 쓸 수 없을 만큼 망가져 있다고 봐야 했다.

엠마는 키보드를 클릭해 닉 피치의 의료기록을 화면에 띄웠다. 마지막에 적힌 의사의 소견으로 보건대 닉 피치가 심장이식 수술을 위해 하루 전에 병원에 입원한 상태라는 걸 확인할 수 있었다.

전설적인 비즈니스맨 닉 피치는 이제 자신이 가진 패를 모두 보여주었다. 심장이식 수술인가, 죽음인가? 닉 피치에게 그 두 가지 중 하나 말고는 선택의 여지가 없었다.

♠

로뮈알드는 운전에 집중했다. 비콘 스트리트 신호등 앞에서 SUV의 시동이 갑자기 꺼지는 바람에 그는 몹시 당황했다. 다시 시동을 거느라 시간이 지체되었고, 꼼짝없이 스턴트맨을 놓쳤다며 낙담했다. 그렇지만 그는 북서쪽으로 도시를 우회하는 도로선상에서 다시 와인색 닷지를 따라잡을 수 있었다.

93번 주도로로 진입하는 교차점 부근의 병목현상 때문에 차량의 진행이 잠시 느려졌다. 자동차들이 범퍼를 맞대기라도 하듯 다닥다닥 붙어 운행하는 상황이었으므로 로뮈알드는 시동을 꺼뜨리는 불상사가 없도록 기어 조작에 신경을 기울였다. 그는 미국으로 건너오기 직전 프랑스에서 아버지로부터 운전 교육을 받았다. 그때만 해도 혼자서 운전대를 잡는 날이 이렇게 빨리 오리라고는 꿈에도 생각하지 못했다.

차들이 다시 속도를 내기 시작했다. 그는 들키지 않도록 조심하며 와인색 닷지를 주시했다. 문제의 트럭은 북쪽을 향해 전속력으로 달려가고 있는 중이었다. 와인색 닷지와 로뮈알드가 운전하는 SUV는 15분가량 떡갈나무, 백송, 호두나무로 둘러싸인 미들섹스 펠스 산림보호구역을 가로질러 달렸다. 와인색 닷지는 동쪽으로 방향을 틀어 십여 킬로미터를 더 진행하더니 이번에는 지방도로를 통해 다시 북쪽으로 향했다. 닷지는 곧 로웰(과거에 번성했던 산업도시) 쪽으로 달리고 있었다.

로뮈알드는 스턴트맨이 의심하지 않도록 닷지와 적당한 거리를 유지하며 달렸다. 숨이 막힐 만큼 아름다운 풍경이 이어졌다. 태양이 지평선 부근까지 내려앉자 하늘은 온통 오렌지색으로 물들었다. 짙은 노란색 띠들을 칭칭 동여맨 듯한 하늘은 이내 띠들 사이 경계가 희미해지며 희뿌연 광채만이 남았다. 사람의 손길이 닿지 않은 순결하고 거대한 대지가 끝없이 펼쳐졌다. 간간이 나타나는 호수와 강물이 석양의 노을을 받아 반짝였다.

닷지 트럭이 전혀 예상하지 못한 순간에 갑자기 오른쪽으로 커브를 틀더니 전나무숲 속으로 난 좁은 길로 들어섰다.

어디로 가려는 걸까?

로뮈알드는 갓길에 차를 세우고 엠마에게 자신의 위치를 알리기 위해 전화를 걸었다.

♠

저녁 해는 이제 완전히 구름 뒤편으로 사라졌다. 엠마는 어둑어둑해진 호텔방에 앉아 오래도록 지는 저녁놀을 바라보았다. 마치 시간이 멈춰버린 듯했다.

엠마는 자신이 찾아낸 끔찍한 일들이 모두 재고의 여지가 없는 사실이라고 판단됐지만 도저히 이해할 수 없었고, 도무지 인정할 수 없었다.

닉 피치에게 심장을 제공하기 위해 케이트는 치밀하게 매튜를 살해할 계획을 세웠다. 오래도록 풀리지 않던 수수께끼들이 명쾌하게 드러난 셈이었다. 지난 일주일 동안 수집한 정보들을 퍼즐 조각처럼 맞춰나가다 보니 마침내 어마어마한 음모가 드러나기 시작했다. 엠마의 머릿속에서는 한 여자의 초상화가 완성되어가고 있었다. 광적인 사랑에 빠진 한 여자, 끔찍한 계획을 성사시키기 위해 남다른 두뇌와 재능을 쏟아부은 여자…….

엠마의 머릿속에서는 수많은 이미지들이 꼬리에 꼬리를 물고 이어졌다. 그녀 자신이 직접 겪어보지는 않았지만 진실성에 의거해 재구성할 수 있는 이미지들이었다.

1990년대 중반, 케이트와 닉은 열정적인 사랑에 빠졌다. 두 사람은 함께 있기 위해, 서로를 사랑하기 위해 태어난 사람들이었다. 상대방을 빨아들일 듯이 수려한 미모, 싱그러운 젊음, 뛰어난 두뇌를 타고난 두 사람은 어느 모로 보나 서로에게 눈부신 존재였다.

두 사람의 이야기는 매우 강렬하고 특별했다. 조이스 윌킨슨이 들려준 대로 두 사람의 이야기는 어느 눈이 오는 날 고속도로변 주유소에 딸린 식당에서부터 시작되었다. 케이트가 그 어떤 가치보다도 우위 개념으로 인식했던 그날 밤 이야기……. 그날, 케이트의 인생은 바뀌었다. 두 사람은 만나는 즉시 자신의 반쪽을 알아보았고, 닉 피치는 당연히 케이트를 수렁에서 구해주었다.

닉 피치는 화려한 성공 가도를 달려왔지만 아무에게도 말하지 못한 비밀이 있었다. 그는 심장병을 앓고 있었으며, 손써볼 도리 없이 치명적인 질환이었다. 그는 그 사실을 꼭꼭 숨겨왔다. 사람들의 동정의 대상이 되는 게 싫었기에……. 무엇보다 자신이 설립한 회사의 경영권을 잃고 싶지 않기에…….

닉 피치는 언제라도 자신이 죽을 수 있다는 걸 알고 있었기 때문에 무거운 짐과 고통을 케이트에게 나눠주길 원하지 않았다. 그런 까닭에 케이트와 거리를 두고자 했다. 진심으로 케이트가 자신으로부터 멀어지길 바랐다.

닉 피치로부터 외면당한 케이트는 절망했다. 그녀는 연인과 자신감을 동시에 잃었다. 닉 피치가 자신을 밀어내는 이유를 알지 못해 여러 가지 방법을 강구하던 중에 급기야 성형수술까지 받게 되었다.

어떻게 된 일일까? 결국 닉 피치는 자신이 의도한 방법이 좋지 않다는 걸 깨닫고 케이트에게 진실을 털어놓았다. 그가 비밀을 고백하자 케이트는 비로소 안도했다. 그녀는 닉 피치가 여전히 자신을 사랑하고 있음을 알게 되었을 뿐만 아니라 어쩌면 그를 살릴 수 있는 기회를 잡을 수도 있으리라 믿었다.

케이트는 우선 신경학에서 심장의학으로 전공을 바꾸었다. 그때부터 그녀의 새로운 삶이 시작되었다. 전적으로 일과 의학 연구, 닉의 건강

상태를 체크하며 헌신하는 삶이었다. 케이트는 다양한 분야(면역 반응 억제, 혈액형의 유전자 변형 등)를 동시에 공부했다. 최선을 다했지만 단기적으로 닉 피치에게 도움을 줄 만한 성과라고는 아무것도 없었다. 언제나 장애물은 똑같았다. 심장이식 수술만이 사랑하는 사람을 살리는 유일한 방법이었다. 닉 피치의 희귀한 혈액형이 문제였다. 헬싱키그룹에 속한 사람의 심장을 이식하지 않는 한 거부 반응을 일으킬 게 뻔했기에……

♠

사랑의 이름으로, 사랑을 위해서라면 사람들은 어디까지 갈 수 있을까?

멀리.

아주 멀리.

그렇지만 분명 경계가 있고, 그 경계를 넘어서는 사람들은 극소수에 지나지 않는다. 케이트는 그 경계를 넘어섰다. 어쩌다가 그렇게 되었을까? 그렇게 된 특별한 계기가 있을까?

엠마는 영화를 보지는 않았지만 마치 그 장면을 실제로 본 것처럼 유추해볼 수 있었다.

2006년 가을, 지겹고도 긴 당직 근무가 이어지던 날 밤, 매력적으로 보이는 남자 환자가 응급실을 찾아온다. 남자는 정원 손질을 하다 전지가위에 손을 베었다고 한다. 남자의 직업은 대학에서 철학을 가르치는 교수로 성격이 쿨하고 똑똑한데다 유머 감각을 겸비한 매력남이다.

응급실 당직 의사 케이트는 손가락을 다쳐 찾아온 남자의 상처를 봉합해주었다. 케이트는 직감적으로 남자가 자신을 마음에 두고 있다는 걸 알아챘다. 다만 남자가 평소 도덕적인 책임과 의무를 다하고 절제력이 누구보다 뛰어난 사람이라는 걸 알 수 있었다. 아무리 그런 남자라도 지금껏 케이트의 미인계에 걸려들지 않은 사람은 없었다. 남자라면 누구나 다 케이트에게 빠져들었다. 물론 케이트는 그런 능력을 특별히 자랑스럽게 여기지는 않았지만 적어도 다른 여자들이 갖지 못한 특별한 재주가 있다는 것만큼은 스스로도 인정하지 않을 수 없었다. 케이트에게 남자를 홀리는 재주는 그리 자랑스럽거나 뿌듯하지 않다. 이미 오래전부터 그녀는 기나긴 투쟁을 벌여오고 있었다. 그건 투쟁이라기보다는 차라리 전쟁이었다.

그날 오후, 케이트는 긴장의 끈을 놓아버렸다.

그날 무슨 일이 있었던 것일까?

하루 일과가 무척이나 힘든 날이었는데 매튜가 그녀를 웃게 만들었을 수도 있었다. 매튜의 깊고 폭넓은 식견에 케이트가 새삼 감탄사를 연발했을 수도 있었다. 매튜가 작업을 걸어오지 않는다는 이유만으로 케이트가 그를 무장 해제했을 수도 있었다. 어찌 되었든 그날 케이트는 콜라나 한잔 마시자는 매튜의 청을 받아들였다.

때는 10월 초순으로 늦더위가 한창이었다. 적십자사 헌혈 트럭이 세워져 있는 병원 주차장으로 황금빛 햇살이 쏟아져 들어왔다. 두 사람은 캔에 든 콜라를 마시고 있었다. 케이트는 누구에게나 그랬던 것처럼 매튜에게 헌혈의 중요성에 대해 이야기하며 설득을 시도했다. 케이트는 자신이 병원의 헌혈 사업담당자이고, 자신을 도와 헌혈 대열에 참여해 주면 정말이지 고맙겠다며 집요하게 설득했다.

케이트가 금발 머리카락을 귀 뒤로 넘기는 모습을 보며 매튜는 알프레드 히치콕 감독의 초기 작품에 등장하는 그레이스 켈리를 떠올렸다. 그는 매일 아침 이 여자 옆에서 잠을 깨는 행운아가 누군지 알고 싶어 조바심이 날 지경이었다. 이상하게도 그 즉시 이 여자의 곁을 지키는 남자에 대해 질투심이 불타올랐다. 그는 어떻게 하면 이 매혹적인 여의사를 다시 만날 수 있을지 궁리하기 시작했다. 때마침 케이트가 헌혈을 하라고 열성적으로 설득하는 건 차라리 행운이었다.

매튜는 오늘은 금식 상태가 아니라 안 되겠다고 대답했다. 케이트는 그런 건 아무래도 상관없다고 말했다. 그는 이번에는 주삿바늘을 무서워한다고 둘러댔다. 케이트는 정 그렇게 무서우면 같이 가주겠다고 했다. 매튜는 못 이기는 척 승낙하며 마음속으로 쾌재를 불렀다.

그 후, 두 사람은 각자의 삶을 살아가기 시작했다. 어쩌면 전화번호 정도는 주고받았을 수도 있지만 확실하지는 않았다. 케이트의 머릿속에서 추억 따위는 그리 오래 머문 적이 없었다.

이틀 후, 매튜에 대한 기억이 가물가물해지기 시작할 때쯤 케이트는 혈액검사 결과를 확인했다. 처음에는 도무지 두 눈을 믿을 수 없어 혈액 검사소에 다른 견본을 가지고 다시 검사를 해달라고 요청했다. 그 결과 검사가 잘못되지 않았다는 확답을 받아냈다.

그 남자가 헬싱키그룹에 속하다니!

매튜는 닉과 같은 해에 태어났다. 두 남자는 체격 조건도 비슷했다.

요컨대 그는 완벽한 조건을 가진 심장 기증자가 분명했다. 이거야말로 천운이 아닐 수 없었다. 하늘이 도운 결과가 아닐 수 없었다. 케이트에게는 두 번 다시 만날 수 없는 절호의 기회였다.

바로 그 순간, 케이트는 머릿속으로 무슨 생각을 하게 되었을까?

케이트는 과연 살인자가 되는 것만이 사랑하는 남자를 살릴 수 있는 유일한 방법이라고 생각했을까? 사람들은 왜 사랑과 광기 사이의 경계를 넘게 되는 걸까?

♠

전화벨이 자지러지게 울어대기 시작한 지 얼마나 되었을까?

엠마는 그제야 자기만의 생각 속에서 빠져나왔다.

"로뮈알드, 너 지금 어디니?"

"로웰에서 남쪽으로 십여 킬로미터쯤 떨어진 곳에 있어요. 스턴트맨이 모는 닷지 트럭이 방금 숲속 길로 들어섰어요."

"스턴트맨은 그 근처 오두막이나 은신처 같은 곳에 숨어 있을 거야. 그가 어디에 숨어 있는지 알았으니 넌 당장 호텔로 돌아와."

로뮈알드는 망설였다. 엠마의 귀에 SUV의 엔진이 계속해서 돌아가는 소리가 들려왔다.

"어서 돌아와, 로뮈알드. 너에게 해줄 이야기가 산더미처럼 쌓여 있어. 우린 이제 중대한 결정을 내려야만 해."

로뮈알드는 엠마의 말을 듣지 않았다.

"어서 돌아오라니까 무슨 생각을 하는 거야?"

어린 컴퓨터 천재는 대답 대신 안경알을 닦았다. 여기서 이렇게 멈출 수는 없었다. 길이 끝나는 곳에서 무슨 일이 기다리고 있는지 알아내지도 못한 채 돌아간다는 건 있을 수 없는 일이었다. 엠마의 말대로 지금 돌아간다면 용기 부족을 시인하는 것이자 패배를 자인하는 것이나 다름없었다.

로뮈알드는 안경테를 매만지다가 돌연 가속페달을 밟았다.

"무슨 일이 있는지 자세히 보고 올게요. 전화는 끊지 않을 테니까 그렇게 아세요."

로뮈알드는 휴대폰 배터리가 얼마나 남았는지 살펴보았다. 겨우 3퍼센트만이 남아 있었다. 그는 숲으로 SUV를 몰고 들어갔다. 숲길에는 수북하게 눈이 쌓여 있었다. 그나마 닷지 트럭의 큼지막한 타이어 자국이 남아 있어 수월하게 앞으로 나아갈 수 있었다.

숲으로 들어갈수록 주위가 점점 더 어두워졌다. 태양은 어느새 빼곡하게 치솟은 침엽수들 사이로 사라져버렸다. 로뮈알드는 어둠 속에서 구불구불 이어진 길을 5백 미터쯤 헤쳐나갔다.

엠마는 초조감을 감추지 못하고 애를 태웠다.

"너 거기 어디니, 안경잡이?"

"여긴 막다른 길인 것 같아요."

로뮈알드는 핸들을 잡은 손에 힘을 주었다. 오솔길이 끝나는 곳에 진행 방향과 반대로 세워진 닷지 트럭이 보였다.

로뮈알드의 SUV와 와인색 닷지가 정면으로 마주 보게 된 상황이었다.

"닷지가 눈앞에 세워져 있는데 좀 이상해요."

로뮈알드는 눈을 가느다랗게 뜨고 주변을 살폈다.

"뭐가 이상하다는 거야?"

"운전석에 아무도 타고 있지 않은 것 같아요."

"로뮈알드, 거기서 더 이상 머뭇거리지 말고 얼른 돌아와!"

"네, 그렇게 하는 편이 낫겠어요."

로뮈알드는 마침내 돌아가기로 결심했다. 솔직히 덜컥 겁이 났다. 주위가 온통 깜깜해지면서 숲은 마치 빗장을 닫아건 골방 같았다.

로뮈알드는 후진하기 위해 기어를 넣었지만 길이 너무 좁아 바퀴가 눈 속에 빠지고 말았다.

젠장맞을!

로뮈알드의 이마에 진땀이 송골송골 맺혔다. 그는 어쩔 수 없이 차에서 내렸다. 숲에서는 괴괴한 침묵이 감돌고 있었다. 나뭇가지에 쌓여 있던 눈송이가 허공에서 맴돌다가 천천히 떨어져 내렸다.

"아무도 없어요?"

로뮈알드가 떨리는 목소리로 외쳤다.

아무런 응답이 없었다.

로뮈알드는 몇 발자국 걸어 닷지의 창 안을 들여다보았다.

아무도 없었지만 트럭 문은 잠겨 있지 않았다. 그가 차 문을 열려는 순간 눈 속을 걸어오는 발자국 소리가 들려왔다. 흠칫 놀라 얼른 몸을 돌리려는 순간 눈 깜짝할 사이에 덮쳐오는 검은 그림자를 보았다.

로뮈알드는 소리를 지르려고 입을 열려는 순간 금속성 총신이 머리를 세차게 때리는 바람에 까무룩 정신을 잃었다.

엠마는 뭔가 연속적으로 부딪치는 소리가 들려오는 바람에 공포에 사로잡혔다.

"안경잡이, 내 말 들려? 어떻게 된 건지 말해봐, 로뮈알드! 제발!"

엠마는 불안한 마음을 가누지 못하고 울먹였다. 눈물이 걷잡을 수 없이 흘러내려 더 이상 말을 할 수 없을 지경이었다. 전화에서는 신호음만 계속 울려댔다.

통화가 끊어져 있었다.

24. 영웅과 비겁자

두려워하는 자들을 불쌍히 여기라. 그들은 자신들만의 공포를 만들어내기 때문이다.
_스티븐 킹

와인색 닷지가 뉴햄프셔주와 매사추세츠주 경계선 인근 내슈아와 셀렘 사이에 위치한 뉴 하틀랜드 공업지대 주변에 도착했을 때는 이미 밤이 깊어 있었다.

철책과 나무 울타리가 쳐진 게 보였지만 누구라도 마음만 먹으면 안으로 들어갈 수 있을 만큼 경계가 허술했다. 닷지 트럭은 정문으로 들어가 도로변에 면한 구역을 따라 계속 운행하더니 길에서 떨어진 으슥한 자갈길로 들어섰다.

마침내 닷지는 쇠사슬을 칭칭 동여매 닫아놓은 육중한 철제 대문 앞에 도착했다. 급제동을 걸고 운전석을 빠져나온 스턴트맨은 트럭에서 지렛대와 절단기를 꺼냈다. 그는 헤드라이트 불빛 아래에서 작업에 임한 결과 몇 초 만에 닫혀 있던 철문을 열었다. 다시 운전석에 오른 그는 철문 안쪽으로 트럭을 몰았다.

이 지역은 2000년대에 접어들면서 서서히 폐허로 변하기 시작한 곳이었다. 닷지 트럭은 수 헥타르에 걸쳐 버려진 헛간과 창고, 창문을 봉해버린 공장, 공터들이 이어지는 황량한 풍경 속을 가로질렀다.

올레그 타라소프는 예전에 힐스보로 카운티 도살장으로 사용되었던 긴 헛간 안으로 트럭을 몰았다. 3년 전 문을 닫은 이 건물은 이 일대에서는 가장 나중까지 사람이 드나들던 곳이었다. 부동산 개발업자가 사들인 헛간의 일부에는 전기가 꾸준히 공급되고 있었다. 시 당국은 민간 투자자들을 유치해 이 지역을 주거용 택지, 여가 문화공간 등으로 활용할 계획이었지만 갑자기 몰아닥친 경제 위기로 모든 계획이 백지화되고 말았다. 그 바람에 방치된 건물들과 폐허화된 공터는 무단 정착자들이나 조직폭력배, 마약중독자들의 은신처로 전락하고 말았다.

올레그는 차에서 내려 스위치를 눌렀다. 가물거리는 불빛이 희미하게 창고 안을 밝혔다. 그는 트럭에서 로뮈알드를 내려 함부로 질질 끌었다. 정신이 들게 하려고 뺨을 몇 차례 갈기기도 했다.

올레그는 몹시 초조했다. 녀석의 바지 주머니에 들어 있던 여권을 살펴보니 미성년자에다 프랑스인이었다.

이 녀석이 왜 세인트프랜시스 호텔에서부터 나를 미행했지? 혹시 오늘 밤 실행에 옮기기로 한 계획과 관련이 있을까?

올레그는 머릿속으로 그날 있었던 일들을 되새겨보았다. 그러고 보니 호텔에서 엘리베이터를 같이 탔던 여자도 수상했다. 그 여자도 나를 미행했던 걸까? 나를 왜 미행했을까?

아무리 생각해봐도 조심스럽게 행동해왔다. 이런 일이란 게 흔히 그렇듯 계약의 미심쩍은 부분은 늘 지시를 내리는 쪽에 있었다. 그는 케이트에게 전화를 해볼까 망설이다가 이내 단념했다. 휴대폰을 비롯한 모든 통신수단을 사용하지 않기로 약속한 사실이 떠올랐다. 아무런 흔적도 남기지 않기로 약속했다는 사실도 떠올랐다.

어찌 됐든 계약한 일만 차질 없이 처리하면 그만이었다.

약속한 액수 정도로 과연 이 일을 계속해야 할까?

올레그는 일을 계속하는 게 낫겠다고 결론지었다. 지금껏 여자는 약속을 잘 지켜왔다. 벌써 두 차례에 걸쳐 50만 달러를 받았다. 여자가 어떻게 그리 큰돈을 마련했는지는 알 필요도 없었다. 여자가 철저하게 현금으로 지불했기에 나중에 꼬리를 잡히더라도 문제가 될 위험 요소도 크지 않았다. 게다가 앞으로 받아야 할 돈이 일백만 달러나 남아 있었다. 올레그는 어쨌거나 계약한 대로 일을 끝까지 밀어붙이기로 결심했다.

우선 의식을 잃고 헛간 바닥에 쓰러져 있는 녀석에게 왜 미행을 하게 되었는지 캐내는 게 급선무였다. 스턴트맨은 철제 의자를 끌어당겨 거미줄을 털어내고는 금속제 테이블 앞에 자리를 잡고 앉았다. 담배 한 대를 입에 물고 불을 붙인 그는 성냥갑을 테이블 위에 던졌다. 첫 모금을 빨고 연기를 내보내면서 그는 가방에서 노트북을 꺼내 이제 곧 죽여야 할 남자와 관련하여 끈기 있게 수집해놓은 상세 정보를 훑어보았다.

♠

로뮈알드는 오렌지색 불빛이 눈앞에 어른거리는 모습을 언뜻 보았다. 온통 머릿속이 윙윙거리는 동시에 쪼개질 듯한 통증이 일었다. 로뮈알드는 딱딱하고 얼음장처럼 차가운 바닥에 누워 있었다. 안간힘을 다해 몸을 일으키려고 했지만 손목이 끈에 묶여 있는 탓에 몸을 움직일 수가 없었다.

여긴 어디지?

로뮈알드는 자신이 콘크리트 벽으로 둘러싸인 헛간의 희미한 조명 아래에 누워 있다는 사실을 깨달았다. 힘을 가해 빼내려 할수록 나일론 끈은 오히려 더욱 깊이 살 속으로 파고들었다. 혼자 힘으로는 도저히 끈을 풀 수 없었다.

바로 그 순간 로뮈알드는 단호한 걸음으로 걸어오는 전직 스턴트맨을 보았다. 스턴트맨은 발을 들어 올려 몸을 일으키려고 안간힘을 쓰는 로뮈알드의 가슴팍을 사정없이 걷어찼다.

로뮈알드는 잔뜩 겁이 나 눈을 제대로 뜨지 못했다.

"너, 이 자식 왜 내 뒤를 미행했는지 어서 말해!"

스턴트맨이 한 발로 로뮈알드의 가슴팍을 짓누르며 물었다.

로뮈알드는 두 눈을 감은 채 몸을 웅크렸다.

"왜 내 뒤를 졸졸 따라다녔는지 어서 말하라니까!"

올레그가 어찌나 악을 써대는지 로뮈알드는 기어이 울음을 터뜨리고 말았다.

극도로 흥분한 러시아 출신 스턴트맨은 로뮈알드의 옆구리에 마구 발길질을 해댔다. 숨이 멎는 것 같은 고통이 한동안 이어졌다. 스턴트맨이 발길질을 멈추자 발작적인 기침이 끊이지 않고 터져 나왔다.

올레그는 무서운 괴력으로 로뮈알드의 파카를 움켜쥐고는 창문도 없는 방으로 질질 끌고 갔다. 벽과 천장이 온통 금속판으로 뒤덮인 방이었다. 스턴트맨이 파카를 쥐고 있던 손을 놓자 로뮈알드는 쿵 소리를 내며 바닥으로 쓰러졌다. 올레그는 밖으로 나가더니 문을 잠갔다.

로뮈알드는 곧 그 방이 어떤 곳인지 깨달았다. 찬바람이 얼굴을 때렸다. 눈을 들어 올리자 뱀처럼 구불구불하게 찬 공기를 토해내는 거대한 증발기가 보였다. 그곳은 바로 냉동실이었다.

♠

보스턴
고급 식료품점 젤리그 푸드

매튜는 청과 코너로 가기 위해 카트를 밀었다.

"더 빨리! 아빠, 더 빨리 가자니까!"

에밀리가 카트의 양 끝을 잡으며 졸라댔다.

매튜는 어린 딸의 볼을 한 번 쓰다듬고는 파슬리 한 단, 타라곤 한 단, 염교, 알 작은 양파 등을 카트에 담았다. 진열대를 돌아 나오는 순간 케이트가 엄청나게 좋아하는 누아르무티에산 노란 감자가 눈에 띄었다.

매튜는 벌써 시내의 청과물 상점을 절반가량 둘러보았지만 이 귀한 감자를 만나지 못해 애를 태우던 형편이었다. 오늘 저녁, 그는 모든 게 완벽하기를 원했다. 그는 케이트가 특별히 좋아하는 음식들로 크리스마스 전야 파티 상을 차릴 예정이었다. 기겁하고 놀랄 만큼 비싼 가격이었지만 노란 감자를 많이 담으며 혹시 빠진 건 없는지 쇼핑리스트를 점검하고 나서 계산대로 향했다.

"아빠, 산타 할아버지에게 줄 음료수를 깜박 잊었어!"

"그래, 우리 딸 말이 맞아. 산타에게도 음료를 드려야지."

매튜는 카트를 되돌려 신선식품 진열대에서 에그밀크를 골랐다.

"에그밀크에 버번 위스키를 듬뿍 치자꾸나. 산타 할아버지는 그런 음료를 좋아하시니까. 날씨가 이렇게 추우니까 산타 할아버지에게도 그게 좋을 거야."

매튜가 한쪽 눈을 찡긋한 다음 에밀리에게 말했다.

"그럼 그게 좋겠어, 아빠!"

아이도 덩달아 좋아했다.

매튜는 딸을 향해 미소 지으며 에밀리가 다음 날 아침 거실로 달려 내려오기 전에 에그밀크를 마시는 걸 잊으면 안 되겠다고 생각했다.

♠

추위 때문에 몸이 꽁꽁 얼어붙었다. 로뮈알드는 무릎을 접어 가슴에 대고 공처럼 둥글게 웅크린 상태로 모피를 댄 파카 후드에 얼굴을 파묻었다. 시계를 보니 냉동실에 들어온 지 어느새 20분이 지난 듯했다. 부서진 목재 화물 운반대의 조각들이 방 한구석에 놓여 있었고, 벽은 온통 곰팡이와 녹으로 뒤덮여 있었다. 안에서는 냉동실 스위치를 끌 수가 없었고, 문을 열 수도 없었다.

절망에 빠진 로뮈알드는 조금이라도 몸을 따뜻해지게 하려고 양손에 입김을 부는 게 고작이었다. 몸이 덜덜 떨리고, 입술이 파르르 떨리고, 이빨이 딱딱 맞부딪쳤다. 심장은 장시간 고된 일을 하고 났을 때처럼 점점 더 빨리 뛰었다.

처음에는 한 자리에서 전봇대처럼 얼어붙지 않으려고 한 발자국씩 바꿔가며 양다리를 흔들어봤지만 추위의 위력은 막강했다. 옷 밖으로 나온 모든 신체 기관이 죄다 얼어붙었고, 옷 속까지 뚫고 들어온 찬 기운 때문에 온몸에 소름이 돋았다.

로뮈알드가 희망의 끈을 거의 놓다시피 했을 때 갑자기 냉동실을 돌리는 기계음에 더해 감압 장치 소리가 들려왔다. 이윽고 문이 열리더니 스턴트맨이 한 손에는 총, 다른 한 손에는 칼을 들고 들어섰다.

"애송이, 어때? 추위를 견딜만하던가? 실제로 겪어보지 않은 사람은 모르지. 추위가 얼마나 혹독한 고문이 될 수 있는지 상상도 할 수 없을 거야."

올레그가 단도를 이용해 로뮈알드의 손목을 파고들던 나일론 줄을 끊었다.

로뮈알드는 거의 기다시피 냉동실에서 나왔다.

올레그는 시종 로뮈알드에게서 시선을 떼지 않았다. 그는 갑작스러운 온도 변화가 인체에 어떤 현상을 초래하는지 잘 알고 있었다. 로뮈알드는 한동안 제대로 숨을 쉴 수가 없었다. 요란스럽게 기침을 해대고, 어깨, 팔, 다리, 얼굴을 세차게 문질렀지만 냉동실에서 한동안 꽁꽁 언 몸은 쉽사리 풀리지 않았다.

"난 네 녀석에게 똑같은 질문을 반복할 생각이 없어. 선택은 간단해.

내 물음에 답하든지, 냉동실로 들어가 다시는 나오지 않든지 둘 중 하나야."

로뮈알드는 두 눈을 감은 채 숨을 할딱거렸다. 올레그의 위협이 이어졌다.

"넌 방금 전에 지옥에 다녀왔다고 생각하겠지만 그건 착각이야. 그 정도는 맛보기에 불과하니까. 여긴 아무리 목이 터져라 고함쳐봐야 들어줄 사람이 없는 곳이야. 입을 열지 않을 경우 혼자 고통스럽게 죽어갈 뿐이야."

로뮈알드는 눈을 뜨고 재빨리 주위를 살펴보았다. 도망칠 수 있는 비상구는 그 어디에도 없었다. 몸을 숨길 만한 곳도 없었다.

올레그가 로뮈알드의 앞에 버티고 섰다.

"마지막으로 묻겠다. 왜 나를 미행했나?"

로뮈알드는 다시 연속적으로 기침을 했다. 올레그가 로뮈알드의 머리카락을 낚아챘다.

"애송이, 얼른 대답 안 해?"

로뮈알드는 고개를 푹 숙였다가 있는 힘을 다해 머리로 스턴트맨의 가슴을 들이받았다. 기습적인 공격에 허를 찔린 올레그는 그대로 쓰러졌다. 로뮈알드는 그 틈을 타 도망치려 했으나 올레그가 다리를 걸어 쓰러뜨렸다.

"쥐새끼 같은 놈, 어딜 도망치려고!"

로뮈알드는 금속제 테이블 위로 쓰러졌다. 올레그가 눈 깜짝할 사이에 몸을 덮쳐오며 주먹질을 해댔다. 배에 가해지는 잽과 훅에 이어 옆구리에 숨이 턱 막힐 듯한 팔꿈치 가격이 이어졌다. 그 후로도 한동안 구타가 계속되었다. 샌드백처럼 두들겨 맞던 로뮈알드가 테이블에서 바닥으로 굴러떨어지자 이번에는 무지막지한 발길질이 쏟아졌다.

마침내 구타가 잦아들었을 때 로뮈알드는 기진맥진해 몸을 가눌 힘조차 없었다. 올레그가 그의 파카를 움켜쥐더니 다시 냉동실로 끌고 갔다.

"애송이, 넌 이제 끝났어!"

올레그가 금속제 문을 닫으며 악다구니를 써댔다.

문이 잠긴 걸 확인한 올레그는 헛간으로 돌아갔다. 그는 쓰러진 테이블을 다시 세우고, 컴퓨터와 담뱃갑, 열쇠 따위를 테이블 위에 올려놓았다. 노트북이 망가지지 않았다는 걸 확인하고 나서 가방에 집어넣고 조수석에 가져다 놓았다. 담배를 한 개비 피워 물며 손목시계를 보았다.

담배는 조금 있다가 피워야겠어.

올레그는 담배를 다시 집어넣으며 생각했다. 그는 상자들을 잔뜩 쌓아놓은 헛간 안쪽으로 갔다. 상자 뒤쪽에 철문들이 나타났다. 그는 오토바이가 세워진 첫 번째 철문을 열었다. 노란색 몸통 부분을 제외하고 온통 크롬으로 마무리된 할리데이비슨이었다.

올레그는 오토바이를 꺼내 불빛 아래로 끌고 나왔다. 엄청나게 큰 연료 탱크와 두터운 타이어, 공격적인 포크, 구멍 뚫린 휠 등이 갖추어진 오토바이였다.

올레그는 우선 글락 권총이 오른쪽에 넣어두는 총집에 잘 들어 있는지 확인했다. 그다음에는 그보다 좀 작은 무기들을 발목에 찬 케이스에 안으로 밀어 넣었다. 헬멧을 쓰고 두터운 점퍼를 입은 그는 마침내 할리데이비슨에 올라탔다.

올레그는 오토바이의 시동을 건 다음 계기판에 장착된 GPS를 켜 매튜 샤피로의 집 주소를 입력했다. GPS는 순식간에 비콘 힐로 가는 여러 가지 길의 주행거리를 계산한 다음 가장 빠른 코스를 제시했다.

올레그는 장갑을 끼고 다시 한번 시간을 확인했다. 그는 오토바이를 타고 헛간 입구까지 가 전기 스위치를 내려 불을 끈 다음 과거의 도살장을 떠났다.

♠

윈드햄을 에워싼 꼬불꼬불한 길에서 벗어난 오토바이는 93번 주도로 상으로 들어서고 나서 보스턴 방향을 향해 쏜살같이 달렸다. 올레그는 헬멧을 열어젖히고 얼굴을 때리는 바람과 귓전을 때리는 엔진 소리의 규칙적인 리듬에 몸을 맡겼다. 도로는 한가했고, 현재 속도를 그대로 유지한다면 40분 정도면 능히 시내로 들어갈 수 있을 듯했다.

올레그는 이동 경로에 집중하면서 자신이 처리해주기로 약속한 매우 특별한 계약 내용에 대해 곰곰이 생각했다. 머리에 총알을 한 발 쏘거나 단도로 목을 따는 편이 가장 손쉬운 방법일 듯했다. 그렇지만 의뢰인 여자는 그 점에 있어 매우 확고한 태도를 견지했다. 무기 사용은 일절 허용하지 않겠다고 했다. 총이나 칼을 사용할 경우 경찰 조사를 피할 수 없다는 이유에서였다. 의뢰인은 최대한 경찰이 수상쩍게 여기지 않는 선에서 일을 처리하고 싶다는 의사를 피력했다.

오늘 오후에도 의뢰인은 계획이 한 치의 오차도 없이 진행되어야만 잔금을 차질 없이 지불할 거라고 몇 번이나 강조해 말했다. 결국 남편이 갑작스러운 사고로 죽어야 한다는 게 의뢰인이 세운 계획의 핵심이었다. 의뢰인은 가령 두개골 손상에 의한 뇌출혈 같은 사망 원인이 가장 적합할 거라고 주장했다. 나머지 신체 부위는 전혀 손상되지 않아야 한다는 것이었다.

올레그는 침을 꿀꺽 삼켰다. 의뢰인이 그를 선택한 이유가 있었다. 올레그는 젊은 시절 한때 러시아에서 의학 공부를 한 적이 있고, 간호사로 근무한 경력이 있었다. 그 덕분에 의뢰인의 지시사항, 요컨대 매튜 샤피로의 중추 신경을 회복 불능으로 파괴시키되 나머지 신체 부위는 전혀 손상시키면 안 된다는 요구를 정확하게 이행할 수 있었다. 사고를 위장해 뇌를 손상시키되 나머지 신체 기관은 온전하게 건사해야 한다는 뜻이었다. 뇌사상태라도 혈액에 산소를 지속적으로 공급할 경우 심장은 그 후 스물네 시간 동안 생명을 유지할 수 있었다.

올레그는 의뢰인이 왜 그리 까다로운 요구를 하는지 궁금하지 않았다. 누구나 일을 저지를 때는 다 나름의 이유가 있는 법이었다. 그럼에도 의뢰인 여자가 구상한 마키아벨리적인 살인 계획을 상상하면 등줄기에 식은땀이 흘러내렸다. 의뢰인 여자는 사고를 내기에 적합한 장소까지 귀띔해줄 정도로 매사에 빈틈이 없었다. 사실 그녀의 생각은 아주 그럴싸했다.

'벼랑길'은 아주 협소한 도로였다. 약간 높은 지대에 위치해 있어 그 길을 통과할 경우 시내의 혼잡한 교통상황을 피할 수 있다는 장점이 있었다. 그 길을 알고 있는 사람이라면 코널리애비뉴에서 자메이카플레인역 뒤쪽 광장인 로프 스트리트로 가는 데 걸리는 시간을 훨씬 단축할 수 있었다.

길의 특성상 속도를 내서는 안 되는 곳이었다. 최근 2년 동안 오토바이를 타고 가다가 그 길에서 사망한 사람이 무려 세 명이나 되었다. 도로 가장자리에 설치해놓은 철제 가드레일이 사고의 원인으로 지목되었다. 오토바이 운전자 협회에서는 그 길을 이용할 때의 위험성을 대대적으로 홍보하기도 했다. 가드레일과 바닥 사이에 50센티미터 정도의 틈이 있어 오토바이를 타고 달리다가 쓰러질 경우 운전자가 그 틈새로 빠지게 될 위험성이 컸다. 오토바이 운전자 협회에서는 그 길이 단두대와 다름없다고 주장하면서 이용 자제를 당부했다. 두 명의 오토바이 운전자가 헬멧이 그 틈새에 끼어 사망하는 사고가 발생했다. 다른 남자는 가드레일의 말뚝에 정면으로 충돌해 현장에서 즉사했다. 그 길에서 세 명의 오토바이 운전자가 사망하게 되자 시 당국이 직접 나섰다. 지금은 그 길의 안전성을 개선할 수 있는 방법을 놓고 열띤 토론이 벌어지고 있는 중이었다. 시 당국은 결론이 날 때까지 오토바이의 벼랑길 통행을 금지시키는 미봉책을 채택했다.

누가 시 당국의 지시사항을 따르겠는가?

의뢰인 여자는 결코 자기 남편은 시 당국의 지시사항을 따르지 않을 거라 예상했다.

올레그는 헬멧 덮개를 내렸다. 백미러에 눈길을 주었던 그는 줄줄이 이어지는 차량 행렬을 추월하기 위해 차선을 빠져나왔다. 도심이 가까워지고 있었다. 그는 스토로우 드라이버 방향으로 가는 26번 출구를 놓치지 않기 위해 주의를 집중했다. GPS가 시키는 대로 찰스강을 따라가는 고속도로를 타고 비콘 스트리트까지 갔다. 거기서부터 코플리스 퀘어 방향으로 진행하다가 마운트버논 스트리트로 들어가 루이스버그 스퀘어에 도착했다.

올레그는 오토바이를 광장의 나무 아래에 세운 다음 헬멧을 벗고 담배 한 대를 빼물었다. 주머니를 뒤졌지만 라이터가 없었다. 그는 담배를 피울 수 없다는 생각에 기분이 상해 의뢰인이 일러준 창문을 기분 나쁘게 꼬나보았다.

창문을 통해 이따금씩 남자와 아이의 실루엣이 보였다. 정말 안된 일이었지만 남자는 20분 후면 저세상 사람이 될 게 확실했다.

♠

"내가 그린 그림 예뻐?"

에밀리가 작은 도화지에 그린 그림 세 장을 내밀며 물었다.

매튜는 에밀리가 내민 그림들을 한동안 주의 깊게 들여다보았다. 따스한 색상으로 표현한 오케스트라, 산타 할아버지의 썰매를 끄는 순록 여러 마리, 공주와 눈사람이 또렷하게 눈에 들어왔다. 이제 겨우 세 살 반이 된 아이가 그린 그림치고는 제법이었다.

"아주 잘 그렸어, 에밀리!"

매튜가 에밀리의 머리카락을 쓰다듬으며 칭찬했다.

"우리 딸이 그린 그림을 보면 엄마도 아주 기뻐할 거야. 이제 그 그림들을 식탁 위에 잘 올려놔."

고개를 끄덕인 에밀리는 식당으로 달려가더니 의자 위로 기어 올라가 세 개의 접시에 도화지를 올려놓았다. 오늘 저녁, 매튜는 직접 요리를 만들 생각이었다. 모두가 케이트가 좋아하는 음식들이었다.

캐비아로 풍미를 더한 가리비 카르파치오,

송로버섯과 브리오슈를 넣은 아티초크 수프,

록펠러 굴,

메인 산 바다가재 스튜와 누아르무티에산 노란 감자,

피칸을 넣은 초콜릿 파이.

"넘어질라, 조심해!"

매튜가 저만치 떨어진 곳에서 어린 딸을 지켜보며 주의를 줬다. 그는 머릿속으로 록펠러 굴 요리에 들어갈 재료들을 외우며 앞치마에 손을 닦았다. 마늘, 버터, 파슬리, 타라곤, 염교, 베이컨, 빵가루, 올리브기름, 카옌 후추……

매튜는 연신 벽시계를 쳐다보았다. 이제 잠시 후면 케이트가 돌아올 시간이었다. 그는 오늘을 위해 특별히 준비한 샴페인이 냉장고에 잘 들어 있는지 확인했다. 그런 다음 감자가 익어가고 있는지 살펴보고 나서 오븐 예열을 시작하는 게 어떨지 가늠해보았다.

"아빠, 나 배고파!"

에밀리가 보챘다.

매튜는 눈으로 아이를 찾았다. 아이는 어느새 크리스마스트리 옆에서 혼자 뛰어놀고 있었다.

"조금만 있다가 먹자."

깜박거리는 전구들이 장미색, 은색, 파란색 등 갖가지 색상으로 빛나며 에밀리의 주변에서 환상적인 분위기를 자아내고 있었다. 그 안에서 노는 에밀리의 모습이 마치 동화 속에 나오는 공주 같았다.

"가만! 아빠가 크리스마스트리 옆에서 노는 우리 딸 사진 좀 찍어줄까? 사진을 찍어 엄마한테 보내면 더 빨리 올 거야."

매튜가 혼잣말로 중얼거렸다.

매튜가 전화기를 손에 쥔 순간 그의 손안에서 전화기가 때맞춰 부르르 떨었다.

케이트였다.

25. 그림자 계곡에서

적대감은 미친 듯이 휘몰아치는 바람처럼 우리를 원하는 곳으로 가지 못하게 방해하며,
우리를 헐벗게 하고 우리가 생각하는 대로가 아니라 생긴 그대로 우리 자신과 맞닥뜨리게 한다.
_아서 골덴

2010년 12월 24일
자메이카플레인(보스턴 교외)
밤 8시 59분

병실은 하얀빛으로 물들어 있었다. 심장이식 수술을 기다리는 닉 피치는 현재 혼수상태였다. 탁월한 사업가 닉 피치의 목숨은 인공호흡기에 의해 유지되고 있었다.

케이트는 두 눈을 가느다랗게 뜨고 여러 종류의 관류가 순조롭게 이루어지고 있는지, 심전계의 움직임은 안정적인지 면밀하게 체크했다. 그런 다음 몸을 숙여 연인의 입술에 입을 맞췄다.

잠시 후에 봐. 걱정하지 마. 내가 다 알아서 할 테니까.

케이트는 두 눈을 감고 몸 안에 남아 있는 에너지를 남김없이 퍼 올린 다음 숨을 깊이 들이쉬고 가운을 벗고 병실에서 나갔다.

약해지면 안 돼. 계획대로 밀어붙이는 거야.

케이트는 엘리베이터를 타고 병원의 가장 아래층으로 내려와 응급실로 통하는 복도에서 드문드문 마주치는 동료들에게 인사를 건넸다.

시간을 허비해선 안 돼.

케이트의 예상대로 병원은 한산했다. 굴까는 칼에 손을 베인 환자들을 제외하면 크리스마스이브는 언제나 섣달그믐날 밤에 비해 훨씬 덜 소란스러웠다. 직원 휴게실마저도 크리스마스 장식이 무색할 만큼 나른한 평온에 잠겨 있었다.

케이트는 로커에서 외투와 핸드백, 휴대폰을 차례로 꺼냈다. 그녀는 주차장으로 이어지는 긴 복도를 걸어가며 매튜와 통화했다. 그녀는 매튜의 반응을 정확하게 한 박자씩 먼저 읽을 줄 아는 모범적인 아내 역할을 완벽하게 소화해냈다.

"나야, 이제 막 병원에서 일을 끝내고 주차장에 도착했는데 자동차의 시동이 안 걸려. 당신 말이 옳았어. 이젠 정말 차를 폐기 처분해야 할 때가 됐나봐."

"내가 천 번도 넘게 말했는데 이제야 겨우 깨달았어? 수명이 다됐으니 바꿔야 한다고 그렇게 말해도 고집을 부리더니……."

매튜가 안타깝다는 듯이 케이트의 말을 받았다.

"당신도 알다시피 이 차는 내게 너무나 각별한 차야. 대학 시절 어렵사리 아르바이트를 해 구입한 내 인생의 첫 차란 말이야. 당연히 애착이 클 수밖에."

"그 마음이야 나도 잘 알지만 1990년대에 구입한데다 애초에 중고차를 샀으니까 이미 폐기 처분할 때가 지났다고 봐야지."

"차는 주차장에 세워두고 지하철을 타고 갈게."

"제발 그런 소리 하지 마. 이 늦은 시간에 그 동네는 너무 위험해. 내가 오토바이를 타고 갈 테니까 기다려."

"아니, 괜찮아. 지금은 바깥 날씨가 너무 추운데다 진눈깨비까지 내리고 있어. 오토바이는 위험해!"

"조심하면 괜찮을 거야."

매튜는 한번 말을 꺼낸 이상 웬만해서는 고집을 꺾을 수 없었다. 결국 매튜가 말을 따라야 하리라. 케이트는 못 이기는 척 매튜가 보호자 역할을 수행하도록 허락했다.

"좋아, 그 대신 조심해서 와야 해!"

케이트는 자동문을 나서며 말했다. 그녀는 전화를 끊고 주차장을 벗어났다. 얼굴이 얼얼해질 만큼 추운 날씨였지만 추위를 느낄 기분이 아니었다.

♠

밤 9시 3분

사미르는 트럭의 시동을 걸고 올휘트 제분공장을 나서 자메이카플레인 공업지대 서쪽으로 향했다. 아내 사자니가 기다리고 있는 집으로 가기 전에 마지막으로 한 군데 더 배달이 남아 있었다. 정말이지 길고 고된 하루였다. 다른 해 같았으면 크리스마스 전날에는 일을 하지 않고 쉬었을 텐데 올해는 사장이 예고도 없이 직접 전화를 걸어 무단결근한 직원 대신 일을 맡아달라고 부탁했다. 사미르는 가족들과 함께 저녁 시간을 보낼 예정이었지만 차마 사장의 제안을 거절할 수 없었다. 경제 불황이 지속되고 있는 상황에서 자칫 일자리를 잃을 수도 있는 행위는 피하고 보는 게 상책이었다. 아내 사자니가 임신 중인데 회사에서 덜컥 해고라도 당하면 가족들의 안위를 누가 책임지겠는가?

아무리 그렇더라도 정말 피곤하고 힘든 하루였다.

사미르는 계기판에 부착된 시계를 쳐다보았다.

더 이상 지체해선 안 되겠어!

사미르는 10시 이전에 보스턴 남쪽 퀸시에 있는 공장에 밀가루를 배달하기로 되어 있었다. 시간이 촉박해 제한속도를 넘기도록 가속페달을 밟았다. 그는 몇 분 후 트럭으로 사람을 치어 죽게 하리라고는 꿈에도 생각하지 못했다.

♠

밤 9시 5분

차를 세워둔 주차장의 66번 자리에 도착한 케이트는 깜짝 놀랐다. 차를 세워둔 자리가 텅 비어 있었다. 누군가가 그녀의 쿠페를 훔쳐 간 게 틀림없었다.

말도 안 돼!

케이트는 병원에 도착했을 당시 늘 세워두는 자리에 차를 주차시켰다. 당장 화가 치밀어 오르면서 어떻게 해야 할지 판단이 서지 않았다.

매튜가 집에서 출발하기 전에 살인청부업자에게 전화를 걸어 작전을 시작하라는 지시를 내려야만 했다. 일을 계획대로 성공하려면 어느 누구보다도 먼저 그녀가 사고 현장에 도착하는 게 중요했다. 크리스마스를 맞아 병원의 상당수 직원이 자리를 비운 상황을 이용할 생각이었다. 의사이자 피해자의 부인이라는 신분을 최대한 활용할 필요가 있었다.

우선 현장에 출동한 구급차 기사에게 환자를 병원까지 이송해달라고 요구하고, 병원에 도착하면 서둘러 혈관 촬영을 실시해 뇌사를 확정지을 생각이었다. 그런 다음 그의 심장박동을 인공적으로 유지시켜놓은 상태에서 장기 기증 절차를 밟을 계획이었다.

아침에 출근하기 전에 케이트는 남편의 지갑에 장기 기증 동의 카드가 들어 있다는 걸 확인해두었다. 3년 전, 남편을 설득해 만든 카드였다. 의료진은 그녀에게 결정을 내려달라고 요청할 게 분명했다. 남편은 플로리다에 사는 부모님과의 관계가 소원했고, 보스턴에 다른 가족은 없었다.

일련의 계획들이 아주 빠르고 정확하게 추진될 경우에만 성공할 수 있었다. 장기 적출이 이루어지는 즉시 혈액 검사소에서 혈청 검사를 실시하고, 영상의학과의 도움을 받아 적출된 장기의 상태 점검이 필요했다. 적출된 장기를 이식받을 환자를 선택하기 위해 수많은 검사가 병행되어야만 했다.

닉 피치는 우선적인 수혜자 명단에 올라 있었다. 병원 측에서는 이식 수술 적합자로 닉 피치를 선정할 게 분명했다. 지난 두 달 동안 케이트는 수술 팀 스케줄을 유심히 살펴두었다. 오늘이 바로 병원에서 손꼽히는 심장이식 수술 전문의가 당직을 서는 날이라는 걸 몇 번이나 확인해두었다. 이미 몇 해 전부터 치밀하게 계획해온 일이었다. 그런데 전혀 예기치 않은 문제가 발생했다. 누군가가 차를 훔쳐 갈 수도 있다는 가능성은 계획에 포함되어 있지 않았다.

침착하자.

전혀 예상하지 못한 돌발 변수가 발생했지만 이런 때일수록 냉정을 유지할 필요가 있었다. 케이트는 체스의 대가 타르타코버가 한 말을 떠올렸다.

'전술이란 뭔가 해야 할 순간에 무얼 해야 할지 아는 것이다. 전략이란 아무것도 할 게 없을 때 무얼 해야 할지 아는 것이다.'

케이트는 종종걸음으로 주차장 경비에게 달려가 차를 도난당한 사실을 알렸다.

"그럴 리 없습니다, 박사님. 제가 정오부터 줄곧 경비를 섰지만 박사님의 쿠페가 주차장을 빠져나가는 걸 보지 못했습니다. 박사님 쿠페라면 제가 누구보다도 잘 알거든요."

"보시다시피 세워두었던 자리에 차가 없잖아요!"

"혹시 다른 자리에 세워두지는 않았는지 잘 생각해 보십시오. 매일이다시피 그런 일이 일어납니다. 지난주에는 스턴 박사님이 포르쉐를 도난당했다고 우기셨죠. 그날 스턴 박사님은 택시로 출근하셨다는 걸 깜박 잊은 겁니다."

"난 그렇게 흐리멍덩하지 않아요!"

"그런 뜻으로 말씀드린 게 아닙니다. 제가 아래층을 한번 살펴보겠습니다."

경비원이 손가락으로 감시카메라를 가리키며 말했다.

그렇지, 감시카메라를 살펴보면 되겠네.

케이트가 발길을 돌리려는 순간 경비원이 그녀를 불렀다.

"박사님 쿠페가 지하 3층, 125번 자리에 있는데요."

경비원이 승리감에 도취된 자 특유의 의기양양한 표정을 지으며 말했다. '아무튼 의사들이란 죄다 멍청이들이라니까'라고 말하는 듯한 표정이었다.

케이트는 지하 주차장으로 가기 위해 엘리베이터를 외면하고 계단으로 뛰어 내려갔다. 경비원의 말이 옳았다. 마쓰다 쿠페는 가장 아래층인 지하 3층에 얌전히 주차되어 있었다.

어떻게 된 일일까?

분명 지상층에 이름이 새겨진 고정 주차 자리가 마련돼 있었다. 케이트는 지하 3층 주차장에는 단 한 번도 내려가본 적이 없었다. 누군가가 차를 지하 3층으로 옮겨놓은 게 분명했다.

누가? 왜?

혹시 이번 주 초에 열쇠 꾸러미를 잃어버렸던 일과 관계가 있을까? 머릿속에서 여러 가지 질문이 꼬리를 물고 이어졌지만 케이트는 무시하기로 했다.

케이트는 차 문을 열고 시동을 건 다음 지하 주차장을 빠져나왔다. 지상으로 올라오자마자 주차장 출구를 향해 달렸다. 큰길로 나서기에 앞서 그녀는 작전 개시 지시를 내리기 위해 올레그와 짧게 통화를 나누었다.

자동차들의 대열에 합류한 케이트의 백미러에 반대편 방향에서 대로 모퉁이를 돌아서는 대형 트럭이 잡혔다.

♠

윈드햄 전 공업지대
밤 9시 8분

냉동실은 캄캄한 어둠 속에 잠겨 있었다. 로뮈알드는 스턴트맨의 구타가 이어지는 동안 몰래 빼돌린 성냥갑에서 성냥개비를 하나 꺼내 불을 붙였다. 성냥이 유용하게 쓰일 거라 생각했으나 냉동실 안에서 태울 만한 것이라고는 아무것도 없었다. 구석에 쌓여 있는 목재 운반대 조각은 물기가 너무 많아 불이 붙지 않았다.

가느다란 성냥개비 끝에서 불길이 솟자 잠시 주변이 희미하게 밝아졌지만 단지 몇 초뿐, 냉동실 안은 다시 암흑천지가 되었다. 마치 몸을 얼려버릴 듯 추위가 매섭게 몰아쳤다. 목이 굳고, 얼굴이 마비되고, 코와 귀가 얼어붙었다. 차가운 냉기가 골수까지 파고들었다. 찬바람을 맞고 있는 손은 불에 덴 것처럼 아렸다. 그야말로 속수무책으로 당하는 수밖에 없었다.

심장박동이 점점 빨라지더니 시간이 지날수록 약해졌다. 극심한 공포와 무시무시한 고통이 하나가 되었다. 로뮈알드는 차츰 몸에서 힘이 빠져나가는 걸 느꼈다. 이제 완전히 기진맥진한 상태였다. 혼수상태에 빠지지 않으려고 10분마다 한 번씩 성냥을 태우기로 마음먹고 가물가물해지는 의식을 붙잡으려고 안간힘을 다했다.

발과 다리가 마치 경직을 일으킨 것처럼 뻣뻣해졌다. 로뮈알드는 생물 수업 시간에 우리 몸속 혈액이 저체온증을 막기 위해 몸의 말단을 떠나 두 개의 거점, 즉 심장과 뇌로 모여든다는 걸 배웠다.

이제 정신이 완전히 혼미해져 의식을 잃기 일보직전이었다. 입을 열 수도, 말을 할 수도 없는 상태에서 천천히 생각에 집중하려고 애를 썼다. 기관지가 답답했지만 기침을 할 기운조차 남아 있지 않았다. 그저 가까스로 숨만 쉬는 게 고작이었다.

지금껏 많은 악몽을 꾸어봤지만 추위가 이토록 혹독한 고통을 가하리라고는 생각지 못했다. 스턴트맨의 말은 옳았다. 현재 상황에서 가장 끔찍한 일은 아무도 도와주러 오지 않는다는 사실을 받아들여야 한다는 점이었다. 어둠 속에서 홀로 고통에 몸부림치며 서서히 죽음이 다가오고 있다는 사실을 또렷하게 의식해야 하다니!

♠

보스턴, 비콘 힐
밤 9시 9분

올레그는 전화를 끊은 지 일 분도 안 되어 현관 앞 계단을 내려오는 매튜를 보았다. 그는 젊은 철학 교수에게 시선을 고정시킨 채 서둘러 헬멧과 장갑을 착용했다. 매튜가 오토바이에 올라타는 중이었다. 그는 스턴트 전문가답게 매튜가 올라탄 오토바이 모델을 정확하게 파악했다. 1950년대 말에 나온 트라이엄프 타이거 컵으로 원형 헤드라이트에

낮은 안장과 번쩍거리는 광택이 도는 크롬 외장이 특징이었다.

매튜가 앞서 출발하도록 잠시 기다렸다가 올레그는 자신의 할리데이비슨의 시동을 걸고 뒤따랐다.

밤 9시 11분

매튜는 빨리 케이트에게 가려는 조급한 마음에 전속력으로 시내를 가로질렀다. 동네 구석구석을 훤히 꿰고 있는 동네인데다 수없이 많이 다닌 길이었다. 찰스 스트리트, 비콘 스트리트, 알링턴 스트리트……. 진눈깨비가 추적추적 내리고 있었지만 매튜의 낡은 오토바이는 아스팔트에 착 달라붙어 거침없이 질주했다. 도심과 사우스 엔드, 록스베리, 자메이카플레인을 연결하는 직선대로인 콜럼버스에 이르러서는 한층 더 속력을 높였다. 아직 이른 저녁이었지만 시내에는 인적이 뜸했다. 크리스마스용 장식들이 건물들과 상점을 밝혀놓은 조명들에 더해져 도심을 밝혔다. 눈 꽃송이가 은색 천사처럼 가로등에 내려앉았고, 전구로 만든 화환들이 마치 수만 개의 별처럼 반짝였다. 형광빛을 내는 원반들이 가로수들의 숨통을 조이는 듯 묘한 미래주의적 풍경이 펼쳐졌다.

도시 외곽 지역에 가까워지면서 휘황찬란하던 조명들은 점점 자취를 감추었다. 매튜는 너무 빠른 속도로 잭슨스퀘어역 부근의 로터리에서 방향을 트는 바람에 오토바이가 심하게 흔들리는 걸 느꼈다. 큰 어려움 없이 오토바이의 균형을 잡은 그는 역을 우회해 로프 스트리트와 코널리 애비뉴를 잇는 좁은 콘크리트 길로 들어섰다. 일명 '벼랑길'로 알려진 곳이었다. 케이트가 근무하는 병원은 코널리 애비뉴에 면해 있었다. 원칙적으로 오토바이 통행이 금지되어있는 길이었지만 이제껏 단 한 번도 경찰이 딱지를 떼는 걸 본 적이 없었다.

매튜는 진눈깨비가 내려 미끄러운 노면을 의식하며 신중하게 오토바이를 몰았다. U자형 급커브 길에 들어서기 직전, 그는 백미러를 통해 너무 바짝 붙어 운전 중인 다른 오토바이 한 대를 목격했다. 특별히 주문 제작한 게 분명한 대형 할리데이비슨이었다. 헤드라이트 불빛 때문에 눈이 부셨다.

난 경주를 벌이고 싶은 생각은 손톱만큼도 없어!

매튜는 속도를 한껏 낮추고 상대방이 추월해갈 수 있게 오른쪽으로 바짝 붙어 섰다. 바짝 뒤따라 붙던 오토바이는 추월하기 위해 차선을 벗어나는 것 같더니 마지막 순간에 격렬하게 핸들을 꺾었다. 할리데이비슨의 앞바퀴에 갑자기 뒷바퀴를 박은 트라이엄프는 균형을 잃었고, 극심한 충격을 받은 매튜는 오토바이를 제어할 수 있는 통제력을 상실하고 말았다.

매튜가 반사적으로 핸들을 돌려 뒷바퀴를 고정시켰지만 바닥으로 쓰러진 오토바이는 눈 쌓인 도로 위로 미끄러지다가 철제 가드레일을 받으며 그대로 처박혔다. 트라이엄프에서 튕겨져 나온 매튜의 몸은 그대로 길바닥에 곤두박질쳐졌다. 헬멧을 쓴 그는 몇 번이나 거푸 길바닥을 데굴데굴 구르다가 한쪽 다리가 가드레일의 말뚝에 부딪치면서 가까스로 멈춰 섰다.

매튜는 십여 초쯤 시간이 흐르고 나서야 방금 무슨 일이 일어났는지 이해할 수 있었다. 길바닥에 쓰러진 그는 몸을 일으키려 했지만 극심한 통증을 이기지 못하고 고함을 질렀다. 오른쪽 다리가 완전히 부러진 듯했다. 가드레일에 몸을 기댄 그는 헬멧을 벗었다. 얼굴에 와닿는 차가운 바람이 느껴지는 순간 그는 야구방망이를 들고 돌진해오는 할리데이비슨 운전자를 보았다. 그가 매튜의 경추를 부러뜨릴 작정으로 야구방망이를 휘두르려 할 때 예기치 않은 일이 발생했다.

♠

테이저건에 부착된 두 개의 침이 러시아 출신 스턴트맨의 목덜미 뒤쪽에 꽂혔다. 전류가 흐르는 바람에 스턴트맨은 그 즉시 졸도했다. 마치 벼락을 맞은 듯 눈 깜짝할 새에 벌어진 일이었다. 검은 레깅스에 가죽점퍼를 입은 엠마는 살인청부업자가 졸도한 틈을 타 그의 무기를 빼앗았다.

"괜찮아요?"

엠마가 매튜에게로 달려가며 물었다.

매튜는 짙은 색 방한모로 얼굴을 가린 채 달려오는 여자를 향해 눈을 들었다. 그를 구하기 위해 어디에선가 불쑥 나타난 여자였다.

"어떻게 된 일이죠?"

"모두가 당신 아내 때문에 벌어진 일이에요. 그녀가 당신을 청부살해하려 했어요."

"당신, 지금 무슨 헛소리를 지껄이는 거요? 도대체 당신은 누구요?"

엠마는 질문에 대답할 시간이 없었다. 두 개의 원형 헤드라이트가 구멍처럼 어둠을 꿰뚫었다. 할리데이비슨 옆에 세워놓은 케이트의 마쓰다 쿠페 불빛이었다. 케이트가 자동차에서 나와 냉정한 눈으로 상황을 점검했다.

케이트는 계획이 엉망으로 틀어진 걸 알았다.

"여보!"

매튜가 케이트를 불렀다.

케이트는 그에게 눈길조차 주지 않았다. 단지 자신의 계획을 산산조각 나게 만든 캣우먼 차림의 여자의 정체에 대해 궁금해했다.

문제가 발생할 경우 한 가지씩 침착하게 풀어가야 해.

올레그 쪽으로 몸을 숙인 케이트는 테이저건에서 나온 침이 뒷덜미에 박힌 걸 확인했다. 침이 뒷덜미에 박히는 순간 즉각 신경계통이 마비된 살인청부업자는 정신을 잃고 아스팔트 바닥에 쓰러져 있었다.

올레그의 안주머니를 뒤지던 케이트는 마침내 원하던 걸 찾아냈다. 탄창을 장착한 글록 17구경 권총이었다. 자동권총을 손에 쥔 케이트는 엠마를 향해 총을 발사했다. 멀리 떨어져 있으라는 경고였다. 팔을 몸통과 직각이 되도록 내밀고 손가락을 방아쇠 위에 얹은 케이트는 남편을 향해 다가갔다.

아직 늦지 않았어. 지금이라도 닉을 살릴 수 있어. 매튜의 머리에 한 방만 제대로 쏘면 심장을 온전하게 보존할 수 있을 테니까.

"케이트, 무슨 짓이야? 당신 지금 뭘 어쩌려는 거야?"

"닥쳐! 넌 나를 몰라. 넌 나에 대해 아무것도 몰라. 아무것도!"

나는 감옥에서 여생을 마치겠지만 닉을 살릴 수 있어.

미녀 외과 의사의 얼굴이 변했다. 우아하고 아름다운 모습은 온데간데없이 온통 희고 차가운 도자기 탈 같았다. 오직 두 눈만이 분노와 고통이 어우러진 불길처럼 이글거렸다.

케이트는 마치 로봇처럼 매튜를 향해 걸어갔다.

"나도 내가 왜 이러는지 설명해주고 싶지만 당신은 도저히 이해하지 못할 거야, 매튜."

엠마는 반대편 길가에 웅크리고 있었다. 실눈을 뜨자 스턴트맨이 몸을 일으키려고 버둥대는 모습이 보였다. 엠마는 올레그의 발목에 부착되어있는 버튼식 총 케이스를 보았다. 엠마는 스턴트맨에게로 기어가 케이스에 들어 있던 스미스 앤 웨슨36 권총을 빼 들었다.

양손으로 총신을 감싼 엠마는 팔을 뻗어 케이트를 사정거리 안에 두었다.

지금은 한가하게 질문이나 할 때가 아니야.

케이트의 글록17 구경은 남편의 머리를 겨누었고, 엠마의 권총은 케이트를 겨누었다. 두 여자는 언제라도 방아쇠를 당길 준비가 되어 있었다.

엠마는 제발 떨지 않게 해달라고 기도했다.

엠마가 먼저 방아쇠를 당겼다.

♠

가슴에 총을 맞은 케이트는 그대로 쓰러졌다. 가드레일 위로 쓰러진 그녀의 몸은 가파른 낭떠러지로 굴러떨어졌다.

♠

총성이 멎으면서 긴 침묵이, 지극히 비현실적인 침묵이 이어졌다. 발사 때의 반동으로 바닥에 쓰러진 엠마는 너무나 큰 충격에 온몸을 떨며 아무 말도 하지 못했다.

힘겹게 몸을 일으킨 올레그는 한시바삐 그 자리를 뜨는 게 신상에 좋을 것 같다는 낌새를 챘다. 헬멧도 없이 할리데이비슨에 올라탄 그는 왔던 길의 반대 방향으로 사라졌다. 그가 50미터쯤 달려 교차로에 이르렀을 때 사미르가 운전하는 밀가루 배달 트럭이 정면에서 할리데이비슨을 들이받았다.

♠

가까스로 혼란스런 정신을 수습한 엠마는 몇 미터 떨어진 곳에서 충격을 먹은 듯 몸을 잔뜩 웅크리고 있는 매튜를 바라보았다. 그는 살아 있었다.

아, 로뮈알드!

엠마는 산산조각 난 할리데이비슨을 향해 달려가 강력 스카치테이프로 단단하게 고정시켜 놓은 GPS를 떼어냈다. 그런 다음 다시 돌아와 케이트의 차에 올라탔다.

♠

엠마는 위치추적장치시스템을 작동시켰다. GPS는 살인청부업자의 최근 행로를 기억하고 있었다. 엠마는 차의 시동을 걸고 타이어 소리도 요란하게 '벼랑길'을 벗어났다.

보스턴 시내는 쥐 죽은 듯 고요했다. 북쪽에서 93번 주도로로 진입한 엠마는 교통법규 따위는 무시한 채 고속도로를 질주했다. 제한속도나 순찰차의 추격, 갖가지 위험에 대한 생각은 안중에도 없었다. 로뮈알드 외에 다른 건 조금도 중요하지 않았다.

제발 아무 일도 없어야 할 텐데…….

엠마는 가속페달에서 발을 떼지 않고 30분 정도를 더 달린 다음 매사추세츠주와 뉴햄프셔주의 경계 부근에 위치한 윈드햄 근처에서 고속도로를 빠져나왔다. 그녀는 GPS가 유도하는 대로 작은 지방 도로를 달려 과거의 공업단지 지역에 도착했다.

자, 이제 어떻게 하지?

엠마는 GPS 화면을 자세히 살폈다. 목적지가 그리 멀지는 않았으나 자동차로는 갈 수 없는 곳이었다. 엠마는 고심 끝에 자동차 헤드라이트를 켜놓은 채 차에서 내렸다. 길은 암흑 속에 잠겨 있었다. 눈에 보이는 거라곤 눈앞을 가로막는 높은 울타리뿐이었다. 맨손으로 철책을 타고 올라가 담장 반대편으로 뛰어넘는 동안 철사 한 조각이 단도처럼 팔에 박혀 5센티미터쯤 살갗이 찢어졌다.

가죽점퍼 안에 받쳐 입은 스웨터로 피가 흥건하게 스며들고 있었지만 지금은 상처를 돌보며 서글퍼하고 있을 때가 아니었다. 담장 아래로 뛰어내린 엠마는 바닥을 데굴데굴 구르다 겨우 몸을 일으켰다. 그녀는 비스듬한 경사면 꼭대기를 향해 달리기 시작했다. 폐허가 되어버린 도시의 모습이 한눈에 들어왔다. 버려진 공장들이 끝도 없이 이어져 있었다. 마치 공포영화의 배경으로나 어울릴 법한 초현실주의적인 공간이었다. 왜건 몇 대가 낡은 철길 근처에서 녹슬어가고 있었다. 바람이 윙윙거리며 신음 소리를 낼 때마다 대부분 금속으로 지은 낡은 설비들이 삐걱거렸다. 버려진 가건물 뒤에서 위협적인 형체의 괴물들이 금방이라도 솟아오를 듯했다. 5, 6헥타르는 족히 되어 보이는 너른 공간을 점령한 그림자 계곡이었다.

이 고철과 양철의 미로에서 어떻게 로뮈알드를 찾아내지?

"로뮈알드! 로뮈알드!"

엠마는 몇 번이고 이름을 불렀지만 목소리가 바람과 눈에 실려 허공으로 흩어져버렸다. 두 눈을 크게 뜨고 뭔가 단서가 될 만한 게 있는지 찾아보려 했지만 암흑처럼 어두운 곳이라 불과 3미터 앞도 보이지 않았다.

엠마는 얼굴에 달라붙는 눈발을 떼어내고, 휴대폰을 손전등처럼 비춰가며 숨이 차도록 달렸다. 그녀는 매서운 겨울바람을 맞으며 공업단지 북동쪽을 향해 달렸다. 스턴트맨은 차를 보관해두기 위해서라도 도로에서 가장 멀리 떨어진 곳을 택했을 게 틀림없었다.

엠마는 갑자기 무슨 소리가 들려 걸음을 멈추었다. 바닥을 비춰보며 방금 자갈밭 위를 걸었다는 걸 깨닫고 깊이 숨을 들이쉬었다.

엄청나게 큰 창고로 이어진 길이 나 있었다.

엠마는 몇 발자국 앞으로 걸어가 녹이 잔뜩 슨 간판을 비춰보았다.

힐스보로 카운티 도살장

엠마는 가장 중요하게 보이는 건물을 향해 뛰어갔다. 거기 선명하게 찍힌 타이어 자국 위로 눈이 쌓여가고 있었다. 최근 누군가가 이곳에 왔던 게 분명했다.

엠마는 있는 힘을 다해 미닫이문을 밀고 안으로 들어갔다. 그녀는 바람이 들어오지 못하도록 문을 닫았다.

"로뮈알드!"

건물은 온통 캄캄한 어둠 속에 잠겨 있었지만 보일러인지 에어컨인지 모를 기계가 윙윙거리며 돌아가는 소리가 또렷하게 들려왔다.

엠마가 스위치를 켜자 희뿌연 빛이 주변을 밝히며 콘크리트로 만들어진 텅 빈 창고가 눈에 들어왔다.

건물 한가운데에서 스턴트맨의 와인색 닷지 트럭을 발견한 엠마는 차 가까이 다가가 안을 들여다보았다.

아무도 없었다.

엠마는 스턴트맨의 작은 권총을 가져오지 않은 걸 후회했다.

"로뮈알드!"

팔꿈치 모양으로 굽어진 복도를 따라가니 철제문이 늘어선 공간이 나왔다. 첫 번째 문을 여니 아무것도 없는 방이었다. 다른 문들은 모두 잠겨 있었다.

엠마는 두 눈을 질끈 감았지만 절망하기에는 아직 일렀다.

건물을 나오면서 스턴트맨은 불을 전부 껐다. 오직 발전기가 뿜어내는 거센 입김만은 예외였다.

엠마는 큰 방으로 다시 돌아와 어디에서 소리가 나는지 귀를 기울였다.

윙윙거리는 소리는 냉동실 쪽에서 나고 있었다. 엠마는 냉동실의 금속 벽을 두드려보았다.

"로뮈알드?"

아냐, 그럴 리 없어. 여긴 아닐 거야.

"로뮈알드? 나야, 엠마. 내 목소리 들려?"

문을 열려고 해도 헛수고였다. 몸을 숙이자 키 모양의 철제 부속이 눈에 띄었다. 철제 부속을 끝까지 돌리자 냉동실의 문이 열리며 극지방에서나 불어올 듯한 냉기가 온몸을 감쌌다.

"로뮈알드!"

휴대폰 불빛을 비추자 냉동실 안이 어슴푸레 밝아졌다. 엠마는 냉동실 한가운데에 쓰러져 있는 로뮈알드를 발견했다. 바닥에 쓰러진 로뮈알드는 전혀 움직이지 않았다. 엠마는 젖 먹던 힘을 다해 로뮈알드를 죽음의 냉동실에서 끌어내 상온으로 데려왔다. 휴대폰을 스피커 모드로 켠 그녀는 구조대에 연락해 저체온증 환자가 있으니 응급용 구급차를 보내달라고 요청했다.

엠마는 구조대가 도착할 때까지 로뮈알드가 숨을 쉬는지, 맥박이 여전히 뛰는지 살피려 했으나 너무 흥분한 탓에 어느 것 한 가지 제대로 할 수 없었다. 멍든 자국처럼 푸르스름한 보랏빛으로 변한 로뮈알드의 피부는 마치 시체를 연상시켰다.

이런 젠장!

로뮈알드의 몸을 따뜻하게 감싸줄 담요 한 장조차 없다는 게 답답했다. 그때 문득 몇 달 전에 배운 안전 지침이 생각났다. 극한 상황에 처했을 때 생명을 유지하는 데 필요한 기본 행동 요령이었다. 〈임페레이터〉 식당 직원 모두가 참석한 연수 프로그램이었다. 그 당시에는 한심하고 멍청한 짓이라고 생각했다. 그런 프로그램을 실제로 사용할 날이 과연 있을까 생각했다.

다행히 마네킹을 상대로 실습했던 동작들이 또렷이 떠올랐다. 로뮈알드를 바닥에 똑바로 눕힌 다음 그의 가슴 높이로 무릎을 꿇고 앉아 스웨터를 걷어 올리고 오른손 손바닥을 흉골 아래쪽에 얹었다. 곧이어 왼손 바닥을 오른손 손등에 올려놓았다. 그다음 팔을 쭉 뻗고 체중을 실어 양손으로 가슴을 눌렀다. 몸에서 혈액순환이 원활하게 이루어지도록 양손으로 그의 가슴을 눌렀다가 잠시 손을 떼고, 다시 누르기를 반복했다.

하나, 둘, 셋! 하나, 둘, 셋!

엠마는 삼십여 회에 걸쳐 흉부 압박을 실시했다. 이어서 두 차례의 인공호흡도 실시했다.

죽으면 안 돼!

엠마는 일정한 리듬으로 다시 흉부 압박을 시작했다.

하나, 둘, 셋…….

가슴을 누를 때마다 로뮈알드의 갈비뼈가 부러질 것만 같아 마음이 조마조마했다.

시간이 멈추어버렸을까? 엠마는 다른 세상 사람 같았다. 그녀는 혼자서 전쟁 중이었다. 삶이 죽음을 향해 벌이는 사투.

죽지 마, 로뮈알드! 죽으면 안 돼!

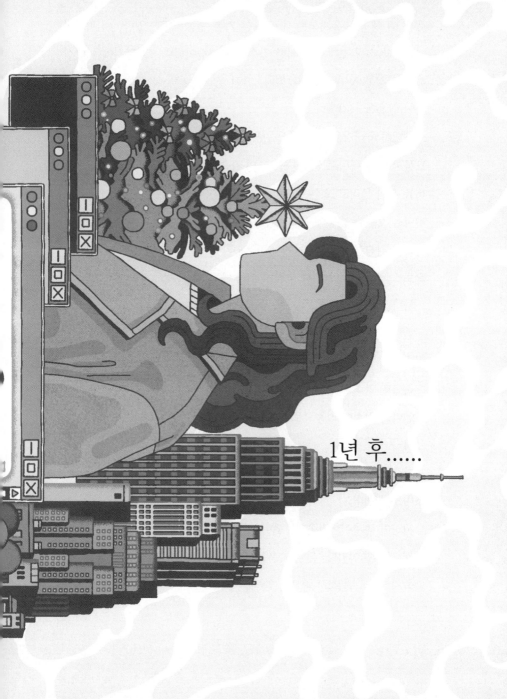

1년 후......

다시보기

우리가 우리 안에 있는 것 가운데 일부만 사는 게 사실이라면 우리 안에 있는 나머지 것들은 어떻게 될까?
_파스칼 메르시어

하버드대학교
케임브리지
2011년 12월 19일

대형 강의실은 학생들로 꽉 들어찼지만 아주 조용했다.

낡은 청동 벽시계의 바늘은 오후 2시 55분을 가리키고 있었다. 매튜 샤피로 교수의 철학 강의가 끝나가는 중이었다.

벨 소리가 학생들을 해방시켜주었다. 소지품을 챙긴 매튜는 외투를 입고 목도리를 두른 다음 강의실을 나갔다. 캠퍼스로 나오자마자 그는 담배를 한 대 말아 입에 물고 야드를 가로질렀다.

대학 캠퍼스 내 공원은 아름다운 가을 햇살 속에 고요히 잠겨 있었다. 열흘 전부터 12월치고는 기온이 유난히 온화했다. 태양이 한없이 관대해 뉴잉글랜드 주민들은 모처럼 느지막이 찾아온 인디언서머를 즐기고 있었다.

"샤피로 교수님, 반사 신경!"

매튜는 목소리가 들려오는 쪽으로 고개를 돌리는 동시에 눈을 들어 위쪽을 바라보는 순발력을 발휘했다. 미식축구공 하나가 그가 있는 쪽으로 날아오고 있었다.

매튜는 공을 잡아 즉시 방금 전 목소리의 주인공인 쿼터백을 향해 던졌다. 공을 넘겨준 그는 가히 기념비적이라 할 만한 정문을 통해 대학 구내를 벗어나 하버드스퀘어로 들어섰다. 그가 지하철역으로 가기 위해 횡단보도를 건너려 할 때 쉐보레 사의 낡은 카마로 승용차 한 대가 요란한 소리를 내며 매사추세츠 애비뉴와 피버디 스트리트가 만나는 모퉁이에 모습을 드러냈다. 뜻하지 않은 자동차의 출현 때문에 젊은 철학 교수는 깜짝 놀랐다. 그는 눈앞에서 멈춰선 빨간 쿠페 자동차에 치이지 않기 위해 본능적으로 뒷걸음질 쳤다.

차의 앞좌석 유리창이 내려가더니 매튜의 집에 세 들어 사는 에이프릴이 차창 밖으로 빨간 머리를 내밀었다.

"어이, 갈색 머리 미남, 내가 집까지 태워줄까?"

"난 대중교통을 이용하는 게 더 좋아. 당신은 마치 운전이 비디오 게임인 줄 아는 모양이지?"

매튜가 점잖게 거절했다.

"자, 그렇게 겁먹을 필요는 없잖아. 나 이래 봬도 운전 잘해. 잘 알면서 괜히 그래!"

"자꾸 고집부려도 소용없어. 난 좀 오래 살아야만 하니까! 에밀리가 이제 겨우 네 살 반인데 고아로 만들 수야 없잖아."

"뭐 그리 과장스럽게 몸을 움츠릴 건 없잖아. 그러지 말고 빨리 타, 겁쟁이 양반아! 내가 다른 차들의 흐름을 방해하고 있잖아!"

빵빵대는 경적 소리에 다급해진 매튜는 길게 한숨을 내쉬며 어쩔 수 없이 빨간 쿠페 안으로 미끄러지듯 빨려 들어갔다.

매튜가 안전띠를 매자마자 카마로 승용차는 교통법규 따위는 깡그리 무시한 채 오던 길을 되돌아 북쪽으로 방향을 틀었다.

"난 반대 방향으로 가야 해!"

매튜가 손잡이를 잡으며 버럭 화를 냈다.

"조금 돌아가려는 것뿐이야. 벨몬트에 들를 텐데, 10분이면 충분해. 에밀리 때문이라면 걱정 마. 내가 베이비시터에게 한 시간만 더 있어 달라고 부탁했으니까."

"뻔뻔하긴! 내가 경고하겠는데……."

에이프릴이 순식간에 기어를 두 단계나 올리며 전속력으로 질주하자 매튜는 더 이상 말을 잇지 못했다. 차가 안정적인 속도로 달리게 되자 에이프릴은 매튜 쪽으로 몸을 돌리고 그에게 그림들이 들어 있는 도화지 보관첩을 내밀었다.

"운이 좋으면 우타마로 판화를 사겠다는 고객을 만날 수 있을 거야."

에이프릴이 짤막한 설명을 덧붙였다.

에이프릴이 운전하는 카마로 승용차는 대학가를 벗어나 플래시펀드를 끼고 난 고속도로를 달려 보스턴 서쪽 자그마한 주택가 도시인 벨몬트에 도착했다. 내비게이션에 주소를 입력한 에이프릴은 기계가 인도하는 길을 따라 품위 있고 가족적인 분위기를 풍기는 동네로 접어들었다.

에이프릴은 법으로 엄격히 금지되어 있었지만 보란 듯이 앞서가던 통학버스를 추월해 탐스러운 나무들이 늘어선 조용한 길에 차를 세웠다.

"당신도 같이 갈래?"

에이프릴이 도화지 보관첩을 챙기며 물었다.

매튜는 고개를 저었다.

"난 차에서 기다릴게."

"최대한 빨리 일을 마무리 짓고 올게."

에이프릴이 백미러를 통해 다시 화장을 매만지며 약속했다.

"화장이 너무 진한 거 아냐?"

매튜가 은근슬쩍 약을 올렸다.

"'난 나쁜 여자가 아니야. 그저 이렇게 생겨먹었으니 생긴 대로 사는 것뿐이야.'"

에이프릴이 제시카 래빗이 부른 노래의 후렴구를 흥얼거리며 애교를 떨었다. 그녀가 레깅스 차림이 끝없이 이어질 것 같은 긴 다리를 쭉 뻗으며 차에서 내렸다. 차에 혼자 남은 매튜는 길 반대편을 바라보았다. 엄마와 두 자녀가 마당을 장식하고 있었다. 그제야 매튜는 크리스마스가 며칠 남지 않았다는 걸 깨달았다. 그 사실을 깨닫자 거의 공포에 가까운 감정이 밀려들었다. 케이트의 사망 1주기가 다가온다는 게 끔찍하게 여겨졌다. 2010년 12월 24일, 그 운명의 날 이후 그의 삶은 고통과 절망의 나락으로 떨어져버렸다.

케이트가 살해당한 이후 그의 삶은 악몽의 연속이었다.

당신과 4년 동안 함께 산 여자, 당신 딸의 엄마가 당신을 죽이겠다는 단 한 가지 집념을 관철시키기 위해 당신과 결혼했다면 어떻게 해야 할 것인가? 연인을 살리는 데 필요한 심장을 얻겠다는 집념으로 당신을 죽이려 했다면? 그런 일을 겪고 난 사람이라면 앞으로 어떻게 살아가야 할 것인가? 어떻게 인간에 대한 신뢰를 회복할 수 있을 것인가? 어떻게 다른 여자와 새 삶을 시작해보고 싶다는 생각을 할 수 있을 것인가?

매튜의 입에서 가느다란 한숨이 새어 나왔다. 오직 에밀리만이 그가 미쳐버리거나 스스로 목숨을 끊어버리는 걸 막아주는 유일한 방파제였다. 닉 피치의 사망과 더불어 사건의 전모가 세상에 알려진 이후 매튜는 기자들의 호기심으로부터 에밀리를 보호하기 위해 무던히 애써 왔다. 언론에서 끈질기게 물고 늘어지는 바람에 견디기 힘든 시간도 있었다. 출판업자들은 그가 겪은 일을 책으로 만드는 대가로 엄청난 판권료를 제시하기도 했다. 할리우드의 영화계 큰손들도 그의 비극을 영화로 만들자고 달려들었다.

매튜는 하루가 멀다 하고 달려드는 사람들을 피하기 위해 매사추세츠주를 떠나는 문제를 진지하게 고민했다. 그러기에는 그가 보스턴과 집, 그를 따르는 학생들을 너무나 사랑했다. 몇 주 전부터 다행히 언론의 관심도 시들해지는 중이었다. 그렇다고 그가 느끼는 절망감마저 사라진 건 아니었다. 적어도 건강하지 못한 유명세의 압박감은 어느 정도 덜어낸 것 같다고 스스로 위안을 삼았다.

따사로운 햇볕 아래서 에밀리와 함께 걷기, 학생들과의 축구 시합, 에이프릴이 가끔 던지는 신선한 농담 등 일상의 소소한 즐거움을 통해 매튜는 삶의 의욕을 되찾아가고 있었다. 다만 언제 무너져 내릴지 알 수 없어 불안한 휴식이었다. 고통은 답이 있을 수 없는 질문으로 영원히 그를 고문하며, 언제라도 그의 목덜미를 물어뜯을 기세였다.

당신의 인생에서 가장 아름다웠던 시간들이 속임수에 불과했다는 걸 받아들일 수 있을까? 참혹한 배신을 당한 후 어떻게 인간에 대한 신뢰를 되찾을 수 있을까? 이런 상황을 에밀리에게 어떤 말로 설명할 수 있을까?

매튜는 심장이 가슴을 마구 때리는 듯해 진땀이 났다. 그는 얼른 카마로 승용차의 창을 내리고, 입고 있던 청바지 주머니에서 긴 막대 모양으로 된 진정제 하나를 꺼내 혀 밑에 넣었다. 약은 입 안에서 천천히 녹으며 화학적인 위안을 선사하고 흥분 상태를 가라앉혀주었다. 마음을 완전히 진정시키기 위해서는 담배를 한 대 피워야 할 듯했다. 자동차 밖으로 나온 그는 차 문을 잠그고, 인도를 따라 몇 발짝 걸어간 다음 담배에 불을 붙이고 한 모금 길게 빨았다.

♠

매튜는 두 눈을 지그시 감고 부드러운 가을바람에 얼굴을 맡긴 채 담배 맛을 음미했다. 햇살이 나뭇가지를 뚫고 쏟아졌다. 그는 잠시 그렇게 꼼짝도 하지 않고 앉아 있다가 두 눈을 떴다. 길 끄트머리에 위치한 어느 집 앞에 사람들이 옹기종기 모여 있었다.

매튜는 호기심에 이끌려 대성당을 연상시키는 뾰족지붕, 수많은 유리창, 여기저기 널빤지를 대고 과도하게 꾸민 외벽 등 뉴잉글랜드의 전형적인 저택을 향해 걸음을 옮겼다. 그 집 앞 잔디밭에서 벼룩시장이 열리고 있었다.

매튜는 일백 제곱미터쯤 되는 그 공터에 모여든 구경꾼들 틈에 끼어들었다. 물건을 파는 사람은 갈색 머리의 젊고 예쁜 여자로 얼굴 가득 부드럽고 환한 미소가 떠나지 않았다. 여자 옆에서는 누런 빛깔의 샤페이 종 개 한 마리가 고무로 만든 뼈다귀를 열심히 물어뜯고 있었다.

여러 잡동사니들 가운데에서 15인치짜리 맥북프로가 눈에 띄었다. 최신 기종은 아니고 바로 전 혹은 그 전 모델쯤 되는 듯했다. 매튜는 다가가서 요모조모 노트북의 상태를 살폈다. 알루미늄으로 된 몸체엔 비닐 스티커가 한 장 붙어 있었다. 섹시하게 도안한 이브의 모습을 담은 스티커였다. 이브 그림 아래쪽에 '엠마 L.'이라는 서명이 뚜렷하게 보였다. 그 그림을 그린 작가인지 컴퓨터의 옛 주인인지 알 길이 없었다.

안 될 것도 없잖아.

매튜는 가격표를 보며 잠시 망설였다. 그가 쓰던 고물 파워북은 지난 여름에 완전히 망가졌다. 새 노트북이 필요했지만 지난 3개월 동안 차일피일 구입을 미루어왔다.

맥북은 4백 달러에 나와 있었다. 그 정도면 적당한 가격으로 보였다. 그는 판매책임자로 보이는 여자에게 다가가 맥북을 가리켰다.

"이 컴퓨터, 작동은 잘 되겠죠?"

"물론이죠. 제가 쓰던 컴퓨터거든요. 하드디스크를 포맷하고 운영체제도 새 버전으로 깔았어요. 그러니까 새 제품이나 다름없죠."

"그 말, 믿어도 되죠?"

매튜가 주저하는 눈치를 보였다.

"혹시 제가 바가지라도 씌울까봐 그래요?"

여자가 매튜를 놀렸다.

매튜는 여자에게 빙그레 미소를 지어 보였다. 여자는 그에게 명함을 내밀었다.

"이렇게 하면 어떨까요? 이 컴퓨터를 사서 6개월 안에 문제가 생기면 책임지고 고쳐줄게요. 제 절친이 컴퓨터를 아주 잘 알거든요."

매튜는 여자가 내민 명함을 받아 들고 잠시 들여다보았다.

엠마 로벤스타인

수석 와인 감별사

임퍼레이터

록펠러 플라자 30번지, 뉴욕, NY 10020

"〈임퍼레이터〉 식당에서 일하세요?"

"네, 우리 식당에서 식사하신 적이 있으세요?"

"다른 생애에서 그런 적이 있었죠."

매튜는 케이트와의 결혼생활을 떠올리게 하는 기억을 애써 몰아내며 말했다.

샤페이 종 개가 다가오더니 매튜의 다리에 몸을 비벼대며 좋다고 낑낑거렸다.

"녀석의 이름은 클로비스예요. 당신이 좋은가봐요."

엠마가 기쁘다는 듯이 말했다.

매튜는 녀석의 등을 쓰다듬어 주었다. 나뭇가지로 떨어지는 햇살이 눈부셨다.

"이런 개를 기르는 게 제 딸아이 소원이죠."

매튜가 웃으며 말했다.

"아이가 몇 살인데요?"

"네 살 반."

엠마는 고개를 끄덕였다.

"아이가 있어요?"

매튜가 물었다.

"아직."

매튜는 순간적으로 자신이 여자의 사적인 영역에 발을 들여놓았다는 걸 깨닫고 얼른 뒷걸음질 쳤다.

"지금 사는 곳이 뉴욕이군요?"

"몇 시간 후면 뉴욕으로 돌아가야 해요. 오빠를 도와주려고 여기에 잠시 들렀는데, 비행기를 놓칠 순 없잖아요."

여자가 손목시계를 들여다보며 말했다.

매튜는 잠시 망설이다가 결심한 듯 말했다.

"좋아요, 이 컴퓨터는 내가 살게요."

매튜가 노트북을 가리키며 말했다.

매튜는 대금을 치르려고 지갑을 꺼냈다가 현재 310달러밖에 없다는 걸 깨달았다. 무안해진 그가 흥정을 해볼 엄두를 내지 않자 젊은 여자가 먼저 상황 수습에 나섰다.

"그냥 그 값에 드릴게요!"

"너무 마음씨가 좋으시네요."

매튜가 지폐를 건네며 말했다. 그가 이제 막 잔디밭에 도착한 에이프릴을 향해 손짓을 보냈다.

엠마는 원래 들어 있던 상자에 컴퓨터를 넣어 그에게 내밀었다.

"컴퓨터가 말썽을 피우면 망설이지 않고 전화를 드릴게요."

매튜가 명함을 흔들어대며 엠마의 다짐을 받았다.

"혹시 그 전에 전화하고 싶으면 컴퓨터가 망가질 때까지 기다리지 않아도 괜찮아요."

엠마가 짓궂은 농담을 했다.

매튜는 어색한 미소를 지어 보인 다음 에이프릴 쪽으로 걸어갔다.

두 사람은 자동차에 올랐다. 매튜가 운전하겠다고 고집을 부렸다. 보스턴으로 들어서자 퇴근길의 혼잡 시간에 걸렸다. 운전하는 동안 매튜는 내내 엠마만 생각했다.

♠

보스턴

비콘 힐 구역

저녁 8시

에밀리를 눕힌 매튜는 침대 머리맡에 달아놓은 작은 등만 남겨두고 다른 불은 모두 다 꺼버렸다. 방문을 반쯤 열어놓고 나가기 전에 그는 마지막으로 딸아이를 끌어안으며 에이프릴이 곧 저녁 인사를 하러 올 거라고 약속했다.

에밀리의 방을 나온 매튜는 계단을 내려와 거실로 걸어갔다. 아래층은 은은한 불빛 속에 잠겨 있었다. 그는 창가에 몸을 기대고 공원 철책에 매달려 깜빡거리는 전구들을 물끄러미 바라보았다. 이내 부엌으로 간 그는 냉장고에서 여러 개들이 한 묶음인 블론드 맥주 세트를 꺼냈다. 한 병을 따고 진정제 하나를 입에 넣으려는 순간이었다.

"어이, 꽃미남, 그런 종류의 칵테일은 조심해야 된다니까. 아주 위험할 수도 있단 말이야!"

에이프릴이 매튜에게 주의를 주었다.

에이프릴은 현기증이 날 만큼 굽 높은 하이힐을 신고 페티시스트적인 취향이 가미된 멋진 차림새를 하고 있었다. 머리는 쪽을 지어 올리고 은은한 광채가 도는 자개 빛깔 파운데이션을 바른 그녀의 얼굴에서 선명한 핏빛 립스틱을 칠한 입술이 유난히 돋보였다.

"나랑 같이 안 갈래? 나 지금 부둣가에 새로 생긴 〈쇼트〉에 가는 길이야. 그 펍에서 파는 돼지 머릿고기 튀김이 죽여주거든. 모히토는 두말할 필요도 없고! 요즘 이 도시에서 가장 예쁜 여자들이 죄다 그 집으로 몰려들고 있어."

"그러니까 네 살 반짜리 딸을 팽개치고 동성애를 하는 여자들이 모여드는 술집에 가자는 거야?"

매튜의 말에 발끈한 에이프릴이 와인색 아라베스크 문양이 새겨진 긴 팔찌를 매만지며 말했다.

"〈쇼트〉는 동성애 여자들이 드나드는 술집이 아니야. 이건 진심으로 하는 말인데 가끔 외출도 하고, 사람들도 만나고 그래. 그러니까 내 말은 가끔 여자들을 만나 사랑도 해보고 그러란 뜻이야."

에이프릴이 분을 참지 못하고 씨근덕거렸다.

"당신은 내가 다시 사랑에 빠질 수 있을 거라 생각해? 내 아내 케이트가……."

"난 당신이 케이트 때문에 갖게 된 트라우마를 부정할 생각은 없어. 다만 그 시련을 진정으로 뛰어넘고 싶다면 앞으로 전진해나아가야 해. 당신 스스로를 자극하고 용기를 북돋아줘야 한다는 말이야. 적어도 당신 자신에게 살고 싶다는 마음을 되찾을 수 있는 기회 정도는 부여해야 한다는 뜻이야."

"난 아직 그럴 준비가 안 되었어."

매튜가 단호하게 말했다.

"알았으니까 더 이상 권하지 않을게."

스웨터 단추를 채운 에이프릴이 쾅 소리가 나도록 문을 닫고 나가며 한마디 내뱉었다.

혼자가 된 매튜는 냉동실을 뒤지다가 서리가 잔뜩 낀 피자 상자 하나를 발견했다. 그는 꽁꽁 언 피자를 전자레인지에 넣고 타이머를 조절한 다음 소파로 가서 앉았다. 혼자 있고 싶었다. 그는 자신을 이해해 줄 사람이나 위로해 줄 사람을 원하지 않았다. 그저 고통이 잦아들기만 하면 족하다고 생각했다. 유일한 동반자인 맥주와 약상자만 있어 주면 충분했다.

눈을 감자마자 벼룩시장에서 만났던 엠마의 모습이 놀라울 정도로 또렷하게 떠올랐다. 파도치는 머릿결, 웃음을 가득 머금은 두 눈, 귀여운 주근깨, 장난꾸러기 같은 미소…….

'혹시 그 전에 전화하고 싶으면 컴퓨터가 망가질 때까지 기다리지 않아도 괜찮아요.'

그 당돌하고 반항적인 목소리에 이르기까지…….

매튜는 문득 그녀를 다시 보고 싶은 욕망이 일었다. 그는 자리에서 일어나 부엌의 목재 카운터에 놓아둔 지갑에서 여자에게 받은 명함을 꺼냈다.

엠마 로벤스타인, 지금 당장 그녀에게 전화해 식당에 초대하겠다고 할까?

매튜는 잠시 망설였다. 지금쯤 그녀는 뉴욕행 비행기 안에 있을 게 뻔했다. 그렇지만 문자메시지 정도는 보낼 수도 있는 일이었다.

매튜는 휴대폰으로 여자의 번호를 찍다가 갑자기 중단했다. 손이 덜덜 떨렸다.

이런 짓을 해본들 무슨 소용이겠어?

매튜는 늘 자신을 괴롭히는 질문으로부터 헤어날 수가 없었다. 공연히 헛된 꿈을 꿔봐야 소용없었다. 그는 더 이상 천생 커플이니, 운명적이니, 정서적으로 공감한다느니 따위의 말을 믿지 않았다.

별안간 또다시 분노가 울컥 치밀었다.

4년이나 함께 살았는데…….

매튜는 이방인, 범죄자, 아니 그를 꼭두각시처럼 조종한 악랄한 여자와 4년이라는 세월을 함께했다. 그녀가 자신을 죽이려는 계획을 착실히 실행에 옮기는 동안 그는 머저리처럼 그녀가 좋아하는 음식을 만들고 있었다. 그는 케이트에게 그저 가엾은 멍청이, 속는 줄도 모르는 순진한 바보에 불과했다. 그런 만큼 그런 일이 생긴 것도 당연한 일이었고, 죽을 때까지 십자가를 지고 가야 마땅했다.

매튜는 치미는 분노를 다스리지 못하고 휴대폰을 벽을 향해 집어던져 버리고는 술과 약을 섞어 마신 다음 소파에 벌렁 누워버렸다.

♠

뉴욕
다음날
2011년 12월 21일

"어이!"

워싱턴스퀘어파크의 벤치에 앉아 있던 엠마는 로뮈알드를 향해 손을 흔들었다. 로뮈알드는 그녀에게로 달려와 옆구리를 툭툭 치며 친밀감을 표시하더니 누런 크라프트 종이로 된 봉투를 내밀었다.

"마문스에 가서 산 팔라펠이에요. 먹어봐요, 진짜 맛있어요."

로뮈알드가 엠마 옆에 나란히 앉았다. 두 사람은 샌드위치를 먹었다.

로뮈알드는 일 년 사이에 완전히 다른 사람으로 변모했다. 볼에 젖살이 통통하게 남아 있던 프랑스 가출 청소년은 이제 우아하고 잘생긴 남자가 되어 있었다. 게다가 당당하게 뉴욕대학교 1학년생으로 탈바

꿈했다. 두 사람이 함께 겪은 믿기지 않는 모험 이후 엠마와 로뮈알드는 저절로 끈끈하게 결속되었다.

요즘은 일주일에 여러 번 만나는 절친이었다. 로뮈알드가 맨해튼에 정착하기까지 엠마는 물심양면으로 도움을 주었다. 로뮈알드의 학업에도 특별한 관심을 보였다.

"앞으로 어떤 전공을 택할지 생각해봤어? 설마 너, 엊그제 한 말이 진심은 아니지?"

엠마가 피타 빵을 한 입 베어 물며 물었다.

"난 정말 정신과 전문의가 되고 싶어요. 아니면 경찰."

"네가?"

"요즘은 컴퓨터보다 사람이 훨씬 흥미진진하다는 생각이 들어요. 사랑, 복수의 충동, 폭력성 등등……."

로뮈알드의 말에 동조한다는 듯 엠마가 빙그레 웃었다.

"이 샌드위치, 제법 맛있는데……."

엠마가 샌드위치를 한입 가득 넣고 우물거렸다.

"거기다가 부르고뉴산 포도주를 한 잔 곁들이면 진짜 죽여줄 텐데……. 쳇! 난 아줌마가 포도주를 한 병쯤 사 들고 나올 줄 알았는데……."

로뮈알드가 심통 난 표정을 지으며 이죽거렸다.

엠마가 로뮈알드를 향해 눈을 찡긋했다.

"자, 내 얘기는 그쯤 해두고, 보스턴 여행은 어땠는지 말해줘요."

"내가 바라던 대로 되지는 않았어."

엠마가 얼굴을 살짝 찌푸리며 입을 열었다.

"매튜를 만났어요?"

"매튜가 벼룩시장에 와서 내 컴퓨터를 샀어. 얼마나 마음이 찡했는지 몰라. 그런 일을 겪은 다음에 그 사람을 다시 보니 정말 기분이 묘하더라."

"그럼 같이 이야기도 해봤겠네요?"

"아주 잠시."

"그 사람이 아줌마를 못 알아봤어요?"

"응, 못 알아봤어. 차라리 잘 됐지 뭐! 일 년 전, 그 사람은 나를 아주 잠깐 보았을 뿐이야. 그때 내가 방한 모자를 푹 덮어쓰고 있었으니 못 알아보는 게 당연하지."

"연락처는 줬어요?"

"응, 전화번호를 주었는데 아직 연락이 없어."

"반드시 전화가 올 거예요."

로뮈알드가 장담했다.

"난 그렇게 생각하지 않아. 어쩌면 그게 더 나을 수도 있고."

"왜 그에게 진실을 모두 이야기하지 않았어요?"

"너도 알다시피 우리가 알고 있는 진실이 너무 끔찍하잖아. 또……."

"또 뭐요?"

"너라면 딸의 엄마를 죽인 여자와 사랑에 빠질 수 있겠니?"

"그 덕분에 그가 목숨을 구했잖아요!"

엠마는 어깨를 으쓱하더니 이내 시선을 돌렸다. 로뮈알드에게 눈물로 반짝이는 눈을 보이고 싶지 않아서였다.

심란한 마음은 그리 오래 가지 않았다. 엠마는 다시 유쾌하게 로뮈알드의 연애에 대해 묻기 시작했다. 로뮈알드는 서서히 하버드대학에서 철학을 공부하는 에리카 스튜어트의 마음을 사로잡아가고 있었다. 로뮈알드는 그보다 세 살 위인 에리카를 한 달 전 유니온스퀘어에 있는 파머스 마켓에서 처음 만났다.

로뮈알드는 첫눈에 반했는데 에리카는 그를 거들떠보지도 않았다. 에리카는 무슨 일이 있어도 연하 남자와 사귀는 일은 있을 수 없다며 로뮈알드를 외면했다. 에리카의 주소를 알아내는 데 성공한 로뮈알드는 엠마의 충고대로 매일 한 통씩 편지를 보냈다. 매끄러운 종이 위에 만년필로 정성껏 적어 내려간 편지를 하루도 거르지 않고 보냈다. 엠마는 시라노 드 베르주라크처럼 로뮈알드를 대신해 편지를 쓰기도 했다. '옛날 방식'으로 여자의 마음을 사려는 시도는 놀랍게도 좋은 성과를 거두었다.

에리카는 로뮈알드가 보내는 편지에 크게 열광했을 뿐만 아니라 다음 주 토요일에 〈임퍼레이터〉에서 식사를 같이 하자는 초대도 받아들였다.

"〈임퍼레이터〉에 예약하려면 적어도 3개월은 기다려야 한다는 거 알지?"

엠마가 정색하며 물었다.

"네, 알아요. 그렇지만 아줌마가 힘을 써주면……."

금세 풀이 죽은 로뮈알드가 시무룩하게 대답했다.

"무슨 일이 있어도 그날 자리가 나도록 손을 써봐야지! 엠파이어 스테이트빌딩이 보이는 창가 쪽 자리가 좋겠지?"

로뮈알드는 진심에서 우러나는 감사 인사를 했고, 엠마는 그를 대학 강의실 앞까지 배웅했다.

♠

보스턴
오후 1시

이제 막 조깅을 끝낸 매튜는 숨이 차 헐떡거렸다. 한 시간 넘게 찰스 강 유역을 돌아 MIT 건물까지 갔다가 퍼블릭가든으로 돌아오는 코스를 달렸다. 그는 양 무릎에 손을 얹고 등을 구부린 채 가쁜 숨을 몰아쉬고 나서 보스턴 코먼의 잔디밭을 걸어서 가로질렀다.

두 다리가 후들거리고 뱃가죽이 등에 붙은 듯한 상태에서 걷는데도 심장박동이 좀처럼 느려지지 않았다.

무슨 일이지?

강도 높은 신체적 노력 때문은 아니었다. 아침에 일어났을 때부터 뭔가 새로운 감정의 바다에 빠져든 기분이었다. 그를 취하게 만드는 전혀 뜻밖의 감정이 그를 사로잡았다. 무슨 일을 하든, 어디에 있든 엠마 로벤스타인이 머릿속에서 떠나지 않았다. 그녀를 피해 어디론가 달아나고 싶었지만 도저히 달아날 수가 없었다. 엠마가 그를 완전히 다른 사람으로 바꾸어놓았다. 그는 이제 족쇄로부터 벗어난 남자, 마침내 내일을 생각할 수 있는 남자로 다시 태어났다. 그 사실은 그의 눈에도 분명하게 드러나 있었다.

매튜는 벤치에 앉아 금속성의 새파란 빛을 띤 하늘, 호수 표면에 반사되는 햇빛을 바라보며 얼굴 가득 산들바람을 맞았다.

주변에서는 아이들이 신나게 뛰어놀고 있었다.

삶이 다시금 그의 곁으로 찾아왔다.

♠

로뮈알드와 헤어진 엠마는 택시를 타고 〈임퍼레이터〉 식당으로 돌아
와 팀원들과 머리를 맞대고 크리스마스와 신년 맞이 저녁 식사를 하러
오는 손님들에게 추천할 와인 리스트를 작성했다.

오후 3시, 주머니 속에 들어 있던 엠마의 휴대폰이 진동했다. 엠마는
다른 사람들의 눈에 띄지 않게 화면을 확인했다.

보낸 이 : 매튜 샤피로

받는 이 : 엠마 로벤스타인

제목 : 페어플레이

친애하는 엠마

당신이 예전에 쓰던 노트북의 메일을 이용해 편지를 보냅니다.

노트북은 아무런 문제없이 잘 작동되고 있습니다. 당신에게 연락할 구
실을 찾기 위해 일부러 노트북을 망가뜨릴까 생각해봤지만 결국 거짓말
을 포기하고 페어플레이를 하기로 마음먹었습니다.

제가 당신에게 한 가지 제안을 할까 합니다.

이스트빌리지에 제가 잘 아는 자그마한 식당 〈넘버5〉가 있습니다. 톰킨
스퀘어파크 남쪽에 있는 식당이죠. 비토리오 바르톨레티와 그의 부인이
함께 운영하는 식당인데, 두 사람은 어릴 때부터 제 친구들입니다. 저는
뉴욕에 갈 때마다 그 식당에 들러 저녁을 먹곤 합니다. 자타가 인정하는

와인 감별사가 보기엔 어떨지 모르겠지만 솔직히 저는 그 집 와인 목록
이 어떤 수준인지 잘 모릅니다. 당신이 볼로냐 소스를 곁들인 아란치니나
오븐에서 익힌 라자냐, 찜 요리에 곁들인 탈리아텔레, 시칠리아 식 카놀리
를 좋아한다면 분명 그 식당이 마음에 들 겁니다.

오늘 저녁 8시에 거기서 저와 저녁 식사를 같이 하시겠습니까?

매튜

엠마는 마치 심장이 터질 것처럼 두방망이질 치는 느낌을 받았다. 그
녀는 즉시 답장을 썼다.

너무나 마음에 드는 제안이에요.

그럼 오늘 저녁에 뵈어요!

P.S. : 저는 라자냐와 아란치니라면 사족을 못 쓴답니다. 티라미수도 무척이나
좋아하죠!

"안경잡이?"

"지금 수업 중이에요, 엠마."

로뮈알드가 속삭였다.

"날 좀 도와줘야겠어. 빨리 아카히코 이마무라 사이트에 접속해."

"그 미용실? 또요?"

"그래, 두 시간 안에 약속을 잡아줘."

"난 이제 해킹 같은 건 하지 않고 조용히 살겠다고 맹세한 몸인데……."

"너 그럼 에리카랑 〈임퍼레이터〉 식당에서 밥 먹을 생각은 아예 하지 않는 게 좋을 거야."

♠

포근한 황홀감에 휩싸인 엠마는 록펠러 플라자로 나가 버그도프 굿맨 백화점까지 피프스 애비뉴를 거슬러 올라갔다. 마치 똑같은 장면을 두 번째 찍는 여배우가 된 듯한 기분이었다. 이번에는 영화의 결말을 바꾸게 되길 기대했다.

엠마는 판매원들에게는 전혀 신경 쓰지 않으면서 뉴욕에서 가장 화려하기로 이름난 백화점 매장 안을 자유롭게 활보했다. 작년에 비해 유행이 약간 달라지긴 했지만 마음속에 그려둔 옷을 쉽게 찾을 수 있었다. 그녀는 실크 원단에 금은실로 수를 놓아 만든 코트, 아찔한 높이의 굽에 보랏빛이 어린 비단뱀 가죽 하이힐을 골랐다. 물건을 구입한 엠마는 백화점을 나왔다. 날씨가 화창해 아카히코 이마무라 미용실까지 걸어갔다. 두 시간 후 그녀는 작년과 똑같은 헤어스타일을 완성했다. 머리를 뒤로 빗어 넘겨 뒷덜미를 드러내도록 소용돌이처럼 말아 올려 쪽을 진 헤어스타일이었다. 그녀의 얼굴이 훨씬 밝아 보이면서도 밝은 빛깔의 두 눈과 여성성이 한결 돋보였다.

택시에 오른 엠마는 기사에게 이스트빌리지로 가달라고 부탁했다. 엠마는 차 안에서 자신의 두 손이 부들부들 떨리는 걸 확인했다. 화장품 주머니를 꺼내 볼 터치를 조금 더 바르고, 눈두덩에 금빛 섀도를 약간 덧칠한 다음 산호색 립스틱으로 입술 선을 가다듬었다.

택시 기사가 〈넘버5〉 식당 앞에서 차를 세우자 불현듯 의심과 불안감이 엄습해왔다.

이번에도 매튜가 나오지 않았으면 어떻게 하지?

일 년 전 모습이 떠오르며 그사이 겪었던 일들이 꿈결처럼 눈앞에 펼쳐졌다.

우리는 언제까지 운명의 계획을 거스를 수 있을까? 감히 시간의 법칙에 도전장을 내밀고 운명에서 벗어나기를 소망했다는 이유만으로 얼마나 큰 대가를 치러야 하는 걸까?

엠마는 택시비를 치르고 차에서 내려 망설임 없이 이탈리아 식당의 문을 밀고 들어섰다. 쿵쾅거리는 가슴을 애써 누르며 그녀는 곧장 카운터를 향해 걸어갔다. 따뜻하고 친밀감이 드는 식당이었다. 기억 속의 식당과 똑같았다. 돔처럼 둥근 천장이 있는 위층으로 이어지는 나무계단을 올라갔다. 위층에 올라가 아래층 홀 전체가 내려다보이는 테이블을 향해 성큼성큼 걸어갔다.

매튜가 거기에 있었다.

그가 엠마가 오기를 기다리고 있었다.

감사의 말

잉그리드,

뫼리스 식당의 수석 와인 감별사 에스텔 투제,

실비 엔젤 박사와 알렉상드르 라브로스 박사,

베르나르 픽소, 에디트 르블롱, 카트린 드 라루지에르, 발레리 타유페르, 장-폴 캉포, 브뤼노 바르베트, 스테파니 르 폴, 이사벨 드 샤롱에게 감사드립니다.

옮긴이의 말

타임슬립은 영화나 소설 등에서 꾸준하게 다루어지는 낯익은 소재다. 일본 애니메이션 〈시간을 달리는 소녀〉가 그렇고, 할리우드 영화 〈이프 온리〉도 그랬다. 프랑스 작가 마르크 레비도 얼마 전 비슷한 글감으로 쓴 소설을 발표했다.

과거의 어느 특정 시간으로 돌아갈 수만 있다면 지난 잘못을 바로잡고 싶다는 내용이 이런 작품들의 주된 내용이고 아마도 자책이나 후회가 그만큼 많기 때문이 아닌가 싶다.

인간은 후회를 할줄 아는 유일한 동물이라고 했던가?

일 년 전, 성탄절을 앞둔 저녁에 불의의 교통사고로 아내 케이트를 잃은 매튜는 보스턴에서 혼자 어린 딸 에밀리를 돌보며 살아간다. 매튜는 하버드대학에서 학생들을 가르치는 철학 교수다.

어쩐 일인지 늘 '이루어질 수 없는 사랑'에만 매달리는 정서불안의 삼십 대 독신 커리어우먼 엠마는 잘 나가는 뉴욕 최고급 식당에서 일하는 와인 감별사다.

매튜는 어느 날 이웃 동네 벼룩시장에서 중고 노트북을 한 대 구입하고, 그 안에 저장되어 있던 몇 장의 사진 때문에 예전 노트북의 주인인 엠마에게 메일을 보낸다. 우연히 엮이게 된 두 사람은 메일 몇 통을 주고받는 사이 급속도로 친밀감을 느끼고, 급기야 오프라인에서의 만남을 계획한다.

자, 문제는 이 대목에서 발생한다. 두 사람은 각자 같은 날 같은 시각에 약속한 식당으로 가지만 서로를 만나는 데 실패한다.

왜? 두 사람 사이에는 일 년이라는 시차가 있었기 때문이다. 어떻게 그런 일이 일어날 수 있냐고? 매튜가 구입한 중고 노트북에는 일 년 전 시간이 입력되어 있었고, 따라서 매튜는 일 년 전의 엠마와 메일을 주고받았던 것이다(사실은 엠마가 자살을 하자 동생의 유품 정리에 나선 오빠가 노트북을 팔았던 것. 그러니까 매튜가 중고 노트북을 구입할 당시 엠마는 이미 이 세상 사람이 아니었다).

그런 일들이 과연 과학적으로 가능할까? 더구나 매튜는 엠마가 과거에 사는 사람임을 이용해 일 년 전 사랑하는 아내를 앗아간 교통사고가 일어나지 않도록 해달라고, 무슨 수단을 써서라도 아내가 죽는 일이 없도록 해달라고 엠마에게 사정하기에 이른다. 이 과정에서 엠마는 케이트가 매튜가 생각하듯 남편만 사랑하던 여자가 아니었다는 사실, 그녀는 거짓 사랑을 연기하며 살았다는 사실 등을 알게 된다.

이 같은 줄거리가 과학적으로 가능한지 아닌지 나로서는 대답할 길이 없다. 새 밀레니엄이 다가올 무렵 이진법을 사용하는 컴퓨터가 2000년을 잘못 인식할까봐 전 세계가 전전긍긍하며 컴퓨터 시간 바꾸기 논의를 벌였던 일만 어렴풋이 떠오를 뿐이다. 그때 그 밀레니엄버그 문제가 어떻게 해결되었더라? 또, 이와는 다른 얘기지만 얼마 전에는 돌아가신 아버지의 휴대폰에 문자메시지를 보낸 딸에게 답장이 날아와 온라인에서 화제가 된 적이 있다. 아버지의 휴대폰 번호를 차마 지우지 못하고 간직했던 딸은 어느 날 아버지를 보고 싶은 그리움을 절절하게 담아 그 번호로 메시지를 띄운다. 답신이야 당연히 기대하지 않았다. 그런데 날아온 따뜻한 몇 마디의 말. 그렇다. 짐작하는 대로다. 그 사이 아버지가 쓰던 번호가 다른 사람의 번호가 되었고, 그 번호를 쓰게 된 사람이 그 역시 딸 가진 아버지일 거라는 짐작을 하기란 그리 어려운 일이 아니다. 얼굴도 모르는 남의 집 딸의 그리움을 위로해준 것이다. 또, 훨씬 구식이긴 하지만 어쩌다가 헌책방에서 구입한 책들에 그어진 밑줄이나 여백에 적힌 메모, 책 표지 안쪽에 그 책을 선물한 사람이 받는 사람을 위해 적어준 덕담 같은 짧은 헌사를 보면서 나보다 앞서서 그 책을 소유했던 사람의 자취를 따라가 보는 일, 그 사람이 어떤 사람 이었을지 멋대로 상상하면서 때로는 상상의 대화를 나눠보는 건 비단 나 혼자만의 기이한 행동은 아닐 것이다.

기욤 뮈소 자신은 미래로 메시지를 배달해주는 웹사이트 취재 기사를 신문에서 읽고, 작품 아이디어를 얻었다고 고백한다(작가의 말을 읽어 보시라). 미래로 편지를 가져다주는 집배원을 자처하는 그 사이트에는 어떤 사연들이 올라올까?

설사 과학적으로 부적절하다 한들 《내일》을 읽는 재미가 줄어드는 건 절대 아니다. 상황 설정 자체의 비현실성을 제외하면 충분히 고개가 끄 덕여지는 이야기 전개에 서스펜스, 저마다 나름의 상처를 가지고 있으

면서 눈앞에서 살아 움직이는 듯한 정감 가는 등장인물들이 엮어가는
이 작품을 두고 평자들은 기욤 뮈소가 스릴러물에 성공적으로 데뷔했
다는 진단을 서슴지 않는다. 헤모글로빈이 난무하지 않아도 충분히 손
에 땀을 쥐게 하고 가슴이 두근거리게 만드는 스릴러물. 데뷔 후 10년
동안 발표해온 소설들에 비해 이번 작품에서 서스펜스 요소가 다소 강
하게 배어 나오는 건 사실이지만, 타고난 이야기꾼인 기욤 뮈소의 작품
에선 항상 다분히 스릴러적인 분위기가 느껴졌던 것 또한 사실이다. 하
긴 스릴러면 어떻고, 판타지면 어떻고, 고전적인 연애소설이면 또 어떻
단 말인가? 일단 《내일》을 손에 잡은 독자들이라면 누구나 아쉬움 속에
서 마지막 장을 넘기며 '아니, 벌써?'라며 가벼운 한숨을 내쉬게 될 것이
다. 또 누가 아는가, 독서가 주는 몰입에 취한 나머지 이번 성탄절엔 일
부러라도 중고 노트북을 구입해 낯선 사람과의 만남, 출구를 짐작조차
할 수 없는 그 근사한 모험에 빠져드는 꿈을 꾸게 될지…….

양영란

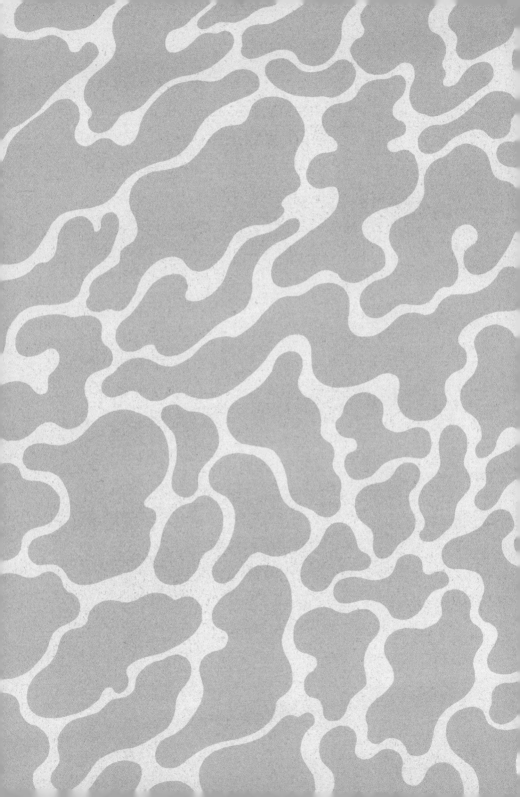